Veröffentlicht von
DREAMSPINNER PRESS

5032 Capital Circle SW, Suite 2, PMB# 279, Tallahassee, FL 32305-7886 USA
www.dreamspinnerpress.com

as Mädchen, das vom Glück verlassen wurde
Urheberrecht der deutschen Ausgabe © 2023 Dreamspinner Press.
Originaltitel: The Girl Whose Luck Ran Out
Urheberrecht © 2022 Gayleen Froese
Original Erstausgabe. Juni 2022
Übersetzt von Heike Reifgens.

Umschlagillustration
© 2022 Tiferet Design
http://www.tiferetdesign.com
Umschlaggestaltung
© 2023 L.C. Chase
http://www.lcchase.com
Die Illustrationen auf dem Einband bzw. Titelseite werden nur für darstellerische Zwecke genutzt. Jede abgebildete Person ist ein Model.

Deutsche ISBN. 978-1-64108-542-7
Deutsche eBook Ausgabe. 978-1-64108-541-0
Deutsche Erstausgabe. Januar 2023
v 1.0

Gedruckt in den Vereinigten Staaten von Amerika.

GAYLEEN FROESE

DAS MÄDCHEN, DAS VOM GLÜCK VERLASSEN WURDE

Für meine persönliche Privatdetektei, einschließlich Romanautor Laird Ryan States; Nero, Archie und Molly, die Hundedetektive; die Scooby Gang der Warane; und Marlowe, der Teju. Ihr macht unser Zuhause chaotisch, aber es ist nie langweilig.

Zum Andenken an Spenser und Dashiell

DANKSAGUNG

ICH BIN allen, die das Buch einmal, zweimal oder öfter gelesen haben, während es entstand, mehr als dankbar. Danke an Noreen, Tanya, Tyler, Deb, Tarra, Meshon und Sarah.

Danke ebenfalls an Andi und alle anderen bei DSP für ihre guten Fragen, harte Arbeit und scharfen Augen.

Mein größter Dank gilt Ryan und Cori, deren Unterstützung und Rat unersetzlich waren und sind.

ÜBER DIESES BUCH

ALS BEN Ames seinen ersten großen Fall löste, gab es viele Menschen, die seine Geschichte für ihn erzählen wollten. Fernsehproduzenten und Journalisten kontaktierten ihn. Ghostwriter traten an ihn heran. Nicht weniger als drei Produktionsfirmen wollten die Rechte kaufen und einen Kinofilm drehen.

Da er immer noch ein Detektivbüro betrieb, konnte er seine Telefonnummer nicht einfach abmelden und verschwinden. Irgendwann hatte er all diese Anrufe so satt, dass er selber einen tätigte. Und mich anrief.

Ich weiß nicht, warum er mich ausgewählt hat, außer dass ich in Edmonton lebe. Ich hatte weder die Verbindungen noch die Attraktivität der Agenten in Toronto und Vancouver, aber ich wusste Dinge, die sie nicht wussten. Ich wusste, dass Calgary Asphaltstraßen und Starkstromleitungen hat und dass hier nicht jeder jeden Tag einen Cowboyhut trägt. Und jeder, der einmal im Westen gelebt hat, kann Ihnen sagen, dass das nicht zu unterschätzen ist. Es ist also möglich, dass das der Grund war, warum er mich anrief und mir sagte, wer er war und was er wollte.

„Ich will die Geschichte auf meine Weise erzählen", sagte er mir. „Ich möchte ein Buch schreiben."

Er hatte noch nie ein Buch geschrieben. Er fragte, ob ich bereit sei, jemanden an Bord zu nehmen, der keine Ahnung davon hatte, was er tat.

Normalerweise hätte ich ihm gesagt, er solle sich wieder bei mir melden, wenn das Buch fertig sei. Aber ich wusste, dass Ben Ames eine fantastische Geschichte hatte und mir gefiel seine Entschlossenheit, die Kontrolle darüber zu behalten. Ich sagte, ich würde mit ihm zusammenarbeiten und ihn mit Freunden in Verbindung bringen, die ihm während des Schreibprozesses mit gutem Rat zur Seite stehen würden. Ich will nicht sagen, dass es einfach für ihn war, und es gab mehrere Fehlstarts, aber er hat seinen Weg gefunden zu dem Buch, das Sie gerade lesen.

Es ist ein bisschen Krimi, ein bisschen Abenteuerroman, eine Reisebeschreibung durch Kananaskis County und ein bisschen auch ein Liebesroman. Ben und ich hoffen, dass es Ihnen gefällt.

Gayleen Froese
Literaturagentin von Ben Ames

1

DIE KLIENTIN redete und ich blickte immer wieder verstohlen auf die Zeitschrift auf meinem Schreibtisch und dachte über Jesses Augen nach. Speziell darüber, ob sie besser mit oder ohne Eyeliner aussahen. Er sah mir von der Titelseite der Wochenendausgabe der *sCene* entgegen, eine Nahaufnahme seines Gesichts, und der Eyeliner war dick aufgetragen. Vielleicht gab es einen goldenen Mittelweg zwischen dick und gar nichts.

Oder vielleicht hätte ich zuhören sollen.

„Die Menschen können einen überraschen", sagte ich. Die meisten meiner Klienten kamen zu mir, weil jemand sie überrascht hatte.

Lauren Courtney runzelte die Stirn. Feine Linien bildeten sich um ihren Mund und ihre Augen, wie Risse im Frühlingseis. „Das würde Kim nicht tun."

Aus den Augenwinkeln heraus konnte ich immer noch Jesses Gesicht sehen. Dunkle, glitzernd grüne Augen, wie die Verkörperung der Eifersucht. Ich glaubte nicht, dass er sie jemals gefühlt hatte. Hohe und scharfe Wangenknochen. Das Make-up betonte jeden Kontrast zwischen seinen Gesichtszügen und der schneeweißen Haut. Das war nicht die Art Person, die man sich in einem zerschlissenen T-Shirt und Boxershorts vorstellt, wie sie trockene Honeycombs direkt aus der Schachtel isst und dabei mit der anderen Hand Kreuzworträtsel löst. Ich konnte es mir nur deshalb vorstellen, weil ich es so oft gesehen hatte.

Jesses Gesichtsausdruck, was immer er auch ausdrücken sollte, wirkte wie eine Verurteilung. Keine freundliche Verurteilung. Ich schob ein paar Flyer über die Zeitschrift.

„Ich bitte um Entschuldigung", sagte ich. „Sie sind hier, weil Ihre Schwester sich seit … vier Tagen nicht mehr gemeldet hat. Und das hat sie noch nie getan. Nun, die Menschen tun *meist* keine Dinge, die sie noch nie zuvor gemacht haben. Bis sie sie dann doch tun. Ich will Ihre Besorgnis nicht abwerten. Es ist nicht ungewöhnlich für Menschen, etwas zu tun, was ihre Familie oder Freunde als untypisch ansehen."

Sie sah hinunter auf die Tasche in ihrem Schoß. Ihr Haar fiel in dicken, honigbraunen Strähnen um ihr Gesicht. Sie sah aus wie jede x-beliebige Mutter Mitte dreißig, der man in der Schlange an der Supermarktkasse begegnete, dezent gekleidet in der saisonalen Mode einer Ladenkette. Ihre Fingernägel waren wie glänzende, beige Knöpfe und ihre Grundierung ein wenig zu dick. Ein Look, der tadellose Glätte vermitteln sollte, doch dieses Bild löste sich bei näherer Betrachtung auf, angefangen beim losen Faden am Ärmelaufschlag ihres weißen Wickelpullis bis hin zu der leichten Wölbung über der Taille ihrer Bundfaltenhose.

„Haben Sie es der Polizei gemeldet?", fragte ich. „Sie können jederzeit jemanden als vermisst melden. Es gibt da keine Wartefrist."

Ihre Augen wurden schmal. „Mr. Ames …"

„Ben."

„Ben. Bitte sagen Sie mir nicht, dass ich es der Polizei überlassen soll. Sie haben eine Akte angelegt, aber es ist nicht so, als ob sie in der Sache etwas unternehmen würden. Wahrscheinlicher ist es, dass sie sie vielleicht gerade einmal erkennen, falls sie sie finden. Das ist nicht gut genug."

Sie hatte vermutlich recht, dass die Polizei nicht wirklich nach ihr suchte. Sicher, sie sorgten sich mehr um ein vermisstes weißes Mädchen als um, sagen wir, indigene Frauen. Aber eine Studentin, die seit weniger als einer Woche vermisst wurde? Sie würden vielleicht ein paar Fragen stellen und ihre Akte dann auf den Stapel mit den Hundert anderen legen, die als Erwachsene verschwunden und nie wieder aufgetaucht waren. Die Polizei würde davon ausgehen, dass sie entweder zurückkam, bevor sie überhaupt mit der Suche angefangen hatten, oder dass sie bereits tot war.

Das meiner Klientin gegenüber zu erwähnen wäre vermutlich ein Fehler gewesen.

„Und Sie haben bereits Plakate ausgehangen?", fragte ich stattdessen. „Auf Social Media gepostet? Die örtlichen Journalisten angerufen?"

„All das, ja", sagte sie. „Die Medien sind in etwa so interessiert wie die Polizei. Ein paar von ihnen sagten: *Rufen Sie uns an, wenn sie einen Monat lang vermisst wird.* Machen das wirklich so viele Menschen? Verschwinden wochenlang und tauchen dann wieder auf? Haben sie keine Arbeit, keine Familien?"

„Verscherzen Sie es sich nicht mit den Medien", riet ich ihr. „Idealerweise werden Sie sie später nicht mehr brauchen. Aber für den Fall, dass Sie es tun …"

„Ich habe den Mund gehalten", versicherte Lauren mir. „Offensichtlich weiß ich nicht, wie ich es erklären soll. Niemand versteht es. Es ist nicht nur so, dass sie mich noch nie vorher im Stich gelassen hat. Es ist auch so, dass sie leidenschaftlich gerne auf meine Tochter aufpasst. Meine Tochter ist der Meinung, dass ihre Tante der coolste Mensch der Welt ist. Viel cooler als ich. Ich meine, sie findet mich überhaupt nicht cool."

„Das ist auch nicht wirklich Ihr Job", sagte ich ihr. Das ließ die Eiseskälte in ihren Gesichtszügen ein wenig schmelzen.

„Kimberly liebt es, in etwas hinein zu platzen und meiner Tochter zu sagen: ‚Oh, hör' nicht auf deine Mutter, Emmy-Vogel. Ich und du, wir sind hier die Coolen', und dergleichen Dinge. Emma und ihre Tante Kim sind die coolen Leute und ihre Mutter und Oma und Opa sind, ich weiß nicht. Langweilig. Verlierer. Was auch immer das coole Wort *dafür* ist."

Ich war mir ziemlich sicher, dass *cool* nicht einmal das coole Wort für cool war, wenn man die Kids heute fragte. Ich sagte nichts dazu. „Wie alt ist Ihre Tochter?"

„Elf, gefühlt zwanzig. Sie ist fast alt genug, um allein zu Hause zu bleiben. Aber warum spielt das eine Rolle?"

„Ich möchte mir ein genaueres Bild verschaffen", erklärte ich. „Fräulein Courtney …"

„Frau", sagte sie. „Es ist der Name meines geschiedenen Mannes. Lauren ist auch in Ordnung."

„Lauren, ich berechne einhundert Dollar die Stunde und die ersten Tage der Suche nach einer vermissten Person können lange Tage sein. Außerdem können sich diese Fälle in die Länge ziehen, besonders, wenn jemand nicht gefunden werden möchte. Zusätzlich stelle ich meine Kosten in Rechnung. Manche Leute sagen, das Wohlergehen eines geliebten Menschen ist unbezahlbar. Was ich damit sagen will: mich zu bezahlen ist nicht notwendigerweise eine Investition in das Wohlergehen Ihrer Schwester."

Laurens Stirnrunzeln wurde tiefer. „Was soll das heißen?"

„Die meisten vermissten Erwachsenen sind nicht wirklich vermisst. Sie haben einen neuen Kerl kennengelernt und sind aus einer Laune heraus nach Vegas gefahren. Sie haben mit einem Kerl Schluss gemacht und sind mit den besten Freundinnen nach Vegas gefahren, um über ihren Kummer hinwegzukommen. Es ist oft Vegas. Mich dafür zu bezahlen, das herauszufinden, schadet vielleicht nicht, außer Ihrem Bankkonto. Aber es wird Ihrer Schwester nichts nützen."

„Ihre Freundinnen haben sie nicht gesehen", sagte Lauren. „Leute verschwinden wirklich."

Ich warf einen Blick auf die Flyer, die auf der Zeitschrift lagen. Ich brauchte sein Gesicht nicht zu sehen. Ich konnte mir die Belustigung und, schlimmer noch, die liebevolle Nachsicht vorstellen, als er mich fragte, warum ich darauf bestand, mir selbst ins Bein zu schießen. *Man nennt das ein Gewissen haben*, erklärte ich ihm stumm.

„Wie bitte?", fragte Lauren. Offenbar nicht so stumm, wie ich gedacht hatte.

„Wenn Sie wollen, dass ich mich auf die Suche mache, dann mache ich mich auf die Suche. Ich wollte nur sicherstellen, dass Sie eine informierte Entscheidung treffen."

Ich hatte ihre Antwort, bevor sie sprach. Ihre Hände fummelten am Verschluss ihrer Handtasche herum. „Brauchen Sie einen Vorschuss?"

„Dreißig Stunden." Ich nahm eine Visitenkarte aus dem Ständer, den ich von meiner Versicherungsgesellschaft bekommen hatte. Er war aus Kunststoff, in Holzoptik, und jeder Mann mit ein wenig Stil oder Geld hätte ihn längst ersetzt. „Ich werde mich mindestens einmal am Tag bei Ihnen melden und Sie können mich jederzeit zurückpfeifen. Wenn der Vorschuss nicht aufgebraucht wird, erstatte ich Ihnen den Rest."

„Das ist in Ordnung", sagte sie. „Brauchen Sie sonst noch etwas von mir?"

Ich warf einen Blick auf meine Armbanduhr. „Ich fange morgen früh direkt als Erstes an. Sie könnten mir heute Abend eine E-Mail schicken mit allem, von dem Sie denken, dass es helfen könnte. Ich brauche Fotos und eine gute, ehrliche Beschreibung. Wo Ihre Schwester wohnt, wer ihre Freundinnen sind, was ihre Routinen sind. Hat sie ein Fahrzeug? Ich brauche alles, was Sie mir darüber sagen können. Gibt es bestimmte Kleidungsstücke oder Schmuckstücke, die sie oft trägt? Tätowierungen oder Piercings? Hat sie in den letzten Wochen irgendetwas Ungewöhnliches gesagt oder getan? Dann brauche ich den Namen des Polizisten, mit dem Sie gesprochen haben. Wenn Sie unsicher darüber sind, ob Sie etwas erwähnen sollen, erwähnen Sie es. Ich werde hinterher immer noch Fragen an Sie haben, aber es wird uns Zeit sparen."

„Ich werde mein Bestes tun." Lauren machte sich ordentliche Notizen in einem Block, den sie auf meinen Schreibtisch gelegt hatte, neben ihr Scheckheft. Sie hatte ein Scheckheft. Die meisten Leute zogen einen zerknitterten Blankoscheck aus ihrem Portemonnaie.

Ich begleitete sie hinaus, kehrte in mein Büro zurück und starrte auf den Scheck. Drei Tage, mit etwas Spielraum für Spesen. Ich konnte ihn jetzt einlösen, aber was, wenn ich Kimberly Moy in acht Stunden fand? Oder was, wenn sich herausstellte, dass sie nicht wirklich vermisst wurde, sondern sich bei irgendeinem Typen verkrochen hatte? Kimberly beschwert sich über die Verletzung ihrer Privatsphäre und Lauren annulliert den Scheck. Dergleichen Dinge hatten Klienten früher schon gemacht.

Ich hob den Stapel Flyer von der Zeitschrift. „Was meinst du?", fragte ich Jesse. Er warf mir einen glutvollen Blick zu. Mir und allen anderen. Und dem Fotografen. Hatte er versucht, den Fotografen abzuschleppen? Warum fragte ich einen Millionär, wie ich meine kläglichen Finanzen regeln sollte?

Ich zog mein Handy aus der Tasche und warf einen Blick auf die Eintrittskarte. Jack Lowe. Showbeginn 20:00 Uhr. Einlass ab 19:00 Uhr. Ich würde 20:00 Uhr anpeilen. Das gab mir vier Stunden, um mich zu entscheiden, was ich anziehen, wie viel ich trinken und ob ich überhaupt gehen sollte.

Das Handy brummte.

Ich war mir sicher, dass es die Klientin war, die sich vergewisserte, dass sie die richtige Nummer hatte oder mir etwas sagen wollte, was sie vergessen hatte. Ich ließ das Handy beinahe fallen, als ich einen Blick auf die Nachricht warf.

Möchtest du dich vor dem Konzert mit mir treffen?

- Jess

Meine Hand wurde taub. Mein Magen, den ganzen Tag über schon launisch, fühlte sich an, als würde ein Igel versuchen, seinen Weg nach draußen zu finden. Das Display verschwamm mir immer wieder vor den Augen und in meiner Erinnerung lag ich auf einem kalten Badezimmerfußboden und fühlte mich so, als würde ich sterben - und es hätte mir nichts ausgemacht. Jesse lachte, nannte mich ein Fliegengewicht, spülte die Toilette für mich und wischte mir das Gesicht mit einem feuchten Handtuch ab.

Nicht Jack Lowe. Nicht der Künstlername, den Jesse für sich ausgesucht hatte, bevor er abgehauen war, um reich und berühmt zu werden. Diese Nachricht war vom guten, alten Jess.

Mir gelang es trotz zitternder Hände, das Handy auszumachen, ohne versehentlich zu antworten oder ein Selfie meines verblüfften Gesichts zu senden. Ich steckte das Handy in meine Tasche und ging zur Hintertür. Frank hatte daran gekratzt, seit die Klientin gekommen und ich ihn in den Garten geschickt hatte.

„Komm' rein, du Arsch", wies ich ihn an. Frank verstand das als Vorschlag und tapste ohne Eile an mir vorbei. Er hatte sich in trockenen Blättern gewälzt und sah noch unordentlicher aus als sonst, was bei einem Hund, der schon normal aussah wie ein Rottweiler in einem Wookie-Kostüm, nicht toll war.

„Du kennst Jesse", sagte ich. Frank warf mir über die Schulter hinweg einen Blick zu.

„Nicht persönlich", stellte ich klar. „Aber wenn ich mit dem Computer rede … *der* Jesse. *Was zum Teufel glaubst du, was du da tust, Jess? Du hast etwas Besseres verdient als ihn – Jess. Jess, BuzzFeed ist nicht dein Freund. Der* Jesse."

Es bestand keine offensichtliche Verbindung zwischen dem, was ich sagte, und Franks Abendessen, also verlor er das Interesse und stapfte zu seinem Napf. Ich folgte ihm und hob die Blätter auf, die von ihm abfielen.

„Treffe ich mich vor dem Konzert mit ihm? Ich habe seit sieben Jahren nicht mehr mit dem Kerl gesprochen. Glaubt er, er könne mir aus heiterem Himmel eine SMS schicken und ich käme angerannt? Woher hat er überhaupt meine Nummer?"

Frank saß neben seinem Napf und legte den Kopf schief. Hier sind wir in der Küche. Wir wissen beide, dass dieser Napf leer ist. Wir wissen beide, was jetzt passieren muss.

„Wenn ich nicht hingehe, werde ich mich verrückt machen darüber, was er will."

Frank schubste seinen Napf mit einer riesigen, schlammigen Pfote in meine Richtung.

„Ich werde nicht so verrückt sein und anfangen, seinem Tour-Bus zu folgen. Ich habe nicht vergessen, wie er ist. Ja, ich werde dich füttern."

Während Frank sein Trockenfutter mampfte, warf ich einen Blick auf mein Handy. Keine neuen Nachrichten.

Ich konnte jederzeit wieder gehen, wenn er etwas sagte, was mich wütend machte. Es gab kein Gesetz, das besagte, dass ich bleiben musste.

Es konnte nichts schaden, ihm für zwanzig Minuten oder wie lange auch immer es dauern würde an einem Tisch gegenüber zu sitzen. Wir konnten uns gegenseitig auf den neusten Stand bringen.

Wo?

Ich legte das Handy auf die Anrichte. Füllte Franks Wassernapf. Frank nahm schlürfend einen Schluck und ging weg, ohne zu schlucken, wobei er ein dünnes Rinnsal auf dem Boden hinterließ.

Ich betrachtete mein Spiegelbild im Toaster. Meine Haare waren okay. Sie waren immer okay. Sie waren ein gutes Mittelbraun und zu kurz, um Faxen zu machen. Mein Gesicht war in Ordnung für einen schlechten Abend. Der Rest von mir war zu groß und ein wenig unbeholfen, aber wenigstens hatte ich seit der Uni etwas zugenommen.

Solange ich mich nicht mit Filmstars und Pop-Idolen maß, war ich in Ordnung.

Das Handy brummte und der Igel in meinem Magen hüpfte erneut.

The Baxter 17 Uhr

Nicht das, was ich erwartet hatte. Das *Baxter* war ein höhlenartiges Pub, ein ehemaliges Lagerhaus, das sich etwas unbeholfen eine Ecke der Innenstadt mit einigen der besten Hotels Calgarys teilte. Es gab an ihm nichts auszusetzen und an den Wochenenden und spätabends wurde es gut voll, aber es war nicht die Sorte Lokal, in dem sich stylische Karrieretypen für einen After-Work-Drink trafen. Ich fragte mich, ob Jesse das wusste. Versuchte er, unerkannt zu bleiben?

Ich warf einen Blick auf meine Armbanduhr. Das konnte ich schaffen.

bis gleich dann

„Pass aufs Haus auf", befahl ich Frank. Er lag auf dem kleinen Teppich vor dem Gas-Kamin. Der Kamin funktionierte schon seit zwei Jahren nicht mehr, aber Frank glaubte immer noch, dass er eines Tages wieder zum Leben erwachen würde. Er hob für ein paar Sekunden den Kopf, dann ließ er ihn wieder auf seine Pfoten fallen. Ich fasste das als Zustimmung auf.

Ich hatte mein Handy, mein Portemonnaie und eine Lederjacke, die ich nicht brauchte, so warm, wie der Septembertag geworden war. Ich nahm die Schlüssel zu meinem Jeep vom Haken und war bereit.

Nachdem ich das Baxter betreten hatte, wartete ich, bis sich meine Augen an das dämmrige Licht gewöhnt hatten. Kleine Grüppchen aus Stühlen, Tischen und Sitzecken machten es in dem riesigen, leeren Raum möglich, private Unterhaltungen zu führen. Wahrscheinlich ein weiterer Grund dafür, warum Jess das Pub ausgesucht hatte.

Ich bahnte mir langsam meinen Weg, vorbei an Stahltanks und Holzkisten, die den Eindruck erweckten, dass alles, vom Essen über die Tische bis hin zu den EC-Geräten, von Kunsthandwerkern im Hinterzimmer von Hand selbst hergestellt worden war. Nachdem sich meine Augen an das Licht gewöhnt hatten, entdeckte ich einen schmuddeligen Typen in einem Baxter T-Shirt, der allein an einem Tisch saß, einen Burger vor sich. Vermutlich ein Angestellter, der Pause machte. Eine Gruppe Mittzwanzigerinnen, die einen Friseurwettbewerb veranstalteten. Und alleine in einer Sitzecke am hinteren Ende des Raums eine kleine Gestalt in einem übergroßen, grauen Kapuzenpulli, die Kapuze hochgezogen und die Ärmel halb über die Hände gezogen. Ich trat näher und sah Schatten auf den Fingern, die schwarzer Nagellack sein konnten. Noch ein Schritt und ich sah knapp über den Schultern gegelte Spitzen kohlschwarzer Haare aus der Kapuze herausragen.

Für ein paar Herzschläge war ich wieder in Toronto. In der Wildnis von North York, genauer gesagt. Eine Bar, ganz ähnlich wie diese, aber mit einer Band und einer Menschenmenge. Die Band meines Freundes, das erste Mal, dass ich sie spielen hörte. Jesses Stimme, sengend und gigantisch wie ein Waldbrand. Die Band war noch neu und die Hälfte der Songs waren Cover und niemand war hier, um sie spielen zu hören. Aber nichts davon spielte eine Rolle. Alle wussten, dass sie einen Star hörten.

Ich blieb lässig. Schlenderte durch den Raum. Stolperte beinahe über eine Unebenheit im Betonboden. Fing mich wieder, bevor er mich sah. Glitt ihm gegenüber auf die andere Bank der Sitzecke, als er aufsah und lächelte. Die Hängelampe über dem Tisch erlaubte es mir zum ersten Mal, ihn deutlich zu sehen.

„Ben."

„*Der* Jack Lowe."

Er schloss einen Moment lang die Augen. „Nicht."

Es war wirklich nicht Jack Lowe in dieser Nische. Kein Eyeliner. Überhaupt kein Make-up, soweit ich das sehen konnte. Weit entfernt davon, mit seinen Klamotten die Stadt Peoria aufzumischen, versteckte er sich unter Kapuzenpulli und Jeans. Das einzig Dramatische an ihm waren seine schwarzen Fingernägel, das zu blasse Gesicht und ein eigenartiges Leuchten in seinen Augen. Und er war verwirrend schön. Daran hatte er noch nie etwas ändern können.

Ich warf einen Blick über die Schulter. „Hat dich hier jemand erkannt?"

„Die Kellnerin", sagte er. „Sie hält es geheim."

Ich stieß einen leisen Pfiff aus. „Wie viel Trinkgeld gibt man für so was?"

„Ich gebe immer gutes Trinkgeld. Wie geht es dir?"

Himmel, wie ging es mir? Ich zuckte die Schultern. „Okay, würde ich sagen." Ich setzte ein übertrieben breites Lächeln auf und sagte mit so aufgesetzt fröhlicher Stimme wie möglich: „Und, wie ist es dir seit der Uni ergangen?"

Jesse seufzte. „Kannst du das lassen?"

„Was mache ich denn?"

„Es ist komisch, seinem Ex zu begegnen." Er hielt einen Moment lang inne. „Für mich ist es auch seltsam. Kannst du … es nicht noch seltsamer machen?"

Ich schenkte ihm erneut das übertriebene Lächeln. „Teufel, nein."

Jess sah auf seine Hände hinunter, die er um eine Kaffeetasse gelegt hatte. Seltsam, ihn ohne ein alkoholisches Getränk in einer Bar zu sehen.

„Privatdetektiv", sagte er. „Du warst nicht lange Bulle."

Ich versuchte nicht, mich zu verstecken. Aber wenn er wusste, wie lange ich schon raus war, dann bedeutete das, dass er mich schon eine Weile lang im Internet verfolgte.

„Ich wurde gebeten zu kündigen", sagte ich ihm. „Es war … Sie nannten es *außerdienstliche Aktivitäten*."

Jess hob den Kopf und eine vielsagende Augenbraue.

„Diese *Aktivitäten*, war das jemand, den ich kenne?"

Natürlich nicht, er kannte schließlich niemanden in Calgary, aber ich wusste, was er meinte.

„So war es nicht", sagte ich. „Jedenfalls nicht ganz."

Er zuckte die Schultern. Er sah mit einem Mal müde aus und seine Augen waren traurig. Er hatte immer gesagt, dass es dumm war, zur Polizei zu gehen, wenn man nicht die Art Schlägertyp war, die auf so etwas stand. Was ich nicht war. Ich hatte ihn im Gegenzug gefragt, wie er denn dann erwartete, dass irgendetwas besser wurde.

„Es waren nicht alle", sagte ich. „Eigentlich nur einer von ihnen. Er stand im Rang sehr viel höher als ich."

„Was eine Scheiße", sagte er. Ich konnte kein *ich hab's dir doch gesagt* darin hören. Auch keine Frage, was genau vorgefallen oder warum ich nicht zur Gewerkschaft gegangen war. „Wie läuft die Detektiv-Sache?"

„Nicht wie im Fernsehen. Wie läuft die Rockstar-Sache?"

Jess lächelte, aber seine Augen waren immer noch traurig. „Es wird mit der Zeit ein ziemlicher Trott."

Er hob eine Hand, um seine Haare tiefer in die Kapuze zu schieben. Die Hand zitterte. Die Müdigkeit schien in weniger als einer Minute zu totaler Erschöpfung ausgeartet zu sein.

„Jess?"

Er griff nach der Kaffeetasse und mir wurde klar, dass er sie deshalb die ganze Zeit über festgehalten hatte: damit ich nicht sah, dass er zitterte.

„Es ist nichts", sagte er. Er schloss die Augen und atmete. Alte Instinkte meldeten sich und ich legte eine Hand auf seine. Ich glaube, ich hatte erwartet, dass sie kalt sein würde, dass er vielleicht von einem Drogentrip runterkam. Aber stattdessen war sie papiertrocken und so heiß, dass es beinahe wehtat, sie zu berühren. Er öffnete die Augen, als ich meine Hand auf seine Stirn legte, über seine Haut strich, bevor er ausweichen konnte.

„Was zum Teufel, Jesse? Bist du krank?"

Er warf einen Blick über die Schulter, dann sah er mich mit schmalen Augen an. „Psst!"

„Was ist los mit dir?", fragte ich, beugte den Kopf näher zu ihm und senkte meine Stimme.

„Atypische Lungenentzündung", sagte er. „Mir geht's gut."

Aus der Nähe konnte ich sehen, dass seine Wangen vom Fieber gerötet waren. „In welchem Universum geht es einem mit Lungenentzündung gut?"

„Atypisch", wiederholte er. „Den Husten bin ich los. Ich werde nur schnell müde."

8

Er schloss die Augen. Es schien keine bewusste Entscheidung zu sein. Ich legte über das dicke Fleece seines Kapuzenpullis eine Hand auf seinen Arm. „Warst du beim Arzt?"

Er nickte. Seine Augen blieben geschlossen. „Vor zwei Tagen."

„Du hast mit einer verdammten Lungenentzündung Konzerte gegeben?"

Bei den Worten öffnete er die Augen wieder. Er sah entsetzt aus und blickte sich erneut in der Bar um. „Nicht so laut!"

Ich beugte mich näher. „Wie zum Teufel singst du damit?"

„Es ist nur heute Abend und dann morgen Vancouver. Ich stehe das durch."

Die Kellnerin näherte sich unauffällig. Sie war um die vierzig und hatte ein scharfsinniges, wettergegerbtes Gesicht. Mir gefiel ihr kompaktes Aussehen: die Art und Weise, wie ihre breite Gestalt die aus Minirock und weißem T-Shirt bestehende Uniform der Bar in ein billiges Halloween Kostüm verwandelte. Sie schätzte die Stimmung an unserem Tisch aus gut drei Metern Entfernung ein und zog sich zurück, bevor Jesse überhaupt bemerkte, dass sie da gewesen war.

„Nimm es mir nicht übel, Jess", sagte ich, „aber es ist ein Rockkonzert. Es ist nicht so, als wäre das die einzige Chance, den Todesstern zu sprengen, und niemand sonst könne es tun. Du kannst dich krankmelden."

Jess lächelte. Sein *du bist süß, aber du verstehst es nicht*-Lächeln. Ich kannte es nur zu gut.

„Es ist eine Menge Geld im Spiel."

„Du kannst es dir leisten", erinnerte ich ihn. Ich wusste nicht, wie viel Geld er aktuell tatsächlich hatte, aber es war kein Kleingeld.

„Nicht mein Geld", sagte er. Er holte ein paar Mal tief Luft, um sich zu stärken. „Ich bin ein Rädchen in einer großen, teuren Maschine."

„Ich scher' mich nicht einen Scheißdreck …", setzte ich an.

Er unterbrach mich. „Und wir haben bei der letzten Tournee viel verloren, wegen Covid."

„Das ist nicht dein Prob…"

„Und es gibt Gerüchte", sagte er. „Es seien Drogen. Ich sei Alkoholiker. Ich kann nicht einfach *nur krank* sein."

Zum Ende unserer Beziehung hin waren es Drogen und Alkohol gewesen. Sie waren nicht der Grund für unser Aus gewesen. Ich war kein Puritaner. Aber sie hatten nicht geholfen.

„Ich dachte, Drogen und Alkohol wären dein Image", sagte ich. „Bist du nicht ein Genießer olympischen Ausmaßes?"

Es war im Dunkeln schwer zu sagen, aber er mochte zusammengezuckt sein. Seine Stimme verriet nichts, als er sagte: „Mein Image und mein Ruf sind verschiedene Dinge."

Ich wusste nicht, was er meinte, beschloss aber, ihn beim Wort zu nehmen. „Kann sich dein Manager nicht um deinen Ruf kümmern?"

9

„Das würde er", sagte Jess, „wenn ich ihn nicht vor zwei Tagen gefeuert hätte."

„Himmel", sagte ich. „Du kannst auch nicht genug Drama bekommen, oder?"

„Er … vergiss es. Es sind nur ich, die Tour-Managerin und ein paar Leute von der Plattenfirma. Es ist in Ordnung. Noch zwei Konzerte."

„Solltest du nicht wenigstens im Bett sein?", wollte ich wissen. „Bis zum Konzert?"

Seine Antwort war ein weiterer Gesichtsausdruck, den ich gut kannte. Schuldbewusstsein.

„Ich hab' mich rausgeschlichen", sagte er.

Ich lehnte mich auf der Bank zurück. „Das verstehe ich nicht. Warum solltest du das tun?"

Jesse zuckte mit einer Schulter. „Ich wollte dich sehen."

„Du hättest…", begann ich und dachte, er hätte mich bitten können, ihn Backstage zu treffen. Aber dann wäre es nicht *er* gewesen. Es wäre der Rockstar gewesen.

Ich stand auf, ging auf Jesses Seite der Sitzecke und hielt ihm meine Hand hin.

„Komm. Steh auf."

Er zog beide Augenbrauen hoch.

„Jess", sagte ich, „steh auf."

Er glitt aus der Sitzecke und ich legte eine Hand unter seinen Arm, um ihn zu stützen.

„Welches Hotel?", fragte ich.

„Ben …"

„Wir können reden, wenn du nicht schwankst."

Ich ließ seinen Arm für eine Sekunde los, um meinen Worten Nachdruck zu verleihen. Er schwankte gegen mich und ich legte die Arme um ihn. Er trug etwas mit Absätzen, vermutlich Stiefel, denn sein Scheitel reichte mir bis knapp über die Schulter.

Es war beunruhigend natürlich, Jess in meinen Armen zu haben, als wären die Jahre seit der Trennung nie gewesen. Ich fühlte, wie er einen Arm bewegte, und als ich nach unten schaute, zog er sein Portemonnaie aus der Tasche. Ich ließ ihn los und legte wieder eine achtsam stützende Hand unter seinen linken Arm. Mit der freien Hand zückte er einen leuchtend roten Fünfziger und legte ihn neben seine Tasse.

Ich widerstand dem Drang, ihm zu sagen, dass ich alle möglichen Geheimnisse für ihn bewahren würde, wenn es sich so gut bezahlt machte. Er hätte mir vermutlich einen Tausender in die Hand gedrückt und den zurückzugeben wäre peinlich gewesen.

„Dein Hotel?", fragte ich erneut.

Es war nur drei Häuserblocks entfernt, also begleitete ich ihn dorthin. In Wahrheit war es eher erst ein Begleiten und dann Schleppen und Tragen, während Jess sich schwer an mich lehnte. Er schob die Kapuze zurück, als wir den Aufzug erreichten, und ich bemerkte, dass seine Haare immer noch genauso rochen wie früher, nach Kool-Aid Traube und Geißblatt, wie das billige, australische Shampoo, das er immer gekauft hatte. Ich hätte angenommen, der Millionärsjunge hätte sich ein teureres Shampoo zugelegt. Andererseits, warum Dinge ändern, die funktionierten?

Im Innern des Aufzugs ließ er eine Karte einlesen, um eine zusätzliche Reihe an Knöpfen zu aktivieren. Diese Etagen waren nicht für gewöhnliche Sterbliche.

Er beäugte mein verdrießliches Gesicht. „Die Leute versuchen, in mein Zimmer einzubrechen."

Er hatte jetzt den Aufzug, an den er sich lehnen konnte statt an mich. Ich musterte ihn von Kopf bis Fuß. Es war nicht überraschend, dass niemand ihn auf dem Weg zum Hotel erkannt hatte. Nicht wegen des Kapuzenpullis oder weil ich versucht hatte, sein Gesicht zu verdecken. Er war zu müde, um sein Charisma auszustrahlen, das spezielle Etwas, das ihn hatte auffallen lassen, selbst bevor er berühmt gewesen war. Er war 1,68m groß und wirkte immer zerbrechlich - diese Zartheit war Teil seines Zaubers. Aber normalerweise trug er in sich eine Willenskraft, als wäre er das Zentrum eines Tornados. Ohne sie war er kaum anwesend.

Ich öffnete die Arme und er gab nach, trat auf mich zu und lehnte sich an mich, sein Gesicht in meiner Brust vergraben. Ich hielt ihn und fuhr mit dem Daumen über die heiße Haut seines Nackens. Ich hätte ihn so sehr begehren sollen, dass es wehtat, und das tat ich, ein bisschen, aber hauptsächlich machte ich mir Sorgen darüber, wie er so krank geworden war und warum er dünner war, als er in dem Interview vor einem Monat ausgesehen hatte. Alles Dinge, um die ich mich eigentlich einen feuchten Kehricht hätte scheren sollen.

Ich fragte: „Wissen sie im Zimmer deinen richtigen Namen?"

Sein richtiger Name war kein Geheimnis. Er hatte die Universität von Toronto als Jesse Serik abgeschlossen und er war in genügend Sendungen unter dem Namen aufgetreten. Aber die Tatsache, dass sein Name kein Geheimnis war, machte ihn für die meisten Leute uninteressant.

Er schwieg einen Moment lang. „Nein."

„Okay."

Er löste sich von mir, als der Aufzug anhielt. Die Tür öffnete sich nicht auf einen typischen Hotelflur, sondern in eine Lounge, die etwa halb so groß war wie die palastartige Lobby unten. Ein Rudel Hipster, die Handys umklammert, lief auf und ab, wich sich immer im letzten Moment noch aus. Vorbereitungen für das Konzert heute Abend und wahrscheinlich auch der Versuch, ihren Star zu finden. Die Band konnte ich nicht sehen, aber andererseits war ich auch nicht sicher, ob ich sie erkennen würde. Jack Lowe war ein Solokünstler und die Band schien bei jeder Tournee eine andere zu sein. Ich hatte angenommen, dass er andere Musiker über ihre Toleranzgrenzen hinaus in Rage brachte und von daher jedes Mal neue engagieren musste. Vielleicht war das unfair. Ich konnte ihn später fragen, was es mit den wechselnden Bands auf sich hatte.

Als das Rudel uns bemerkte, hörten das Auf-und-ab-gehen und das Summen schlagartig auf. Sie standen still, wie Vieh auf der Weide. Nicht aggressiv oder ängstlich, noch nicht, aber offen für beides. Ich blieb ein paar Schritte neben ihm stehen, weit genug entfernt, um klar zu machen, dass ich kein verrückter Entführer war, aber nahe genug, dass ich sein Gesicht sehen und ihn auffangen konnte, falls er fiel. Oder im Falle eines Hipster-Ansturms.

„Das ist Ben", sagte Jesse. Er holte Luft und als er weitersprach, war seine Stimme anders. Es war immer noch seine, aber mit einer gewissen Schärfe. „Er ist ein alter Freund. Wir haben uns auf einen Drink getroffen."

Eine kleine Frau in schwarzer Lederjacke und einer dicken, schwarz gerahmten Brille kam schnell auf uns zu. Ihre Haare, unordentlich auf dem Kopf zusammengebunden, bildeten ein beachtliches Spektrum an Farben ab, von denen keine in der Natur zu finden war.

„Jack, du kannst nicht einfach weggehen. Du hast den ganzen Zeitplan durcheinandergebracht. Du hast ein Interview in fünfzehn Minuten und wir können es nicht verschieben, weil der Soundcheck …"

„Kann ich vom Bett aus zuhören?", fragte Jess mit einem knappen Lächeln, das klar machte, dass es keine Frage war. Sein Tonfall war nicht freundlich.

Gerechterweise musste man sagen, dass er blaugemacht hatte. Sie hatten wahrscheinlich ein gewisses Recht dazu, verärgert zu sein. Ich hätte es ihm vielleicht angekreidet, wenn ich nicht gewusst hätte, wie schwer es ihm fiel, aufrecht zu stehen, von gestrafften Schultern und einer Aura von Kontrolle ganz zu schweigen.

„Ja!", erwiderte die Frau unbeeindruckt. „Der Arzt hat gesagt, du sollst im Bett bleiben, wenn du kein Konzert gibst. Oder den Soundcheck machst. Interviews können vom Bett aus stattfinden. Du kannst nicht einfach in der Stadt herumlaufen und dich mit alten Freunden treffen. Das Label ist stinksauer!"

Echter Ärger blitzte einen Moment lang in Jess' Augen auf. Ich fragte mich, ob sie ihn gut genug kannte, um das zu sehen. Er war immer gut darin gewesen, die Flammen zu löschen, bevor jemand sie sehen konnte.

„Natürlich", sagte er mit nahezu ausdruckslosem Gesicht. Er wandte sich zu mir und mir fiel auf, dass er sich so positioniert hatte, dass er dem Raum den Rücken kehrte, als er mich ansah. Damit sie nicht sahen, wie seine Züge weicher wurden, oder die erschöpfte Zuneigung in seinen Augen.

„Bis später", sagte er.

Ich blieb lange genug, um zu sehen, in welches Zimmer er ging, dann zog ich mich zurück.

2

VON DER Lobby aus rief ich meine E-Mails ab. Wie erwartet hatte Lauren Courtney keine Zeit verschwendet. Sie hatte ein Google Drive Dokument mit mir geteilt, das eine Sammlung von Fakten über Kimberly enthielt. Dinge, nach denen ich gefragt hatte. Dinge, nach denen ich nicht gefragt hatte. Sie hatte es auch noch mit anderen geteilt, vermutlich Kimberlys Freundinnen. Ich bewunderte das ein wenig. Es war effizient, es allen zu ermöglichen, Hinweise und Fakten und jedes *ich erinnere mich, dass ich es eigenartig fand* in einem Dokument zu sammeln. Vermutlich plante sie Babypartys auf dieselbe Art.

Außerdem hatte sie eine Facebook-Seite eingerichtet, auf der Leute Hinweise hinterlassen konnten. Bisher war dort noch nichts gepostet. Ich wusste nicht, wie viele Studenten auf Facebook waren, aber fairerweise musste man sagen, dass jeder, der auf TikTok einen Hinweis hinterlassen wollte, erst eine Tanznummer ausarbeiten musste, und das war eine große Herausforderung.

Auf Twitter gab es unter #FindKimMoy einige Aufrufe, aber das waren nur Lauren und Kims Freundinnen, die die Menschen baten, Informationen zu teilen. Eine Menge überraschter und trauriger Emojis. Betende Hände.

Bevor ich anfing, das Dokument zu lesen, nahm ich mir einen Moment und forderte einen ausstehenden Gefallen ein. Dann tauchte ich in die Informationen ein.

Kimberly Moy war eine Bachelor-Studentin im zweiten Jahr an der Mount Royal, Hauptfach Geschichte und Nebenfach Kunst. Oder, wie sie auf Social Media erklärte, Kunstgeschichte. Sie kritzelte ständig vor sich hin, bezahlte die Studiengebühren von einem Stipendium und gelegentlichen Jobs als Paint Nite-Lehrerin, wo sie Betrunkenen beibrachte, die unbeschreibliche Schönheit eines Sonnenuntergangs einzufangen.

Online war sie meist als K-Tel unterwegs. Der Glitzer, der diese Identität umgab, war eine Anspielung auf die gleichnamige Plattenfirma. Kimberly war eigentlich zu jung, um sich daran zu erinnern. War es das, was Kunstgeschichtler heutzutage studierten?

Ich klickte mich durch eine scheinbar endlose Sammlung von Fotos. Kim mit ihren Freundinnen in der Uni. Kim mit ihren Freundinnen in Restaurants und Bars. Kim in ihrem Zimmer, wo sie stolz die Zeichnungen präsentierte, die sie über die Wände verteilt hatte. Sie sah ihrer Schwester ein wenig ähnlich, spielte diese Ähnlichkeit aber herunter, indem sie ihre Haare in einem glänzenden Lila-Schwarz färbte, zu helle Grundierung benutzte und ihre Augen im Stil von Kleopatra umrahmte. Sie trug überwiegend Kleider und bevorzugte gepunktete

Rockabillies und Ginghamkleider mit enger Taille und leicht ausgestelltem Rock. Der Gesamteffekt zeigte Wednesday Addams in einem Annette Funicello-Film.

Sie war tätowiert, denn wer war das nicht. Ihre Tätowierung, zumindest die, die ich auf den Bildern sehen konnte, war eine singende Amsel, mit dem Wort *ME* auf dem Flügel. Der Vogel hockte auf ihrem linken Bizeps unterhalb der Stelle, an der ihre Flügelärmel endeten. Natürlich hatte sie ihre Tätowierung in Relation zur Ärmellänge ihrer Kleider geplant. Allein ihr Aussehen, die sorgfältige Abstimmung von Schuhen, Make-up, Fingernägeln und Haarband verriet, dass sie gerne vorausplante.

Zu ihren Ehren musste man sagen, dass die Bilder keine schmollmundige Parade des Sexy Look des Monats waren. In ihrem jeweiligen Gesichtsausdruck, dem echt wirkenden Lachen, Erschöpfung oder Überraschung oder Enttäuschung im Gesicht erkennbar, kam die echte Person durch. Sie lachte viel, wenn man den Fotos glauben durfte. Es schien ihr nichts auszumachen, nicht perfekt auszusehen. Sie hatte intelligente Augen.

Auf ihren Social Medias konnte ich nur die öffentliche Persönlichkeit finden. Das war nicht ideal, da ich auf der Suche nach geheimen Leidenschaften und Gelüsten war, die sie dazu veranlasst haben könnten, überstürzt die Stadt zu verlassen. Wahrscheinlich würde sie dergleichen Dinge nicht dort veröffentlichen, wo jeder sie sehen konnte, aber Hinweise konnten sich immer finden, also studierte ich jedes Foto und Video und jeden Beitrag, als enthielten sie das Allheilmittel für Krebs. Ich war so konzentriert bei der Sache, dass ich mich beinahe zu Tode erschreckte, als mich etwas hart in der Mitte der Stirn traf.

„Ich hoffe, du bist nicht zur Überwachung hier, Ames."

Ich schob mein Handy in die Tasche und sah zu Dr. Luna Fares auf. „Du sollst Menschenleben retten, nicht sie zu Tode erschrecken."

Luna stemmte die Hände in die Hüften. Glänzend rote Fingernägel bildeten einen starken Kontrast zum matten Grün ihrer OP-Kleidung. „Ich hätte schnurstracks an dir vorbeigehen können. Bist du sicher, dass du für den Job geeignet bist?"

Ich hatte Luna kennengelernt, als ich noch Polizist und Stammgast in den Notaufnahmen der Stadt gewesen war. Sie war süchtig nach Lipgloss mit Glitzer und Adrenalin und hatte einmal scheinbar *aus Versehen* Preiselbeersaft in die Wunde eines meiner Häftlinge gegossen, nachdem sie die Nase davon voll hatte, wie er mit uns beiden sprach.

„Ich bin nicht am Arbeiten", sagte ich. „Ich meine, bin ich schon, aber nicht so. Es ist … jemand braucht meine Hilfe. Danke, dass du gekommen bist."

Luna warf einen Blick auf ihre Armbanduhr. „Wie du am Telefon erwähntest, schulde ich dir einen Gefallen. Aber ich habe nur etwa vierzig Minuten, also lass uns zur Sache kommen." Der schwache britische Akzent ihrer Kindheit war immer stärker ausgeprägt, wenn sie es eilig hatte. Oder wütend war. Oder aufgeregt. Oder betrunken. „Wo ist dieser jemand?"

14

Ich wies sie mit einer Geste an, mir zu folgen, und ging zum Aufzug. „Es ist eher *wer* als wo. Du weißt, wer er ist."

„Ach ja?" Sie betrachtete ihr Spiegelbild in den geschlossenen Aufzugtüren. Selbst unter kaltem Neonlicht wirkte sie mit ihren dunklen Augen und ihrer hellbraunen Haut so warm wie ein vom Kaminfeuer erhelltes Wohnzimmer. Sie fuhr sich mit den Fingernägeln durch die langen Haare, schob eine Strähne hinters Ohr und seufzte. „Ist er einer deiner Ex-Freunde?"

„Ich … genau genommen, ja. Aber das ist nicht …" Die Aufzugtüren öffneten sich und ich eilte hinein, bevor sich jemand anderes zu uns gesellen konnte, dann las ich die Zimmerschlüsselkarte ein, die ich aus Jesses Tasche geklaut hatte. „Es ist Jack Lowe."

Luna klappte die Kinnlade herunter. Sie blinzelte. Dann rammte sie ihren Handballen in meine Brust, fest genug, dass es wehtat. „Fick! Dich! Du hast mich während meiner Abendessen-Pause hergerufen, um mir einen bescheuerten Streich zu spielen?"

„Er und ich waren zusammen, als ich in Toronto lebte. Wir waren zusammen an der Uni. Ich verspreche, ich erzähle dir ein andermal alles darüber. Jetzt gerade braucht er einen Arzt. Er hat in Winnipeg die Diagnose Atypische Lungenentzündung erhalten und er … er sieht nicht gut aus."

Luna fuhr sich mit dem Daumennagel über die Unterlippe. Hin und her, hin und her. „Oh mein Gott. Das ist kein Scherz."

„Ich möchte eine unvoreingenommene Meinung. Kann er das Konzert heute und das Konzert morgen Abend geben oder bringt ihn das ins Krankenhaus?"

„Du willst, dass ich diese Entscheidung klinisch treffe?" Luna zog ein Stethoskop aus der Tasche und hängte es sich um den Hals. Es war eine simple Geste, die etwas tief in ihr veränderte und aus der normalen Luna Dr. Fares machte. „Keine Laborwerte, kein Blutdruck. Dein Glück, dass ich ein Oximeter und ein Thermometer in der Tasche habe. Wie lange, glaubst du, habe ich mit ihm?"

„Kommt drauf an, ob er kooperiert", sagte ich.

Lunas ungläubigem Blick wäre vermutlich ein Vortrag über die Schwierigkeit der Behandlung von im besten Falle widerwilligen Patienten gefolgt, aber die sich öffnenden Aufzugtüren kamen ihr zuvor.

Luna musste nicht gesagt werden, wie sie die Sache handhaben sollte. Sie stürmte mit einer Eile und Anspruchshaltung aus dem Aufzug, wie man sie nur von Ärzten und Kleinkindern kennt. Ich eilte um sie herum, um sie zu Jesses Zimmer zu weisen. Das Rudel Hipster hatte sich ausgedünnt, während ich unten gewesen war, und niemand hielt uns auf, um Fragen zu stellen.

Jesses Zimmer war eine Suite und wir betraten ein Wohnzimmer mit versunkenem Kamin, Essbereich und Konzertflügel vor raumhohen Fenstern und einer Küche auf der anderen Seite. Der Flügel war vermutlich das Einzige in dieser edlen Einrichtung, was Jesse tatsächlich benutzt hatte.

Zwei Angestellte der Plattenfirma saßen neben dem Kamin. Einer tippte hektisch auf einem Laptop, der andere auf seinem Handy. Sie sahen auf, als wir eintraten, und Luna stürmte vor.

„Ist mein Patient da drin?", fragte sie und wies auf eine der geschlossenen Türen der Suite.

Der Angestellte am Laptop nickte, während der mit dem Handy langsam aufstand. „Entschuldigung, sind Sie …"

Luna machte sich nicht einmal die Mühe, ihn anzusehen. Ich beeilte mich, Schritt zu halten, als sie die Tür zu Jesses Schlafzimmer aufstieß und hineinmarschierte.

Über ihre Schulter hinweg sah ich Jesse. Er war angezogen und lag auf der Tagesdecke. Anstatt zu schlafen, telefonierte er. Mit wem auch immer er sprach, er tat, was er konnte, um den Eindruck zu vermitteln, dass es ihm gut ging. Besser als gut. Fantastisch. Sein Gesicht, blass und beinahe grau, machte deutlich, dass das eine verdammte Lüge war.

Die Frau mit der schwarz gerahmten Brille stand auf der anderen Seite des Bettes und beobachtete Jesse, während er sprach. Er trug seine eigene Brille, ein schmales Drahtgestell, und das war ein weiteres schlechtes Zeichen. Jesse hatte eine seltsame Mischung aus Kurz- und Weitsichtigkeit, was bedeutete, dass er seine Augen dazu bringen konnte, entsprechend zu fokussieren, es sei denn, er war erschöpft. Es war kein guter Tag, wenn Jess seine Brille aufsetzen musste.

„… fantastisch, die Tour hier in Kanada zu beenden", sagte er gerade. „Ich habe Vancouver vermisst - es ist schon ein paar Jahre her, dass ich im Westen war."

Wer auch immer am anderen Ende war, begann zu sprechen, und Jesse nutzte die Pause, um Luna und mir einen fragenden Blick zuzuwerfen. Seine Hüterin funkelte uns an und hob eine Schweigen gebietende Hand. Luna, die nicht daran gewöhnt war, dass man ihr den Mund verbot, öffnete den Mund. Ich legte ihr eine Hand auf die Schulter und schüttelte den Kopf. Jesse würde in wenigen Momenten auflegen. Wir konnten solange warten.

Was immer der Anrufer sagte, es brachte Jesse zum Lachen.

„Oh, bitte. Würden Sie jemanden, der am Freitag das Büro verlässt, aufhalten und fragen, was er am Montag auf der Arbeit machen wird? Ich bin schon lange auf Tour. Ich mache eine Pause."

Seine Hüterin sah wütend aus. Die Frage war offensichtlich gewesen, was er nach der Tournee vorhatte, und ihrem Gesichtsausdruck nach zu urteilen nahm ich an, dass er von der Absprache abgewichen war.

Als Jesse erneut sprach, war seine Stimme leiser und er machte Pausen, um zu atmen. Der Auftritt war vorbei. „Danke, Leute. Wir sehen uns morgen beim Konzert."

Er legte auf, ließ das Handy aufs Bett fallen und sah sich im Zimmer um. Bevor er etwas sagen konnte, platzte seine Hüterin heraus.

„Was auch immer es ist", sagte sie und gestikulierte mit dem Arm in Lunas Richtung, „wir können das in einer Minute besprechen. Aber was ist so schwer daran, die ZZGolds Single zu promoten? Das war die Abmachung, Jack. Du singst sie, du machst Werbung dafür. Wenn jemand dich fragt, was für dich als Nächstes kommt, sagst du, dass die Scheiß-Single nächste Woche veröffentlicht wird. Wie schwer ist das?"

Jess schloss die Augen und seufzte. „Ich habe es vergessen."

Mein Nacken kribbelte. Er hatte gelogen. Ich hatte in Jess nie bestimmte verräterische Anzeichen für eine Lüge entdeckt, aber in der Regel hatte ich es trotzdem gewusst.

Er öffnete die Augen und lächelte Luna erschöpft an. „Ich glaube nicht, dass wir uns schon begegnet sind."

„Ich bin Dr. Fares", erklärte Luna ihm. Sie schien von dem Star vor ihr nicht fasziniert. „Ich bin heute Ihre Ärztin, wenn Sie das möchten."

„Wir haben dafür keine Zeit", sagte Jesses Hüterin. Luna ignorierte sie.

„Sie sehen krank aus", sagte sie zu Jesse. „Ärzte sagen das nicht zu jedem. Ich würde Sie gerne untersuchen. Wäre das in Ordnung?"

„Er braucht kein…", setzte die Hüterin an.

Jesse unterbrach sie mit einem Wort. „Ja."

„Ja?", fragte Luna. Sie zog ihre quer über dem Rücken getragene Arzttasche nach vorn und öffnete den Reißverschluss.

„Ja. Danke."

„Jack, wir haben keine Zeit dafür", sagte seine Hüterin. „Du hast in einer halben Stunde Soundcheck. Der Arzt in Winnipeg hat gesagt, dass du die Konzerte geben kannst. Du hast mir gesagt, dass du nicht absagen willst."

Endlich hatte sie Lunas Aufmerksamkeit.

„Könnten Sie draußen warten?", fragte Luna.

„Was? Nein!"

„Möchten Sie Privatsphäre?", wollte Luna von Jesse wissen. „Als mein Patient?"

„Gia, bitte warte draußen", sagte Jess. „Okay? Bitte?"

Sie sah ihn aus schmalen Augen an, aber dann drehte sie sich um und ging. Sie schloss die Tür hinter sich mit einem unangenehmen Knall.

„Sie sind eine Freundin von Ben?", fragte Jesse.

Luna lächelte. „Sind Sie ein Freund?"

„Fragen Sie ihn."

„Faszinierend. Bitte halten Sie einen Moment lang still."

Luna maß seine Temperatur, während ich mich in der Nähe der Tür herumdrückte, damit ich sie zuhalten konnte, falls jemand versuchen sollte hereinzukommen.

„Ich weiß, dass Gia wie das größte Miststück auf Erden rüberkommen muss", sagte Jess. „Das ist sie nicht. Es ist ihre Aufgabe, dafür zu sorgen, dass die Dinge laufen, und …"

Das Thermometer piepste. Luna sah auf das Display und runzelte die Stirn, dann steckte sie sich das Stethoskop in die Ohren.

„Und?", fragte sie. „Bitte ziehen Sie das Hemd aus. Das hören Sie vermutlich ziemlich oft."

„Danke, ebenso", sagte Jesse. Luna lachte wie eine Trompete und ich war mir sicher, dass man sie noch auf der nächsten Etage hören konnte.

„Ich habe gesagt, dass ich die Konzerte geben möchte", sagte Jesse zwischen Lunas Anweisungen, einzuatmen, den Atem anzuhalten und wieder auszuatmen. „Es ist besser als die Alternative. Gia weiß das."

„Nun." Luna hockte sich auf die Nachttischkante. Sie kramte tief in ihrer Tasche nach etwas. „Das kommt auf die Alternative an. Oh. Hier. Geben Sie mir Ihre Hand."

Sie klipste etwas um seinen Zeigefinger. Eine Sekunde später piepste es und eine blinkende 93 zeigte sich auf dem kleinen, quadratischen Monitor.

„Ah", sagte Luna. „Sind die aus Gel?"

Ich hatte keine Ahnung, was sie meinte, aber Jess nickte. Luna nahm seine Hand und pellte geschickt die schwarze Schicht von einem Fingernagel ab.

„Hey!" Jess zog seine Hand zurück.

„Zeigen Sie mir Ihre Hand", sagte Luna. „Kommen Sie."

Er tat es und ich konnte sehen, was sie gemeint hatte. Ohne den schwarzen Lack hatte der Nagel einen entschieden blauen Schimmer.

„Das ist nicht gut", erklärte Luna ihm. „Ihre Sauerstoffsättigung ist schlecht. Nicht schlecht genug fürs Krankenhaus, aber das ist keine Atypische Lungenentzündung mehr. Sie sind eine Liga aufgestiegen."

Sie drehte seinen Arm um und betrachtete die Haut dort. Jess verdrehte die Augen.

„Ich nehme nur mir verschriebene Drogen", sagte er.

„Ihr Ruf eilt Ihnen voraus", erwiderte Luna mit leicht entschuldigendem Tonfall.

Jess nickte. „Das verstehe ich."

Jesse klipste das Gerät von seinem Finger ab und gab es ihr zurück, dann zog er sich das schwarze T-Shirt wieder an, das er unter dem Kapuzenpulli getragen hatte. Von mir aus hätte er es auch weglassen können, aber vermutlich war es besser so. Es gab meinen Erinnerungen an ihn in meinem Bett, oder unserem Bett, angezogen und ausgezogen und alles dazwischen, weniger Nahrung.

„Sie haben neununddreißig fünf Fieber", teilte Luna ihm mit. „Das ist auch nicht genug fürs Krankenhaus, aber ich nehme an, dass Sie bereits Ibuprofen oder so etwas genommen haben und das der Grund dafür ist, dass das Fieber nicht höher ist. Sie haben vermutlich eine bakterielle Lungenentzündung. Die gute Nachricht ist: Antibiotika helfen. Die schlechte Nachricht: Eine dreistündige Bühnenshow wird nicht helfen und ich sage das als jemand, der Eintrittskarten hat."

Jesse legte den Kopf zurück auf die Kissen und holte tief Luft oder versuchte es zumindest. „Es ist nicht dasselbe, wie sich krank zu melden. Ich koste einigen Leuten eine Menge Geld, wenn ich absage."

„Oh, haben diese Leute eine Lebensversicherung auf Sie abgeschlossen?", zirpte Luna. „Wenn ja, und Sie geben das Konzert und sterben, können die dann zweimal an Ihnen verdienen!"

„Denken die denn nicht weiter als diese zwei Konzerte?", wollte ich wissen. „Wenn sie klug sind ..."

Jesse gab ein Geräusch von sich, halb Husten und halb Lachen. „Sie haben eine Lebensversicherung", sagte er. „Schau, es ist nicht nur das Geld. Ich habe es dir gesagt, Ben. Das Internet wird gemein."

„Ist es das nicht jetzt schon?", wollte Luna wissen.

Jesse drehte den Kopf auf dem Kissen und sah sie an. „Sie werden schon sehen."

Sie legte eine Hand auf seine Stirn und sah ihn mitfühlend an. „Sie müssen absagen. Heute Abend und morgen Abend. Sie sind sehr krank."

„Ich kann es durchstehen."

Luna schüttelte den Kopf. „Glauben Sie, Sie sind der erste Künstler, den ich behandelt habe? Sie sind alle wahnsinnig und können so einiges durchstehen. Wenn es noch eine Atypische Lungenentzündung wäre, würde ich sagen: Gehen Sie hin und geben Sie das Konzert. Ben, hier", sie zeigte auf mich, „würde das nicht gefallen und es wäre auch nicht mein ärztlicher Rat, aber ich würde es Sie tun lassen. Ich sage Nein, weil es etwas ist, was Sie wirklich nicht tun können."

Jess schloss die Augen. Luna nahm die Hand von seiner Stirn. Seine Atmung war angestrengt und er versuchte nicht länger, das zu verbergen. Seine Hand lag schlaff auf seinem Bauch und das blasse Blau seines nackten Fingernagels zog meinen Blick auf sich.

„Ich helfe dir, es ihnen zu sagen", sagte ich. „Und du musst nicht hier bei ihnen bleiben. Du kannst ins Krankenhaus gehen, wenn du möchtest, für alle Fälle. Oder ... du könntest bei mir bleiben."

Ich wusste nicht, dass ich das sagen würde, bis die Worte aus meinem Mund kamen. Jess öffnete halb die Augen und betrachtete mich ausdruckslos. Luna beschäftigte sich damit, ihre Ausrüstung zurück in die Tasche zu räumen.

Jesse sah mich weiterhin an. „Meinst du das ernst? Ich habe Möglichkeiten. Du musst nicht."

Ich zuckte die Schultern. „Ich habe ein freies Zimmer. Und Frank könnte die Gesellschaft brauchen."

Er zeigte Überraschung bei den Worten. Er wusste nicht, dass Frank ein Hund war, also wer war Frank? Mein Freund? Mit dem ich zusammenlebte?

Ich konnte nicht sagen, ob es ihn interessierte. Was kümmerte es mich, ob es ihn interessierte?

Stattdessen sah ich Luna an. „Was gibt es bei Fütterung und Pflege zu beachten?"

„Hauptsächlich muss er ruhen", sagte sie. „Er sollte etwas essen. Er wird vermutlich nicht wollen. Ich gebe dir ein Rezept für ein Antibiotikum. Wenn sein Fieber auf über vierzig Grad ansteigt oder ... oh." Sie fischte den kleinen Clip aus ihrer Tasche und warf ihn mir zu. „Das ist ein Puls-Oximeter. Es misst die Sauerstoffsättigung in seinem Blut. Er ist jetzt bei dreiundneunzig. Wenn sie unter zweiundneunzig sinkt, bring ihn in die Notaufnahme."

„Ich bin im Zimmer", sagte Jess. Seine Augen waren geschlossen und seine Stimme geisterhaft, von daher klang er wenig überzeugend.

„Oder wenn es anfängt, ihm schlechter zu gehen", fuhr Luna fort. „Seine Hautfarbe schlechter wird. Er nicht ausreichend atmen kann, um zu sprechen. Benutze deinen gesunden Menschenverstand."

Ich öffnete die Schlafzimmertür und winkte Gia wieder herein. Sie funkelte mich an, als sie an mir vorbei fegte. „Und?"

„Wir sind im Arsch, Gia." Jesses Lächeln blitzte auf und verschwand. Er hielt gerade so die Augen offen.

Gias Schultern hoben und senkten sich, als ob sie einen dicken Kloß einatmete, so wie Beton. „Nur heute Abend?"

Jesse schüttelte den Kopf.

„Bakterielle Lungenentzündung", sagte Luna. „Wenn er in einem Monat wieder singt, kann er von Glück reden."

Gia machte ein säuerliches Gesicht. „Ich ... schön. Ich gebe das Kommando. Es wird Folgen haben."

Jess schloss die Augen. „Ich weiß."

„Gehst du ins Krankenhaus?", fragte Gia.

„Ich bleibe bei Ben", sagte Jesse.

Gia sah mich an. „Was zum Teufel?"

Ich hatte keine gute Antwort. Das wusste ich, weil ich mir dieselbe Frage stellte.

„Wir sind alte Freunde", erinnerte ich sie. „Es geht ihm noch nicht so schlecht, dass er ins Krankenhaus muss, aber er ist auch nicht mehr weit davon entfernt. Ich werde ein Auge auf ihn haben."

„Er bleibt hier", sagte Gia. „Die Suite ist bis morgen bezahlt."

„Ich bleibe bei Ben", wiederholte Jesse. „Die Tour ist abgesagt. Alle können nach Hause gehen."

„Er ist nicht unter Hausarrest oder so", sagte ich. „Oder?"

„Nein", sagte Gia, aber es klang sehr viel mehr nach einem *ja*. „Selbstverständlich nicht. Aber ich bin verantwortlich ..."

„Bist du nicht", sagte Jesse. „Nicht, wenn sie abgesagt ist."

„Es ist meine Aufgabe, alle nach Hause zu bringen", erklärte Gia ihm.

„Nicht mich."

„Weißt du was?", sagte Gia. „Schön. Du bist ein erwachsener Mensch. Tu, was du willst. Ich wische hier auf."

„Danke", hauchte Jess.

„Das ist mein Job", entgegnete Gia. „Du weißt, dass die Rücktrittsversicherung das nicht abdecken wird? Die Entscheidung, sich krank zu melden, ist keine höhere Gewalt. Und wir haben damit gerechnet, dass wir die Verluste ausgleichen können."

„Ich weiß", sagte Jess.

Gias Gesichtsausdruck wurde weicher. „Okay. Wo kann ich dich erreichen?"

„Auf meinem Handy", sagte Jess.

Ich trat vor und gab Gia meine Visitenkarte. „Mein Büro ist an mein Haus angeschlossen."

Sie las die Karte und zog die Augenbrauen hoch, erst an Jess gewandt und dann, als sie sah, dass er die Augen geschlossen hatte, an mich.

„Ich bin nicht beruflich hier", sagte ich.

„Ich schon", sagte Luna und überreichte ihrerseits eine Visitenkarte.

„Nun, ich habe Anrufe zu machen." Gia machte auf dem Absatz kehrt und marschierte schnurstracks aus dem Zimmer.

„Diese Frau ist sauer", bemerkte Luna.

„Diese Frau hat Probleme", sagte Jesse. „Meine Schuld."

„Musst du packen?", fragte ich Jesse.

Er schüttelte den Kopf und nahm sein Handy vom Nachttisch. „Mein Zeug ist im Bad. Alles andere kann ich mir schicken lassen."

Ich ging ins Badezimmer und fand eine Reisetasche hinter der Tür, groß genug für seinen Kulturbeutel und ein paar Klamotten. Ich steckte ein paar hinein. Machte keinen Sinn, sich Umstände zu machen, wenn es auch anders ging.

Als ich fertig war, hatte Luna es geschafft, Jesse auf die Beine zu bringen. Er war zittrig, aber er schien selbst gehen zu wollen. Ich war dafür, denn ein Mann, dem man beim Gehen hilft, zieht weniger Blicke auf sich als einer, der aus dem Hotel getragen wird. Ich ließ ihn bei Luna, während ich mein Auto vom Baxter holte. Während sie und ich Jess auf den Beifahrersitz halfen, fragte sie ihn, ob ihre Eintrittskarten erstattet werden würden.

„Wenn der Veranstalter es nicht tut, dann tue ich das", sagte Jess ihr. „Aber du kannst sie dir auch in den Arsch stecken."

Luna lachte und winkte. „Gute Besserung."

3

EINE STUNDE später hatte ich Jess in meinem Gästezimmer ins Bett gesteckt. Sein Handy, das Ladegerät und ein Glas Wasser standen neben dem Bett, zusammen mit seinem Antibiotikum, dem Oximeter und allen anderen Dingen, die ich in Lunas Auftrag in der Apotheke besorgt hatte.

Frank lag am Fußende des Bettes. Er hatte bereits beschlossen, dass er Jesse lieber mochte als mich.

Jesse hatte erleichtert gewirkt, so schien es, als er herausfand, dass Frank ein Hund war. Es war schwierig, sich sicher zu sein, denn Jesse war bei seinem Anblick in ein rührseliges Lächeln ausgebrochen und hatte Frank als einen *wunderschönen Jungen* bezeichnet, was nur bedeuten konnte, dass Jess fantasierte.

Ich machte es mir mit meinem Laptop und meinem Handy in einem Sessel in der Ecke bequem. Jess drehte sich auf die Seite, um mich anzusehen. „Ich brauche keinen Babysitter."

Ich warf einen Blick auf meine Armbanduhr. „Du brauchst jemanden, der einmal stündlich deine Temperatur und deine Sauerstoffsättigung misst. Wenn du möchtest, dass ich gehe, gehe ich, aber das heißt nur, dass ich bald wiederkomme."

„Nein, ich wollte nur nicht, dass du glaubst, du *musst* dableiben." Es dauerte eine Weile, bis er alle Worte herausgebracht hatte. Er fügte hinzu: „Es ist in Ordnung, wenn du bleiben willst."

„Okay."

Ich öffnete ein paar Internetseiten für den Fall, dass irgendetwas in den Nachrichten Licht auf meinen Fall werfen konnte. Die wichtigsten lokalen Nachrichten waren im Moment, dass Jack Lowe die letzten beiden Konzerte seiner Tournee abgesagt hatte. Gia arbeitete schnell. Im Süden der Stadt gab es einen Auffahrunfall mit mehreren Fahrzeugen, trotz idealer Straßenbedingungen. Man vermutete, dass Alkohol im Spiel gewesen war. In Calgary hatte jemand den Lottojackpot geknackt, der Gewinner hatte sich aber noch nicht gemeldet. Jeden Mittwoch ein Supergewinn, wie es in der Werbung hieß. Irgendjemand saß schon seit Tagen auf einem Vermögen. Der Prozess gegen den jungen Mann, der letztes Jahr auf einer Verbindungsparty eine Leuchtpistole abgefeuert und dabei einen seiner Kumpel getötet hatte, würde morgen beginnen. Die Frage war, ob er gewusst hatte, was eine Leuchtpistole anrichten konnte, wenn man sie neben dem Kopf eines Menschen abfeuerte. Die Antwort sei dahingestellt.

Ich widmete mich wieder dem Studium von Kim Moys Social Media. Diese Phase einer Ermittlung war ein bisschen Zen und ein bisschen Frust. Nicht zu

22

wissen, wonach ich suchte. Offen für alles. Nicht zu wissen, was ich finden würde. Gab es im Hintergrund auf einem der Fotos etwas, das mir sagen konnte, wo sie war und warum sie verschwunden war? Verdammt, wenn ich das wüsste.

Der Wecker ging los. Ich schloss den Laptop und sah, wie Jesse schläfrig die Hand nach Thermometer und Oximeter ausstreckte.

„Steh' nicht auf", nuschelte er um das Thermometer herum, ein Museumsstück mit Quecksilbersäule, das ich mir während einer heftigen Grippe aus dem Medizinschrank meiner Eltern geborgt und dann vergessen hatte zurückzubringen.

Er hielt den Oximeter hoch und ich nickte. Sein Puls war besser. Sättigung dieselbe. Er nahm das Thermometer aus dem Mund und sah auf die Anzeige. „Neununddreißig."

Ich nickte. „Okay. Gut."

„Arbeitest du an etwas?", fragte er. Ich öffnete meinen Laptop und sah auf den Bildschirm voller Fotos, von denen keines mir einen Hinweis oder einen Anhaltspunkt gegeben hatte.

„Quasi", sagte ich. „Ein Fall."

„Kannst du mir etwas darüber erzählen?"

„Möchtest du eine Gute-Nacht-Geschichte?"

Jess lächelte. „So was in der Art."

Manchmal half es, über diese Dinge zu sprechen. Normalerweise tat ich das mit Frank, da Frank ein Geheimnis für sich behalten konnte. Aber ich konnte mir nicht vorstellen, dass Jess die Geschichte überall in der ganzen Stadt verbreiten würde.

„Es geht um eine vermisste Person", sagte ich und erzählte ihm, wie ich beauftragt worden war und das wenige, was ich wusste.

Jess hob den Kopf vom Kissen. „Solltest du nicht nach ihr suchen?"

„Wahrscheinlich hätte ich den Fall gar nicht erst annehmen sollen." Ich stellte den Laptop auf den Boden. „Kimberly Moy ist eine Universitätsstudentin. Sie ist nach dem Alter eine erwachsene Frau, und wenn Erwachsene verschwinden, dann normalerweise, weil sie das wollen. Manchmal wollen sie von der Bildfläche verschwinden, für eine Weile oder für immer. Bei Studenten ist es in der Regel so, dass sie vergessen, jemandem Bescheid zu sagen, wenn sie mit einem Typen abhauen oder dergleichen. Irgendwann tauchen sie wieder auf."

„Warum wolltest du den Fall nicht annehmen?", fragte Jesse. „Es klingt nach Detektivarbeit."

„Wenn die Klientin glaubt, dass ich ihre Schwester vor einem Kult rette oder sie aus einem tiefen Brunnen ziehe, dann träumt sie. So ist das nicht."

„Was, wenn sie gerettet werden muss?", wollte Jess wissen. „Sie könnte in Schwierigkeiten sein."

„Vier Tage sind zu lang. Es ist zu spät. Wenn ich etwas finde, wird es nicht das sein, was ihre Schwester möchte."

„Aber sie wird es wissen." Jess zuckte die Schultern. „Das ist besser, oder? Als sich zu wundern?"

„Wenn ihre Schwester tot ist, werden die Bullen sie irgendwann finden", sagte ich. „Die Klientin hat es der Polizei gemeldet. Vielleicht finden sie Kim sogar, wenn sie noch lebt. Sie werden ihr Foto und ihre Beschreibung in Umlauf bringen. Manchmal reicht das. Und es hätte meine Klientin nicht einen Dollar gekostet. Einen Detektiv zu beauftragen ist nicht billig. Aber sie hat darauf bestanden."

„Vielleicht muss sie für sich wissen, dass sie alles versucht hat", schlug Jess vor. „Sie hat einen Detektiv beauftragt. Sie hat etwas getan."

Als hätte sie dafür bezahlt, ihre Schuld auf mich zu übertragen, damit sie schlafen konnte, während das Schicksal ihrer Schwester in meinen Händen ruhte.

Verdammt.

„Das könnte sein", gab ich zu.

Jess sah aus, als wollte er etwas sagen. Ich wartete. Es kam nichts.

„Ich sehe mir ihre Social Media an", sagte ich schließlich. „Das ist im Moment eine Ermittlung ins Blaue hinein. Ich muss in Erfahrung bringen, wohin sie gegangen sein könnte und warum. Ich hatte auf etwas Offensichtliches gehofft, wie einen neuen Freund, aber es springt mir nichts ins Auge."

„Hm." Jesse angelte sich sein Handy vom Nachttisch. „Kimberly M-O-Y?"

„Du bist hier, um zu schlafen, nicht, um meine vermisste Person zu googeln."

„Ich ruhe mich aus", argumentierte Jess. „Du musst mich ohnehin in einer Stunde aufwecken, um meine Temperatur zu messen."

Ich seufzte. „Die Klientin hat mir einen Link geschickt mit Informationen. Ich kopiere ihn und schicke ihn dir."

Jess nickte. Er tippte und wischte bereits.

„Künstlerisch", murmelte Jess. Aus seinem Mund war das vermutlich ein Kompliment. „Also ist sie dramatisch?"

„Sie macht Paint Nites."

„Gute Rezensionen", merkte Jess ein paar Sekunden später an. „Lustig … entspannt … geduldig."

„Sie macht sich gut im Studium", erzählte ich ihm. „Erscheint meistens zu ihren Vorlesungen. Vielleicht tragen andere sie nur in die Anwesenheitsliste ein, aber … ich weiß nicht. Wenn sie das tun …"

„Dann sagen sie damit, dass Kimberly nie eine Vorlesung verpasst", schloss Jess.

„Ich denke, ihre Schwester hat recht. Es sieht ihr wirklich nicht ähnlich."

Ein Mundwinkel verzog sich zu einem schiefen, kleinen Lächeln. „Das hätte niemand über mich gesagt, oder? In ihrem Alter?"

Das war unsicheres Terrain, so wie wir hier zusammen hockten. Jess war ein wenig älter gewesen als Kimberly, als er aus dem Gleis geriet, ein Jahr nach der Uni anstatt ein Jahr an der Uni. Und es war auch nicht so, als ob er in den sieben Jahren seither Drama vermieden hätte. Aber das war nicht der Punkt.

Wir sahen einander einen Moment lang an. Dann senkte Jess den Blick und wir gingen wieder an die Arbeit.

„Sag mir Bescheid, wenn du einen neuen festen Freund findest", sagte ich. „Oder eine neue feste Freundin."

„Gibt es keinen anderen Grund, warum jemand verschwindet?"

Jess erschien aufrichtig neugierig, als würde er mich nach meiner langen und erfolgreichen Vergangenheit im Auffinden von vermissten Personen fragen. Alle drei. Der Großteil meiner Arbeit bestand aus Versicherungsbetrug, Scheidungsfällen und Hintergrundüberprüfungen. Besonders Hintergrundüberprüfungen. Je mehr die Menschen von ihrem Leben ins Internet stellten, desto mehr nahm man an, dass Fremde etwas zu verbergen hatten.

„Ich glaube", sagte ich vorsichtig, „dass in den meisten Fällen, wenn Menschen dumme, voreilige, unbedachte Dinge tun, ein Junge im Spiel ist. Oder ein Mädchen. Ich vermute, es gibt Tausend andere Gründe, aber das ist der, auf den ich die meiste Zeit über mein Geld verwetten würde."

„Es könnte auch Leidenschaft für etwas sein", sagte Jesse. „Ähm, oder … Angst. Oder Wut. Das sind alles Dinge, die im Gehirn einen Schalter umlegen können."

„Und ich bin an allen interessiert", stimmte ich zu. „Scham funktioniert auch. Wenn sie der Typ wäre, der eine Schwangerschaft schändlich findet, dann würde ich mich fragen, ob sie schwanger ist. Sie könnte über eine Abtreibung nachdenken oder so. Ich kann mir vorstellen, dass eine Frau das für sich behalten will."

„Man muss niemandem sagen, dass man schwanger ist", betonte Jess.

„Man muss erklären, warum man keinen Alkohol trinkt", entgegnete ich. „Oder Ibuprofen nimmt oder Weichkäse isst oder etwas trinkt, das Koffein enthält …"

„Wie findest du das heraus?", wollte Jess wissen.

Ich zuckte die Schultern. „Ich frage ihre Freundinnen. Oder ihre Feinde, wenn ich welche finden kann. Das ist mein Tag morgen. Ich spreche mit Studentinnen. Und dem Polizisten, der die Vermisstenakte angelegt hat."

„Ich suche nach ihrem Foto", sagte Jess. Die letzten Worte waren genuschelt. „Falls sie 'nen falschen Namen benutzt …"

„Das kann ich machen", sagte ich.

„Hat sie irgendwelche Accounts, die *friends only* sind?"

„Ich mache das beruflich, Jess. Während Corona bestand praktisch mein ganzes Leben aus Cyberstalking. Versuch zu schlafen."

„Nein, ich bin …"

Danach war Jess still und dann schien er wirklich zu schlafen.

Ich wählte ein paar von Kims Fotos aus - aufgebrezelt oder in Schlabberklamotten, die Haare hochgesteckt oder offen - und ließ eine Fotosuche laufen. Keine Treffer außer denen, die sie bereits auf Social Media gepostet hatte. Für eine Studentin war sie frustrierend ‚clean'. Das bedeutete nicht, dass sie keine

Geheimnisse hatte. Es bedeutete lediglich, dass, *sollte* sie welche haben, diese um einiges dunkler waren, als durch schlechtes Mensaessen zuzunehmen oder zu glauben, dass Beyoncé überbewertet wurde.

Ich forderte ihr Vorstrafenregister an, aber ich erwartete nicht, etwas zu finden. Es würde mir ohnehin nur sagen, ob sie ein Vorstrafenregister hatte. Die Details würde ich auf diese Art nicht erfahren. Als Polizist war ich in der Lage gewesen, alle möglichen Dinge einzusehen - vor Gericht verhandelte und fallengelassene Anklagen, Verkehrssünden, öffentliche Vorfälle und Ärgernisse. Manchmal psychische Erkrankungen. Ich würde morgen meinen alten Partner anrufen und fragen, was meine ehemaligen Kollegen gefunden hatten.

Mehr Fotos, als ich ihr von der Facebook-Seite einer Freundin zum Instagram eines Freundes folgte, von dort zum LinkedIn von jemandem, der mit ihr zusammen an einer Tankstelle in Manitoba gearbeitet hatte.

War sie mit jemand in Streit geraten, vor dem sie Angst hatte? Hatte sie sich irgendwie blamiert und konnte jemandem jetzt nicht mehr in die Augen sehen? Hatte sie etwas Falsches getan und war aus Angst davor, erwischt zu werden, abgehauen? Ich konnte keinerlei Anzeichen dafür entdecken.

Hatte sie zu Gott gefunden? Oder war sie einer Sekte beigetreten?

Wenn sie ein nettes, normales, junges Mädchen ohne dunkle Geheimnisse war, dann musste ich der Tatsache ins Auge sehen, dass es nicht ihre Entscheidung gewesen war zu verschwinden. Und wenn sie wirklich in irgendwelchen Schwierigkeiten steckte? Ich schätzte die Wahrscheinlichkeit auf eins zu eintausend, dass diese Angelegenheit ein gutes Ende nehmen würde. Und damit war ich optimistisch.

Ich suchte weiter, noch lange nachdem ich die Hoffnung aufgegeben hatte, etwas Neues zu finden. Einmal pro Stunde weckte ich Jesse auf, maß seine Temperatur und Sauerstoffsättigung, die beide im Lauf des Abends entweder gleichblieben oder sich leicht besserten. Ein paar Minuten vor Mitternacht brummte mein Handy mit einer SMS von Luna.

wie geht's meinem Patienten?

Ich schickte ihr die Zahlen. Uhrzeit der Kontrolle. Puls. Sättigung. Temperatur. Nächste Uhrzeit der Kontrolle. Puls. Sättigung. Temperatur. Die nächste Uhrzeit. Ich war nicht einmal bei den Werten von 23:00 Uhr angekommen, als sie mich unterbrach.

okay lass ihn schlafen ich komm morgen vor schicht vorbei wo wohnst du

Ich schickte ihr die Adresse. Sie schickte ein *SW* zurück und eine Grimasse. Nicht auf dem Weg zum Krankenhaus von ihrer Wohnung in der Innenstadt.

Wenn du bezahlst, zieh ich um.

Sie schickte ein Grinsen und eine Uhrzeit zurück. *Gegen 7.*

Das war nicht mehr allzu lang hin bis dahin. Ich stellte den Wecker an meinem Computer und überdachte meine Schlafsituation: mein Zimmer, dessen Hauptattraktion mein eigenes Bett war. Hierbleiben und im Sessel schlafen, was eine miese Nacht und einen steifen Nacken morgen früh garantierte, aber bedeutete, dass ich verfügbar war, wenn Jesse etwas brauchte. Auf der anderen Seite des Gästebettes schlafen, was auf eine ganz eigene Art und Weise sehr unbequem wäre. „Was meinst du?", fragte ich Frank. Er stierte mich ungemein fest an, was mich denken ließ, dass er eine Meinung hatte.

„Schön", sagte ich. „Bin gleich wieder da."

Frank sah mir hinterher, als ich ging, das Kinn auf die verschränkten Vorderpfoten gebettet. Er beobachtete mich, als ich wiederkam, in T-Shirt und Boxershorts und mit dem Sitzkissen vom Sofa im Wohnzimmer. Er sah mir zu, wie ich ein Bettlaken um das Sitzkissen spannte und Wolldecke und Kopfkissen darauf warf.

„Genieß das Bett", sagte ich ihm. Er gähnte. Ich vergewisserte mich, dass mein Laptop eingestöpselt und der Wecker gestellt war, dann legte ich mich hin, zog die Decke hoch und versuchte, das schwache Pfeifen in Jesses Atmung nicht zu hören. Wenigstens war es gleichmäßig und leise. Wenigstens schnarchte er nicht.

ZURÜCK IN Toronto, in der Wohnung im ersten Stock des Hauses in Cabbagetown. Jess und ich hatten uns die Wohnung etwa zweieinhalb Jahre lang geteilt. Ich stand auf dem brüchigen Linoleum einer Küche, die irgendwie gleichzeitig kahl und chaotisch war und hatte ihn gefragt, wo seine Hälfte der Miete blieb. In diesem Augenblick, dieses Mal, wusste ich es. Das erste Mal hatte ich es nur vermutet.

Ich wusste von der Party, auf die er und die Band nach dem Konzert gegangen waren. Und was sie alles dort gekauft hatten. Dass er gefeiert hatte, weil er *so* kurz davor war - *so* kurz davor, bei einer der letzten großen Plattenfirmen zu singen. Und es war ein guter Vertrag, nicht einer von diesen beschissenen Knebelverträgen, von denen er mir mitten in der Nacht erzählt hatte, damals, als er davon besessen gewesen war, sich alleine einen Ruf zu schaffen.

Er hatte nichts von dem beiseitegelegt, was er bei dem Auftritt verdient hatte. Hatte wahrscheinlich nicht einmal an die Miete gedacht. Oder an mich.

Ich hörte mich selbst sagen, dass ich die Miete jetzt brauchte, heute, als ob es das Wichtigste wäre. Es war sicherlich das Dringlichste, da mein Teilzeitjob beim Sicherheitsdienst nicht reichte, um alle Rechnungen zu bezahlen.

Er sagte, dass er einen Kater hatte, und könnten wir das bitte besprechen, wenn er keinen hatte, und ich fragte, wann er glaubte, dass das sein würde. Irgendwann nächsten Monat? Nächstes Jahr?

Er schüttelte den Kopf und ging, mit seiner Lederjacke und seinem Kater und ohne die Miete zu bezahlen. Auch das war mir vertraut. Es passierte. Ein Blatt Papier fiel aus seiner Jackentasche und daran erinnerte ich mich ebenfalls, die Liste durchgestrichener Namen und einer ganz unten. Jack Lowe. Damals hatte ich gedacht, dass dieser Jack Lowe ein Kontakt in der Branche war. Das waren die einzigen Leute, für die er sich damals zu interessieren schien. Musiker und

Influencer und Clubbesitzer und so weiter. Es war mir nicht einmal in den Sinn gekommen, dass es sich um einen anderen Mann handeln könnte, dass er mich für einen anderen Mann verlassen könnte. Wann hätte er die Zeit finden sollen, mich zu betrügen?

Die Wahrheit war mir allerdings auch nicht in den Sinn gekommen, denn wer erwartete schon, dass sein Freund ihn verlässt, um ein anderer Mann zu werden?

Jetzt, wo es ein Traum war oder eine Erinnerung, gab es vieles, was ich hätte sagen können. Vielleicht gab es nichts, was ich hätte ändern können, aber es gab definitiv ein paar Dinge, die ich hätte loswerden können. Aber ich hatte ihn wütend gemacht und die Wohnungstür stand offen, weil er bereits fort war.

Er hat die Miete nie bezahlt. Ich musste die eine Gitarre verpfänden, die er in der Wohnung behielt, und das hatte uns über den Monat gebracht. Vor zwei Jahren hatte ich versucht, einen Teil meines Studienkredits zurückzuzahlen, nur um herauszufinden, dass er bereits vollständig beglichen war.

Er glaubte wahrscheinlich, wir wären quitt.

ALS DER Wecker klingelte, war ich überzeugt, wieder in Toronto zu sein. Mieses Bett? Passte. Verrenkter Rücken? Passte. Das Geräusch von Jesses Atem und der Geruch seines Shampoos? Passte alles. Ich öffnete die Augen und sah eine Stuckdecke ohne 70er-Jahre Glitzer und braune Wasserflecken. Wo war ich?

Frank schob seinen dicken Kopf mit den Hängebacken über die Bettkante. Das war ein Hinweis. Ich hatte in Toronto keinen Frank gehabt. Ich drehte mich zur Seite, um dem Sabber auszuweichen, und schlug in der gleichen Bewegung auf die Leertaste meines piependen Computers. Richtig. Der Boden des Gästezimmers, auf Sofasitzkissen, dreißig Minuten vor Lunas Ankunft. Ich setzte mich auf und sah Jesse auf dem Rücken liegen, die Haare vollkommen wirr, aber seine Gesichtsfarbe war besser als am Abend zuvor. Er schien das Piepen nicht gehört zu haben.

Er sah im Schlaf jünger aus. Das hatte er immer schon. Er hatte junge Züge - große Augen, breiter Mund, hübsche Stupsnase -, aber seine Mimik war zu klug und zu zynisch, als dass er jemals hätte unschuldig wirken können, wenn er wach war. Dunkelbraune Haare, schlicht schwarz gefärbt, wie sie es waren seit kurz nach unserem Kennenlernen. Die Strähnen waren jetzt, nachdem er geschlafen hatte, gerade. Normalerweise drehte er die Enden so, dass sie entlang seines Kiefers lagen, etwas unterhalb seines Kinns.

Ich hielt einen Moment lang den Atem an und lauschte auf ein Pfeifen. Das schien ebenfalls besser zu sein. Wenn ich ein schickes Infrarot-Thermometer gekauft hätte, wie Luna es mir aufgetragen hatte, dann hätte ich seine Temperatur messen können, ohne ihn aufzuwecken. Andererseits, so wie er gerade aussah, hätte eine Schulkapelle hereinkommen und seine Temperatur messen können, ohne ihn zu wecken. Auch als Frank sich schwerfällig vom Bett rollte und mit einem *wuff* neben meinem Kissen landete, rührte er sich nicht.

Frank und ich hatten unsere morgendliche Routine auf entspannte fünfzehn Minuten zusammengestaucht, von daher hatte ich Zeit, Jesses Sachen ins Badezimmer zu bringen und ihm Frühstück zu machen. Er hatte am Abend zuvor nichts essen wollen und ich hatte ihm den Kaffee vorenthalten müssen, bis er eine halbe Tasse Quinoa mit Gemüse runtergebracht hatte. Luna war beeindruckt gewesen, als ich ihr eine SMS geschickt hatte, um ihr mitzuteilen, dass er gegessen hatte und was. Sie war davon ausgegangen, dass ich ihm Pommes und Bier vorsetzen würde. Sie hatte mich dafür gelobt, dass ich überhaupt wusste, wie man Quinoa buchstabierte. Sie musste ja nicht wissen, dass der aus Mikrowellenbeuteln vom Discounter stammte. Sie hatten sie normalerweise im Regal neben den Wagon Wheels, was praktisch war, weil ich immer beides kaufte.

Fürs Frühstück entschied ich mich für eine Schüssel Porridge mit einer halben, in Scheiben geschnittenen Banane darauf. Ich wusste, dass er beides aß, und Luna würde mehr davon halten als von einer Schüssel Fruit Loops, die er vermutlich vorgezogen hätte.

Das Geräusch von Husten sagte mir, dass Jess wach war. Unschöner, verschleimter Husten, gefolgt vom Geräusch von Jesse, der ins Bad stolperte. Ich lauschte auf den dumpfen Schlag eines zu Boden fallenden Körpers, aber er schaffte es und zog die Badezimmertür hinter sich zu. Das gab mir die Chance, das Schlafzimmer aufzuräumen und ihm Frühstück und Tabletten bereitzustellen. Wasser. Kein Kaffee. Ich würde mein Druckmittel nicht aus der Hand geben.

Ich hörte die Dusche. Wasserdampf war vermutlich das Beste für Jesses Lungen, aber er hätte selbst dann geduscht, wenn dem nicht so gewesen wäre. So war er immer schon gewesen. Ein romantisches Fieber und totenblasse Haut waren in meiner Gegenwart absolut in Ordnung, aber um keinen Preis würde er mich sehen lassen, wie er sich die Lunge aus dem Leibe hustete. Er hatte sogar das Taschentuch weggeworfen, in das er gehustet hatte, bevor er sich den Flur hinunter geschleppt hatte.

Frank bellte aus dem Wohnzimmer, nahe der Eingangstür. Mein Türklingel-Frühwarn-System. Er begleitete mich zur Tür, als ich sie für Luna öffnete. Ohne ein Wort zu mir ging sie auf die Knie und legte ihre Hände um Franks Gesicht.

„Oh mein Gott, was für ein wunderschöner Junge!"

„Sag das nicht", sagte ich. „Er wird so enttäuscht sein, wenn er die Wahrheit erfährt."

„Hör nicht auf ihn", sagte sie zu Frank. „Hörst du nicht auf ihn, nein."

Ich trat zurück und öffnete die Tür weiter. „Bitte, komm herein."

Sie grinste mich an und rauschte ins Wohnzimmer. „Das ist kein übles Haus", verkündete sie, den Blick auf den raumhohen Fenstern und der Terrassentür in den Garten. „Viel Licht. Späte Sechziger?"

„Vermutlich?", sagte ich. „Ich weiß es nicht genau. Ich habe es gemietet. Dein Patient ist unter der Dusche."

„Oh, gut", sagte sie. „Ist das Beste für ihn. Rieche ich Kaffee?"

Bis ich Luna mit der Droge ihrer Wahl versorgt hatte, hatte Jess den Weg zurück ins Schlafzimmer gefunden. Sie folgte ihm, Frank auf den Fersen und ich als Dritter das Schlusslicht mit meiner eigenen Kaffeetasse.

„Sie sehen besser aus", bemerkte sie.

Das tat er, auch wenn seine Augen rot waren vom Husten. Seine Haare waren nass und zurückgekämmt und er trug das weiße T-Shirt, das ich ihm neben das Bett gelegt hatte. Es hing weit genug an ihm herunter, dass ich nicht sicher sein konnte, ob er sonst noch etwas trug. Boxershorts waren sehr wahrscheinlich. Ich würde das allerdings nicht herausfinden, auch wenn ich lange hinsah, also zwang ich mich wegzusehen.

„Ich fühle mich besser", sagte er. Seine Stimme war rau und Luna nickte.

„Husten", sagte sie mit mehr Zustimmung, als er das meiner Ansicht nach verdiente. „Das schreckliche Zeug, das Sie genommen haben, um den Husten zu unterdrücken, muss seine Wirkung verloren haben."

„Mich freut das weniger", entgegnete Jess. Er kroch ins Bett und rührte mit dem Löffel in seinem Porridge. Er sah aus, als rätselte er darüber, was den Abfluss verstopft hatte.

„Esse das und du bekommst Kaffee", wies ich ihn an. Er warf mir einen wütenden Blick zu und mein dummes Herz fand das niedlich. Ich sagte ihm nicht, dass der Kaffee koffeinfrei sein würde.

„Sie müssen Ihre Lungen frei bekommen", sagte Luna. Sie richtete ihr Thermometer auf ihn und zeigte ihm das Display. „Viel besser."

Er legte den Löffel ab und klipste sich das Oximeter an den Finger. Luna schien über diese Zahl ebenfalls erfreut.

„Sie sind auf dem Weg der Besserung, Jack Lowe."

Einen Moment lang sah er überrascht aus, als hätte er vergessen, dass er einen Bühnennamen hatte. Dann lächelte er. „Schätze, ich hätte das Konzert in Vancouver doch geben können."

Luna nahm das Oximeter ab. Sie ließ es zu früh los, sodass es ihn in die Fingerspitze kniff.

„Au!"

„Das war dafür, sich wie ein Idiot zu benehmen. Es geht Ihnen besser, weil Sie Antibiotika nehmen und geschlafen haben und nicht auf einer Bühne herumgehüpft sind. Wenn Sie weiterhin schlafen, essen und Antibiotika nehmen, dann werden Sie sich erholen. Wenn Sie darauf bestehen, sofort wieder zu arbeiten, dann wird es Ihnen wieder schlechter gehen. Sie haben in Interviews immer einen recht aufgeweckten Eindruck gemacht, also stellen Sie sich jetzt nicht dumm an."

Er legte sich zurück und schloss die Augen. Ich räusperte mich.

„Was?", fragte Jesse, ohne mich anzusehen.

„Frühstück. Wenn du Kaffee willst, dann isst du dein Frühstück."

„Okay", sagte Luna, „so amüsant es auch wäre, mir diesen geistigen Wettstreit anzusehen, meine Schicht fängt gleich an. Sie und Ben haben beide meine Nummer, wenn Sie etwas brauchen."

Jess öffnete die Augen. „Sie sind den ganzen Weg hergekommen, um bei mir Fieber zu messen?"

„Ich wollte einen Blick auf Sie werfen", erklärte Luna ihm. „Essen Sie Ihr Frühstück."

„Vielen Dank", sagte Jess.

„Das werden Sie nicht sagen, wenn Sie meine Rechnung bekommen. Ben, begleitest du mich zur Tür?"

Das tat ich. Als ich die Haustür öffnete, sagte ich: „Du solltest ihm wirklich eine wie auch immer geartete Rechnung ausstellen. Er kann es sich leisten."

„Aber dann schulde ich dir immer noch einen Gefallen", entgegnete Luna. „Mir passt es so besser."

„Du magst mir einen Gefallen geschuldet haben, aber trotzdem danke. Muss ich heute auch noch auf ihn aufpassen?"

„Nein. Solange er sich ausruht und sein Antibiotikum nimmt, sollte er in Ordnung sein. Hast du einen Fall?"

„Vermisstes Mädchen. Frau. Junge Frau. Oh, dabei fällt mir ein - wenn eine Frau im Geheimen abtreiben wollte, wo würde sie dafür hingehen?"

„Sie ist schwanger?", wollte Luna wissen.

„Ich versuche lediglich, Gründe dafür zu finden, warum eine Universitätsstudentin plötzlich die Stadt verlassen und es niemandem sagen sollte."

Luna starrte mich an. Frank, der spürte, dass sie abgelenkt war, schnupperte an ihrer Tasche. Sie starrte mich weiterhin an.

„Was?"

„Wirklich, Ben. Eine Frau verlässt die Stadt, also muss der Grund dafür ihre Gebärmutter sein?"

Mir gelang es, nicht die Augen zu verdrehen. „Der Grund ist in der Regel Sex, Luna. Sowohl bei Jungs als auch bei Mädchen."

„Schwangerschaft. Ernsthaft. Nun, ich komme nach meiner Schicht noch mal vorbei. Aber ich habe ab morgen Nachtschicht, also kann es nur eine Stippvisite sein."

Obwohl sie in Eile war, hielt sie inne.

„Gibt es sonst noch etwas, Luna?"

„Ben."

„Das ist mein Name."

„Du weißt, dass du meiner Ansicht nach für jeden verfügbaren Mann ein guter Fang wärst."

„Du hast mich jedenfalls mit genug von ihnen verkuppelt", sagte ich, als hätte sie es vielleicht vergessen. Mich zu verkuppeln war das Erste, was sie sich je zu tun geschworen und dann nicht geschafft hatte.

„Ich glaube nicht, dass ich dich je mit einem Glamrocker zusammengebracht hätte."

„Ich glaube, er nennt sich *dark alternative*, aber er trägt in der Tat eine Menge Make-up auf der Bühne."

Sie warf mir einen erschöpften Blick zu. „Das war nicht der Punkt."

„Ich weiß. Als ich ihn kennengelernt habe, war er nicht in einer Band. In meinem ersten Jahr an der Uni von Toronto habe ich Teilzeit für den Sicherheitsdienst gearbeitet. Ich war viele Nächte am Fakultätsgebäude für Musik. Dieser kleine Bengel im zweiten Jahr des Musikstudiums hat sich immer wieder reingeschlichen, um eins der Klaviere zu benutzen, weil er selbst keines hatte."

„Oh mein Gott. Du hast ihn kennengelernt, weil du ihn aus einem Gebäude rausgeworfen hast?"

„Das war mein Job", sagte ich. Sie öffnete den Mund und gab einen protestierenden Laut von sich. Ich hob eine Hand. „Ich habe meinen Job nicht gemacht. Ich habe ihn gefragt, was er da macht, und er sagte, dass Studenten die Klaviere nicht für private Projekte benutzen dürfen, also muss er sich eben nachts reinschleichen. Er hat Songs geschrieben. Er plante, ein Rockstar zu werden."

„Und du konntest es in ihm sehen", sagte sie. „Selbst da schon."

„Hör' auf, aus meinem Leben einen Groschenroman zu machen. Ich fand ihn sehr charmant und sehr hübsch. Und ja, talentiert, aber das sind viele Leute. Mir war es nicht klar. Nachdem er die Band hatte und die Bühnenshow, und ich herausgefunden hatte, was für ein beharrlicher Mistkerl er war, da war es mir schon klar."

„Das ist faszinierend. Wer hat wen gefragt?"

Ich lehnte mich gegen den Tresen neben der Tür, die Heimat von Schlüsseln und Briefen und allen unerledigten Dingen.

„Genau das ist der Grund, warum ich es dir nie erzählt habe. Das ist dir schon klar, oder? Du willst Rosen und Geigenmusik und stellst dir diese langen, süß-romantischen Liebesszenen vor. Mir war langweilig und er ist übermäßig freundlich, also haben wir angefangen, uns zu unterhalten, wenn er reinkam. Wir haben uns gut verstanden und die Chemie stimmte, also haben wir uns auch sonst getroffen. Dann brauchten wir nach dem Wintersemester beide eine neue Wohnung, also haben wir uns zusammen eine gesucht. Etwa zu der Zeit, als ich meinen Abschluss gemacht habe, haben wir uns getrennt. Ich habe seit Jahren nicht mehr von ihm gehört."

„So wie du es erzählst", bemerkte sie, „ist es, als wäre es kaum passiert. Aber ich sollte mich auf den Weg machen."

Nachdem ich sie verabschiedet hatte, kehrte ich ins Gästezimmer zurück, wo Jess sich ehrlich am Porridge versuchte.

„So ist's recht", sagte ich. Er warf mir noch einen dieser finsteren Blicke zu, die mein Herz so mochte.

„Kaffee", murmelte er um den Bissen herum.

„Wenn du fertig bist."

Ich saß am Fußende des Bettes und wartete. Er roch jetzt nach meinem Duschgel und Shampoo und er lag unter meiner Bettdecke. Oder zumindest meiner Gästebettdecke. Ich konnte mich nicht ganz dazu bringen, das als die Realität zu akzeptieren. Ich würde es ausleben, bis ich entweder aufwachte oder in einer Irrenanstalt wieder zur Besinnung kam.

Er zeigte mir die leere Schüssel.

„Sehr gut."

„Danke", sagte er. „Ich meine, wirklich - danke. Das ist …"

„Schon in Ordnung."

„Ich hätte es verstanden, wenn du meine Nachricht nicht beantwortet hättest."

Ich tätschelte sein Bein. „Ich auch."

Er sagte nichts, sah mich lediglich eine Weile lang an, dann reichte er mir die Porridge-Schüssel. Ich nahm sie entgegen und ging in die Küche, um ihm seinen Kaffee zu holen.

Als ich zurückkam, hatte er sein Handy in der Hand und blickte auf etwas, das jeden Funken Lebendigkeit aus seinen Augen gelöscht hatte. Er ließ es fallen, mit dem Display nach unten, sobald er mich hörte.

„Alles in Ordnung?"

„Ja. Geh dich mit Studentinnen unterhalten. Ich kann ihr auf deinem Laptop nachspionieren, wenn du möchtest."

„Ich kann meinen Job machen", teilte ich ihm mit. „Du kannst schlafen."

„Ich nehme den Laptop", sagte er. „Wenn das okay ist. Ich kann nicht den ganzen Tag schlafen."

„Wie du willst." Ich warf den Computer aufs Bett. „Mein Passwort ist meine Telefonnummer aus Toronto. Nimm dir aus der Küche, was immer du brauchst, und … egal. Bestell dir was zu essen. Ruf mich an, wenn du sonst noch etwas brauchst."

„Viel Glück."

Ich wollte sagen, dass ich kein Glück brauchte, lediglich gute Arbeit, aber das wäre eine Lüge gewesen. Stattdessen nickte ich und ging.

Während ich zum Auto ging, rief ich auf meinem Handy die Nachrichtenseite auf, um einen Blick auf die Schlagzeilen zu werfen. Es hatte sich seit dem Vorabend nicht viel verändert. Tote Menschen waren immer noch tot. Abgebrannte Gebäude waren immer noch abgebrannt. Der Lottogewinner hatte sich immer noch nicht gemeldet.

Ich erinnerte mich an Jesses Gesichtsausdruck, als er auf sein Handy hinuntergesehen hatte, klickte zurück zu dem Artikel über die Absage der Konzerte und scrollte zu den Kommentaren hinunter. Lungenentzündung? Quatsch. Alle wussten, dass er ein Drogenproblem hatte. Jemand schwor, dass er ihn betrunken in einer Bar gesehen hatte, etwa zu der Zeit, als er in meinem Gästezimmer Quinoa aß. Jemand hatte gehört, dass er beim Soundcheck ausgerastet und die Crew angebrüllt hatte. Der Soundcheck, der nicht stattgefunden hatte.

Und das waren die moderierten Kommentare auf einer Nachrichtenseite, was sie vermutlich zu den Nettesten da draußen machte. Fairerweise musste man sagen, dass ein paar Fans ihn in Schutz nahmen, ihn verteidigten und hofften, dass es ihm bald wieder besser ging.

Der Morgen war klar genug, dass ich, als ich den höchsten Punkt meiner Straße erreichte, die Berge sehen konnte oder zumindest die Andeutung von ihnen. Das war etwas, was die hippen Kids in Toronto nicht hatten.

Jesse und ich hatten während der Uni über die Berge gesprochen. Er fuhr gerne Snowboard. Ich nicht, aber das war etwas, was ich über Calgary erzählen konnte, was nichts mit Hinterwäldlern oder Rodeos zu tun hatte, also hatte ich es ihm gegenüber hochgespielt. Komm mich besuchen. Komm während der Weihnachtsferien mit zu mir nach Hause. Die Rockies sind direkt vor der Haustür.

Verdammt, wieso kehrten meine Gedanken immer wieder zu Jesse zurück, obwohl ich einen Fall hatte, über den ich nachdenken musste?

4

Es war noch zu früh, um mit den Studentinnen zu sprechen. Es war aber nicht zu früh, um bei der Polizeiwache vorbeizusehen. Die Stimme am Empfangsschalter gehörte zu Vedette Hodder, eine furchterregend kompetente Verwaltungsangestellte und die selbst ernannte Leiterin des Calgary Police LGBTQ Clubs. Diese Fakten machten sie mir in ungleichem Maße sympathisch. Ich war immer der Ansicht gewesen, dass eine erstklassige Verwaltungsangestellte Gold wert war.

Vedette sah immer noch genauso aus wie das letzte Mal, als ich sie gesehen hatte. Ihr leichter Überbiss, die schmale Nase und die eng stehenden Augen vermittelten den Eindruck, als würde sie angestrengt versuchen, etwas zu sehen, und wäre von dem, was sie bisher gesehen hatte, nicht beeindruckt.

„Was bringt Sie hierher?", fragte sie. In dem singenden, maritimen Tonfall ihrer Stimme klang das wie die Mischung aus Begrüßung und Seemannslied.

„Ich bin auf der Suche nach Kent", sagte ich. „Ist er da?"

Vedette faltete die Hände auf dem Schalter vor ihr. „Ist dies ein privater Besuch?"

Hinter mir begann sich, eine Schlange aus Menschen zu bilden, die darauf warteten, mit Vedette zu sprechen, der Türhüterin der für alle ohne Berechtigungsausweis gesperrten Stockwerke. Ich spürte, wie mir finstere Blicke in den Nacken stachen.

„Ein beruflicher", sagte ich und sie schnalzte tadelnd mit der Zunge.

„Sie sollten mal zu Besuch kommen, wenn Sie nichts von uns brauchen."

Ich hielt den Drang im Zaum, kleinlich aufzulisten, wie oft ich Kent geholfen hatte im Vergleich dazu, wie selten Kent mir geholfen hatte. Oder wie oft ich vorbeigekommen war, um Hallo zu sagen. „Können Sie ihm Bescheid sagen?"

„Sie müssen mich nur darum bitten", sagte Vedette. Wollte sie mich veräppeln? Ich machte eine neutrale Miene und nickte einmal. Vedette nahm den Telefonhörer in die Hand. „Hey, ich bin's. Rate mal, wer hier ist, um dich zu sehen." Sie lächelte und schüttelte den Kopf. „Nö. Nö. Der auch nicht."

„Können Sie ihm sagen…"

„… nein, kannst du dir das vorstellen? Das wär's noch."

„Vedette …"

„Es ist dein ehemaliger Partner. Er ist hier, um ein paar Wissenskrümel vom dünnen, blauen Teller zu lecken."

„Verdammt noch mal, Vee."

Sie legte den Hörer auf, lächelte und drückte auf den Summer, der die Tür öffnete. „Gehen Sie durch."

„Vielen Dank. Für alles."

Sie lächelte weiter und wies auf die Tür. „Gehen Sie aus dem Weg. Es gibt noch mehr Leute, die mit mir sprechen wollen."

Ich betrat den abgesicherten Bereich durch den Metalldetektor, der die Waffe gefunden hätte, wenn ich eine mitgeführt hätte. Seit ich den Polizeidienst verlassen hatte, hatte ich selten etwas Handfesteres bei mir als ein Taschenmesser. Selbst das hatte ich heute im Jeep gelassen.

Es begann in dem Moment, in dem ich eintrat. Die Leute grüßten, nickten mir zu, winkten. Es tat gut zu wissen, dass ich bei den meisten meiner ehemaligen Kollegen keine *persona non grata* war, aber mir war nicht nach Geselligkeit zumute. Ich lächelte und winkte zurück. Freundlich, aber nicht einladend. Ich hatte Monate damit verbracht, das in Bars zu perfektionieren, damals, als jeder Freund, den ich hatte, mich aus dem Haus gezerrt hatte, um über Jess hinwegzukommen - und ich mir ziemlich sicher gewesen war, dass ich dem ersten Mann, der mich angesprochen hätte, auf die Schuhe gekotzt hätte.

„Hat jemand Kent gesehen?", fragte ich in den Raum.

Das Entzücken auf den Gesichtern um mich herum gab mir die Antwort, bevor ich seine Stimme hörte.

„Hat. Jemand. Kent. Gesehen? Er muss hier irgendwo sein …"

Ich drehte mich um und sah meinen ehemaligen Partner durch den Raum auf mich zukommen. Er sah genauso aus wie immer. Ein Alberta Football-Enthusiast auf Steroiden, fünf Meter breit und doppelt so groß, die sich zurückziehenden, dunkelblonden Haare militärisch kurz und ein beginnender Speckbauch, der sich gegen die Front seiner Uniform drückte.

Seine Umarmung zur Begrüßung brach mir beinahe die Rippen.

„Ben Ames, Privatdetektiv!", verkündete er. „Regel Nummer eins für private Ermittlungen: Lass die Bullen deine Arbeit für dich machen."

„Jedes Mal ein guter Witz", versicherte ich ihm. „Ich bin dabei, einen Fall für euch zu lösen. Ihr könnte mir hinterher eine Dankeskarte schicken."

„Du musst nicht den Starken spielen", sagte Kent. „Du brauchst Hilfe - du musst nur darum bitten."

„Ich dachte mehr an einen fairen Handel."

Kent schlug mir mit einer fleischigen Hand auf die Schulter. „Brauchst du Kaffee? Ich bezahle."

Ich brauchte in der Tat Kaffee. Ich hatte bereits damit angefangen, mir das Gähnen zu verkneifen, und die ersten zwei Tassen des Tages schienen nur mehr eine ferne Erinnerung. Ich folgte Kent durch die Hintertür der Polizeistation zu dem Starbucks auf der anderen Straßenseite. Kent machte gerne einen auf Prachtbursche-vom-Land, aber ich hatte nie erlebt, dass er bei einer Tasse Kaffee knauserte, und seine Socken und Unterwäsche bestellte er bei einem noblen Onlineversand.

Nachdem wir überteuerten Kaffee und einen Tisch in einer Ecke ergattert hatten, begann er mit: „Ich muss sagen, du siehst scheiße aus."

„Lange Nacht", erklärte ich ihm.

Er lachte und schlug mit der Hand auf den Tisch, was die Kaffeetassen hüpfen ließ. „Ha! Das glaub' ich dir gerne! Ein Ex-Freund in der Stadt ... er sagt das Konzert ab ... Nächstes Mal brauchst du eine bessere Ausrede als Lungenentzündung."

Ich trank einen Schluck Kaffee. Verbrannte mir den Mund. Es war mir egal. „Er hat wirklich Lungenentzündung."

Kents Augen wurden groß. „Willst du mir damit sagen, dass du ihn gesehen hast?"

„Er wollte sich auf einen Kaffee treffen", sagte ich. „Das Kriegsbeil begraben, vermute ich."

„Und hast du das? Das Kriegsbeil begraben? Ben, wenn du letzte Nacht einen Rockstar gevögelt hast, dann habe ich es verdient, das zu wissen."

„Es ging ihm offensichtlich schlecht, also habe ich Luna gebeten, ihn sich anzusehen. Das ist alles."

Ich hatte Luna erwähnt. Warum hatte ich das getan? Kent würde sie danach fragen, wenn er sie das nächste Mal sah, denn er liebte Klatsch genauso sehr wie sortenreinen Kaffee, und sie würde ihm erzählen, dass Jess bei mir zu Hause gelandet war. Und was für romantischen Schwachsinn auch immer sie in diese Situation hinein interpretierte.

Kent hob die Hände. „Ich zieh' dich nur auf. Ehrlich, Mann. Jack Lowe ist dein Ex. Ich bin dessen unwürdig."

„Er war damals noch kein Rockstar."

„Okay, es war davor", sagte Kent. „Na und? Das ist genauso, als fändest du heraus, dass Vee Lady Gaga gebumst hätte oder so. Selbst wenn es ewig her wäre, du wärst beeindruckt."

Ich nickte. „Wenn mein Sexleben dich glücklich macht, nur zu und hab' deinen Spaß dran. Aber das ist es nicht, worüber ich mit dir reden wollte."

„Hatte ich auch nicht angenommen", sagte Kent. „Was ist dein Fall?"

„Vermisste Person. Studentin an der Mount Royal. Erschien nicht, um auf ihre Nichte aufzupassen. Die Schwester hat herumgefragt und seit ein paar Tagen hat niemand mehr dieses Mädchen gesehen. Also hat sie mich beauftragt herauszufinden, was passiert ist."

Kent zogen die Augenbrauen hoch. „Seit wie vielen Tagen?"

„Sie wurde das letzte Mal am Mittwochabend gesehen", sagte ich. Als er zusammenzuckte, fügte ich hinzu: „Ich weiß. Ich habe der Schwester gesagt, dass ich vermutlich keine große Hilfe sein werde, aber ich nehme an, sie muss das Gefühl haben, etwas zu unternehmen."

Meine Zunge wand sich, nachdem die Flut von Jesses Worten meinen Mund verlassen hatte. Wie bei einem trockenen Wein hätte ich nicht sagen können, ob ich das mochte oder nicht.

„Erwachsene haben das gottgegebene Recht, sich zu verpissen", sagte Kent, wie er das schon viele Male zuvor gesagt hatte.

„Ja, genau. Aber ihr habt vermutlich ein BOLO [1] für ihr Auto ausgegeben, also dachte ich, vielleicht habt ihr es gefunden. Ich habe im Moment nicht wirklich etwas im Gegenzug, aber ich sage Bescheid, sobald ich etwas habe. Mir ist es egal, wer sie findet."

Kent zog sein Handy und einen Eingabestift aus der Tasche. Er behauptete immer, dass seine Finger zu dick waren für die Tastatur auf dem Handy. Meiner Ansicht nach war er einfach allergisch gegen das Tippen.

„Gib mir die Details und ich schau nach. Wenn wir's noch nicht gefunden haben, geb´ ich ein KOLO dafür raus."

„Kent On the Lookout", riet ich.

„Du nimmst mir das Wort aus dem Munde."

Ich beschrieb Kimberlys Auto, ein hellvioletter 2015er Mitsubishi Mirage mit einem weißen Blumenaufkleber hinten auf der Fahrerseite.

„Alberta Kennzeichen", fügte ich hinzu und zog mein Handy aus der Tasche, um ihm das Nummernschild zu schicken. „Ich habe gestern Abend einen Blick in ihr Fahreignungsregister geworfen und es ist ziemlich sauber. Sie heißt Kimberly Moy. Die Schwester ist Lauren Courtney."

Kent nickte, während er sich rasch mit seinem Eingabestift Notizen machte. „Sonst noch etwas, was ich für dich tun kann?"

Ich zuckte die Schultern. „Die Schwester hat mir Informationen über Kimberlys Freundinnen und ihre Social Media gegeben, also arbeite ich daran. Wenn es etwas gibt, von dem Lauren nichts weiß - oder nicht möchte, dass *ich* es weiß -, dann habe ich keine Chance, das herauszufinden."

„Ich werd´ sehen, was wir haben", sagte Kent.

„Danke. Ich schulde dir etwas dafür."

Kent winkte ab. „Ich bin einfach froh, dass du vorbeigekommen bist. Weil ich jetzt dein Gesicht sehen kann, wenn ich dir erzähle, dass ich, ungelogen, eine Outrider klargemacht hab´."

Da es nach Kents Ansicht eine überragende Leistung war, eine der örtlichen Cheerleaderinnen zu vögeln, war es nur natürlich, dass er stolz darauf war.

„Wie hast du das geschafft?", wollte ich wissen.

„Es gab bei McMahon einen Diebstahl in der Umkleidekabine und der Rest ist Geschichte."

„Sehr professionell. Hast du den Dieb ausfindig machen können, während du die Cheerleaderin einer Leibesvisitation unterzogen hast?"

„Habe ich nicht", sagte Kent. „Vielleicht sollte ich bei den anderen auch eine Leibesvisitation vornehmen."

---

1 Akronym für „be on the lookout", US-Polizeijargon für Fahndung (Anm. d. Ü.)

Ich versuchte, die Augen nicht zu verdrehen, konnte es aber nicht ganz unterdrücken.

Kent grinste. „Sie ist eine erwachsene Frau und sie hat mich angerufen, nachdem der Fall abgeschlossen war. Alles sauber und moralisch einwandfrei. Wie sich rausstellte, sind wir nicht, äh, kompatibel. Sie ist ein nettes Mädchen, aber ein wenig pervers für meinen Geschmack."

„Dazu brauche ich keine Details", sagte ich.

„Du weißt, dass ich ein abenteuerlustiger Typ bin."

„Ich bin nicht neugierig."

Er seufzte. „Ich wette, an der Uni warst du lustiger, als du ein cooles, sexy Leben mit deinem super-heißen Freund geführt hast. Wenn er sich anzieht wie eine Mieze?" Kent küsste die Fingerspitzen. Ich schlug nach seiner Hand. „Gib mir nur genug Alkohol, ich würd' glatt mein Glück versuchen."

„Er steht für Touristen nicht zur Verfügung", sagte ich.

Kent machte ein gespielt verletztes Gesicht, dann lachte er. „Okay. Es war mir ein Vergnügen, aber ich muss wieder rein. Viel Glück bei deinem Fall." Er stand auf und ging ein paar Schritte, dann blieb er stehen. „Oh, und viel Glück mit deinem Freund."

„Ich habe keinen Freund."

„Du hast einen Kerl bei dir zu Hause wohnen", antwortete Kent.

Ich wusste nicht, was ich darauf sagen sollte. Wie es sich herausstellte, musste ich nichts sagen. Kents wieherndem Gelächter nach zu urteilen sagte mein Gesicht bereits alles.

„Ich weiß alles. Luna hat mir gesimst", sagte er. „Glaubst du, sie würde bei so was stillhalten?"

Komplette Verarsche. Die ganze Zeit über. Ich nippte an meinem Kaffee, während ich darüber nachdachte.

„Hast du ihr gesagt, dass du wusstest, dass ich mit ihm zusammen war?", wollte ich wissen. „Oder dass du es seit Jahren weißt?"

„Teufel, nein. Ich meine, wie stinkig wäre sie wohl, wenn sie herausfände, dass ich so etwas weiß und es ihr nie erzählt habe?"

Ich zog mein Handy aus der Tasche. „Sollen wir es herausfinden?"

Kents Gesicht wurde lang. „Nein, Mann, komm schon. Ich hab's nicht nötig, dass Lunes sauer auf mich ist. Diese Frau ist furchterregend."

„Diese Frau hat eine große Klappe", sagte ich. „Sie kann von Glück reden, dass sie mir gerade einen Gefallen getan hat."

„Mutige Worte", sagte Kent. „Hey, Ben."

„So heiße ich."

„Keine Mieze, die mit mir Schluss gemacht hatte, hat mich je eingeladen, in ihrem Gästezimmer zu übernachten."

„Okay", sagte ich. „Zur Kenntnis genommen."

„Zur Kenntnis genommen." Kent schüttelte den Kopf. „Wie gesagt, viel Glück."

Ich blieb am Tisch sitzen, trank meinen Kaffee aus und überflog Social Media auf der Suche nach mehr Meinungen über Jess. Sie waren von derselben Art, wie ich sie am Morgen gelesen hatte. Gerüchte. Spekulationen. Diskussionen darüber, ob sein Plattenlabel ihn fallenlassen würde. Das war neu. Nach dem, was ich gestern Abend erlebt hatte, mochte Jess sich das selbst gefragt haben.

Was würde passieren, wenn seine Plattenfirma ihn fallenließ? War es dasselbe, wie gekündigt zu werden? Ich hatte keine Ahnung davon, wie das funktionierte. Ich war mir ziemlich sicher, dass Jess es mir gesagt hatte, in einer jener Nächte im Übungsraum des Gebäudes der Fakultät für Musik. Wir beide im Schneidersitz auf dem Boden, während ich die Gespräche der anderen Wächter über Funk ignorierte und mich einmal pro Stunde entschuldigte, um meine Runde zu drehen. Manchmal kam er mit mir, als wäre es ein Räuber und Gendarm-Spiel.

Mein Handy klingelte. Es klingelte wirklich, statt nur wegen einer SMS zu brummen. Ich sah es misstrauisch an und es teilte mir mit, dass Jesse anrief. Eigenartiges Timing.

„Alles in Ordnung?", wollte ich wissen. „Geht es dir schlechter?"

Jesse lachte, dann hustete er. Es klang nicht allzu schlecht. „Mir geht's gut. Du bist immer noch ein Unkenrufer. Schau, ich habe ein paar Informationen für dich. Ich sollte das nicht wissen, also frag mich nicht, woher ich das weiß."

„Sprich weiter."

„Kimberly Moy hatte eine Eintrittskarte für das Konzert gestern Abend. Sie hat sie letzten Monat mit Kreditkarte gekauft. Eine Karte, oberster Rang. Vielleicht hat sie geplant, mit Freunden zu gehen, aber das herauszufinden ist sehr viel mehr Arbeit. Vermutlich den Aufwand nicht wert, was?"

Ich runzelte die Stirn. „Also hatte sie vor einem Monat noch Pläne *hier*."

„Genau", sagte Jess. „Keine ernsthaften Pläne … Ich meine, sie kann kein so großer Fan gewesen sein, sonst hätte sie ihre Karte gekauft, sobald sie erhältlich war statt erst letzten Monat. Es gab nicht mehr viele, als sie ihre gekauft hat."

„Sie hätte nicht Himmel und Hölle in Bewegung gesetzt, um hier zu sein", sagte ich, „aber sie hat auch nicht erwartet, nicht hier zu sein."

„Nicht, wenn sie so knapp bei Kasse ist wie die meisten Studenten", sagte Jesse. „Die billigen Plätze waren immer noch fast vierzig Dollar. Diese Summe hätte sie nicht leichtfertig ausgegeben."

Ich war ein wenig überrascht, dass Jess das immer noch bewusst war. Es war Jahre her, seit er sich Gedanken darüber machen musste, was etwas kostete. Ich sprach den Gedanken nicht laut aus, denn er versuchte zu helfen - half vielleicht auch wirklich - und von daher hatte er es nicht verdient, dass ich ihm schnippisch kam.

„Du brennst darauf, dass ich dich frage, wie du diese Information bekommen hast", sagte ich.

Ich konnte Jesses Lächeln hören, als er sagte: „Tue ich, aber ich kann es dir wirklich nicht sagen. Bist du wenigstens beeindruckt?"

„Du kannst von Glück sagen, dass sie einen miesen Musikgeschmack hat."

„Du kannst von Glück sagen, dass halb Calgary Karten gekauft hat, um mich zu sehen", schoss er zurück. Ich hörte das Rascheln von Laken und mir wurde klar, dass er mich von meinem Bett aus anrief. Nun, von meinem Gästebett. Ich wäre sehr, sehr gerne dort gewesen.

„Du solltest dich ausruhen", sagte ich. Meine Stimme klang rau. Ich trank hastig einen Schluck Kaffee, wobei ich das Handy wegdrehte, sodass Jess es nicht hören konnte.

„Mir ist langweilig", sagte Jess. Kein Quengeln, eine schlichte Aussage.

„Was für ein Riesenjammer."

Jesses Seufzer war ordentlich laut, selbst durch das Handy hindurch. „Ich liege im Bett. Ich stehe nicht auf der Bühne. Ich kann mir nicht noch länger meine Social Media ansehen. Lass mich was googeln."

„Tu', was immer du willst", sagte ich ihm. „Aber bleib im Bett."

„Wenn ich ein Fünfcentstück bekäme für jedes Mal …"

„Antibiotikum in einer halben Stunde", sagte ich mit einem Blick auf meine Armbanduhr. „Wenn es gegen Mittag an der Tür klingelt, ist das das Essen."

„Okay", sagte Jess. Genauso wie an dem Abend, als wir uns auf einen Kaffee getroffen hatten, war ihm im Lauf des Gesprächs der Schwung ausgegangen. „Danke. Wirklich."

„Schlaf", sagte ich. „Wirklich."

KIMBERLYS ADRESSE war ein zweistöckiges Zweifamilienhaus nicht weit von der Mount Royal Uni entfernt. Vermutlich genauso alt wie mein Haus, aber schäbiger, als wäre es seit dem Bau nicht einmal neu gestrichen worden. Bröckelnde Betonstufen mit einem Metallgeländer auf der einen Seite, das aussah, als würde es jeden Moment abfallen. Nicht, dass dergleichen für eine Gruppe Studenten wirklich wichtig gewesen wäre, aber es erweckte in mir die Frage, ob das Innere seit den Sechzigern wohl jemals modernisiert worden war.

Sie wohnte in der Nummer A, der unteren Hauseinheit. Der Weg zur Tür wies alle fünfzig Zentimeter Risse auf, durch die sich Gänsedisteln drängten. Die Plastikabdeckung der Türklingel war am unteren Rand geborsten, aber ich hörte es weiter im Innern der Hauseinheit läuten.

Nachdem ich mir ein paar Minuten lang die Beine in den Bauch gestanden hatte, dachte ich, dass ich wohl Lauren würde anrufen müssen. Aber bevor ich mein Handy aus der Tasche holen konnte, hörte ich Schritte auf der Treppe. Die Haustür öffnete sich einen Spalt breit; eine Sicherheitskette hielt sie fest.

Ein dunkel umrandetes Auge blinzelte mich an. „Ja?"

„Ich bin Ben Ames", sagte ich. „Ich bin der Detektiv, den Lauren Courtney beauftragt hat, Kim Moy zu suchen."

„Oh. Ja. Richtig." Die Tür schloss sich. Ich hörte, wie die Kette zur Seite glitt, dann wieder zurück. Die Tür öffnete sich erneut einen Spalt breit. „Haben Sie einen Ausweis?"

Ich zeigte ihr meine Lizenz. Ich bezweifelte, dass sie wusste, wonach sie schauen musste, aber sie schien dessen ungeachtet zufrieden zu sein mit dem, was sie sah. Sie schloss die Tür für einen Moment und diesmal öffnete sie sie weit. „Kommen Sie rein."

Mit den lila Haaren, dem grauen Trainingsanzug und den weißen Laufschuhen passte sie zu den Bildern, die ich von Siu Trinh, Kimberlys Mitbewohnerin, gesehen hatte. Siu erschien in Kimberlys Social Media als enge Freundin und Vertraute. Die Art Person, der Kim Bescheid gesagt hätte, wenn sie die Stadt verlassen wollte. Siu hatte Lauren erzählt, dass Kim ihr nichts gesagt hatte, aber Vertraute wurden nicht dadurch zu Vertrauten, indem sie alles ausplauderten.

Ich folgte ihr in einen kastenförmigen Raum mit großen Fenstern und einer halbhohen Wand, die das Wohnzimmer abtrennte. Zusammengewürfelte Möbel und Stapel von Büchern und Papieren umringten einen Fernseher mit ein paar Spielkonsolen. Ein Teller mit den Überresten eines Kraft-Dinners war drauf und dran, von einem Stapel gefalteter T-Shirts herunterzurutschen.

Immerhin, der Raum schien kürzlich Staub gesaugt worden zu sein, und bis auf den Teller waren keine Essensreste zu sehen. Es war kein Katastrophengebiet oder eine Gefahr für die öffentliche Gesundheit, nur eine Studentenbude. Siu wies mich zum stabilsten Sitzplatz im Raum, einer niedrigen Couch, die an der Rückwand stand.

„Kann ich, ähm, wollen Sie … Ich wollte grad Kaffee machen", bot sie an.

„Lassen Sie sich von mir nicht aufhalten", sagte ich. „Aber für mich nicht, danke."

„So", sagte sie. „Ja. Bin gleich wieder da."

Ich sah mich in dem Raum um, während Siu in der Küche herumklapperte. Vielleicht gab es Hinweise in den Stapeln von Lehrbüchern für Studienanfänger oder in den gerahmten IKEA-Postern von Matt Smiths Doktor - dem letzten fickbaren Doktor - und Alexander Skarsgård in sexy Pose. Gesunde, junge Studentinnen, diese Mädchen. Wenigstens hatten sie kein Jack Lowe Poster, was mir schon mehrfach untergekommen war. Ich war nie angetan gewesen.

Die Wohneinheit war klein, nur eine Küche ohne Tür zu meiner Linken, in der ich flüchtige Blicke auf Siu erhaschen konnte, eine offene Tür zu einem Badezimmer am Ende des Flurs und zwei weitere Türen, von denen ich annahm, dass sie zu ihren Schlafzimmern führten. Wenn Kimberly irgendwo etwas von ihrer Persönlichkeit offen zeigte, dann musste es dort sein.

Siu kehrte aus der Küche zurück und ließ sich im Schneidersitz neben der Couch nieder. Sie hatte eine Snoopy-Tätowierung auf ihrem Schienbein und hielt eine Tasse ohne Griff in den Händen.

„’Kay", sagte sie.

„In Ordnung?", sagte ich. „Hauptsächlich möchte ich Bestätigung für das, was Sie Lauren erzählt haben. Sie haben ihr gesagt, dass Sie Kimberly letzten Mittwochabend gegen einundzwanzig Uhr im Boston Pizza gegenüber des Uni-Campus das letzte Mal gesehen haben. Ist das korrekt?"

Siu zuckte die Schultern. „Ja. Das wissen Sie ja alles schon."

Ich nickte. „Also warum bin ich hier, richtig?"

Sie zuckte erneut die Schultern.

„Manchmal erinnern sich die Leute an mehr, wenn sie später noch einmal auf eine Frage zurückkommen", erklärte ich ihr. „Und manchmal ist es den Leuten unangenehm, die Geheimnisse ihrer Freunde mit deren Familien oder anderen Autoritätspersonen zu teilen. Nur als Beispiel, vielleicht wissen Sie etwas über Kimberly, das mir helfen würde, sie zu finden, von dem Sie aber nicht möchten, dass Lauren es weiß oder dass die Polizei davon erfährt. Deshalb bin ich hier."

Siu zuckte wieder die Schultern. „Ich hab’ sie im BP gesehen. Ich hab’ eine Pizza abgeholt. Sie war mit so ’n paar Leuten was trinken. Sie geht manchmal mit diesen Mädels aus, aber ich weiß nicht, wie die heißen oder sonst irgendwas."

„In Ordnung", sagte ich. „Also haben Sie nicht mit ihr gesprochen?"

„Genau. Wie ich das in der Cloud gesagt hab’."

„Okay, wie gesagt, ich möchte Bestätigung. Das war das letzte Mal, dass Sie sie gesehen haben."

Noch ein Schulterzucken. „Hab’ sie den Tag drauf nicht zu Gesicht bekommen, aber sie hatte eine Menge Vorlesungen und ich wusste, dass sie den Donnerstagabend eine Paint Nite hatte. Ich vermute, sie hat die Stunde gegeben? Das hab’ ich jedenfalls gehört. Sie hat Freitag eine frühe Vorlesung, von daher sehe ich sie Freitagmorgens nie, und ich war davon ausgegangen, dass sie Freitagabend bei Lauren sein muss, zum Babysitten. Also hab’ ich nicht erwartet, dass sie nach Hause kommt. Aber dann hat Lauren mich angerufen, wo sie sei, weil sie ja zum Babysitten kommen sollte, und am Samstag hat Lauren alle gefragt, wann sie sie das letzte Mal gesehen haben, und der Mittwoch im BP war halt das letzte Mal. Also hat Lauren die Bullen angerufen und dann, nehme ich an, hat sie Sie beauftragt."

„Sie hat mich definitiv beauftragt", bestätigte ich ernst. Sie sah mich unter schweren Lidern hervor an. Ich konnte überall in ihrem Gesicht Löcher von Piercings sehen; vielleicht hatte sie sich anders entschieden oder war heute einfach nicht in der Laune, sie anzuziehen. „Hatte Kim im BP ein Getränk vor sich stehen? Haben Sie das gesehen?"

Siu runzelte die Stirn. „Wir sind erwachsen. Wir können verdammt noch mal was trinken. Es ist ja nicht so: Sie trinkt was und verschwindet. Wenn sie überhaupt verschwunden ist. Aber das ist Bullshit."

„Da stimme ich zu", sagte sie. „Aber hatte sie ein Getränk?"

„Ich hab' sie mit einem Scheißbier gesehen. Okay? Ist das erlaubt?"

Das bedeutete vermutlich, dass sie nicht schwanger war. Nicht ganz hundertprozentig sicher, aber nah genug dran für mich.

„Sie sind erwachsen", sagte ich und versuchte, so zu klingen, als ob ich das auch meinte. „Haben Sie eine Vorstellung, warum Kim die Stadt verlassen haben könnte? Nehmen wir an, Kim hätte Ihnen einen Zettel an den Kühlschrank gehängt mit der Nachricht, dass sie für ein paar Tage die Stadt verlassen würde. Was wäre Ihr erster Gedanke, wenn Sie diesen Zettel lesen würden?"

„Dass sie für´n paar Tage die Stadt verlässt …?", sagte Siu. „Ich bin ja nicht ihre Aufseherin."

„Sie würden nicht denken, dass sie einen bestimmten Ort aufgesucht hat? Oder dass es jemand Bestimmtes gibt, mit dem sie weggegangen ist?"

Siu verdrehte die Augen. „Ich denke, das ist ihre Sache, Alter. Sie ist vermutlich irgendwo hingegangen, um über irgendwas nachzudenken. Sie ist 'ne Denkerin."

Interessant. „Gab es etwas Bestimmtes, über das sie nachdenken musste?"

„Keine Ahnung", sagte Siu. „Sie denkt halt gern über Sachen nach. Sie redet nicht alles zu Tode."

„Okay", sagte ich. „Ist das ihr Schlafzimmer?"

Ich zeigte auf die mir am nächsten gelegene Tür. Siu nickte. „Lauren hat mir gesagt, dass ich Sie reinlassen muss, also können Sie rein."

Es war eher ein Zulassen als eine Einladung, aber mich störte das nicht. Siu machte sich nicht die Mühe, mich durch den Raum zu begleiten, und zeigte wenig Interesse, als ich die Tür aufschob. Wie es aussah, würde sie mir nicht auf Schritt und Tritt folgen und ein Auge auf das Silber haben. Das gehörte wahrscheinlich auch zum Zulassen.

Die Luft in Kims Zimmer war schwer von Weihrauch, Parfüms und allem, was duftete. Ich stellte mir vor, wie die einzelnen Gase zu feinen Gestalten wurden und sich in der Luft duellierten. Ich konnte es Siu nicht verdenken, dass sie die Tür geschlossen hielt.

Optisch war es der gleiche üppige Overkill. Ich hatte ihr Zimmer im Hintergrund von Fotos und Videos gesehen, aber die hatten nicht den vollen Eindruck vermittelt. Blaue und weiße Lichterketten hingen über dem Bett und an der längsten Wand. Überall hingen Schals. Das Bett war halb vergraben unter Zierkissen in allen Größen, Farben und Stoffen. Kleidungsstücke quollen aus der Kommode und hingen über dem Papasan-Sessel in der Ecke.

Der erste Eindruck war Chaos, aber nach und nach entdeckte ich eine Ordnung darin. Die Farben der Zierkissen gingen fließend ineinander über, von blau zu grün zu gelb und orange. Die Kleidungsstücke waren drapiert, nicht geknüllt oder fallengelassen. Der Schreibtisch, klein und aus Holz und mit einer Öffnung für die Knie, war weiß gestrichen und ordentlich aufgeräumt. Ich sah die Stelle, wo der Laptop hätte stehen sollen, und die Dockingstation für ihr Handy. Station und Kabel waren vorhanden, aber das hatte nichts zu bedeuten. Sie hatte vermutlich ein Ladegerät, das sie bei sich trug.

Bedeutsam war das Fehlen des Netzkabels vom Laptop. Die waren unhandlicher und wenn sie das Kabel durch das Loch führte, das jemand in die Rückwand des Schreibtischs geschnitzt hatte, wäre es umständlich gewesen, den Stecker heraus zu ziehen.

„Nimmt sie das Kabel des Laptops mit zur Uni?", rief ich.

„Nein", antwortete Siu aus dem Wohnzimmer. „Sie hat, ich weiß nicht, zehn Stunden oder so Akkuleistung? Es ist super leicht."

„Fehlen irgendwelche Kleidungsstücke?"

„Nein."

Natürlich nicht. Fairerweise musste man sagen, dass es schwierig war, das mit Bestimmtheit zu sagen. Aber das Laptopkabel. Das erweckte den Eindruck, dass sie gepackt hatte.

Auf dem Toilettentisch neben dem Kleiderschrank stapelte sich Make-up, das meiste davon billig, einiges davon besser und mit leuchtend orangen Rabattaufklebern versehen. Schwer zu sagen, ob in diesem Durcheinander etwas fehlte. Jemand hatte ein K-Tel-Logo auf ein Stück Pappe gezeichnet, das am Rand des Spiegels klebte.

Ein paar Parfümflaschen, hauptsächlich billige Imitate, reihten sich auf einer Seite des Tisches auf. Ganz vorne stand ein Flakon, das ein authentisches CK Euphoria for Men zu sein schien. Ich steckte meine Nase in ihren Kleiderschrank und roch hauptsächlich diesen Duft an ihren Kleidern. Offenbar ihr bevorzugter Duft.

Ich rief erneut nach draußen zu Siu. „Hebt sie hier irgendwo Geld auf?"

Ich erwartete ein weiteres Nein. Stattdessen seufzte Siu und schleppte sich ins Zimmer. Sie ging zum Bett und hob ein blaues Zierkissen mit wellenförmigen, grünen Biesen hoch. Sie gab es mir und wies mich mit einer Geste an, es umzudrehen. Ich stellte fest, dass der Samt ein Bezug war mit Schlitz auf der Rückseite, sodass man ihn zum Waschen abnehmen konnte.

„Sie verwahrt Zeug da drin", sagte Siu. Sie schien nicht neugierig zu sein, ob sich derzeit Geld darin befand. Hatte sie bereits nachgesehen?

Ich schob meine Hand hinein und ertastete nichts als Kissen. „Er ist leer."

Sie zuckte die Schultern. „'Kay. Normalerweise sind so um die fünfzig drin."

Ich glaubte, etwas an der Wand zu sehen, den Hauch eines Schriftzuges oder einer Zeichnung. Vielleicht überstrichen nach dem letzten Bewohner. Oder …

Ich sah zur Decke hinauf und entdeckte eine dunkellila Birne. Ich betätigte den Lichtschalter und die Wand leuchtete auf mit Zeichnungen und Formen. Sie waren eine Kollision von Wissenschaft und Kunst, wie Zeichnungen von da Vinci. Zeichnungen von Gebäuden mit Bögen und Zahlen drum herum. Ein riesiges Meerestier, wie eine Riesenschnecke, das Gehäuse unterteilt in Segmente, in denen sich jeweils eine Zahl befand. Ein Gesicht, durch das Linien gezogen waren, die es in drei Drittel unterteilten. Eine Ecke war einem K-Tel-Logo und einem Vogel gewidmet, der aussah wie Kims Vogeltätowierung. Darunter war ein Banner gemalt, auf dem ein Name stand: ME Vogel. Ich fischte mein Handy aus der Tasche und macht von allem Aufnahmen, bevor das Leuchten verblasste.

„Mathe", sagte Siu mit gerümpfter Nase. „Sie steht auf den Kram."

„Sie denkt darüber nach, ja?"

Siu zuckte erneut die Schultern. Verdammt. Sie war fast so weit gewesen, zugänglich zu werden.

„Geht sie manchmal weg?", fragte ich. „Macht sie das? Geht ein paar Tage lang weg?"

„Manchmal. Für'n paar Tage."

„Aber nicht fünf?"

„Wohl kaum."

Und laut Lauren ließ sie sie nicht sitzen, wenn es ums Babysitten ging. Warum war dieses Mal anders?

„Ich hab' Vorlesung in, ähm, jetzt", sagte Siu.

„Ich weiß", sagte ich. Ich musste ihren was zum Teufel-Ausdruck nicht sehen, um zu wissen, wie unheimlich das klang. „Lauren hat Ihren Stundenplan. Kim hat ihr ein Foto von der Liste geschickt, die an Ihrem Kühlschrank hängt."

Siu nickte, als hätte ich, zum ersten Mal, etwas gesagt, das Sinn machte.

„Kann ich Ihr Bad benutzen, bevor ich gehe?"

„Meinetwegen."

Ich war immer überrascht, wenn die Leute mich ihr Bad benutzen ließen. Wussten sie nicht, dass ich ihre Badezimmerschränke und Mülleimer durchsuchte? Ich fand eine Zahnbürste und eine Tube Zahnpasta. Einen Deo-Stick. Eine Bürste. Es gab Platz für jeweils ein zweites Stück, sogar ein leeres Glas, wo die fehlende Zahnbürste vermutlich gestanden hatte. Mehr Anzeichen für ein Packen.

Ich fand keine Medizinflaschen oder runde Abdrücke im Badezimmerschrank, wo eine Tablettendose gestanden haben mochte. Das bedeutete nicht, dass Kim keine Medikamente nahm. Sie konnte sie in der Küche neben der Kaffeemaschine aufbewahrt haben oder sie überallhin mitnehmen. Es machte keinen Sinn, die Wohnung danach abzusuchen, weil sie sie ebenfalls eingepackt haben würde.

Ich warf einen Blick in den Mülleimer, auf der Suche nach etwas Interessantem. Eine leere Tablettenschachtel oder ein Schwangerschaftstest. Ich fand nur benutzte Abschminktücher und ein Wattestäbchen.

Lauren hatte weder das fehlende Laptopkabel noch die Toilettenartikel erwähnt.

„Siu? Hat Lauren etwas dazu gesagt, dass Kims Zahnbürste und Laptopkabel nicht hier sind?"

„Ja."

„Und was?"

Siu zuckte die Schultern. „Sie hat gefragt, warum die Sachen weg sind. Ich hab' ihr gesagt, Sie wissen schon. Kommt halt vor."

Ich zog die Augenbrauen hoch und wartete.

„Halt, wenn man einen späten Kurs hat und dann am nächsten Morgen 'ne frühe Vorlesung, dann pennt man bei jemand im Studiwohnheim", sagte sie. „Also packt man seinen Kram zusammen, wenn man das machen will."

Dann sah sie in ihre Tasse hinein, runzelte die Stirn und angelte etwas heraus. Ein Haar oder eine Fluse, zu klein, als dass ich es hätte erkennen können. Sie wischte sich die Hand an ihrem T-Shirt ab.

„Ich wette, wir sind zwei sehr unterschiedliche Menschen", sagte ich zu ihr, „aber ich wäre beunruhigt gewesen, wenn mein Mitbewohner an der Uni vermisst worden wäre. Sie scheinen sich keine Sorgen zu machen."

„Ich hab' nie behauptet, dass sie vermisst wird. Dann hat sie halt einmal Babysitten sausen lassen. Das ist kein Staatsverbrechen. Lauren sollte die Lattes zurückfahren."

„Lauren reagiert übertrieben?"

„Lauren ist über-alles. Ich wette, Kim taucht morgen wieder auf. Keine große Sache."

„Es wäre schön, wenn Sie recht hätten", sagte ich.

Siu zuckte die Schultern und begleitete mich zur Tür. Sie folgte mir nach draußen. Ich hätte ihr anbieten können, sie zur Uni zu fahren, aber es war nicht weit bis zur *Mount Royal*. Und außerdem wollte ich nicht.

5

ICH HATTE Kims Stundenplan mit einer Karte vom Campus verglichen und vor, eine Runde zu machen und nach Kommilitonen und Dozenten Ausschau zu halten. Andere Freundinnen hatten ihre Handynummern angeboten. Es würde einige Zeit in Anspruch nehmen, mit ihnen allen zu sprechen. Ich schaute auf mein Handy und dachte nach. Es war keine kleine Bitte, aber andererseits benutzte er mein Gästezimmer. Und er hatte gesagt, dass ihm langweilig war. Er war kein Detektiv, aber er war nicht dumm. Er konnte einfache Fragen stellen und sich Notizen machen.

Ich rief Jess an.

„Hey", meldete er sich. Er klang müde, aber nicht unglücklich.

„Hast du Lust auf ein bisschen Arbeit?"

„Ich bin gerade mal einen halben Tag hier und schon verlangst du, dass ich mir die Miete verdiene?"

Sehr lustig, in Anbetracht der Tatsache, dass Miete eins der Dinge gewesen war, weswegen wir uns getrennt hatten. „Fühlst du dich okay? Ich brauche jemanden, der ein paar Anrufe machen kann."

„Mache ich gerne."

Mir fiel etwas ein. „Erkennen die Leute deine Stimme? Werden sie wissen, wer du bist?"

Er lachte. Es klang belegt, aber Luna hatte gesagt, es bedeutete, dass seine Brust freier wurde.

„Im Zusammenhang vielleicht", sagte er. „Wenn ich im Radio interviewt werde oder so, dann erkennen die Leute vielleicht meine Stimme. Wenn es ein unerwarteter Anruf ist und ich einfach nur der Typ bin, der für dich arbeitet? Dann müsste es mein allergrößter Fan sein. Das wird kein Problem sein."

Ich konnte das nur schwer beurteilen, da ich seine Stimme so gut kannte. Aber seine normale Stimme war nicht annähernd so markant wie seine Singstimme. Und wer erwartete schon einen Anruf von einem Promi, der Fragen über eine vermisste Freundin stellte?

„Okay", sagte ich. „Kannst du Kims Freundinnen anrufen, die von der Excel Tabelle? Ich habe Siu gesprochen, aber ich brauche jemanden, der mit dem Rest von ihnen spricht. Ich möchte wissen, mit wem sie am Mittwochabend im Boston Pizza etwas trinken war. Und alles andere, was du herausfinden kannst - ob irgendjemand wusste, dass sie vorhatte, die Stadt zu verlassen, warum sie gegangen sein könnte, ob es irgendetwas Neues in ihrem Leben gab ... alles, worüber wir gestern Abend gesprochen haben. Aber das Wichtigste ist, die Leute zu finden, mit denen sie Mittwochabend aus war."

„Wie ist es mit der Mitbewohnerin gelaufen?"

„Es sind ein paar Dinge nicht da, die Kim eingepackt hätte, wenn sie geplant hätte, ein paar Tage weg zu bleiben. Ihr Bargeld ist weg. Ihre Mitbewohnerin sagt, dass sie diese Sachen manchmal mitnimmt für den Fall, dass sie bei Freunden im Wohnheim übernachten will oder dergleichen. Ich kann da also nichts zu sagen. Oh, und sie hat ihr Zimmer dekoriert - ich schicke dir die Fotos."

„Ist es eine Karte mit den Orten, an denen sie sich gerne versteckt?"

„Leider nein. Es wird dir gefallen. Ist ganz auf deiner Linie."

Jess lachte erneut. „Ich brenne darauf, zu erfahren, was du für *auf meiner Linie* hältst."

„Sieh aber zu, dass du nicht stirbst", fuhr ich fort. „Medikamente. Kontrolliere deine Temperatur. Kontrolliere deine Sauerstoffsättigung."

„Himmel, Mom."

„Wenn du in meinem Haus stirbst, wird das seltsam aussehen."

„Ich weiß, du kannst derlei nicht ausstehen", sagte Jess. Es war ein weiterer alter Streitpunkt, dass ich mich anscheinend für mich selbst schämte und mich in meiner eigenen Haut unwohl fühlte und einen Haufen derartigen Schwachsinns, der hauptsächlich bedeutete, dass ich gewisse Standards für mein Verhalten in der Öffentlichkeit hatte.

„Fick dich", sagte ich. Schweigen. Anhaltendes Schweigen.

„Hey", sagte ich, da ich ein weiteres Thema zur Hand hatte, „ich fahre zur Mount Royal, um mit ihren Kommilitonen zu sprechen und zu hören, was die Leute über sie zu sagen haben. Es ist eine Ermittlung ins Blaue hinein, du kannst mich also ruhig anrufen, wenn du einen konkreten Hinweis findest."

„Ich fühle mich wie einer der Hardy Brüder." Ich hörte sein Lächeln.

Wir legten auf, denn es gab keinen Grund, weiter zu sprechen. Ich hatte zu arbeiten. Ich starrte ein paar Sekunden lang auf mein Handy und sah, wie mein Finger sich bewegte, um die Wahlwiederholung zu drücken. Ich hatte ihm nicht gesagt, dass er das tun sollte. Ich ließ mein Handy auf den Beifahrersitz fallen, weit außerhalb meiner Reichweite.

MOUNT ROYAL würde nie in einem Bildband über die prachtvollsten Universitäten der Welt erscheinen. Sie bestand aus einem praktischen Betongebäude und selbst die gelegentlichen architektonischen Schnörkel sahen aus, als hätte man sie aus einem Katalog ausgesucht. Aber das war in Ordnung, denn ihre Studenten neigten dazu, praktische, wenig exzentrische Fächer zu studieren. Kims zusammengewürfelter Studiengang ‚Kunstgeschichte' war ungewöhnlich frivol für diese Einrichtung.

Im Gegensatz zu dem weitläufigen Wirrwarr des Campus der Universität von Toronto war dieser hier überschaubar und kompakt. Obwohl Jess und ich theoretisch zur selben Zeit dieselbe Uni besucht hatten, waren wir uns nur dann über den Weg gelaufen, wenn wir das geplant hatten. Die Studenten hier liefen sich vermutlich ständig über den Weg.

Die Nachricht über Kim hatte sich auf dem Campus herumgesprochen. Die meisten Studenten, die ich vor Hörsälen ansprach, wussten, dass sie vermisst wurde. Ich war überrascht, überall an Schwarzen Brettern, Türen und Verkaufsautomaten Aushänge zu finden. Sie verwiesen auf Laurens Facebook-Seite für Hinweise, nannten den Hashtag und boten eine Telefonnummer an für alle, die lieber eine SMS schicken wollten. Ich erkannte die Nummer nicht, also machte ich ein Foto und schickte es Jess, damit er dort anrufen konnte.

das war flott, schrieb er zurück. *seit wann sind Studenten effizient?*

die jugend von heute, erwiderte ich. Er schickte ein Lächeln und *#findKimMoy* zurück.

Das Foto auf den Aushängen war eines, das ich auf ihren Social Media gesehen hatte. Schwarzes Sweatshirt und aus irgendeinem Grund einen glitzernden Stirnreif mit Käferantennen. Sie stand vor einem Escape Room, ein Schild mit dem Wort *Gescheitert* in einer Hand, den Daumen der anderen Hand hochgereckt, ein breites Grinsen auf dem Gesicht. Sie hatte Spaß, egal, ob erfolgreich oder nicht. In ihrem Alter war ich viel zu sehr mit mir selbst beschäftigt gewesen, als dass ich in der Öffentlichkeit mit einem Misserfolg klargekommen wäre. Oder im Privaten.

Niemand würde zugeben, dass er eine junge Frau, die vermisst wurde, nicht leiden konnte, aber ich gewann den Eindruck, dass ihre Kommilitonen Kim wirklich mochten. Die Studis, die ich auf ihrem Weg von einem Kurs zum nächsten abfing, wirkten nicht ganz bei der Sache, aber besorgt. Als hätte ich eines der hundert beschissenen Dinge angesprochen, die sie in dieser Woche erfahren hatten, und darüber hinaus kamen sie zu spät zur nächsten Vorlesung ... aber ja, es war komisch und schlimm, dass Kim weg war.

Die Dozenten hatten weniger zu sagen, abgesehen von den notwendigen Kommentaren darüber, wie verstörend es sei und was nur los sei mit der Welt. Sie sagten, dass Kim eine gute, aber keine herausragende Studentin war. Sie machte keinen Ärger. Den meisten Lehrenden, da war ich mir sicher, hätte ich ein Foto eines x-beliebigen Gothic Girls zeigen können und sie hätten mir gesagt, dass das Kim war. Verständlich. Wenn man genug Studenten gesehen hatte, Jahr um Jahr, wurden sie vermutlich zu Stereotypen.

Mein Handy brummte, als ich auf dem Weg zu ihrem letzten Kurs war. Jess. „Alles in Ordnung?"

Er lachte. „Ich bin in der letzten halben Stunde nicht gestorben, wenn du das meinst. Möchtest du mit der Person sprechen, die die Poster aufgehängt hat?"

Das Klischee, dass sich Verbrecher in die Ermittlungen einmischen, hatte eine gewisse Grundlage in der Realität. Es lohnte sich immer, mit den Leuten zu sprechen, die darauf beharrten, im Thema zu sein. „Dieselbe Nummer wie die Aushänge?"

„Ja. Sie heißt Katie Aland. Ich habe mit ihr gesprochen. Sie hat einen Kurs mit Kim zusammen, aber sie kennen sich auch durch Paint Nite. Sie sind beide Kursleiterinnen. Ist das interessant?"

„Vielleicht. Vielen Dank."

Ich schlüpfte in einen leeren Kursraum und wählte die Nummer. Es hatte kaum zweimal geklingelt, bevor eine Frau mit einer kräftigen, klaren Stimme abnahm. „Hier ist Katie."

„Ich bin Ben Ames", sagte ich zu ihr. „Ich bin Privatdetektiv und wurde beauftragt, nach Kim Moy zu suchen. Haben Sie einen Augenblick Zeit?"

„Ja, Ihr Assistent hat schon gesagt, dass Sie eventuell anrufen." Ich hörte ein raschelndes Geräusch, dann nichts, als sie das Telefon stumm stellte. Es vergingen ein paar Sekunden. „Schießen Sie los."

„Wie kam es dazu, dass Sie an den Vermisstenaushängen beteiligt sind? Ich sehe, dass Ihre Nummer darauf steht."

„Als Lauren bei Kims Freunden angefragt hat, habe ich mich freiwillig gemeldet."

„Sind Sie und Kim eng befreundet?"

„Sie …" Der Wandel von forscher Jungmanagerin zu sprachlosem Teenie war überraschend. „Wir sind befreundet. Wissen Sie, wir machen beide die Paint Nite, ich kenne sie von daher."

„Sie haben sich eine Menge Mühe gemacht", sagte ich. Ich sprach mit neutraler Stimme. Ich war mir sicher, sie würde einen Weg finden, das zu interpretieren.

„Es war keine Mühe", sagte sie scharf. „Es war einfach das Mindeste, was ich tun konnte."

Ich fürchtete, dass sie auflegen würde, wenn ich sie zu sehr bedrängte. Aber an der Sache war definitiv etwas dran. „Eine Menge Leute würden sagen, das Mindeste, was sie tun können, ist nichts."

„Ich … dachte das nicht wirklich."

Etwas sagte mir, dass ich den Mund halten sollte. Nach ein paar Sekunden fuhr sie fort.

„Kim hat mich Mittwochabend angerufen", sagte sie. „Es war kurz nach zehn. Ich wollte mir eine Serie ansehen und dann ins Bett gehen, von daher weiß ich die Zeit. Ich war … Ich hatte keine Lust auf ein Telefonat."

„Das ist verständlich."

„Sie hat nicht gesagt, dass sie in Schwierigkeiten ist", sagte Katie. „Gar nicht. Sie klang ein wenig aufgelöst, aber sagte nur, dass jemand ihre Paint Nite am Donnerstag für sie übernehmen müsste."

„Hat sie gesagt, warum?"

„Ich hätte sie fragen sollen, richtig? Weil sie aufgelöst klang?"

Offensichtlich war Katie der Ansicht, dass sie hätte fragen sollen. Ich sagte das nicht. „Macht Kim das oft?"

„Paint Nites kurzfristig absagen oder mich während meiner Serie anrufen?"
„Beides."

„Sie hat noch nie abgesagt. Sie hat mich oft angerufen."

„Ist sie oft aufgelöst?", fragte ich. „Wissen Sie, manche Leute, jede kleinste Ursache …"

„Nein", sagte Katie. „Kim ist in sich gefestigt."

Der Managerton war zurück. Ich bedankte mich bei ihr und wich ihren wiederholten Angeboten aus, mich mit ihr zu treffen und eine Strategie zu erarbeiten. Sie klang wie eine effiziente Person und ihre Posterkampagne war beeindruckend, aber ich hatte bereits einen Assistenten mehr, als ich gewohnt war.

Da fiel mir was ein. Ich suchte mir ein Plätzchen am Teich auf dem Campusgelände und rief den Lieferdienst an. Suppe und frischer Obstsaft für Jess, von einer Bäckerei mit Café. Suppe war das Geeignete für kranke Menschen, fand ich. Das erledigt, suchte ich mir einen Laden, der mir ein vernünftiges Sandwich und einen monströsen Kaffee verkaufen konnte, und machte selbst Mittag.

Kims Stundenplan fing an, mich zu ermüden. Dutzende von Fremden zu fragen, ob sie etwas gesehen oder gehört hatten, ist in gewisser Weise wie eine Observation. Es dauert lange, ist die meiste Zeit über uninteressant und erfordert hohe Konzentration, um es gut zu machen. Ein kleines Zögern oder ein kurzer Seitenblick konnten mein einziger Hinweis darauf sein, dass jemand mehr zu sagen hatte, und ich würde sie nicht sehen, wenn ich nicht wachsam war. Das Allerschlimmste aber war, dass die Leute überzeugt waren, nichts Wichtiges zu wissen. Was dumm war, denn ich kannte den Gesamtzusammenhang und sie nicht, woher zum Teufel wollten sie also wissen, was wichtig war?

Aber es machte keinen Sinn, den Leuten das zu sagen. Man konnte sie nur beobachten und versuchen, sie bei ihren kleinen Auslassungen zu erwischen, und vom konzentrierten Beobachten einen Knick in der Optik bekommen.

Am späten Nachmittag klingelte mein Handy. Wieder Jess.

„Erstens", sagte er, „vielen Dank für die Suppe."

„Jederzeit."

„Zweitens, ich habe die Leute ausfindig gemacht, die am Mittwochabend mit Kim aus waren."

„Sprich weiter …"

„Allie und Hannah", sagte er. „Sie waren mit ihr einen trinken - sie sagten, der Laden heißt BP. Ist das Boston Pizza?"

„Ja", bestätigte ich. „Wir haben hier an jeder Straßenecke einen."

„Wegen der Nähe zu Boston. Und weil New England bekannt ist für italienisches Essen."

„Ganz genau", stimmte ich zu. „Sind sie bereit, Fragen zu beantworten?"

„Sie sind wild darauf, dich zu treffen", sagte er mir. „Einen echten Privatdetektiv."

Ich widerstand dem Drang, mit dem Kopf gegen die nächste Wand zu schlagen. „Bist du sicher, dass sie Kim am Mittwoch getroffen haben? Und nicht nur versuchen, hautnah mit dabei zu sein?"

„Ich glaube, die zwei waren die letzten, die sie tatsächlich gesehen haben", sagte er. „Ich meine, von den Leuten, die Kim kennen. Und wenn man den Anruf an Katie außer Acht lässt."

„Okay", sagte ich. „Schick mir ihre Nummern."

„Ich habe es besser gemacht", sagte er. „Sie warten am Haupteingang auf dich und gehen mit dir rüber zur Bar. Ich meine, der Pizzeria mit der Muschelsuppe."

„Es ist ihre Spezialität", sagte ich. „Danke."

„Jederzeit."

SIE SAHEN fast gleich aus. Ein brauner Pferdeschwanz und ein blonder, blaue Mount Royal Sweatshirts und schwarze Leggings.

„Ich bin Allie", sagte der Braune Pferdeschwanz. Ihre Freundin war mit ihrem Handy beschäftigt und blickte kaum auf. „Sind Sie Ben?"

„Das bin ich. Danke, dass Sie sich mit mir treffen."

„Kein Ding. Wir sind sowieso ständig im BP. Das ist Hannah."

Hannah nickte mir zu. Ihr Blick blieb auf das Handy gerichtet, während wir gingen. Sie hielt sich einen Schritt hinter Allie und das war vermutlich der Grund, wie sie es vermied, in Dinge hineinzulaufen. Solange sie den schemenhaften Umriss eines Sweatshirts im Blickfeld hatte, war alles in Ordnung.

„Gibt es irgendwelche Neuigkeiten?", fragte Allie. „Hat jemand ihr Auto gefunden?"

„Die Polizei hält Ausschau danach. Sie sind viel besser ausgerüstet als ich, um ein Auto zu finden."

Und überhaupt eine vermisste Person, aber das sagte ich nicht.

Allie führte uns forsch durch die Eingangstür des Restaurants und zu einer runden Sitzecke in der Lounge. „Hier haben wir Mittwoch gesessen. Falls das eine Rolle spielt."

Hannah glitt auf die Bank und legte ihr Handy auf den Tisch, Display nach unten.

„Sie war ganz normal, bis so gegen neun Uhr", sagte Hannah. „Dann ist sie komisch geworden."

Allie setzte sich neben sie. Ich setzte mich auf die andere Seite.

„Was meinen Sie mit *komisch*?"

Bevor Hannah antworten konnte, erschien eine Kellnerin, die uns fragte, was sie uns bringen konnte. Und wollten wir die Speisekarte haben?

„Nein, danke", sagte Allie.

„Cola?", fragte ich die beiden. „Bier? Kaffee?"

„Harp", sagte Hannah.

Allie machte ein oh-zum-Teufel-Gesicht. „Für mich auch."

„Ich hätte gerne einen Kaffee", sagte ich der Kellnerin. „Schwarz. Und ist die Person, die letzten Mittwochabend diesen Tisch bedient hat, heute hier?"

„Hm." Die Kellnerin blickte über ihre Schulter. Sie war eine blasse Rothaarige, deren wellige Haare aus einem mit Steinchen aus Strass verzierten Haarclip hervorquollen. Ihr kunstvoll verwaschenes T-Shirt bewarb ein Gorillaz Album, das vermutlich herausgekommen war, als sie noch ein Fötus war. „Ich seh' nach. Gab es ein Problem?"

„Nicht mit dem Restaurant", versicherte ich ihr. „Ich habe ein paar Fragen. Ich bin Privatdetektiv und ich suche nach einer vermissten Person. Kimberly Moy."

„Feife", sagte die Kellnerin. Sie nahm den Bleistift, auf dem sie gekaut hatte, aus dem Mund und sagte es erneut. „Scheiße. War sie hier?"

Statt zu antworten, zeigte ich ihr eines von Katies Postern. Die Augen der Kellnerin wurden groß. „Glauben Sie, dass ihr hier etwas zugestoßen ist?"

„Sie ist hier zum letzten Mal gesehen worden."

„Ja, sicher", sagte die Kellnerin, als würde sie verstehen. Ihr Gesicht sagte das Gegenteil. „Ich seh' nach und dann bringe ich Ihnen die Getränke, 'kay?"

„Prima", sagte ich. „Danke."

Nachdem sie fort war, sah ich Hannah an. Sie starrte auf ihr Handy, legte es aber weg, als Allie sie mit dem Ellbogen anstieß.

„Ich hatte Sie gefragt, wie Sie das meinen", sagte ich zu ihr, „als Sie sagten, dass Kim angefangen habe, sich komisch zu verhalten."

Hannah hatte die Sorte ausdrucksloses, unbewegliches Gesicht, das widerspiegelte, was man geneigt war, darin zu sehen. Auf mich wirkte sie in diesem Moment zugeknöpft. Sie war es vermutlich nicht.

„Ich habe nichts bemerkt", klinkte sich Allie ein. Hannahs Augen zuckten. Mit ein wenig mehr Anstrengung hätte sie sie verdreht.

„Du warst abgelenkt", sagte sie.

„Du warst die ganze Zeit mit deinem Handy zugange", gab Allie zurück. „Wie üblich."

„Ich bin aufmerksam", sagte Hannah. Ihre Stimme war tief und emotionslos, so ausdruckslos wie ihr Gesicht. Ich fragte mich, was sie am Handy machte. Sie schien mir nicht der Typ, der süchtig nach Social Media ist.

„Hat Kim etwas Ungewöhnliches gesagt?", hakte ich nach.

Hannah schüttelte den Kopf. „Sie ist nur plötzlich nervös geworden. Sie war unruhig und hat ihre Serviette zerrissen."

„Ist sie immer eine Zappel-Philippa?"

Allie zuckte die Schultern und sah Hannah an. Hannah sagte: „Nein."

„Hat etwas sie aus der Fassung gebracht?", fragte ich. „Ein Anruf? Ist jemand an Ihren Tisch gekommen?"

„Nicht zu dieser Zeit", sagte Allie. Ihre Stirn runzelte sich und sie schloss die Augen. Ich konnte sehen, wie sie sich hinter den Lidern bewegten, sich umsahen, die Leute sahen, die da gewesen waren. „Manche Leute sind kurz vor sechs gegangen und andere sind gegen acht gekommen. Nicht um halb neun. Sie hatten Vorlesung bis halb acht und sind dann direkt hergekommen."

„Sind Sie sicher, dass sich Kims Verhalten gegen halb neun verändert hat?", fragte ich Hannah. „Nicht gegen acht?"

„Es war nicht acht", sagte Hannah. „Es war nicht, weil sich jemand zu uns gesetzt hat. Es könnte etwas gewesen sein, was jemand gesagt hat."

„Das glaube ich nicht", meinte Allie. „Mir ist nicht aufgefallen, dass Kim sich komisch verhalten hat, aber mir wäre es aufgefallen, wenn jemand sie hätte ausflippen lassen. Ich bin im Inklusionsausschuss der Studentenvereinigung. Ich hab' einen Blick für Othering."

„Entschuldigung, wofür ...?"

Sie schenkte mir ein warmes, mitleidiges Lächeln. Ich war alt und verstand nicht. „Othering. Den Menschen das Gefühl geben, dass sie die anderen sind und nicht die angebliche Norm. Dis-Inklusion."

„Wenn jemand sie ge-othered hätte", sagte Hannah, „dann wär' das ein Grund fürs Ausflippen gewesen."

War das Sarkasmus? Ich konnte es nicht sagen, und ihrem Gesichtsausdruck nach zu urteilen, konnte Allie es auch nicht. Die Ankunft der Kellnerin mit unseren Getränken beendete den peinlichen Moment. Sie hatte einen jungen Mann bei sich, Anfang zwanzig, vielleicht jünger. Er trug Jeans, Wanderstiefel und ein graues T-Shirt unter rot kariertem Flanell. Er musste gedacht haben, dass seine Schicht beim BP auf dem Gipfel von Mt. Hood stattfand.

„Das ist Zach", teilte uns die Kellnerin mit. Ihr eigener Name blieb ein Geheimnis. „Er hatte letzten Mittwochabend diesen Tisch."

„Absolut", bestätigte Allie. „Hey."

Zach nickte. Eine dicke, blonde Strähne flog hoch und fiel wieder zurück über ein Auge. „Hey."

Ich zeigte ihm Kims Foto und er nickte. Die Strähne flatterte erneut. „Jaah, ich erinner' mich. Sie wird vermisst, hey?"

„Das wird sie. Erinnern Sie sich an irgendetwas, das ungewöhnlich war an ihr? Haben Sie gesehen, wie sie sich mit jemandem gestritten hat?"

„Jaah, nee", sagte er. „Kein Streit. Aber sie hat im Raucherraum auf ihr Handy geguckt und sie schien ein bisschen angespannt."

„Der Raucherraum?", fragte ich und sah mich um. Ich war mir ziemlich sicher, dass dergleichen illegal war.

Allie lächelte. „Das ist die Seitengasse. Wenn es warm genug ist, lassen sie abends die Tür auf, sodass die Leute in der Gasse rauchen können."

Niemand hatte bisher auch nur angedeutet, dass Kim rauchte.

„Hat Kim geraucht?", wollte ich wissen. Allie und Hannah schüttelten beide den Kopf.

„Sie hat nicht geraucht", erklärte Zach uns. „Sie hat auf ihr Handy geguckt."

„Kein Anruf?", fragte ich.

Zach schüttelte den Kopf. „Sie hatte es so hier unten." Er mimte, etwa auf Bauchhöhe ein Handy zu halten.

„Hat sie etwas gesagt?"

„Nicht, dass ich was gehört hab', Mann."

„Weißt du, um wie viel Uhr das war?", fragte Hannah.

„Meine Pause fing grad an. Acht Uhr fünfundvierzig."

Jetzt war Hannahs Gesichtsausdruck eindeutig - er sagte: hab' ich doch gesagt.

Es wäre fantastisch gewesen, Kims Handy auslesen zu können, um zu sehen, ob ihr jemand gegen zwanzig Uhr fünfundvierzig eine SMS geschickt hatte. Es wäre ebenfalls fantastisch gewesen zu erfahren, ob sie etwas gegoogelt oder irgendeine andere Internetseite besucht hatte. Aber es gab keine Möglichkeit, an diese Informationen zu kommen, es sei denn, ich war bereit, ein paar sehr zwielichtigen Gestalten viel zu viel Geld zu bezahlen. Meine Kontakte bei der Polizei würden nicht helfen - es gab nach wie vor keinen Hinweis, dass ein Verbrechen stattgefunden hatte. Teufel, ich selbst war nach wie vor nicht davon überzeugt, dass eines stattgefunden hatte.

„Sie hat nichts davon gesagt", sagte Allie. Sie schien verärgert darüber.

Hannah zuckte die Schultern. „Also war es persönlich."

„Ist sie danach an den Tisch zurückgekommen?", wollte ich wissen. Zach wusste es nicht, aber Hannah und Allie nickten.

„Ja, sie war bis neun Uhr hier", sagte Allie. „Wir sind zusammen nach draußen gegangen."

„Erinnern Sie sich sonst an etwas, was ungewöhnlich erschien?", fragte ich Zach.

„Nein, Mann. Tut mir leid. Kann ich … brauchen Sie sonst noch etwas?"

Ich dankte ihm und er konnte gehen. Allie goss ihr Bier in ein großes Glas. Hannah nahm einen Schluck aus der Flasche. Ich wollte eigentlich nicht wirklich noch einen Kaffee, aber ich trank ihn trotzdem, da mein Tag noch lange nicht vorüber war.

„Als Sie gehört haben, dass Kim vermisst wird", begann ich, „was haben Sie da gedacht? Was war Ihr erster Gedanke?"

„Dass sie im BP komisch war", antwortete Hannah.

„Dass sie vielleicht nach Manitoba zurück ist", sagte Allie. „Vielleicht war einer von ihren Eltern krank geworden oder so. Aber es war ihre Schwester, die uns gesagt hat, dass sie vermisst wird, also war's das offensichtlich nicht."

„Kein neuer Freund? Kein Streit mit irgendjemandem? Keine … ich weiß nicht, unerwartet schlechten Noten oder Enttäuschungen?"

„Wollen Sie damit sagen, Sie glauben, sie hat sich umgebracht?" Allies Tonfall traf genau die Mitte zwischen Unglauben und Empörung.

„Ich glaube gar nichts", entgegnete ich. „Ich kenne Kim nicht. Sie klingen so, als würden Sie das für unwahrscheinlich halten."

„Sie war nicht depressiv oder so", sagte Hannah. „Sie hat sich nicht so verhalten."

„Sie hat keine Antidepressiva genommen oder so", fügte Allie hinzu. „Ich hab' einmal zu ihr gesagt, dass ich … ich meine, ich tue das … und Kim sagte … Ich erinnere mich daran, weil es mich ein bisschen wütend gemacht hat. Sie hat gesagt, sie wäre normal."

„Ich bezweifle, dass sie es auf die Art gemeint hat", sagte Hannah.

Allie schnipste mit den Fingerspitzen gegen das matte Glas ihres Bierglases. „Ich weiß nicht, wie man das anders meinen könnte."

„Viele Leute nehmen Antidepressiva", sagte Hannah. „Aber ja, ich glaub' nicht, dass Kim … Sie denkt die Dinge gern bis zum Ende durch, aber sie ist nicht trübselig."

„Ich bin verdammt noch mal nicht trübselig", sagte Allie.

Hannah seufzte. „Hier geht es nicht um dich."

„Nein, es geht nicht um dich und deshalb glaubst du, dass es egal ist, was du sagst." Allie schob ihr Bierglas von sich und sah mich an. „Rufen Sie mich an, wenn Sie sonst noch etwas brauchen."

Sie stürmte so gut sie konnte davon, behindert durch die Enge zwischen Tisch und Bank, die Menschentraube im Raum, die Tische auf dem Weg zur Tür und unsere Kellnerin, die gerade aus der Küche kam. Hannah trank ihr Bier aus.

„Drama", sagte sie, als sie die Flasche absetzte. „Ich sollte mich vermutlich entschuldigen gehen oder so."

„Sagen Sie mir Bescheid, wenn Ihnen noch etwas einfällt", sagte ich.

Hannah ging und ich zahlte die Rechnung. Ich gab reichlich Trinkgeld und ließ ein paar Visitenkarten auf dem Tisch zurück. Wahrscheinlich hatten die Mädchen recht. Hier gab es nichts mehr für mich herauszufinden.

Ein scharfer Wind war aufgekommen, während wir drinnen gewesen waren. Es war gerade erst Anfang September, doch ich spürte den Winter darin. Blätter fielen wie Regenböen. Ich trat sie auf dem Weg zum Jeep beiseite und versuchte zu raten, was Kimberly am Mittwochabend um zwanzig Uhr fünfundvierzig auf ihrem Handy gesehen haben mochte. Eine Drohung? Ein Nacktfoto, das sie einem Ex-Freund geschickt hatte? Ein extrem niedliches Katzenvideo?

Ich schickte Jess im Gehen eine SMS, um ihm zu sagen, dass ich auf dem Weg war. Vielleicht hatte er Ideen. Es ergab für mich keinen Sinn, wie natürlich sich das anfühlte. Dass Jess, den ich seit Jahren nicht gesehen hatte und der noch nie in meinem Haus in Calgary gewesen war, zu Hause auf mich wartete, um den Fall mit mir zu besprechen. Frank Gesellschaft leistete. Suppe aß.

Es war nicht so, dass ich mir nie vorgestellt hatte, ihn wiederzusehen, aber in meiner Vorstellung war es immer irgendwie dramatisch gewesen. Entweder ein heftiger Streit oder ... nicht, dass ich je in Betracht gezogen hätte, wieder mit ihm zusammen zu kommen, aber manchmal hatte ich mir eine große Filmszene vorgestellt. Einer von uns stürzte über eine viel befahrene Straße oder rannte, um in letzter Minute einen Zug zu erreichen. Musik, großes Orchester oder etwas Minimales, das alle Geräusche und Bewegungen ausblendete, was die Betonung setzte auf diesen einen Moment der Begegnung inmitten von ... Schwachsinn. Irgend so einen Schwachsinn. Aber man stellt sich solche Sachen vor, oder ich zumindest. Als wäre mein Leben ein Märchenfilm.

Keines dieser Szenarien hatte Lungenentzündung beinhaltet oder mit zickigen Teenagern in einer zweitklassigen Pizzakette einen Kaffee zu trinken. Das sagte mir, dass es real sein musste.

6

AN DER Tür wurde ich von Frank und dem Duft nach Essen aus der Küche begrüßt.

„Ich habe für uns beide bestellt", rief Jesse aus dem Wohnzimmer. Das war nicht der Raum, in dem er sich aufhalten sollte, und es gab auch kein Bett dort, aber ich stellte fest, dass er zumindest auf dem Sofa lag. Er hatte sogar die Bettdecke aus dem Gästezimmer mitgebracht.

„Dein Kamin funktioniert übrigens nicht."

Das Sofa stand vor dem Kamin und Jess sah mir über die Rückenlehne hinweg entgegen. Ich ließ meine Jacke auf das halbhohe Regal zwischen Tür und Wohnzimmer fallen und tätschelte Franks Kopf.

„Es tut mir leid, dass die Unterkunft nicht deinem Standard entspricht."

Jesse verzog das Gesicht. „Ich dachte, du weißt es vielleicht nicht."

„Ja, nun. Es ist Aufgabe des Vermieters, das in Ordnung zu bringen."

Ich ging zur Terrassentür, um Frank einen Ausflug in den Garten anzubieten. Er ignorierte mich. Jesse hatte ihm vermutlich den ganzen Tag lang die Tür auf und zu gemacht.

„Oh, du mietest." Jess klang nicht wertend, nur ein wenig überrascht. Es war trotzdem ärgerlich.

„Nein, ich habe ein vierhundertfünfzig Quadratmeter großes Haus gekauft, während ich als Privatdetektiv arbeite", sagte ich. „Natürlich miete ich."

Er seufzte. Ich konnte dabei zusehen, wie er sich entschloss, verschiedene Dinge nicht zu sagen. „Warum hat dein Vermieter es nicht in Ordnung gebracht?"

„Er hat darauf hingewiesen, dass im Mietvertrag nichts von einem funktionierenden Kaminofen steht, und gesagt, dass es ein Bonus war, dass er in dem ersten Jahr, in dem ich hier gewohnt habe, funktioniert hat."

Jess nickte nachdenklich. „Dieser Mann klingt wie ein Arsch."

„Vermutlich, weil er einer ist."

Ich ging in die Küche und fand große braune Tüten auf der Anrichte, so warm, dass sie erst vor wenigen Minuten geliefert worden sein konnten. Sie kamen von dem Vietnamesen ein paar Blocks entfernt, was darauf hindeutete, dass Jess strategisch bestellt hatte, sobald er meine SMS bekommen hatte. Wo gibt es Essen, das wir beide mögen und das nah genug ist, dass es wahrscheinlich noch vor Ben ankommt?

„Du magst immer noch Vietnamesisch, oder?", rief Jess aus dem Wohnzimmer. Das letzte Wort wurde von einem Husten verschluckt.

„Ja, ist gut. Ich bringe es rüber."

Frank hockte mir auf den Fersen, weil ich Menschenfutter ansah und neben seinem Fressnapf stand. Trockenfutter oder Fadennudeln, vielleicht hatte er ja Glück. Ich gab ihm Trockenfutter und trug das Menschenfutter ins Wohnzimmer. Seiner Bestellung nach zu urteilen fühlte Jess sich gut genug für sein übliches Lieblingsessen. Luna würde sich freuen, das zu hören.

Ich stellte alles auf den Wohnzimmertisch und Jess rutschte auf dem Sofa zur Seite, um mir Platz zu machen. Er war ein bisschen blasser als normal, mit Ringen unter den Augen, aber davon abgesehen hätte er ein Besucher sein können statt eines Genesenden. Seine Augen waren klar und er arrangierte das Essen mit geschickten Händen. Wir waren immer noch wie eine gut geölte Maschine, wenn es um das Aufteilen von vietnamesischem Essen ging. Fischsauce für mich, Chilipaste für ihn, Erdnüsse für ihn und keine für mich - alles, als hätten wir es erst letzte Woche noch gemacht. Unsere Hände berührten sich und wir hielten höchstens eine Sekunde lang inne und fuhren dann fort, als wäre nichts gewesen.

„Wie war dein Tag?", fragte Jess.

„Ich habe viel herausgefunden. Und habe nicht einen Anhaltspunkt."

„Ich dachte, es funktioniert so: Man folgt einem Anhaltspunkt, findet einen neuen, folgt diesem Anhaltspunkt, findet einen neuen."

Ich machte eins der Biere auf, die ich aus der Küche mitgebracht hatte, und schlug Jesses Hand weg, als er sie nach dem anderen ausstreckte. „Nicht mit deinen Medikamenten, kranker Vogel. Du bekommst Wasser, Orangensaft oder koffeinfreien Kaffee."

Jesse starrte mich an, als hätte ich vorgeschlagen, dass er aus einer Pfütze auf der Straße trinken solle. „Koffeinfrei?"

„Du brauchst deinen Schlaf. Und was die Detektivarbeit angeht: Ich weiß nicht, wie andere es machen, aber ich gehe herum und spreche mit Leuten und sehe, was ich herausfinde. Die Informationen kommen nicht ordentlich aufgereiht."

Jess nahm sich eine Flasche Orangensaft und schüttelte sie langsam - stellte sie komplett auf den Kopf, drehte sie wieder gerade, dann wieder auf den Kopf. Wie immer. „Und was hast du herausgefunden?"

Ich erzählte es ihm. Das meiste. Die Dinge, die für den Fall keine Rolle spielten - zum Beispiel Spekulationen über mein Liebesleben -, waren nicht Teil meiner Zusammenfassung. Er hörte schweigend und aufmerksam zu, sah nur weg, um einen Bissen zu nehmen oder seine Tabletten. Frank rollte herein und stellte sich neben die Terrassentür. Ich ließ ihn raus in den Garten und wartete, während er an Blättern schnupperte und ein paar Runden drehte, auf der Suche nach dem richtigen Ort.

„Wann hast du ihn bekommen?", fragte Jess.

„Er kam gewissermaßen zusammen mit dem Haus", sagte ich. „Ich bin vor ein paar Jahren eingezogen und der Typ, der ausgezogen ist, hat gefragt, ob ich ein paar Tage lang auf seinen Hund aufpassen könne, während er sich in seinem neuen

Haus einrichtet. Wie ein Trottel habe ich *ja* gesagt und natürlich ist der Typ nie wieder aufgekreuzt. Also habe ich einen Hund. Was siehst du mich so an?"

Jess lächelte mich an, aber in seinen Augen lag etwas Seltsames. Es wirkte gefährlich nah wie Sentimentalität. „Du und Streuner."

Ich zuckte die Schultern. „Er war kein Streuner. Er hat zuerst hier gewohnt."

Nachdem Frank wieder hereingekommen war und sich zwischen uns und dem kalten Kamin niedergelassen hatte, schloss ich meine Geschichte über das Treffen im BP ab. Während ich den letzten Schluck meines Biers nahm, packte Jess die Essensreste zusammen und stapelte das Geschirr. Er versuchte, es in die Küche zu bringen, aber ich warf ihm einen Blick zu, der nahelegte, er solle es nicht mal versuchen, und das war genug. Er blieb auf dem Sofa.

Er stand auf, um ins Bad zu gehen, während ich in der Küche war. Nach zwei Bier war ich der Meinung, dass mir das auch nicht schaden konnte. Wir trafen uns im Flur und ich beobachtete ihn beim Gehen von ein paar Schritten. Er schien sicher auf den Beinen. Wenn ich nicht gewusst hätte, wie schnell er normalerweise ging, hätte er nicht einmal langsam gewirkt.

Sein Kulturbeutel lag neben dem Waschbecken und stand etwa ein Drittel weit offen, denn warum etwas zu Ende bringen, wenn man es auch mittendrin stoppen konnte? Ich warf einen Blick darauf, während ich mir die Hände wusch, und dachte darüber nach, den Reißverschluss zuzuziehen und den Kulturbeutel auf das Regalbrett zu stellen, rein aus Prinzip. Während ich das tat, bemerkte ich ein oder zwei Pillendosen. Bernsteinfarbenes Plastik, nicht blau wie die, die wir gestern Abend aus der Apotheke geholt hatten.

Meine Ausrede, wenn ich denn eine hatte, war, dass Detektiv sein etwas ist, was man ist, nicht etwas, was man tut. Ich drehte die vorderste Dose um, sodass ich das Etikett sehen konnte. PrEP [2]. Ich hätte es mir denken können. Die zweite Dose war dahinter eingeklemmt und unlesbar, also nahm ich sie heraus.

Lexapro. Kents Schwester nahm das gegen Depression.

Ein Arzt in Toronto hatte es vor über einem Jahr verschrieben und Jess konnte die Dose noch zweimal nachfüllen lassen.

Ich steckte die Dose zurück, ließ den Kulturbeutel, wo ich ihn vorgefunden hatte, und setzte mich auf den Rand der Badewanne. Erinnerungen schossen mir durch den Kopf, so schnell, dass ich kaum Zeit hatte, eine zu sehen, bevor sie durch die nächste ersetzt wurde. Die Male, in denen Jess, wie ich gedacht hatte, krank gewesen war oder faul und sich tagelang im Badezimmer versteckt hatte. Die Art, wie er Drogen und Alkohol benutzt hatte wie Make-up, um seine Augen zu betonen oder das richtige Lächeln aufzusetzen. Wie er manchmal trank, bevor er auf die Bühne ging, als würde nicht zu trinken ihn umbringen.

Ich setzte eine neutrale Miene auf, bevor ich ins Wohnzimmer zurückging. Entweder hatte Jesse nicht gewollt, dass ich diese Tabletten sah: In dem Falle hatte

---

2 Prä-Expositions-Prophylaxe, dt.: Vorsorge vor einem Risiko-Kontakt. Tabletten zum Schutz vor HIV (Anm. d. Ü.)

ich kein Recht, ihn darauf anzusprechen. Oder er hatte den Kulturbeutel extra so dastehen lassen, offen, die Pillendosen im direkten Blick, weil er es mir sagen wollte, aber nicht bereit war, es mit Worten zu tun. Normalerweise war Jess direkt, aber was wusste ich denn schon über ihn? Gar nichts.

Jess war am Handy, als ich zurückkam. Er hörte meine Schritte und legte es mit dem Display nach unten auf den Tisch.

„Mehr Hassbriefe?", fragte ich.

„Ich wünschte, es wären Briefe. Stell dir das vor. Wenn die Leute mir etwas zu sagen haben, müssen sie erst die Adresse meines Managers herausfinden, Stift und Papier besorgen, es aufschreiben, eine Briefmarke finden, den Brief zum Briefkasten tragen …"

„Ich glaube nicht, dass du dir die Mühe machen würdest, einen Brief mit den Worten *Lutsch meinen Schwanz, Schwuchtel* zu schicken", stimmte ich zu.

„Du würdest deine These wenigstens näher erläutern", sagte Jesse. „Wie auch immer, ist ja auch egal. Ähm, ich hab' mir einen Stenoblock aus deinem Büro geliehen. Ich hoffe, das ist okay."

„Da du meinen Job für mich gemacht hast, denke ich, dass ich es auf sich beruhen lassen kann."

Jess nahm sich Notizblock und Stift, was neben dem Sofa auf dem Boden gelegen hatte.

„Es ist nicht viel, aber jetzt, wo ich weiß, was du herausgefunden hast, ist es interessant, wie sich die Dinge zusammenfügen."

Sein Handy brummte. Er sah nicht einmal in seine Richtung. „Ich habe allen, mit denen ich gesprochen habe, deine Nummer gegeben."

„Klar", sagte ich. „Was hast du herausgefunden?"

„Alle haben gesagt, dass Kim keine Drama Queen war, das passt also zu dem, was du gehört hast. Ein paar von ihnen haben gesagt, dass Kim manchmal für ein paar Tage verschwindet, wie ihre Mitbewohnerin das auch sagte, aber niemand weiß, ob es einen bestimmten Ort gibt, wo sie hingeht. Alle, die sie am Mittwochabend gesehen haben, sagten, dass sie abgelenkt und nervös war. Und eine Person hat sie gegen halb elf an einem EC-Automaten gesehen. Das muss direkt nach ihrem Anruf bei ihrer Freundin gewesen sein, um ihre Paint Nite abzugeben."

„Interessant", sagte ich und gähnte mittendrin.

Jesse lachte. „Ja, offensichtlich."

„Entschuldige", sagte ich. „Ich hatte letzte Nacht unerwarteten Besuch. Hat mich wachgehalten. Wie dem auch sei, Kim hat die Stadt freiwillig verlassen. Sie hat Geld abgehoben. Sie hat ihre Paint Nite abgegeben. Sie hat das Ladegerät ihres Laptops mitgenommen."

„Also hat sie etwas auf ihrem Handy gesehen, was sie aufgewühlt hat", sagte Jesse, „und sie hat plötzlich beschlossen, die Stadt zu verlassen. Vielleicht, um etwas zu tun, oder vielleicht einfach nur, um nachzudenken."

„Aber sie war nicht rechtzeitig zurück, um auf ihre Nichte aufzupassen."

Jesse seufzte und ließ den Stenoblock auf den Tisch fallen. „Ich meine, vielleicht hat sie es einfach … vergessen?"

Er sah aufrichtig bestürzt aus, während er über ein Mädchen nachdachte, das er nicht kannte, und einen Fall, an dem er nicht wirklich beteiligt war. Gleichwohl, er war kein Klient und er würde auch nicht wie einer behandelt werden.

„Ich denke, sie wäre zum Babysitten gekommen", sagte ich. „Sie und ihre Nichte standen sich nahe. Oder stehen sich nahe. Sie hat ihre Nichte sogar auf besagte Wand in ihrem Zimmer gemalt. Na ja, nicht sie, aber den Vogel. Den ME Vogel."

„Ja, das war das Einzige, was nicht Teil der Fibonacci-Folge ist", sagte Jess. Er nahm sich sein Handy, blickte finster auf was auch immer er auf dem Display sah und rief die Fotos auf, die ich ihm von Kims Zimmer geschickt hatte. „Siehst du? Alles ist Teil der Fibonacci-Folge."

„Die Blablabla sind blabla blubb bla", erwiderte ich.

„Möchtest du, dass ich es erkläre", wollte Jess wissen, „oder soll ich dich mit Wikipedia allein lassen?"

Ich streckte die Beine aus und legte die Füße auf den Sofatisch. „Erklär's mir."

„Der Mathematiker, Fibonacci, hat eine Methode entwickelt, um eine Zahlenfolge zu generieren. Dabei addiert man die ersten beiden Zahlen und erhält die dritte, und man addiert die zweite und die dritte, um die vierte zu erhalten, und die vierte und die fünfte, um die sechste zu erhalten. Und so weiter. Das ist, na ja, eine ziemlich langweilige Matheaufgabe, aber diese Zahlenfolge beschreibt ebenfalls, wie viele Dinge wachsen, wie die Muschel, die sie hier gemalt hat, und dieser Farn und dieser Kiefernzapfen. Es ist eigenartig, dass sie alle ein Größenverhältnis haben, das wir mathematisch auf diese wirklich einfache Art beschreiben können. Und der Rest? Siehst du all diese Linien? Das sind die Prinzipien der Kunst. Man teilt ein Bild nach diesen Verhältnissen auf und es wird ästhetisch ansprechend. Oder man baut auf diese Art ein Haus. Und diese Kunstprinzipien stehen im Zusammenhang mit Fibonacci."

„Das ist es dann. Sie ist mit Fibonacci durchgebrannt."

Jesse lächelte. „Ich habe das Gefühl, du hast nach den ersten drei oder vier Worten aufgehört zuzuhören."

„Es ist nicht relevant. Dagegen schon, was du zuvor gesagt hast: die Nichte ist wichtig und das Babysitten ist wichtig. Also warum ist sie dafür nicht aufgetaucht? Oder hat wenigstens angerufen? Alle sagen, dass Kim zuverlässig ist."

„Ich verstehe das." Jess seufzte und legte sein Handy zurück auf den Tisch. „Ich mag es nicht, aber ich verstehe es."

„Der Titel meiner Autobiografie."

„Der Titel deines Sexvideos", gab Jesse zurück und blickte mir geradewegs in die Augen.

Meine Kehle wusste, dass es eine Anmache war, bevor ich es realisierte. Meine Kehle war trocken und ich konnte Alufolie schmecken. Aber Panik war nicht das Einzige, was ich fühlte. Auf diese Art und Weise angesehen zu werden, von Jess, hatte einen Effekt auf die Leute. *Die Leute* war ich. Ich war auch ein Mann, der wusste, was dieser Blick versprach.

Und ich war ein Mann, der es besser wusste, als damit anzufangen. Nicht heute Nacht. Er war krank, wenn auch sonst nichts. Ich atmete ein paar Mal tief durch, bis ich glaubte, dass meine Stimme nicht mehr schwankte, und sagte höflich: „Psst … hörst du das? Wenn es ganz still ist, kann ich deinen Schwanz röcheln hören."

Jesse blinzelte. Ein Moment der Überraschung, den er vermutlich immer erlebte, wenn er eine Absage kassierte, was selten passierte. Dann fing er an zu lachen. Es wurde zu einem Husten, der ihn krümmte. Er klang belegt und feucht und Jess versteckte es vor mir, so gut er konnte, hielt ein geballtes Kleenex vor den Mund und den Kopf gesenkt.

Ich legte ihm eine Hand zwischen die Schultern und rieb sanft. Seine Haut fühlte sich in Ordnung an, nicht das trockene Feuer von gestern Abend. Aber das Rasseln in seiner Brust und die Art, wie seine Schultern bebten, erweckten den Eindruck, als könne er jeden Moment zusammenbrechen. Ich rieb fester, um ihn zu stabilisieren.

„Gottverdammt sexy", sagte ich und er lachte erneut, mitten im Hustenanfall, und zeigte mir den Mittelfinger, ohne den Kopf zu heben.

Wir fuhren beide zusammen, als Frank bellte. Eine Sekunde später klingelte es. Frank begleitete mich zur Tür und setzte sich, als ich sie öffnete. Seine fransige Rute fegte den Teppich.

Luna war bereits in die Hocke gegangen, um Frank von Angesicht zu Angesicht zu begegnen. Sie hatte die Enden ihres neon-rosa Mantels hochgezogen, damit sie nicht auf den Boden hingen, also hatte sie nicht vollends den Verstand verloren.

„Da ist ja mein Hübscher!", sagte sie.

„Ach, komm", sagte ich. „Hör auf."

Sie und Frank ignorierten mich, verloren im Blick des anderen. Ich ging in die Küche.

„Komm rein, wann immer dir danach ist", rief ich ihr über die Schulter zu.

Als ich ins Wohnzimmer zurückkehrte, war sie bis zum Sofa gekommen und überprüfte gerade Jesses Werte. Sein umgedrehtes Handy brummte und er warf einen schnellen Blick in seine Richtung und sah dann wieder weg, wobei er versuchte, so zu tun, als hätte er nicht hingesehen.

„… deutlich besser", sagte Luna. „Wie fühlen Sie sich?"

„Äh, ja, gut. Besser. Ich könnte heute Nacht tanzen."

„Nix da", sagte Luna fröhlich. „Kommt nicht infrage. Aber Sie sind bald wieder auf dem Stand einer Lungenentzündung, bei der Sie keine Bettruhe benötigen."

„Juhu", sagte Jess schwach.

Luna tätschelte ihm den Kopf, als wäre er ein weniger hübscher Frank. „Ich empfehle, noch mindestens eine Woche lang nicht zu fliegen oder Auto zu fahren. Wenn Sie wirklich dringend von Ben wegwollen: in einem Auto mitfahren ist in Ordnung. Was glauben Sie, kann man per Uber von hier nach Toronto fahren? Ich nehme an, dass für den richtigen Preis alles möglich ist."

Jesse sah mich an. „Rufe ich mir ein Uber?"

„Ich kann eine Woche aushalten, wenn du es kannst", sagte ich. „Ich könnte mich daran gewöhnen, einen Sekretär zu haben."

„Ich glaube, du meinst: Partner", sagte Jesse. „Zusätzlicher Detektiv."

Luna zog die Augenbrauen hoch, sah mich an. „Er arbeitet für dich?"

„Ich bin ein paar Leuten online nachgeschlichen", sagte Jesse. „Ich habe ein paar Leute angerufen."

„Ich nehme an, dass das in Ordnung ist", sagte Luna, „da es Ihnen ja besser geht. Selbstverständlich gehen Sie direkt ins Bett, nachdem ich gegangen bin."

„Bekomme ich eine Geschichte und einen Snack?", wollte Jess wissen. „Ein Glas Wasser?"

„Sie müssen ein reizendes Kind gewesen sein", meinte Luna. „Oh, lassen Sie es mich wissen, wenn ich als Zeugin für Sie aussagen soll oder, ich weiß nicht, eine eidesstattliche Erklärung ablegen soll. Ich weiß nicht, wie diese Dinge funktionieren."

Jesse sah beinahe so verwirrt aus, wie ich mich fühlte. „Als Zeugin aussagen?"

„Ja, bezüglich Ihrer Krankheit. Falls ZZGold Sie wirklich verklagt, weil Sie das Konzert abgesagt haben."

„Oh." Jess schloss die Augen. Sein Kopf fiel zurück gegen das Sofa. „Das tut er nicht. Wahrscheinlich. Er zickt nur rum. Er glaubt, dass ich aus der Abmachung aussteige, Werbung für die Single zu machen, die ich gesungen habe. Das ist jetzt die Art, wie er stattdessen Presse bekommt."

„Er ist sehr überzeugend", sagte Luna.

Jess lächelte, öffnete die Augen aber nicht. „Er ist Künstler. Und", fügte er leicht giftig hinzu, „er kann sich ins Knie ficken."

Ich setzte mich auf die Armlehne des Sofas. „Er hat aber nicht so ganz unrecht, oder, Jess?"

Jess drehte den Kopf, sodass er mich ansehen konnte, und öffnete ein Stück weit die Augen. „Willst du behaupten, dass ich nicht wirklich krank bin?"

„Du klingst so, als würde es dich wirklich freuen, wenn er sich ins Knie fickt."

„Du würdest ihn auch nicht mögen", sagte Jess.

65

In meiner Brust baute sich ein vertrauter Druck auf. Warum bestand Jess nur darauf, sich in Schwierigkeiten zu bringen? „Weiß er, dass du ihn nicht leiden kannst?"

„Er ist sich dessen nicht unbewusst", sagte Jesse.

„Gottverdammt, Jesse. Musst du immer allen alles sagen, was dir durch den Kopf geht? Was, wenn er dich wirklich verklagt? Was, wenn deine Plattenfirma dich fallenlässt?"

„Ich vergaß", sagte Jess. „Alles sollte schweigend ertragen werden. Wenn du etwas siehst, was nicht richtig ist, sag' nichts. Das ist deine Methode, stimmt's, Officer? Ich meine, ehemaliger Officer?"

„Du meine Güte, schon so spät", sagte Luna so schnell, dass die Worte ineinander übergingen. Ohne eine Sekunde zu verschwenden, schnappte sie sich ihr Thermometer und Stethoskop und warf sie in ihre Tasche. „Ich muss los. Jack - Entschuldigung, Jesse - Sie sollten wirklich ins Bett gehen."

„Jepp", sagte Jess. Er nahm sein Handy und ging ins Gästezimmer, ohne sich umzusehen. Er summte etwas. Es dauerte ein paar Sekunden, bevor ich es erkannte. „Sit Down, You're Rockin' the Boat".

„Entschuldige bitte", sagte ich zu Luna.

Sie sah aus, als wollte sie etwas sagen, aber was immer es war, sie verkniff es sich. „Er ist auf dem Weg der Besserung. Ich komme morgen nicht vorbei, es sei denn, du rufst an."

„Gute Nacht, Doc."

Sie tätschelte meine Schulter. „Gute Nacht, Detektiv."

Ich ließ Frank sie zur Tür begleiten. Ich war müde genug, um zu schlafen, aber es war nicht spät genug und außerdem war ich mit der Arbeit noch nicht fertig. Ich rief die Klientin an. Lauren war wach, wenig überraschend, und beantwortete das Telefon rasch. Zweifellos hatte sie meine Nummer gesehen und hoffte, dass ich berichten konnte, ihre Schwester gesund und wohlbehalten gefunden zu haben.

Ich teilte ihr mit, was ich herausgefunden hatte, und fragte sie, was Kim an dem Abend im BP überrascht und nervös gemacht haben könnte. Lauren hatte keine Ahnung. Interessanterweise bestätigte sie, was Kims Freundinnen über deren Naturell und Neigungen gesagt hatten. Ich hätte darauf gewettet, dass die Eltern ihre künstlerische, eigenartig gekleidete Tochter als exzentrisch oder theatralisch bezeichnet hätten. Das war der Unterschied zwischen Eltern und großer Schwester, selbst wenn die Schwester an Eltern statt stand. Geschwister sahen einander oft klarer.

„Sie ist ein gutes Mädchen", sagte Lauren. Es klang wie ein Flehen. Suchen Sie weiter. Sie ist es wert, gefunden zu werden. Was immer es ist, es ist nicht ihre Schuld.

Wenn ich der harte Typ in einem alten Film gewesen wäre, hätte ich gesagt, dass es keine Rolle spielte. Ich würde weitersuchen, solange sie mich bezahlte. Sie hatte mich beauftragt, um einen Job zu erledigen, und nicht, um mich zu kümmern.

Ich war nicht wirklich der harte Typ. Ich sagte ihr, dass ich ihr glaubte.

Ich sagte ihr nicht, dass ihr zu glauben die Sache schlimmer machte. Es wäre schön gewesen, wenn Kim die Sorte Mensch gewesen wäre, die mit einem Typ nach Vegas abhaute und vergaß, auf ihre Nichte aufzupassen. Diese Sorte Mensch hätte ich erhofft, lebend zu finden.

7

ICH SCHLIEF in meinem Zimmer, da es Jesse besser ging und wir uns außerdem gerade nicht wirklich sehen wollten. Mein Schlaf war tief genug, dass ich, als ich die Türklingel hörte, dachte, ich wäre gerade erst eingedöst und Luna hätte etwas vergessen. Das Sonnenlicht, das mir ins Gesicht schien, war eine Überraschung.

Es stellte sich heraus, dass ich mir nicht hastig etwas überwerfen und zur Tür rasen musste. Ich kam aus meinem Zimmer und sah Jesse, fertig angezogen, der Kaffee für Herrn Kriminalbeamten Kent Hauser machte. Jess trug ein schmeichelndes, pflaumenfarbiges T-Shirt, das ich noch nicht gesehen hatte, und Jeans, die dunkler verwaschen waren als die, die er gestern angehabt hatte. Wer wusste, was er sich an dem einen Tag, den er hier war, sonst noch hatte liefern lassen? Vielleicht stand im Garten ein Holzpavillon.

„Du lässt jetzt neuerdings Fremde in mein Haus?", fragte ich ihn und nickte Kent zu.

„Kriminalbeamter Hauser hat mir seinen Dienstausweis gezeigt. Ich dachte, es wäre unhöflich, deinen Partner vor der Tür stehen zu lassen." Jess sah mich mit seinem Ausdruck des Nichts an. Höflich, nichtssagend, absolut nicht hilfsbereit.

Kent andererseits sah ... schuldbewusst aus. Etwas in der Richtung. „Dein neuer Butler kommt mir bekannt vor."

„Ha", sagte Jesse. Es war kein Lachen, er sagte einfach ha.

„Wie ist es", sagte Kent, „zu wissen, dass die Leute Witze machen, wenn sie sagen, dass sie nicht wissen, wer Sie sind?"

„Nicht so toll, wie man meinen würde", erwiderte Jess.

Kent nickte liebenswürdig. Ich konnte den Scharfsinn hinter seinem Blick sehen. Das Taxieren. Er wusste nicht, was er von Jess halten sollte, aber arbeitete daran.

„Ich habe unschöne Neuigkeiten", sagte Kent zu mir. „Polizeiangelegenheit."

Mein Magen krampfte sich zusammen. Seine unschönen Neuigkeiten konnten nur eines bedeuten. Ich sah Kent an, der einen bedeutungsvollen Blick in Jess' Richtung war. Jesse verstand den Hinweis, bevor ich es tat.

„Frank lässt sich ganz schön Zeit da draußen", sagte Jess. „Ich sehe nach, was so lange dauert."

Er reichte mir eine Tasse Kaffee und ging nach draußen. Nachdem sich die Terrassentür geschlossen hatte, sah Kent mich mit hochgezogenen Augenbrauen an.

„Sieht auch im echten Leben gut aus", sagte er. „Tun sie nicht immer. Berühmte Leute. Ich hab' mal Pamela Anderson am Flughafen gesehen und ich hätte sie nicht mit der Kneifzange angefasst."

„Ich bin sicher, es würde sie freuen, das zu hören", sagte ich. „Hat jemand Kimberly Moy gefunden?"

„Unter einem Wasserfall im Peter Loughees Park. Sie ist tot."

Ich stellte meinen Kaffee ab, ohne einen Schluck zu trinken. „Verdammt."

„Später Montagabend, früh heute Morgen. Etwas in die Richtung. RCMP sagt nicht viel, aber ich habe den Eindruck, sie halten es für Suizid. Nicht sicher, warum es kein Unfall sein kann."

„RCMP", sagte ich.

Kent schürzte die Lippen und nickte. „Japp."

„Welche Einheit?"

„Kananaskis Village."

„Ah."

Nichts gegen die weltberühmten Mounties, die Royal Canadian Mounted Police, aber diese Einheit war nicht einmal eine Kleinstadt-Truppe. Eher ein Außenposten in der Wildnis, der einem winzigen Ferienort angegliedert war und der eine Parklandschaft von der Größe einer kleinen, europäischen Nation umfasste. Mir war nicht wohl zumute bei der Vorstellung, dass sie für die Sache zuständig waren.

„Sie können jemanden hinzuziehen", sagte Kent, als hätte er meine Gedanken gelesen. „Wenn sie sich nicht sicher sind."

„Ja."

Wir tranken schweigend Kaffee, zwei Männer, die keine Rechte im Fall *Tod von Kimberly Moy* hatten. Ich war beauftragt worden, sie zu finden, und das hatte ich, gewissermaßen. Kent gehörte zur Polizei der Stadt, und Calgary hatte keine Einladung zu der Party bekommen. Was wir tun konnten, war, unseren Kaffee auszutrinken und im Tagesgeschäft weiter zu machen.

„Wer hat sie identifiziert?", fragte ich.

„Die Schwester", sagte Kent. „Deine Klientin. Sie mussten die Leiche aus dem Wasser ziehen. Möglich, dass sie hin wandern mussten. So wie ich es verstanden habe, hat es eine Weile gedauert. Der Leichnam wurde nach Calgary gebracht. Keine medizinische Evakuierung, also müssen sie sich ziemlich sicher gewesen sein, als sie sie gefunden haben."

„Nun", sagte ich, „wenn sie von einer Klippe gefallen ist, einen Wasserfall runter …"

„Ja", sagte Kent. „Unschön."

Ich stellte mir Laurens Hände an den Griffen ihrer Handtasche vor, das kalte Rot und Weiß ihrer fest klammernden Finger unter dem Licht der Leichenhalle. Das kalte Rot und Weiß des Leichnams.

„Aber sie werden eine Autopsie durchführen", sagte ich. Das mussten sie, egal, in welchem Zustand sich die Leiche befand.

Kent lehnte sich in dem Versuch, beiläufig zu wirken, gegen die Anrichte. Ich kannte diese Körperhaltung. Mir stand eine Befragung bevor. „Hast du etwas gefunden, das falsches Spiel suggeriert? Ein schlechtes Gefühl bei der Schwester?"

„Nein, sie wirkte … wie man es erwarten würde. Warum? Hast du etwas gehört?"

„Nein. Hast du einen Bösewicht im Sinn?"

„Niemanden. Ich würde es nicht einmal eine Ahnung nennen." Ich sah hinaus in den Garten, wo Jesse einen Ball für Frank warf. Ich erkannte den Ball nicht. Ich wusste nicht, wo er die Hälfte der Spielsachen, die ich im Garten sah, herhatte. „Wie es aussieht, ist vor ein paar Tagen etwas vorgefallen, was sie erschüttert hat. Ich habe keine Ahnung, was. Sie hat ein paar Sachen abgesagt und ihre Freundinnen sagten, dass sie das normalerweise nicht tut. Sie hat vergessen, dass sie auf ihre Nichte aufpassen sollte, und alle sagen, dass das nie passiert wäre."

„Das klingt alles so, als hätte es Suizid sein können", sagte Kent. „Unglückliche, junge Frau, verhält sich nicht wie normal, verlässt die Stadt, ohne jemandem etwas zu sagen …"

Ich schüttelte den Kopf. „Auf dem Papier sieht es so aus, aber das ist nicht mein Gefühl. Jess und ich glauben nicht, dass sie der Typ dazu war."

Kents Gesicht schien vor Entzücken anzuschwellen. „Oh, Jess glaubt nicht, dass sie der Typ dazu war. Ich verstehe."

„Er hat mir bei den Ermittlungen geholfen", sagte ich. Ich klang selbst in meinen eigenen Ohren defensiv.

„Soll er nicht eigentlich mit Schwindsucht im Bett liegen?"

„Er soll nicht jeden Abend drei Stunden auf der Bühne stehen", sagte ich. „Und Luna hat ihm Medikamente verschrieben."

„Du kannst ihn auch genauso gut rein rufen", sagte Kent. „Ich hätte es dir ja auch nicht sagen sollen, eine Person mehr oder weniger macht da keinen Unterschied. Es sei denn, du denkst, dass er's im Internet verbreitet."

Ich schüttelte den Kopf. „Das würde er nicht machen. Außerdem spricht er gerade nicht mit dem Internet."

„Ja, es wird ordentlich auf ihn eingetreten", sagte Kent. „Ich war auf der Suche nach Geflüster über Jack Lowe und seinen geheimnisvollen neuen Lover, aber es ist nur Lästern und Meckern über die abgesagten Konzerte."

Ich stellte meinen Kaffee ab und ging ins Wohnzimmer, um Jess herein zu winken. „Da kann man nachvollziehen, wie es dazu kommt, dass Menschen auf der Bühne zusammenbrechen. Es besteht ein enormer Druck weiterzumachen, egal, was ist. Jess hat immer wieder davon gesprochen, wie viele Gehaltsschecks …"

Ich hielt inne, denn Jess hatte mein Winken bemerkt und folgte Frank zur Tür.

„Wischst du seine Pfoten ab oder so?", fragte Jess und hielt seinen Körper so, dass er Frank den Weg versperrte. Aber er war ein kleiner Mann und Frank war ein großer Hund, von daher schätzte ich seine Chancen auf Dauer nicht hoch ein.

„Lass ihn einfach rein", sagte ich.

Jess trat beiseite und Frank rannte auf Kent zu, als hätte er ihn seit Jahren nicht mehr gesehen, anstatt nur ein paar Minuten lang. Kent strubbelte ihm durchs Fell.

„Guter Mann", sagte er zu meinem Hund.

„Seid ihr mit euren supergeheimen Polizeiangelegenheiten fertig?", wollte Jesse wissen.

„Ich habe ihm erzählt, dass du mir bei dem Fall geholfen hast", sagte ich. „Behalte es nur im Hinterkopf, dass er keinem von uns etwas davon erzählen dürfte."

„Ich war nie hier", sagte Kent und bewegte die Hände auf eine Art, die er wohl für hypnotisch hielt. Er sah mehr aus wie Karate Kid. „Ich bin vorbeigekommen, um Ben zu sagen, dass seine vermisste Person letzte Nacht tot aufgefunden worden ist."

„Was?" Jess sah mich an. „Kimberly ist tot?"

Seinem Gesichtsausdruck und Tonfall nach zu urteilen hätte man meinen können, dass er und Kim seit Jahren befreundet waren.

„Sie wurde im Peter Lougheed Park gefunden", sagte ich. „Das ist etwa eine Stunde westlich von hier. Am Fuß eines Wasserfalls. Wie es sich anhört, halten die Mounties es für Selbstmord."

Jess setzte sich auf die Rückenlehne des Sofas. „Das ist wirklich furchtbar. Es tut mir leid, Ben."

Also taten wir jetzt so, als wäre Kimberly eine alte Freundin von mir gewesen. Als ob ich ein Recht darauf hätte, mir selbst leidzutun. „Ich bezweifle, dass Lauren mich beauftragt hätte, wenn sie nicht geglaubt hätte, dass ich Kim hätte lebend finden können."

„Das hast du ihr nie versprochen", sagte Jess. „Du hast nur gesagt, dass du nach ihr suchen würdest. Du hast mir selbst gesagt, am ersten Abend, dass sie zu lange fort ist und dass dir das nicht gefällt. Sie kann schon tot gewesen sein, als du beauftragt wurdest." Er sah Kent an. „Richtig?"

Kent zuckte die Schultern. „Dein Butler hat recht. Entweder war sie bereits tot oder du hattest keine Hinweise, die dich zu ihr führen konnten. Du bist gut. Du kannst nicht zaubern."

„Wird die RCMP es überhaupt untersuchen?", wollte Jess wissen. Er schien die Frage uns beiden zu stellen.

Kent und ich sahen uns an.

„Ich weiß es nicht", sagte er zu Jess.

„Könnte von der Autopsie abhängen", fügte ich hinzu. „Wenn die Leiche draußen gelegen hat und vom Wasser und allgemein ziemlich mitgenommen ist, dann ist es schwer, genau zu sagen, was vorgefallen ist."

„Es sei denn, jemand hat etwas gesehen", sagte Jess. „Oder sie hat mit jemandem gesprochen oder … wird da überhaupt jemand nachfragen?"

„Ich weiß es nicht", sagte ich.

Jess sagte nichts, aber das musste er auch nicht. Sein Gesicht sprach Bände.

„Schauen Sie, Sie haben nicht Unrecht", sagte Kent. „Es könnte ein Unfall gewesen sein. Oder, bei so einer Angelegenheit … da könnte jemand mit einem Mord davonkommen. Ich will damit nicht sagen, dass das hier so ist. Sie sind derjenige mit dem dunklen Verdacht. Ich schätze, ich würde wissen wollen, warum die RCMP sich so sicher ist, dass es Suizid war. Ich würde vermutlich damit anfangen."

„Haben Sie ihr Instagram gesehen?", fragte Jess ihn.

„Nein", sagte Kent. „Es war nicht mein Fall."

„Nun, es war ehrlich. Nicht gestellt. Sie war ausdrucksvoll. Sie hat die Dinge, die ihr wichtig waren, an die Wände ihres Zimmers gemalt. Würde sie es wirklich nicht ausgedrückt haben, wenn sie so unglücklich gewesen wäre? Außerdem, wer ruft jemanden an, um seinen Kurs zu übernehmen, wenn man an Selbstmord denkt? Oder verlässt man dann nicht einfach die Stadt und sagt: zum Teufel mit allem?"

Die letzten Worte sagte er, als würde er das aufrichtig fragen. Als würde es ihn ein wenig verrückt machen und er wissen musste, was Kent dachte.

„Manche Leute sind echte Profis im Vortäuschen", sagte Kent zu ihm. „*Lächelnde Depression* nennen die Psychiater es, wenn man so tut, als wäre alles in Ordnung. Manche Leute sind komplett überzeugend. Depression ist auch nicht so, wie die Leute immer denken, wissen Sie. Da gibt es viele Aspekte. Aber ich verstehe, was Sie meinen. Ich hätte Fragen."

Jess nickte. In dem Moment wurde mir klar, dass Jess sich eine Meinung über Kent gebildet hatte, während Kent sich eine Meinung über ihn bildete. Vielleicht hatte er sich gefragt, was Kents Rolle gewesen war, während ich im Polizeidienst zu kämpfen gehabt hatte.

„Es ist auch nicht mein Fall", erinnerte ich sie beide. „Ich bin beauftragt worden, um sie zu finden. Sie ist gefunden worden. Ich muss ihrer Schwester aufsuchen und den Fall abschließen."

„Oh, Gott", sagte Jesse. „Natürlich musst du zu ihr. Ich verstehe das. Es ist nur … es ist hart."

Fakt war, ich hätte mir lieber ein Messer in die eigene Brust gerammt. „Nicht so hart wie das, was sie durchmacht."

„Ich würde mit dir kommen", sagte Jesse, „wenn ich nicht ich wäre."

Ich wusste, was er meinte. Lauren war vermutlich nicht in der Stimmung, heute noch einen traurig dreinblickenden Fremden zu sehen, aber mit Jack

Lowe zu erscheinen wäre wie mit einem Tanzbären zu erscheinen. Unerwartet, unangemessen und unmöglich zu ignorieren.

„Haben sie ihr Auto gefunden?", fragte Jess plötzlich.

Kent schüttelte den Kopf. „Es stand nicht am Ausgangspunkt des Wanderweges."

Jess starrte ihn an. „Oh, bitte. Gibt es eine U-Bahn Linie zum Ausgangspunkt des Wanderweges? Hat sie ihr Auto stehenlassen und sich ein Uber genommen?"

Kent lächelte leicht. „Ihr Auto könnte irgendwo mit einer Panne stehen, aber ich verstehe, was Sie sagen wollen."

Jess sah mich an. „Du würdest fahren, oder? Wenn du ein Auto hättest?"

Ich hätte mir tausend Gründe ausdenken können, warum sie nicht gefahren war, aber sie waren alle zumindest ein bisschen lächerlich.

„Ich wäre gefahren."

Jess schüttelte den Kopf. „Wie dem auch sei, Mann, musst du ihre Schwester anrufen? Ist das … wartest du oder solltest du jetzt anrufen?"

„Ich sollte jetzt anrufen."

Jess legte eine Hand auf meinen Arm und drückte leicht zu. Seine Hand war warm, aber nicht zu warm. Nicht fiebrig. Hauptsächlich war sie tröstlich und ließ in mir den Gedanken aufsteigen, wie tröstlich es wäre, meine Arme um ihn zu legen. Er war gut in solchen Momenten: ruhig zu bleiben, einfach da zu sein, keine Fragen zu stellen. Den Eindruck zu vermitteln, dass er verstand.

Ich brachte so etwas wie ein halbes Lächeln zustande, um ihm zu sagen, dass es in Ordnung war und dass ich in Ordnung war. Nichts davon entsprach der Wahrheit. Ich nahm mir mein Handy und ging in mein Büro.

Lauren antwortete beim dritten Klingeln. Sie hatte offensichtlich geweint, der Rauheit ihrer Stimme nach zu urteilen, aber jetzt war sie ruhig und still.

„Sie haben es gehört?", fragte sie.

„Es tut mir sehr leid."

Sie sagte nichts. Es fühlte sich wie ein Vorwurf an, aber so hatte sich Schweigen schon immer für mich angefühlt, selbst wenn ich den Leuten mitteilen musste, dass ihr Kind oder Ehepartner bei einem Autounfall ums Leben gekommen war.

„Möchten Sie, dass ich vorbeikomme?", fragte ich. „Wenn Sie Fragen haben, die ich beantworten kann, oder Sie Rat brauchen, den ich geben kann, würde ich das gerne tun. Wenn Sie möchten."

Weiteres Schweigen. Ich wollte ihr gerade erneut mein Beileid aussprechen, ihr sagen, dass ich mich später noch einmal melden würde, als sie sagte: „Ja. Bitte kommen Sie. Habe ich - haben Sie meine Adresse?"

Sie stand auf dem Scheck, den sie mir für meinen Vorschuss gegeben hatte. Ein Grund mehr dafür, dass Schecks langsam ausstarben. Welche Frau möchte schon überall in der Stadt ihre Adresse herumzeigen?

„Ja", sagte ich. „Ich bin in etwa … einer halben Stunde da?"

„Ja, das ist in Ordnung."

Ihrer dumpfen, ausdruckslosen Stimme nach zu urteilen hätte ich sie fragen können, ob sie ihren Kaffee schwarz trank oder den Kassenbon haben wollte. Ich legte auf und ging zurück ins Wohnzimmer.

Jess saß auf dem Sofa, eine Tasse in der Hand. Das Etikett hing über den Tassenrand. Kamille. Luna hätte es gefreut.

Kent saß auf der Rückenlehne des Sofas und die beiden waren so in ihr Gespräch vertieft, dass sie nicht merkten, dass ich zurück war, bis ich es sagte. Jesse sah auf und sein Gesicht war kreidebleich. Anscheinend hatte er sich damit übernommen, den Butler zu spielen. Wenigstens hatte er genug Verstand besessen, sich hinzusetzen.

„Fährst du hin?", fragte Jess.

„Ja. Ich will sehen, ob es irgendetwas gibt, was ich für sie beantworten kann oder … ich weiß nicht."

„Harte Sache, Mann", sagte Kent. „Wenigstens musst du ihr nicht die Nachricht überbringen."

Ich nickte, auch wenn sich das nicht viel besser anfühlte.

„Sie hat dich vor weniger als achtundvierzig Stunden beauftragt", rief Kent mir in Erinnerung. „Du bist erst im dritten Akt dazugekommen."

„Warum bist du noch auf?", fragte ich Jess. „Du siehst schrecklich aus."

„Du auch", sagte er. „Ben, wenn sie möchte, dass du herausfindest, was passiert ist, sag ihr, die Kosten sind abgedeckt."

Ich blinzelte. Ich hatte das nicht bedacht, die Möglichkeit, dass Lauren wollte, dass ich weiterhin ermittelte. Weil ich bisher so gute Arbeit geleistet hatte?

„Ich glaube nicht, dass sie … Ich glaube nicht, dass sie mich darum bitten wird", sagte ich. Jess' Miene war seltsam und ich wusste nicht, wie ich sie interpretieren sollte.

„Ich zahle. Sag' ihr, es ist kostenlos."

„Ich kann ihr meine Gebühren selbst erlassen", teilte ich ihm mit. „Ich brauche keine Wohltätigkeit."

„Die biete ich dir auch nicht an", sagte Jesse. „Das ist etwas, was *ich* möchte. Ich glaube, ich hätte Kim gemocht. Aber ich werde nicht drauf bestehen, wenn ihre Schwester es anders möchte."

„Ich …" Ich wusste nicht, was ich sagen sollte, und konnte Kent nicht ansehen. Ich wusste nicht, was ich auf Kents Gesicht sehen würde, nicht im Geringsten, aber ich hatte trotzdem Angst, ihn anzuschauen. „Ich habe nie gesagt, dass ich dich als meinen Klienten annehmen würde."

Er lächelte leicht. Seine Augen waren traurig, aber das Lächeln war echt. „Die Schwester wäre deine Klientin. Oder Kim. Aber du hast recht - es ist deine Entscheidung."

„Richtig", sagte ich. „Ich sollte gehen."

„Okay", sagte Jess leise.

Kent stand auf. „Das ist mein Stichwort, mich auf den Weg zu machen. Jack, es war schön, Sie kennenzulernen."

„Ebenso", sagte Jess. Sie klangen beide so, als meinten sie es.

LAURENS ADRESSE war ein ordentliches, zweistöckiges Haus in Cranston, so wie die zweistöckigen Häuser rechts und links davon. Und die auf den jeweils anderen Seiten. Über der schmalen Doppelgarage befand sich vermutlich ein zusätzliches Zimmer und die Haustür lag in sicherer Entfernung vom vermeintlichen Lärm und der Gefahr der verlassenen Straße.

Ich hatte es in weniger als dreißig Minuten geschafft, trotz Baustellen auf einigen Straßen und der Tatsache, dass ich es nicht eilig gehabt hatte.

Die Tür wurde von einer angemessen ernsten Frau in Laurens Alter mit lockigen, blonden Haaren, die sie mit einem rosa-grünen Band auf dem Kopf zusammengebunden hatte, geöffnet. Sie sah aus, als hätte sie geweint, aber nicht lange. Traurig, oder zumindest mitfühlend, aber nicht untröstlich. Eine Freundin der Familie vielleicht. Sie sagte nichts, sah mich lediglich an.

„Hi", sagte ich. „Ich bin Ben Ames. Ich weiß nicht, ob Lauren Ihnen gesagt hat, dass sie mich erwartet."

Sie sah mich noch ein paar Sekunden lang schweigend an. Das Grün ihrer Augen war dasselbe wie das in ihrem Haarband. Ihre Lider waren misstrauisch zusammengekniffen. Jemand musste Schuld haben, wenn schreckliche Dinge geschahen, und hier war der Detektiv, dem es nicht gelungen war, Kim zu finden. Vielleicht konnte ich dieser Jemand sein. Schließlich entschied sie sich dagegen, mir gründlich ihre Meinung zu sagen, und winkte mich stattdessen an ihr vorbei in den Hausflur.

Das Wohnzimmer lag rechts von der Tür und ich konnte Lauren darin sehen. Sie saß auf dem Sofa, den Blick starr auf einen Tisch mit gerahmten Fotos auf der anderen Seite des Raumes gerichtet. In der Hand zerknüllte sie ein Taschentuch. Kleine Fetzen hatten sich bereits gelöst und verteilten sich um ihre Stiefel.

Ich wäre jede Wette eingegangen, dass sie Stiefel nicht weiter als bis zum Hausflur erlaubte, wenn sie bei klarem Verstand war. Ich zog meine Schuhe aus, bevor ich das Wohnzimmer betrat, und setzte mich in den Sessel neben dem Sofa. Das gesamte Mobiliar war zu zierlich und zu klein und zu überzogen mit rosengemustertem Polster und ich hatte ein wenig Angst, als ich mich setzte, dass der Sessel zusammenbrechen und ich mit ihm zu Boden gehen würde. Selbst wenn ich nicht gewusst hätte, dass Lauren geschieden war, hätte ich angenommen, dass hier kein Mann wohnte.

„Es tut mir so leid", sagte ich. Die Blondine blieb zwischen uns und der Haustür stehen und hörte zu, um sicherzugehen, dass ich nichts Falsches sagte. Ich hätte gerne gewusst, was auf dieser Liste stand. Ich jedenfalls hatte keine Ahnung, was ich sagen sollte.

Lauren nickte. Ich wartete.

Langsam drehte sie den Kopf, um mich anzusehen. „Sie sagen, sie … dass sie es mit Absicht getan habe."

„Das habe ich gehört", sagte ich. „Ich habe es aus zweiter Hand. Ich weiß nicht, warum die RCMP das denkt."

Sie keuchte, ein stockender, kleiner Atemzug über einer zitternden Unterlippe. „Glauben Sie, dass sie unrecht haben?"

Ich zwang mich, einen Moment lang zu warten, bevor ich ihr antwortete. Es hätte ihr in keinster Weise geholfen, wenn ich mit meiner Meinung herausgeplatzt wäre, ohne alle Fakten zu haben. „Ich weiß nicht, was sie wissen", sagte ich zu Lauren. „Da ich weiß, wo sie gefunden wurde und dass ihr Auto nicht am Ausgangspunkt des Wanderweges stand, habe ich eine Menge Fragen. Aber ich muss noch einmal betonen, dass ich keine weiteren Informationen habe und die RCMP schon. Wenn ich wüsste, was sie wissen, würde ich ihnen vielleicht zustimmen."

Lauren sagte nichts. Ich fragte mich, ob sie mich gehört hatte. Ihre Augen waren unfokussiert. Langsam senkte sie eine Hand und zog ihr Handy aus ihrer Handtasche.

Das Foto, das sie mir zeigte, war ein maschinengeschriebener Brief, ein paar Zeilen lang. *Es tut mir leid*, stand darin. *Ich habe es versucht, aber ich kann nicht mehr weiter. Das ist der beste Weg. Leb wohl.* Darunter war eine handschriftliche Unterschrift: *Kimberly Jane Moy.*

„Was ist das?", fragte ich Lauren.

„Sie haben das gefunden, wo … an der Stelle", sagte sie. „Er war mit ein paar Steinen beschwert."

„Ist das Kims Unterschrift?", fragte ich. „Die Art, wie sie normalerweise unterschreiben würde?"

Lauren presste die Lippen zusammen.

„Sieht es aus, als wäre es …", soufflierte ich sanft.

„Ja", sagte sie. „Es ist ihre offizielle Unterschrift, die Art, wie sie, ich weiß nicht, Finanzielles unterschreibt. Aber sie würde so etwas nicht tun. Jemand muss sie gezwungen haben, das zu unterschreiben."

Das war möglich, allerdings war ich der Ansicht, dass jemand, der so intelligent war wie Kim, etwas unternommen hätte, wenn jemand sie gezwungen hätte, einen solchen Brief zu unterschreiben. Die Unterschrift irgendwie verändert hätte, um eine Botschaft zu senden. Andererseits, die Leute dachten nicht an so etwas, wenn sie in Panik waren.

„Ist das alles?", fragte ich. „Haben sie sonst noch etwas gesagt? Entschuldigen Sie. Ich will Sie nicht dazu zwingen, das alles noch einmal durchzumachen. Ich versuche nur zu verstehen."

Sie hatte die Augen geschlossen, aber sie nickte. „Sie haben mir den Brief gezeigt, aber sie haben ihn noch. Sie haben ihn behalten."

Das war ein gutes Zeichen, gewissermaßen. Wenn sie wirklich von Selbstmord überzeugt waren, dann hätten sie vermutlich Kims nächsten Angehörigen ihre Besitztümer übergeben. Aber ich wusste nicht, wie die Mounties diese Dinge handhabten, und vielleicht gehörte es zu ihrer Vorgehensweise, im Falle eines unnatürlichen Todes alles Beweismaterial zu behalten.

„Haben sie sonst irgendetwas gefunden?", fragte ich. „Ihr Handy? Ihren Laptop?"

Lauren schüttelte den Kopf. „Die müssen noch da sein, wo sie gewesen war. Sie haben gesagt - die Polizistin hat gesagt -, dass ihr Handy zurückzulassen etwas ist, was ein Mädchen in ihrem Alter tun würde, wenn sie beabsichtigt ... Weil sie ihre Handys sonst nie irgendwo zurücklassen. Sie sagte, sie hat das schon einmal gesehen, dass ein Mädchen ihr Handy zu Hause lässt und zu einem Gebäude geht ..."

Sie verstummte an der Stelle, aber sie war zäh gewesen. Sie hatte es geschafft, das alles zu sagen, ohne zu weinen. So gerade.

„Es tut mir leid", sagte ich, wobei ich offenließ, ob ich mich dafür entschuldigte, dass sie den Brief gesehen hatte, oder dafür, dass die Polizei ihn behielt. Oder für alles, von Anfang bis Ende.

„Ich glaube es nicht." Sie öffnete die Augen und sah mich an. „Ich glaube nicht, dass sie so etwas tun würde. Ich glaube nicht, dass das ..." Sie zeigte mit einer bebenden Hand auf ihr Handy, auf den Brief. „... ihre letzte Nachricht ist. Glauben Sie das?"

„Lauren, du bist durcheinander", fing die blonde Freundin an.

Lauren riss ihre Schulter weg, sodass die Hand der Freundin herabfiel. „Scheiß drauf", sagte sie. Die vertrauten Worte klangen schockierend und hässlich aus ihrem Mund. Ich wusste nicht, warum. „Sie war kein eigenartiger Sonderling, nur weil sie schwarze Kleider trug. Sie war nicht *so jemand*. Sie hat das nicht getan."

Die Blondine sah verärgert aus, ging aber weg, ohne ein Wort zu sagen. Was vermutlich das Beste war.

Es hatte nie zur Debatte gestanden, Jess auf diesen kleinen Ausflug mitzunehmen, so sehr mir die Gesellschaft auch gefallen hätte. Jetzt sah ich es als etwas Gutes an, da Jess schwarz trug und ein Sonderling war und vermutlich auch das, was Lauren mit *so jemand* meinte.

„Ich weiß es nicht", sagte ich erneut. Ich wollte nicht wiederholen, dass Jess gesagt hatte, dass Kim nicht die Sorte Mensch war, die Dinge versteckte. Keiner von uns wusste das wirklich. Und ich war der lebende Beweis dafür, dass man glauben konnte, jemanden gut zu kennen, und nicht zu wissen, dass dieser jemand depressiv ist. Was hatte ich also für ein Recht darauf, basierend auf einem Instagram, Vermutungen über eine Person anzustellen?

„Aber sie denken, dass sie es mit Sicherheit wissen", sagte Lauren. Sie holte tief Luft. „*Sie* denken, dass Sie es *nicht* wissen. Das ist der Unterschied."

„Manchmal ist es unmöglich zu wissen", sagte ich.

„Aber es gibt Dinge, die Sie herausfinden können", sagte sie. Sie klang frustriert. Ich konnte nicht sagen, ob sich das auf die Mounties oder mich bezog.

„Die gibt es", gestand ich zu. Die Blondine stand immer noch wachsam im Hintergrund und ich fühlte mich wie der auf Unfallmandate erpichte Anwalt, für den sie mich zweifellos hielt. Ich hatte bisher nicht einmal die ausstehende Rechnung angesprochen oder erwähnt, dass Lauren den Vorschuss behalten konnte, sie solle sich keine Sorgen darüber machen. Ich hatte keine Ahnung, wie ich das Gespräch dorthin lenken sollte.

Vielleicht sollte ich das gar nicht. Vielleicht sollte ich darauf warten, dass sie auf mich zukam und sich über das Geld beschwerte. Wenn sie das nicht tat, konnte ich es als gegeben ansehen, dass alles in Ordnung war.

„Gibt es sonst noch irgendetwas, das ich Ihnen sagen kann?", fragte ich sie. „Was ich Ihnen gestern Abend berichtet habe, ist alles, was ich herausgefunden habe, aber ich bin nicht in die Einzelheiten gegangen. Das kann ich, wenn Sie mehr wissen möchten."

„Ich möchte wissen, was ihr wirklich zugestoßen ist."

Ich nickte.

Lauren beugte sich vor. „Werden Sie das herausfinden? Ich bezahle das, natürlich bezahle ich das. Es spielt keine Rolle."

„Das ist abgedeckt", sagte ich. „Wenn Sie möchten, dass ich in der Sache ermittle, werde ich das tun und es fallen keine Kosten für Sie an."

Aus den Augenwinkeln sah ich, wie die Blondine ein finsteres Gesicht machte, als sie versuchte herauszufinden, worauf ich abzielte. Ich fragte mich, wie oft sie würde raten müssen, bevor sie auf *beschissener Detektiv fühlt sich schuldig, Ausgaben werden vom Rockstar-Ex-Freund beglichen* kommen würde.

Laurens Gesicht verzog sich und Tränen traten ihr in die Augen. Es war kein Ausdruck der Dankbarkeit.

„Ich habe Ihren Vorschuss. Ich bin beauftragt. Okay?"

„Nichts ist okay", sagte sie. „Aber wenn Sie … Ich kann bezahlen."

„Nicht nötig", sagte ich. „Bitte. Ich werde es tun."

Sie sah wieder hinunter auf ihre Hände. Knetete das Taschentuch. Sie nickte.

Es gab offenbar nichts weiter zu sagen. Ich gab ihr einen Moment für den Fall, dass sie doch noch etwas sagen oder ihre Meinung ändern oder mich fragen wollte, warum zum Teufel ich Kim nicht gefunden hatte, bevor sie am Fuß eines Berges endete. Sie tat es nicht. Ich legte die Hände auf die Knie und drückte mich aus dem winzigen Sessel hoch. Ich dachte darüber nach, ihr eine Hand auf die Schulter zu legen, aber der Augenblick ging vorbei und es wäre definitiv komisch gewesen. Also ging ich stattdessen.

Ich hatte beinahe mein Auto erreicht, als ich hinter mir eine Stimme hörte. Nicht Laurens.

„Sie sind der Detektiv, richtig?"

Ich kannte das Mädchen, das um die Hausecke kam, von Fotos. Im echten Leben war Kims Nichte nicht hübsch, aber sie hinterließ einen Eindruck. Sie hatte eine messerschmale Nase und kleine, dunkle Augen und einen Ausdruck im Gesicht, der sagte, dass sie Dinge über mich wusste, die ich nie herausfinden würde.

„Du musst Emma sein", sagte ich.

Sie beäugte mich unbeeindruckt. Was immer sie sich von einem Detektiv erhofft hatte: Ich war es nicht.

„Sie ist niemals gesprungen", sagte Emma.

„Vielleicht nicht", sagte ich. „Deine Mom hat mich gebeten, das herauszufinden."

Sie lehnte sich ans Haus. Sie trug ein graues T-Shirt, das ein wenig zu groß war, und zerrissene Jeans. Ihr kurzes, dunkles Haar trug sie in zwei ambitionierten Zöpfchen, jedes etwa fünf Zentimeter lang. Ihre Fingernägel waren so schwarz wie Jesses.

„Wir wollten nächste Woche in den Zoo. Zu meinem Geburtstag."

„Es tut mir leid", sagte ich. Vielleicht konnte ich mir das auf ein T-Shirt drucken lassen und damit Zeit sparen.

„Sie hätte das nicht versprochen und wäre dann weggegangen."

Ich stand zu weit weg, um sehen zu können, ob Emma geweint hatte. Ich nahm es an, aber vielleicht war sie auch zu wütend dafür. Manche Leute waren so.

„Wann hast du Geburtstag?", fragte ich.

„Montag. Nächste Woche."

Sie wollte nicht wissen, warum ich fragte. Ich hätte es ihr nicht sagen können. Außer, dass je näher der Tag war, desto mehr glaubte ich, dass sie recht haben könnte. Dass Kim, wenn sie wirklich beabsichtigt hatte zu springen, vielleicht gewartet hätte.

„Okay. Gibt es sonst noch etwas, was du mir sagen kannst, was helfen könnte?"

„Ich weiß nicht, was Sie meinen", sagte sie und verwandelte sich vor meinen Augen von einem trotzigen Teenager in ein unsicheres Kind, wie das bei Kindern im Alter von neun bis zwölf üblich war.

„Ich auch nicht", sagte ich. „Aber wenn dir etwas einfällt, ich bin Ames Investigations. Du musst mich googeln. Ich bin nicht auf Social Media."

Das war nur halb gelogen. Ich war beruflich nicht auf Social Media. Und die meisten meiner Accounts gehörten erfundenen Menschen, die ein wenig von meinem Ex besessen waren. Ich würde diese Aliase mit in mein Grab nehmen.

„Ich hab' Geld", sagte sie, „wenn Mom nicht genug hat. Ich hab' Geburtstagsgeld von meinem Dad bekommen."

„Es ist bezahlt", versicherte ich ihr. „Mach dir darum keine Sorgen."

Sie richtete sich auf und kam ein paar Schritte auf mich zu. Wir standen immer noch etwa zehn Meter voneinander entfernt, als hielte sie genug Abstand, um wegrennen zu können, falls das notwendig wurde. „Taugen Sie was?"

War es nicht offensichtlich, dass ich ein Versager war? Aber sie wollte eine Antwort und ich musste ihr die Beste geben, die ich zustande brachte. „Ich bin weder der Klügste noch der Dümmste", sagte ich. „Ich habe bei der Polizei gearbeitet und ich habe Kriminologie studiert. Ich weiß, wie ich meine Arbeit machen muss. Ich versuche, ehrlich mit meinen Klienten zu sein. Ich tue mein Bestes."

Das war nicht gerade die inspirierendste Rede, aber irgendetwas in meinem Gestammel musste Bedeutung für sie gehabt haben. Sie kam so nahe, dass ich die Hand ausstrecken und ihr auf die Nase hätte tippen können.

„Hier." Sie zog einen Loonie [3] aus der hinteren Hosentasche ihrer Jeans und hielt ihn mir hin. „Man gibt jemandem einen Dollar, richtig? Und dann ist man der Klient."

„Das ist für Anwälte", erklärte ich ihr. „Damit die Dinge vertraulich behandelt werden können. Bei Privatdetektiven funktioniert das nicht."

„Aber ich wäre Ihre Klientin", beharrte sie. „Stimmt's?"

Ich nahm den Loonie. „Du bist meine Klientin", erklärte ich ihr. Gott helfe uns beiden. Ich gab ihr meine Visitenkarte und sie sah sie an, als hätte ich ihr ein gemeißeltes Stück Stein gegeben.

„Schick' mir eine SMS mit deiner Nummer und ich erstatte einmal am Tag Bericht. Okay?"

„Ich geh' jeden Abend um Viertel vor sieben mit meinem Hund Gassi", sagte sie. „Wenn Sie dann anrufen, erfährt Mom das nicht."

„Abgemacht."

Sie wollte das per Handschlag besiegeln, also taten wir das. Ihre Hand war klein und trocken. Dann nickte sie einmal und verschwand wieder um die Hausecke. Ich ging zu meinem Wagen und überlegte, ob ich Jesse zwei Rechnungen ausstellen musste.

---

3 Kanadische Ein-Dollar-Münze (Anm. d. Ü.)

8

„HEY." JESSE begrüßte mich, als ich nach Hause kam. Er war abgelenkt, steckte neue Kleidungsstücke in eine neue Tasche. Er packte. Ich fühlte mich wie der Mann, den ich einmal auf einer Tarotkarte gesehen hatte: auf dem Boden ausgestreckt und von zehn Schwertern durchbohrt. Weil er ging? Weil ich gedacht hatte, er würde bleiben? Ich hatte meinen gottverdammten Verstand verloren.

Ich schluckte um die Schwerter herum. „Hey."

Er sah auf und schob sich eine Strähne hinters Ohr. Er trug seine Brille. War er seit der Uni auch nur eine Minute älter geworden? Ich konnte es nicht sehen.

„Du musst mit Luna sprechen", sagte er.

Ich sah auf meine Armbanduhr. „Sie wird schlafen. Sie hat Nachtschicht, erinnerst du dich? Stimmt etwas nicht?"

„Sie sagte, sie würde wach bleiben." Und dann reichte er mir sein Handy, die Nummer bereits aufgerufen, sodass ich nur noch die Anruftaste drücken musste. Als wäre ich nicht in der Lage gewesen, das selbst zu tun. Ich kam gut allein zurecht. Ich nahm ihm das Handy aus der Hand, ein wenig grober als nötig, und rief Lunes an.

„Ist er immer noch nicht zu Hause?", sagte sie statt einer Begrüßung.

„Er benutzt Jesses Handy", erwiderte ich. „Jess sagte, dass ich mit dir sprechen soll."

Ging es darum, dass er nach Toronto fliegen wollte? Sie hatte ihm gesagt, dass er noch nicht fliegen sollte.

„Er dachte, dass du es ihm nicht glauben würdest, wenn er dir erzählt, was ich gesagt habe."

„Und das war?"

„Du bist ein richtiger Charmeur heute Morgen, hat dir das schon jemand gesagt?", sagte sie. Bevor ich weiteren Charme versprühen konnte, fuhr sie fort: „Ich hab' Jesse gesagt, dass es in Ordnung für ihn ist, mit dir nach Canmore zu fahren."

Was? War er irgendwann zum Hellseher geworden? Ich hielt das Handy weg vom Ohr. „Du hast mit Luna darüber gesprochen, nach Canmore zu fahren?"

„Für den Fall", sagte er. „Für den Fall, dass wir einen Fall haben."

Ich hielt mir das Handy wieder ans Ohr. „Er hat gefragt, ob es in Ordnung für ihn ist, nach Canmore zu fahren?"

„Es sollte kein Problem sein. Nach Calgary zu kommen war ein größerer Unterschied in Höhenmetern."

„Warum hat er nach Canmore gefragt?"

„Ich bin eine einfache Ärztin", sagte sie. „Das musst du ihn fragen. Ich hab' ihm gesagt, er soll keine Berge besteigen. Er braucht Ruhe. Kein Bergsteigen."

Sie gähnte laut. Möglicherweise extra laut. Auf der anderen Seite, sie hatte die Nachtschicht.

„Ich sollte dich schlafen gehen lassen", sagte ich.

„Wenn du darauf bestehst."

Sie legte sofort auf und ich wandte mich zu Jesse um, der gegen die Rückenlehne des Sofas gelehnt dastand und mich ansah.

„Hast du einen Fall?", fragte er.

„Ja," antwortete ich. „Lauren hat mich beauftragt. Ich habe ihr gesagt, dass keine Kosten anfallen. Die Nichte hat mich draußen auf dem Weg zum Auto abgefangen und mir einen Dollar gegeben, also hat sie mich auch beauftragt."

„Okay, also fahren wir nach Canmore? Oder irgendwo da in der Nähe? Ich kenne nur Banff."

„Ich fahre nach Kananaskis", erklärte ich ihm. „Du kannst gerne hierbleiben. Ich brauche jemanden, der auf Frank aufpasst."

Jess sank ein wenig gegen das Sofa. Er ließ es lässig aussehen, aber ich konnte sehen, dass er abbaute. Er war herumgelaufen, hatte gepackt und dumme Anrufe gemacht.

„Luna hat gesagt, dass ich mit dir kommen kann."

„Ich arbeite nicht für Luna."

Er schloss die Augen und holte tief Luft. Oder versuchte es. Ich sah, wie sein Atem steckenblieb. „Ben, wie viele deiner Fälle haben einen Todesfall beinhaltet?"

„Als ich noch bei der Polizei war?"

„Du hattest einen Partner, als du noch bei der Polizei warst", sagte er. „Seitdem. Wie viele?"

„Keiner", sagte ich. „Es ist nicht wie im Fernsehen."

„Habe ich auch nicht gedacht", sagte er ruhig. Er schien eigenartig friedlich zu sein - vielleicht die Erschöpfung. „Luna und ich halten es nicht für eine gute Idee, dass du allein hinfährst."

„Was zum Teufel?" Ich verbiss mir die nächsten Worte, die etwas damit zu tun gehabt hätten, dass Luna eine Freundin war und er war erst seit fünf Minuten in der Stadt, und was gab ihnen das Recht, über mich zu reden? „Du und Luna seid beide sehr gut in euren Berufen, aber ihr seid keine Detektive. Und ich weiß nicht, was für eine Art Hilfe du glaubst, dass du sie sein könntest."

„Du meinst, wenn jemand versucht, dich umzubringen?" Er zog einen Mundwinkel zu einem kleinen Lächeln hoch. Kein Lippenstift, aber er trug Lipgloss. Eitler kleiner Hundesohn. „Ich kann 911 anrufen. Ich werde wissen, wo du hingegangen bist und mit wem du gesprochen hast. Ich weiß, dass ich nicht deine Verstärkung sein kann. Es ist nur … Ich will nicht, dass es so aussieht, als könntest du verschwinden und niemandem würde das auffallen. Nebenbei, hast du eine Waffe?"

„Du kannst Schusswaffen nicht leiden", rief ich ihm in Erinnerung. Sein Vater hatte darauf bestanden, dass er als Kind schießen lernte, irgendwo in der Schweiz. Jess war hin- und hergerissen, was er mehr verabscheute - Schusswaffen, seinen Vater oder die Schweiz.

„Ich kann sie leiden", sagte er, „wenn sie verhindern, dass du umgebracht wirst."

Ein verräterischer Teil meines Verstandes sagte mir, dass es Jess etwas ausmachte, ob ich lebte oder starb, und stellte das als bedeutsam hin - dabei war er erst am Morgen am Boden zerstört gewesen wegen eines Mädchens, über das er im Internet gelesen hatte. Und er hatte sich auch ihretwegen engagiert.

„Es ist illegal für mich", teilte ich ihm mit, „während der Arbeit verdeckt eine Schusswaffe zu tragen oder sie einzusetzen. Wenn ich jemals in eine Situation gerate, in der ich eine Waffe brauche, habe ich den Karren schon in den Dreck gefahren. Ich habe nie eine gebraucht und so sollte das auch sein."

„Okay", sagte er. „Da stimme ich zu."

„Ich bin der Fachmann."

Er zuckte die Schultern. „Ich denke, ich komme trotzdem mit. Nur für den Fall."

„Sehe ich so aus wie der Manager, den du vermutlich ohne Grund gefeuert hast? Sehe ich aus wie ein Teenie mit deinem Gesicht auf meiner Handyhülle? Was lässt dich glauben, dass ich alles tun werde, was du mir sagst? Du brauchst einen Realitätscheck."

„Ich versuche zu helfen", sagte er. Seine Stimme war aggressiv ruhig. Nein, ich würde ihn nicht provozieren.

„Du glaubst, es hilft mir, mit Jack Lowe aufzukreuzen?", wollte ich wissen. „Du weißt, was passiert, wenn du einen Raum betrittst. Alles dreht sich um dich. Schätze, du hast angefangen, das zu glauben."

Der Schuss traf. Ich konnte den Schmerz in seinen Augen sehen und in der Anspannung der Haut um sie herum. Der gleiche Teil meines Verstandes sagte mir, dass mir das leidtun sollte. Ich sagte ihm, dass er die Klappe halten sollte.

„Es wird nicht Jack Lowe sein", sagte er. „Ich kann mich verstecken, wenn ich das muss. Du wirst sehen."

„Ich habe dich nicht eingeladen", sagte ich. „Du bist krank und du lenkst ab. Noch einmal, da du es nicht zu begreifen scheinst: Ich bin nicht deine Tournee - Mannschaft und ich bin auch nicht der Typ, den du diesen Monat gerade mit dir herumschleppst."

„Dessen", sagte er, den Mundwinkel erneut eigenartig verzogen, „bin ich mir sehr wohl bewusst."

Er sah auf das Hemd, das er in der Hand hielt, dann pfefferte er es mit mehr Kraft als notwendig in die Tasche.

„Du fährst hin, weil du nicht glaubst, dass sie gesprungen ist", sagte er. Er sah mich an und seine Miene war so eindringlich, dass ich das Gefühl hatte, unwirklich zu sein. „Du glaubst, dass jemand den Abschiedsbrief gefälscht hat. Wenn es nicht gerade eine abgefuckte *Ärger-mit-Bernie*-Nummer ist, was ich stark bezweifle, dann bedeutet das, dass es einen Mord gegeben hat, und daraus folgt, dass es einen Mörder gibt. Und du fährst in die Berge, um deine Nase in seine oder ihre Angelegenheit zu stecken, was vermutlich das Letzte ist, was er oder sie will. Glaubst du wirklich, es ist eine gute Idee, das allein zu machen?"

„Was ich wirklich glaube, ist, dass du kein Detektiv bist."

In seinen Augen glänzten Tränen. „Ich fordere es nicht, ich bitte dich. Bitte lass mich mitkommen, welchen Nutzen das auch immer haben mag. Du warst Polizist. Du musst wissen, dass es sicherer ist, und es wird mir auch nicht besser gehen, wenn ich in deinem Haus auf und ab laufe und mich frage, ob jemand dich von einem Berg geschubst hat."

Bei den letzten Worten brach seine Stimme und er drückte die Handballen gegen die Augen. Er sah so verängstigt und aufgewühlt aus, wie ich ihn noch nie gesehen hatte, und vielleicht war etwas dran an dem, was er gesagt hatte. Angst war noch nie gut für ihn gewesen. Besonders übel waren die diversen Mittel und Wege gewesen, mit denen er versucht hatte, sie zu ertränken.

Ich sah ihn an, während er mich ansah, und der Ausdruck in seinen Augen ließ meine eigenen Nerven bloßliegen.

„Ich brauche trotzdem jemanden, der auf Frank aufpasst", erinnerte ich ihn.

Jesse lächelte wie ein Kind. „Kent sagte, dass er das gerne übernehmen würde."

WENIGER ALS eine Stunde später hatte ich gepackt und Jess alles berichtet, was Lauren und Emma mir erzählt hatten. Wir waren auf dem Weg aus Calgary hinaus nach Westen und kamen im leichten Wochenendverkehr gut durch. Jess ließ sich darüber aus, wie lächerlich es war, dass sich die Polizei nicht für Kims Laptop interessierte oder ihr Handy oder ihr Auto und hielt nur gelegentlich inne, um ein dumpf klingendes Husten auszustoßen.

„Ganz ruhig", sagte ich zu ihm. „Ich verstehe es. Ich bin deiner Meinung. Das Erste, was ich tun will, ist, ihr Auto zu finden."

Er nickte und kam wieder zu Atem. Ein Schild mit der Aufschrift Cochrane fiel ihm ins Auge und er zeigte darauf.

„Wohnen nicht deine Eltern dort?"

Ich war überrascht, dass er sich erinnerte. Er hatte mich ein paar Mal nach meiner Familie gefragt, während wir zusammen gewesen waren, und ich hatte immer abgewunken. Ich hatte vielleicht ein, zwei Mal erwähnt, dass ich in Cochrane aufgewachsen war.

„Sie sind nach BC gezogen."

Er war klug genug, mich nicht zu fragen, ob ich sie vermisste oder gelegentlich besuchte. Er wusste, dass von allen Studiengängen in Kriminologie, zu denen ich die Zulassung bekommen hatte, ich nicht ohne Grund den ausgewählt hatte, der viertausend Kilometer weit von zu Hause entfernt war.

Wir hatten auch nicht oft über seine Familie gesprochen. Wir waren Einzelkinder, also gab es keine Brüder oder Schwestern, keine Emmas, mit denen wir in den Zoo gehen konnten. Und aus dem einen oder anderen Grund hatten sich unsere Familien nie wie zu Hause angefühlt.

„Wirst du etwas über die Autopsie erfahren?", fragte er und wechselte damit zu einem unter Umständen erfreulicheren Thema. „Oder Kent?"

„Vielleicht, je nachdem, wer sie macht."

„Werden sie nach Drogen suchen oder so?"

„Vermutlich. Studentin an der Universität, trug viel schwarz. Sie werden wahrscheinlich Vermutungen anstellen."

Jess trommelte mit seinen schwarzen Fingernägeln auf das Armaturenbrett und stieß ein kurzes, säuerliches Lachen aus.

Der Lack fehlte an dem Nagel, von dem Luna ihn abgeschält hatte. Jess runzelte die Stirn, als er seine Nägel betrachtete, und fing an, auch den Rest zu entfernen.

„Jack Lowe trägt Nagellack", erklärte er, während er die Splitter in den Becher fallen ließ, den ich als Mülleimer zwischen den Sitzen stehen hatte. „Ich muss gestehen, es bricht mir nicht das Herz, ein paar Tage lang nicht er zu sein."

Das brachte mich dazu, mich zu fragen, wie sein Rufmord online lief. Er hatte mir einmal bei Getränken zum halben Preis in einer Bar in der Front Street erzählt, dass alle geglaubt hatten, Loretta Lynn wäre eine Trinkerin, weil sie Migräne hatte. Ich hatte Mitgefühl ausgedrückt, weil ich geglaubt hatte, dass er das wollte. Er sagte, dass die Leute immer nur zu bereit waren anzunehmen, dass ein Künstler betrunken oder high war. Er hatte sein Glas zur Seite geneigt und beobachtet, wie der Wodka hin und her schwappte.

„Es ist nicht so ganz daneben", hatte er gesagt.

Das war etwa sechs Monate, bevor er seinen Plattenvertrag bekommen hatte gewesen, und etwa sechs Monate, nachdem er angefangen hatte, spektakulär blau von Auftritten nach Hause zu kommen. Wenn er überhaupt nach Hause kam.

„Können sie jetzt ihr Handy orten?", wollte er wissen. „Weil sie jetzt wissen, dass sie tot ist?"

Es war keine schlechte Frage. „Ich weiß es nicht, Jess. Dergleichen wird kompliziert. Und sie glauben nicht, dass es ein Verbrechen war."

„Können sie Kims Internet-Provider bitten, ihren Browserverlauf einzusehen? Vielleicht hat sie nach Hotels gesucht."

Ich sah ihn länger an, als ich es hätte tun sollen in Anbetracht der Tatsache, dass ich fuhr. „Jesse. Was habe ich gesagt?"

Er ließ den Kopf zurück gegen die Kopfstütze fallen. „Tut mir leid. Es ist frustrierend. Es gibt so viele Dinge, die zu wissen wirklich hilfreich wären."

„Jepp."

Es war kurz vor der vollen Stunde. Vielleicht hatte Kims Tod es in die Nachrichten geschafft. Ich stellte das Radio an und wir ertrugen still Lokalpolitik, die Debatte um örtliche Geschwindigkeitsbegrenzungen, den Gewinner des Lottojackpots, der sich immer noch nicht gemeldet hatte, und eine Fahrerflucht in Airdrie, bevor der Sprecher verkündete, dass eine neunzehnjährige Frau im Peter Lougheed Park tot aufgefunden worden war. Er nannte wenigstens den Wanderweg, was mehr war, als ich von Kent oder Lauren erfahren hatte.

Der Bericht endete mit einer Bemerkung, dass die Polizei den Tod als unverdächtig bezeichnete.

„Das ist der Code", erklärte ich Jess, „für Selbstmord. Wenn sie von einem Unfall ausgingen, dann hätten sie das gesagt."

„Sind sie jetzt, wo sie es den Medien mitgeteilt haben, darauf festgelegt?"

Ich zuckte die Schultern. „Sie können es zurücknehmen, wenn sie neue Beweise finden. Aber es legt nahe, dass sie nicht so intensiv nach welchen Ausschau halten werden."

„Ah."

Ich ließ das Radio eingeschaltet. Es war einer von diesen Hits der letzten fünf Jahrzehnte-Sendern, das absolut Uncoolste überhaupt, aber ich glaubte nicht, dass es Jess etwas ausmachte. Wie auch immer er sich in der Öffentlichkeit verhielt, die Wahrheit war, dass er fast alle Musik mit derselben unkritischen Freude akzeptierte, mit der sich ein Labrador in einen See wirft.

„Habe ich mal ein Interview gehabt bei dem Sender?", fragte er, mehr sich selbst als mich. „Ich will hier nicht wie ein Arschloch klingen, aber es verschwimmt wirklich alles ein bisschen."

„Der lebende Albtraum von Reichtum und Ruhm", seufzte ich und er schlug nach meinem Arm.

„Du würdest es hassen", sagte er. „Versprochen. Du ganz besonders. Du hättest innerhalb eines Jahres auf YouTube einen Nervenzusammenbruch."

„Ich wäre cool wie Harrison Ford", erklärte ich ihm. „Würde irgendwo auf einer Ranch kunsthandwerkliche Hühnerställe bauen."

„Und dir einbilden, dass die Leute sie haben wollen, weil sie so gut gemacht sind."

Ich lächelte, aber es war vermutlich nur ein halber Scherz. Um die Aufmerksamkeit einer Plattenfirma auf sich zu ziehen, hatte Jess eine Anhängerschaft aufbauen müssen.

Er war ausgefallen gewesen, unverschämt. Er hatte alles getan, was nötig war, um diese Fans zu bekommen, und als der Schneeball immer größer wurde, hatte er angefangen, sich über die Menschen zu wundern. Warum waren sie nett zu ihm? Was wollten sie? Eines Abends hatte er in unserer Wohnung einen paranoiden

Anfall bekommen und mir gesagt, er könne niemandem trauen. Da ich schon immer ein sensibler Typ gewesen war, hatte ich mit einem Mars-Riegel nach ihm geworfen und ihm gesagt, er solle die Finger vom Hasch lassen. Was ich nicht gesagt hatte, war, dass er aus meinem Leben und in die Arme tausender Anhänger verschwand und die verdammte Dreistigkeit hatte, sich bei mir darüber zu beschweren.

Ich hatte zu ihm gesagt: „Für mich wirst du immer *niemand Besonderes* sein."

„Es muss die Hölle sein", sagte ich jetzt, „wenn Filmstars Schlange stehen, um mit dir auszugehen."

In dem Moment, als die Worte meinen Mund verließen, hasste ich mich selbst ein wenig. Jess brauchte nicht zu wissen, dass ich die drei Monate seiner Beziehung mit Matt Garrett damit verbracht hatte, im Wechsel betrunken das Internet anzuschreien, bei Harvey's bergeweise Burger zu bestellen und im Fitnessstudio auf Dinge einzuschlagen.

Etwas Eigenartiges huschte über sein Gesicht. Ich konnte es nicht einordnen, bevor es verschwand, und er zog die Augenbrauen hoch. „Hast du geglaubt, das war echt?"

Ich wusste nicht, was der Ausdruck auf meinem Gesicht war, aber was immer: Er brachte ihn zum Lachen.

Er legte eine Hand auf meinen Arm, wo er ihn vorher geschlagen hatte, und gab mir einen leichten Schubs. „Das ist in Ordnung. Die Leute sollten glauben, dass es echt war. Das war der Sinn und Zweck."

Es war wichtig, ihn nicht sehen zu lassen, wie sehr diese bedeutungslose Neuigkeit meine Laune verbesserte. „Ich verstehe diesen ganzen Promi-Quatsch offensichtlich nicht."

Jess lachte erneut. „Oh, es ist definitiv Quatsch. Du wirst es kaum glauben. Du weißt, dass ich die Rockstar-Nummer ausgelebt habe, One-Night-Stands, in jeder Stadt ein neuer Kerl …"

„Jepp", sagte ich und versuchte, in meinem Tonfall keine Meinung mitschwingen zu lassen.

„Es war nie so verrückt, wie die Presse es hat klingen lassen", sagte er, als hätte ich nach meinen Perlen gefasst. „Ich glaube, dass es physisch unmöglich ist, so viel Sex zu haben, wie die Medien es glauben gemacht haben."

„Und wie *du* es glauben gemacht hast", sagte ich. „Um fair zu bleiben."

Er grinste. „Das Image gehört mit zum Beruf, das weißt du. Aber okay, ich hatte also das Rockstar-Image. Dann hat irgend so eine PR-Agentur, die das Label beauftragt hat, entschieden, dass ich in Mittelamerika Fans gewinnen kann, wenn ich mein Image ein wenig weicher werden lassen. Also wollten sie, dass ich mit jemandem ausgehe, eine feste Beziehung habe. Aber mit jemand Berühmtes, damit es Aufmerksamkeit erregt."

„Mission erfolgreich", sagte ich. In dem Jahr hatte Jack Lowe zur selben Zeit ein paar Hits rausgebracht, als Garrett*'s* neuester Popcorn-Streifen die Nummer eins an den Kinokassen gewesen war. Es war unmöglich gewesen, Geschichten über das glückliche Paar zu vermeiden. Ich war mir sicher, dass niemand das besser wusste als ich.

„Ja, wir haben eine gute Vorstellung gegeben", sagte Jesse. „Es ist lustig, weil ich zuerst dachte, dass sie mir sagen werden, dass ich mit Frauen ausgehen muss oder so. In dem Sinne: ob ich bitte einfach … nicht mehr schwul sein kann? Und sie sagten: *Nein, schwul ist in Ordnung. Schwul hat gerade seinen Moment.* Ich musste nur ein familienfreundlicher Schwuler sein."

„Du … was? Was ist das?"

„Wenn man einen festen Freund hat. Sich dabei fotografiert lassen, wie man zusammen für Thanksgiving kocht. Idealerweise heiratet und ein Kind adoptiert. Dann ist man niedlich - keine Bedrohung für die Zivilisation."

„Häh", machte ich.

Er nickte. „Ich denke gerne, dass ich immer niedlich bin."

„Kommt drauf an, wen man fragt. Und wenn du doch eine anheimelnde Fotoserie mit deinem *angeblichen* festen Freund machen solltest, warum hast du dann *angeblich* mit ihm Schluss gemacht?"

Das brachte mir erneut diesen Blick ein, diesmal lange genug, dass es fair schien zu fragen. „Was siehst du mich so an?"

„Er ist nicht so, wie die Leute denken. Das habe ich ziemlich schnell herausgefunden. Und er hatte diese Idee, dass eine Beziehung mit einem angeblichen Freund echte Vorzüge haben sollte, und da stand ich nicht drauf. Mein Manager sagte mir, dass Matt mich ruinieren könne und ich solle mich nicht so anstellen. Also habe ich Gia gesagt, dass es nicht funktioniert, und sie hat mich da rausgeholt. Sie macht wirklich eine ganze Menge mit."

Ich sah ihn lange genug an, dass er auf die Straße vor uns deutete.

„Du fährst."

„Du bist verrückt. Du hättest Sex mit Matt Garrett haben können und hattest es nicht? Hat ihn überhaupt schon mal jemand zurückgewiesen?"

Er seufzte und sah wieder erschöpft aus. „Ich habe ehrlich keine Ahnung."

„Wie ist er?"

„Himmel, willst du seine Telefonnummer haben?", fragte Jesse. Er klang nicht so, als würde er scherzen, sondern aufrichtig verärgert. „Soll ich euch zwei zusammenbringen? Ich denke, du könntest ihn auch nicht leiden."

Ich hob eine Sekunde lang die Hände vom Lenkrad. „War nur eine Frage. Jeder wäre neugierig."

Er lehnte sich zurück und seine Haare breiteten sich wie ein Fächer über das Leder der Kopfstütze, als wären sie für ein Fotoshooting so arrangiert worden. „Manchmal ist es besser, die Leute nicht zu treffen."

Seine Augen waren unendlich und traurig bis auf den Grund. Ich war nicht vorbereitet auf den Blick, mit dem er mich ansah. Als sollte ich mir nicht die Mühe machen zu versuchen, ihm zu helfen, weil er schon vor Jahren ertrunken war und jetzt nur noch durch die Wasseroberfläche nach oben schaute.

„Jess, bist du sicher, dass du deinen Beruf noch magst?"

Er lächelte. „Ich mag es, wie du das sagst, als könnte ich einfach kündigen."

„Kannst du nicht?" Ich zwang mich dazu, den Blick abzuwenden, zurück auf die Straße. „Geld ist kein Problem, oder?"

„Nein. Ich halte meine Rechte. Und ich habe Songs an andere Leute verkauft, von denen du vermutlich nicht einmal weißt, dass ich sie geschrieben habe."

„Ich habe dein Wikipedia gelesen", informierte ich ihn und er lachte. Ich fügte hinzu: „Wenn du fürs Leben ausgesorgt hast, dann kündige. Wenn du möchtest."

„Wenn wir eines Tages in einer Bar zusammensitzen, erinnere mich daran, dir zu erklären, wie einen Vertrag bei einer Plattenfirma zu haben dasselbe ist, wie Schulden bei der Mafia zu haben."

Also ging er davon aus, dass wir eines Tages in einer Bar zusammensitzen und uns unterhalten würden.

„Vielleicht lassen sie dich ja fallen", schlug ich vor.

Er lachte und ich konnte hören, wie belegt seine Brust war. „Ich hab's dir gesagt, Mann, ich bringe ihnen zu viel Geld ein."

Er fing wieder an, auf dem Armaturenbrett herum zu trommeln, eine Angewohnheit, die er immer schon gehabt hatte. Nicht, dass einer von uns in Toronto ein Auto gehabt hätte - ich war mir ziemlich sicher, dass er seinen Bassisten in die Band aufgenommen hatte, weil der Typ einen Van besessen hatte-, aber er hatte auf Tischen und Schreibtischen und seinen Beinen und manchmal auch auf meinen getrommelt.

„Wohin gehen wir zuerst?", fragte er eine oder zwei Meilen später.

„Zu den Mounties", sagte ich. „Weil das höflich ist. Ich glaube nicht, dass sie mir irgendetwas erzählen werden. Ich bin im Grunde genommen eine Privatperson und nicht mit ihr verwandt, also schulden sie mir nichts. Aber wir werden sehen."

„Du brauchst den einen Bullen, der gegen den Strom schwimmt", sagte Jesse. „Den Rebellen, der ein bisschen mehr und ein bisschen anders denkt. Der zu gerecht ist für das Recht."

„Ich werde dich am Straßenrand stehenlassen", sagte ich. „Du bist nicht zu krank, um per Anhalter zu fahren."

„Ist es komisch, kein Polizist mehr zu sein?", wollte er wissen. „Du warst mal auf der anderen Seite."

„Ich war zu gerecht für das Recht", sagte ich zu ihm. Er schnaubte. Wir fuhren eine Weile schweigend weiter. Ein Weißwedelhirschweibchen beobachtete unbekümmert, wie wir an ihr vorbei brausten, doppelt so schnell, wie sie laufen konnte. Verstanden Weißwedelhirsche überhaupt, was Autos waren? Oder hielten sie sie für eigenartige Riesenhirsche?

„Ich weiß nicht", sagte ich. „Es ist einfacher, wenn man ein … Mandat hat, wenn das das richtige Wort dafür ist. Man wird aus Steuergeldern bezahlt.

Es existiert die allgemeine Vorstellung, dass man einen Job zu erledigen hat. Als Privatdetektiv muss man mit der Neugierde der Menschen arbeiten oder ihrem guten Willen oder persönlichen Interessen. Wie Polizisten das auch tun. Aber als Privatdetektiv hast du nichts anderes."

„Als Privatdetektiv bist du also nur irgendein Typ? Kannst du Leute festnehmen?"

„Das kann ich", sagte ich. „Du kannst das auch. Eine Jedermann-Festnahme."

„Ich dachte, das ist so ein Relikt aus dem Wilden Westen, die wir nicht mehr machen dürfen." Er blies sich eine Haarsträhne aus dem Gesicht. „Jetzt bin ich traurig. All die Jahre über hätte ich Menschen festnehmen können."

„Du musst sie bei etwas erwischen, das ohne jeden Zweifel illegal ist", erklärte ich ihm. „Es reicht nicht zu glauben, dass jemand dein Getränk verwässert."

„Och, verdammt."

„Ganz genau. Und für mich ist es noch schlimmer, weil ich, anders als der Durchschnittsbürger, niemanden eine *schmierige Fotze* nennen darf, während ich das tue."

„Ich glaube, nach Meinung der Gesellschaft solltest du das so oder so nicht tun", sagte er. „Aber mal im Ernst, warum sich die Mühe für eine Lizenz machen?"

„Weil man keinen Detektiv beauftragen sollte, der keine Lizenz hat", sagte ich. „Das ist dann nur ein angeheuerter Schläger."

Er lächelte mich an, als wären die letzten Jahre nie gewesen. „Nee, du bist kein Schlägertyp."

Die Berge tauchten auf die Art um uns herum auf, wie sie das an klaren Tagen immer taten: als wären sie eine Animation statt Realität. Erst die weißen Konturen, wie Kreide am blauen Himmel, dann das verschwommene Braun innerhalb der Konturen und zuletzt die klar gezeichneten Bäume und Schneefelder. Die höchsten Berge waren immer noch Zeichnungen entlang der Straße in den Nationalpark hinein. Aber im Süden gab es einige beachtliche Gipfel und die hatten wir beinahe erreicht. Die Abzweigung zum Kananaskis Trail näherte sich in ein paar Meilen und wenn ich die Augen zusammenkniff, konnte ich sie sehen.

„Die Einheit ist dort die Straße runter", sagte ich und deutete dorthin. „Du kannst dich auf dem Parkplatz umsehen, während ich mit den Mounties spreche."

Er nickte. „Ja, okay. Ich habe Masken mitgebracht."

Ich sah ihn mit hochgezogenen Augenbrauen an. Er zuckte die Schultern.

„Wenn ich nicht erkannt werden will, setze ich eine Maske und eine Baseballmütze auf und tue so, als wäre ich krank."

„Okay, zwei Dinge. Erstens, du bist krank."

„Ja, aber ich bin nicht so ansteckend, dass ich eine Maske tragen müsste. Du müsstest einen Abstrich im Rachen machen wie für einen Covid-Test und selbst dann kann es sein, dass du dir nichts einfängst."

„Von Zeit zu Zeit", sagte ich, „frage ich mich, warum sie dich noch nie eingeladen haben, die JUNO Awards zu moderieren. Und dann machst du den Mund auf."

„Ich und Anne Murray. Sie flucht wie ein Brummifahrer."

„Zweitens. Hier in der Gegend tragen nicht viele Leute eine Maske, wenn sie eine Erkältung haben. Wir sind hier nicht in Van oder in Toronto."

„Dann sehe ich eben so aus, als käme ich aus der Stadt. Solange ich nicht aussehe wie Jack Lowe, ist alles in Butter."

Es war eigenartig, ihn von Jack Lowe reden zu hören, als wäre er eine andere Person. Ich hatte immer ein bisschen so über Jess und Jack gedacht, aber ich war nicht der Mann, der die Jack-Lowe-Persona jeden Abend überstreifte.

„Ich weiß wirklich nicht so recht, Jess. Du warst letzte Woche auf dem Cover der sCene."

Er lachte.

„War das die Aufnahme mit den irren Smokey Eyes? Ich habe ausgesehen wie nach zehn Runden mit Mike Tyson. Hast du bemerkt, dass ich heute keinen Eyeliner trage?"

„Okay, vielleicht sehen die meisten Menschen nicht weiter als das Make-up, aber manche Leute werden dich für Jack Lowe halten."

„Auf den Eyeliner und den Nagellack zu verzichten ist nicht alles. Jack ist eine Vorstellung. Du wirst sehen."

Ich wurde langsamer, als wir die Abzweigung zu den Kananaskis Trails erreichten und Jess zeigte auf das Areal zu unserer Linken, ein überdimensionaler Parkplatz mit einem zweistöckigen Gebäude, einem Restaurant und einer Tankstelle. „Was ist das?"

„Nakoda Besitz", erklärte ich ihm. „Ein Casino und ein Hotel. Das Land ist Reservat, von daher glaube ich, dass sie ein paar Steuern und Abgaben umgehen können."

„Kannst du hier anhalten? Können wir mit ihnen reden?"

„Ich glaube nicht, dass Kim sich die Sorte Hotel hätte leisten können", sagte ich, während ich abbog. „Aber wir können eine Runde über den Parkplatz drehen und uns nach ihrem Auto umsehen."

„Vielleicht hat sie hier angehalten, um zu tanken", sagte er. „Oder um nach dem Weg zu fragen oder so. Das ist hier die letzte Chance für so was oder nicht?"

Das war eine dramatische Beschreibung für den Beginn einer asphaltierten, ganzjährig geöffneten Fernstraße durch eine Landschaft voller Ferienressorts, aber die Leute hielten hier, da sie nicht wussten, wie weit die nächste Tasse überteuerter Kaffee entfernt war.

„Schön", sagte ich. „Du kannst mit mir kommen, aber ich stelle die Fragen."

„Scheiße. Ich brauche einen Namen. Glaubst du, Jesse ist in Ordnung?"

„Du brauchst keinen Namen", sagte ich. „Aber Jesse ist in Ordnung. Wenn jemand ein so großer Fan von dir ist, dass er deinen echten Namen kennt, bist du ohnehin aufgeschmissen."

„Wir werden sehen."

Jess schob sich die Haare hinter die Ohren und setzte eine schlichte schwarze Baumwollmaske auf, gefolgt von einer Baseballmütze. Sie war nicht auffällig oder auf ironische Weise hip, sondern aus schlichtem dunkelblauem Baumwollstoff, der nichts über nichts zu sagen hatte. Es war gut und auch ein wenig überraschend zu sehen, dass er nicht versuchte, sich als einer aus dem Westen auszugeben, indem er eine John Deer-Mütze trug. Oder was auch immer die Leute aus Toronto glaubten, was wir trugen. Aber er war viel gereist und er hatte viele Jahre gehabt, um zu lernen, wie er unauffällig blieb. Es war also möglich, dass er wusste, was er tat.

„Sehe ich okay aus?", fragte er.

„Du siehst aus wie irgendein Arschloch aus Van."

Selbst mit der Baseballmütze hätte ich ihm ein Getränk ausgegeben, wenn ich ihn in einer der Bars gesehen hätte, in die ich nie ging.

„Die Leute hier fahren wirklich Pickups", sagte er spontan. „Große. In Toronto sehe ich die kaum. Aber ich bin auch hauptsächlich in der Innenstadt."

Die Autos auf dem Parkplatz waren zu 80 Prozent SUVs, aber ich wusste, was er meinte. In Toronto hatte mich jedes Mal, wenn ich einen Pick-up gesehen hatte, ein Gefühl von Schwindel überkommen, wenn mir wieder einmal klar wurde, wie weit ich von zu Hause weg war.

Es standen keine Mitsubishis mit Blumenaufklebern auf dem Parkplatz. Ein paar Limousinen, BMWs und Audis. Nichts, was annähernd so aussah wie Kims Prosecco-Mobil.

„Wie viel kosten Hotelzimmer hier in der Gegend?", wollte Jess wissen, als hätte er darüber nachgedacht, wie viel die Autos um uns herum gekostet hatten. Vielleicht hatte er das. Ich parkte in einer Parkbucht neben dem Supermarkt und drehte mich zu ihm um.

„Ich dachte, du wärst ein paar Mal in *Banff* gewesen."

„Banff Springs, ein Mal, und das andere Mal bin ich im Centre for the Arts untergekommen."

Das Konzert in Calgary in 2019, dann das eine in dem Jahr, nachdem wir Schluss gemacht hatten, und zwei Aufenthalte in Banff ergab vier Male, die er in der Stadt gewesen oder durch sie hindurch gekommen war, ohne mich anzurufen. Nicht, dass er das musste. Und nicht, dass ich zählte.

„In der Zwischensaison kann man ein Zimmer für zwanzig Dollar die Nacht bekommen", sagte ich, „wenn man nichts Ausgefallenes will. Die Zwischensaison fängt jetzt so um diese Jahreszeit an. Wenn du etwas Ausgefallenes willst oder es Sommer- oder Skisaison ist … keine Ahnung. Was ist die teuerste Nacht in Banff Springs?"

„Tausend, glaube ich?" Er zuckte mit den Schultern. „Ich hab's nicht bezahlt, also weiß ich es nicht mit Sicherheit."

„Wie gesagt, die Zwischensaison fängt jetzt bald an, es gibt also vermutlich gute Angebote. Aber genauso gibt es Hotels, die ihre Preise noch nicht gesenkt haben."

„Das ist viel Geld für eine Studentin. Okay." Er schnallte sich ab und legte eine Hand um den Türgriff. „Lass uns schnüffeln gehen."

Es war schon lustig, wie schnell ein Mann von ‚ich möchte nur auf dich aufpassen' dazu übergehen konnte, sich eine Sherlock-Holmes-Mütze aufzusetzen und durch das Moor zu pirschen. Ich schüttelte den Kopf und folgte ihm.

9

„OH JA, sie war Donnerstag hier! Ich erinnere mich an den Tag, weil wir darüber gesprochen haben, dass Regen angesagt war und es trocken geblieben war."

Das Mädchen hinter dem Tresen war ein Sonnenstrahl in Menschengestalt. Ihre runden Wangen wurden von einem freundlichen Lächeln hochgedrückt und ihre Augen strahlten hinter der blau umrandeten Brille. Die eigentlich braunen, zu zwei losen Zöpfen zusammengebundenen Haare waren oben auf dem Kopf blond, als wären sie vom endlosen Sommerlicht gefärbt worden.

Jesse stand ein paar Schritte entfernt und trug zwei Kaffees, die er gekauft hatte. Sonnenstrahl hatte nicht gefragt, wer er war, und ich hatte ihn nicht vorgestellt. Sie schien ihn auch nicht erkannt zu haben.

„Hat sie hier übernachtet?", fragte ich.

„Sie hat gefragt, aber wir waren komplett ausgebucht. Ich habe ihr gesagt, wir könnten ihr für später im Monat etwas anbieten, wenn sie das wollte. Sie sagte, sie wäre aus *Calgary*, genau, also dachte ich, sie könnte vielleicht noch mal zurückkommen."

Kims Gesicht blickte mir vom Display meines Handys entgegen, das auf dem Tresen zwischen Sonnenstrahl und mir lag. Ich steckte das Handy wieder in die Tasche. „Was hat sie gesagt?"

Sonnenstrahl schüttelte den Kopf. „Sie wollte ein Zimmer für eine Nacht. Die Donnerstagnacht. Wir hatten eine Vorstellung im Casino und die Leute sind hier geblieben anstatt wieder zu fahren und so. Wir waren komplett voll."

Ich warf Jesse einen Blick zu und sah ein Glänzen in seinen Augen. Hier waren wir, sammelten Hinweise wie ein Paar echter Detektive. Ich konnte mich nicht entscheiden, ob das liebenswert war oder nervig.

„Ich hoffe, Sie finden sie", sagte Sonnenstrahl und ich dachte darüber nach, ihr die Wahrheit zu sagen, dass ich ein Mädchen suchte, das niemand mehr finden konnte. Aber es würde ihr noch früh genug zu Ohren kommen und es ihr jetzt zu sagen würde ihren Tag nicht besser machen.

„Also hatte sie vor, nur eine Nacht zu bleiben", sagte Jess, nachdem wir wieder im Auto saßen. „Wie ihre Schwester gesagt hat."

„Scheint so", sagte ich. „Aber Kim hätte lügen können oder sie hätte sich umentscheiden können. Wir wissen es nicht wirklich."

Darauf erwiderte er nichts, zog lediglich die Deckel von den Kaffeebechern und reichte mir meinen.

„Muss ich die Kaffeepolizei spielen?", wollte ich von ihm wissen.

„Er ist koffeinfrei. Ich bin brav."

„Wenn du brav wärst", erklärte ich, „würdest du im Auto bleiben."

„Deiner ist auch koffeinfrei."

„Fick dich."

Er nickte. „Fair."

DIE ERSTEN paar Meilen führte die Fernstraße an einer Art Ranch entlang, mit Pferden, die träge an wilden Gräsern knabberten und Fliegen verscheuchten. Ein paar Sommerfohlen waren dabei, knochig und unbeholfen und beinahe so groß wie die Stuten. Jesse beobachtete sie, den Kopf gegen das Fenster gelehnt und die Augen halb geschlossen.

Als wir die Abzweigung nach Kananaskis Village erreichten, war er eingeschlafen. Dem Anraten seiner Ärztin folgend beschloss ich, ihn schlafen zu lassen. Ich fuhr langsam die sich windende Straße hinaus zur Einheit und stieg so leise ich konnte aus dem Auto.

Das niedrige, braune Gebäude, mit Spitzdach für Schneefall in den Bergen, sah mehr aus wie ein Wohnhaus als eine Polizeiwache. Es gab Regeln, wie alles im Park auszusehen hatte, und es wurden keine Ausnahmen gemacht, nicht einmal für die RCMP. Es gab jedenfalls ein hübsches Bild ab, mit den kleineren, baumbestandenen Bergen im Hintergrund, die sich vor den höheren, grauen Gipfeln aufreihten, als hätte jemand sie gebeten, sich für ein Klassenfoto aufzustellen.

Im Innern konnte ich eine Person sehen, eine Frau in der Standardkleidung der RCMP, die hinter dem Tresen saß und auf ihren Computerbildschirm blickte.

Sie wäre für jeden internationalen Reisenden eine Enttäuschung gewesen, in ihrer regulären, blau-und-grauen Uniform. Die Mounties bewahrten ihren roten Serge normalerweise für besondere Angelegenheiten auf.

Sie hob den Kopf, als ich näherkam. Sie lächelte nicht, wirkte aber auch nicht feindselig. „Kann ich Ihnen helfen?"

„Das hoffe ich", sagte ich und zeigte ihr meine Privatdetektivlizenz. „Ich bin Ben Ames. Ich bin beauftragt worden, den Tod von Kimberly Moy zu untersuchen."

„Oh." Sie sah angemessen betrübt aus und nickte. Ihre blonden Haare, zu einem festen Bauernzopf zusammengebunden, bewegten sich nicht. „Da gibt es nicht viel zu untersuchen. Wir sehen es als nicht verdächtig an."

„Nun", sagte ich, „Sie wissen, wie Familien bei solchen Nachrichten sein können."

„Ja", war alles, was sie sagte, aber ihr Gesichtsausdruck legte nahe, dass Lauren bereits mit ihr gesprochen hatte und dass das Gespräch keinen guten Verlauf genommen hatte.

„Es kann nicht schaden, sich die Sache anzusehen", sagte ich. „Zur Bestätigung."

Eine erfahrenere Polizistin hätte mich spätestens jetzt wütend angefunkelt in der korrekten Annahme, dass ich hier war, um gemäß meiner eigenen Theorie oder der der Klientin zu ermitteln und mit Sicherheit nicht, um zu bestätigen, was die RCMP gesagt hatte. Aber dies hier war eine Konstablerin und selbst dafür sah sie jung aus. Es war erstaunlich, dass sie eine Entsendung an so ein begehrenswertes Kommando wie Kananaskis an Land gezogen hatte, nicht einmal eine Stunde außerhalb von *Calgary*, mitten in den Bergen und, Teufel auch, ein rein englisches Kommando noch dazu. Die nächsten Zweisprachigen waren die Straße hinunter in Canmore.

„Ist Kimberlys Abschiedsbrief bei Ihnen verblieben?", fragte ich.

„Er ist im Asservatenschrank", sagte die Konstablerin. *Konstablerin McKay,* wenn das Namensschild auf dem Schreibtisch ihres war.

„Glauben Sie, dass Sie ihn heute freigeben werden? Meine Klientin würde ihn gerne haben."

„Wir werden ihn den nächsten Angehörigen übergeben."

„Und Sie werden dann auch den Autopsiebericht übergeben."

„Der ist noch nicht fertig", sagte sie. Da sie nicht abgeneigt zu sein schien, mit mir über Dinge zu sprechen, die mich nichts angingen, war es den Versuch wert, ein weiteres Thema anzusprechen.

„Können Sie mir etwas sagen? Warum halten Sie es für Suizid?"

Sie runzelte die Stirn. Ich hätte nicht mit ‚Können Sie mir etwas sagen?' anfangen sollen. Das hatte die Frage aufgetan, ob sie es konnte oder ob sie es sollte. Ich erwartete, dass sie mich anweisen würde zu gehen, aber sie überraschte mich. „Ich weiß, dass die Schwester Ihre Klientin ist. Sie sagte mir, dass sie Sie beauftragt hat. Sie können sie fragen, was ich gesagt habe, wenn Sie das noch nicht getan haben."

„Es ist hart für der Familie", sagte ich. „Man kann ihnen nicht alles sagen, was man will. Sie sind mitunter nicht bereit, es zu hören."

„Wir haben unsere Gründe", sagte sie.

„Als Sie meine Klientin angerufen haben, beschrieben Sie Kimberly als Grufti", sagte ich. „Ich bin nicht überzeugt, dass Gruftis selbstmordgefährdeter sind als durchschnittliche, junge Erwachsene, aber sie war keine. Sie war - wie nennen sie es - Rockabilly. Wie ein Derby Girl."

„Sie war nicht massenkompatibel. Das ist hart für junge Leute."

Da war ich mir auch nicht so ganz sicher, aber es machte keinen Sinn, darüber zu diskutieren. „Sie haben nicht zufällig ihr Auto gefunden?"

„Nein", sagte Konstablerin vielleicht-McKay. „Sie hat es vermutlich irgendwo stehenlassen, wo es sicher ist, zusammen mit ihren Besitztümern. Suizidenten lassen gewöhnlich ihre Besitztümer irgendwo, wo sie sicher sind und die Familien sie finden können. Vermutlich hat jemand sie zum Ausgangspunkt des Wanderweges mitgenommen. Auf dieser Straße hier herrscht viel Verkehr."

Das stimmte. Ich hatte das bemerkt, selbst an diesem Dienstag im September.

„Es war Glück, dass der Brief gefunden wurde", sagte ich, „so im Freien."

„Ja, das Wetter war gut die letzten Tage", sagte die Konstablerin. „Ein bisschen windig, aber sie hatte Steine auf die Ecken gelegt, um ihn zu sichern."

„In Calgary war es gestern Abend windig", sagte ich. Machte Konversation. Ich suchte nach Themen. „Wann wurde der Brief gefunden?"

„Gestern Abend. Ein Pärchen ist gegen Mitternacht hingewandert. Der Wanderweg war geschlossen, aber sie sind über das Tor geklettert. Sie sagten, sie wollten Sterne gucken."

„Mhm", machte ich. „Die Leute sehen sich an den interessantesten Orten Sterne an."

Das entlockte ihr ein trockenes Lachen. „Wie dem auch sei, sie kamen zurück und informierten uns, aber sie haben die Leiche nicht gesehen, also mussten wir auf die Suche gehen und dann die Verstorbene bergen. Das dauert manchmal eine Weile."

„Das kann ich mir vorstellen", sagte ich. „Nun, ich sehe mich besser ein wenig um und verdiene mir meinen Lohn. Ich lasse Ihnen meine Visitenkarte da für den Fall, dass Sie mich kontaktieren müssen."

Sie nahm sie, las sie, drehte sie um und fand die Rückseite leer. Doppelseitige Karten kosteten beinahe doppelt so viel.

„Wissen Sie, wo Sie bleiben werden?", fragte sie.

„Warum? Haben Sie eine Empfehlung?"

„Nein." Sie legte die Karte neben das Festnetztelefon, das war wie in einem kleinen Museum von Dingen, die beinahe für immer verschwanden.

„Ich kann anrufen und Sie auf den neuesten Stand bringen", bot ich an. Die Konstablerin zuckte die Schultern. Ich hätte es ihr übel genommen, wenn ich nicht so erfreut darüber gewesen wäre, dass es sie nicht interessierte. Für einen Privatdetektiv ist es ein gesegneter Zustand, wenn sich die Polizei nicht darum schert, was man tut, und ich wollte nichts tun, was das zerstören könnte. Ich dankte ihr gewissenhaft und passte auf dem Weg nach draußen auf, wo ich hintrat.

JESS WAR WACH, als ich nach draußen trat. Er sprach scheinbar mit sich selbst. Oder er telefonierte. Kent hatte einmal gesagt, bei den schnurlosen Kopfhörern, die alle benutzten, war es schwer zu sagen, wer verrückt war und wer telefonierte. Natürlich gab es keinen Grund, warum es nicht auch beides sein konnte.

Ich stieg ins Auto und fand heraus, dass er auf Lautsprecher gestellt hatte, anstatt die Kopfhörer zu benutzen. Eine Frau mit einer vertrauten Stimme sagte etwas über das Promoten einer Single, während Jess den Großteil seines Gesichts vor Widerwillen verzog. Es war die Frau aus dem Hotelzimmer, realisierte ich. Die, die bestimmte, wo es langging. Gia.

„Gia, du weißt, warum er das macht, und …"

„Das tue ich", fiel sie ihm barsch ins Wort, „und ich habe ‚Nein' gesagt. Aber das wird die Meute, die über dich herfällt, nicht kleiner machen."

„Meuten tun, was Meuten tun müssen", sagte Jess mit einem Seufzen. „Ich dachte, du wärst ganz wild darauf, Werbung für die Single zu machen."

„In Interviews", sagte Gia. Ihre Frustration war deutlich hörbar, selbst durch den kleinen Lautsprecher des Handys und trotz all der vielen Kilometer, die wahrscheinlich zwischen uns lagen. „Nicht, indem du neben ihm stehst. Das hieße, ihm beizupflichten, anstatt die Single zu promoten. Ihm beizupflichten wäre kurzsichtig."

„Ich könnte ihn hochgehen lassen", schlug Jesse vor. Er sprach direkt mit dem Handy, so als wäre es ein Videoanruf, obwohl dem nicht so war. Ihm war vermutlich klar gewesen, dass sein Anblick in den Bergen statt liegend in einem Bett das Gespräch nicht besser machen würde.

„Lass Ava ihn hochgehen lassen, wenn ihr danach ist", entgegnete Gia. „MeToo und HerToo sind verschiedene Dinge."

„Guter Punk", sagte Jess. „Okay. Du kümmerst dich um seine Leute. Ich mache etwas auf Social. Aber ich weiß nicht, was ich mit Herrn Großmaul-Bassist machen soll. Der Typ hasst mich wie die Pest. Wenn er mich einfach nur nicht leiden könnte, das könnte ich ja noch verstehen."

„Er ist ein Arsch", sagte Gia in einer Art und Weise, in der man sagt, dass der Himmel blau ist.

„Ich habe mir auf dieser Tournee keinen Gefallen getan."

„Du warst professionell", sagte Gia. „Mehr wird nicht verlangt."

„Ich bin professionell? Hohes Lob, Gia."

Es entstand eine Pause. Ich hatte mit dieser Gia noch nicht viel zu tun gehabt, aber ich war mir bereits ziemlich sicher, dass Pausen bei ihr nicht üblich waren. Sie schien für alles eine Antwort zu haben und das sofort.

„Wenn ich mich nicht melde", sagte sie schließlich, „ist alles in Ordnung."

Jesses Gesichtsausdruck nach zu urteilen hatte sie ihm gerade quasi ein Dutzend Rosen und eine zu seinen Ehren geschriebene Ode präsentiert. „Melde dich, wenn du etwas brauchst."

„Möchtest du, dass jemand hier deine Socials macht?", fragte Gia.

„Ich sollte die vermutlich selber machen."

„Du solltest vermutlich schlafen."

Das Telefonat endete damit. Keine Verabschiedungen. Er stöpselte sein Handy in mein Ladegerät und sah mich an. Ich nickte. Mein Handy hatte noch ein paar Stunden Saft.

„Hast du etwas herausgefunden?", fragte er.

Ich erzählte ihm, was ich erfahren hatte, was größtenteils daraus bestand, dass die RCMP nicht sehr viel mehr wusste als wir und dass sie eigenartig engstirnig bezüglich ihrer Selbstmordtheorie war.

„Sie ist kein Grufti", war das, was Jess vorrangig daraus mitnahm. „War kein Grufti. Du warst mit Derby ziemlich nah dran."

„Wir sind gleich alt", sagte ich zu ihm. „Ich bin mir nicht sicher, warum du dich für einen Guru der Jugendkultur hältst."

Jess seufzte. „Also, fahren wir als nächstes zum Wanderweg oder klappern wir Hotels ab?"

Wenn die RCMP ermittelt hätte, dann hätte ich gesagt, dass sie in einer sehr viel besseren Position war als wir, um die Hotels abzuklappern. Aber sie ermittelte nicht.

„Du kannst die Hotels anrufen, während ich mich auf dem Wanderweg umsehe", schlug ich vor. „Oder du kannst das Nickerchen machen, das auf deiner Agenda steht."

„Ich wollte nicht, dass sie weiß, dass sie mich geweckt hat. Sie hätte ein schlechtes Gewissen gehabt."

„Der Terminator hat Gefühle?", kommentierte ich.

Jesse warf seinen leeren Kaffeebecher nach mir. „Der Terminator hat Gefühle."

„Ich dachte, sie wäre deine Tourmanagerin."

„Sie macht, was nötig ist. Meine Managementfirma weiß, dass ich sie mag, also teilen sie sie mir oft zu. Gott stehe ihr bei."

„Worum ging es da eben eigentlich? MeToo?"

Jess zuckte die Schultern. „Sollen wir uns hier nach Kims Auto umsehen?"

„Das können wir tun, während du redest", sagte ich. „Es sei denn, du möchtest es mir nicht sagen."

„Der Grund, warum ich ZZGold nicht mag, ist, dass ich gesehen habe, wie er eine der Backgroundsängerinnen begrapscht hat. Ich bin dazwischen gegangen und habe dem ein Ende gesetzt. Und ich habe ihr gesagt, sie soll mir Bescheid sagen, wenn sie an die Öffentlichkeit gehen will."

Das war normalerweise der Punkt, an dem ich ihm die Hölle heißgemacht hätte dafür, dass er nicht in der Lage war, sich um seinen eigenen Kram zu kümmern oder sich mit anderen zu vertragen. Aber in diesem Fall konnte ich ihn verstehen.

„Wie dem auch sei", fuhr Jess fort, „er mag Geld, also will er, dass ich die Werbung mache. Außerdem … ist es ein Machtspielchen."

„Die schwulen- und frauenfreundliche Welt der Rap Musik", sagte ich. Jess verzog das Gesicht.

„Das ist nicht fair. Es ist das erste Mal, das ich diese Art von Scheiß erlebt habe. Ich werde allerdings sagen, dass jeder, der Schwule so sehr hasst, dass er sich nicht einmal mit im selben Raum aufhalten kann, jemand ist, mit dem ich niemals zusammenarbeiten werde. Das sortiert schon mal ein paar der Arschlöcher aus."

Ich setzte den Wagen zurück und fuhr langsam durch Kananaskis Village, das einem Militärstützpunkt mindestens so ähnlich war wie einem Ferienort. Alles war praktisch und ordentlich und eingezäunt, denn Schnee und Bären waren nichts, was man mit einer Verordnung und einem Schild fernhalten konnte. Die Straßen schlängelten sich um die wenigen Gebäude. Überall dort, wo der Grund zu hartnäckig gewesen war, um ihn abzutragen, gab es kleine Steigungen und Senken.

„Jetzt springt mein Bassist mit auf den Zug auf und behauptet einen Scheiß dahin gehend, dass ich zu arrogant sei, um mit meiner Band zu sprechen", fuhr Jess fort. „Wenn ich ZZGold wäre, würde ich mir Sorgen machen, mit mir gesehen zu werden."

Ich war eh langsamer geworden, um mir ein Fahrzeug genauer anzusehen, das sich als ein VW Beetle entpuppte, von daher war es kein Problem, am Straßenrand anzuhalten und den Gang herauszunehmen. Nachdem wir standen, drehte ich mich auf meinem Sitz zu ihm um.

„Wovon redest du? Warum sollte dieser Typ behaupten, du wärst arrogant? Seit wann gibt es Menschen, mit denen du nicht sprichst?"

„Seit Kurzem", sagte Jess. Er holte ein paar Mal Luft und schloss die Augen. „Ich kann gerade nicht, okay? Kann ich es dir später erzählen?"

„Du kannst es mir auch nie sagen, wenn du nicht willst", sagte ich. „Es ist deine Entscheidung."

Ich fuhr weiter durch die Straßen. Jess hielt schläfrig Ausschau nach Kims Auto, bis wir die Hauptstraße wieder erreicht hatten. Dann nahm er sich sein Handy und fing an zu tippen. Dem unmutigen Blick nach zu urteilen, mit dem er auf sein Handy starrte, und so oft, wie ich sah, dass er etwas löschte und neu anfing, vermutete ich, dass er sich um seine Social Media kümmerte, so wie er es Gia versprochen hatte.

Ich hätte ihm angeboten, etwas für ihn zu schreiben, aber ‚Fick dich ins Knie' war alles, was mir einfiel, und zweifellos würde Gia sagen, dass das nicht zum Image passte.

Schließlich hatte er etwas zustande gebracht, mit dem er zufrieden schien, oder zumindest etwas, von dem er nicht angewidert war, und er ließ sich das Handy in den Schoß fallen.

„Wonach halten wir auf dem Wanderweg Ausschau?", fragte er.

„Du wirst nach der zweiten Hälfte deines Nickerchens Ausschau halten", erklärte ich ihm. „Ich weiß nicht, wonach ich Ausschau halte. Ich will mich einfach nur umsehen."

Er lachte, bis er husten musste. „Erinnerst du dich, wie wir von Partys zurückgekommen sind", sagte er, „und du mir erzählt hast, was sie alles in den Küchenschränken hatten und in den Wandschränken und unterm Bett?"

„Bezeichnest du mich als neugierig?"

„Ich bewundere, wie du ein Hobby zum Beruf gemacht hast."

Ich zeigte ihm den Mittelfinger, bevor ich auf die Zubringerstraße zum Wanderweg abbog. Sie war eine Mischung aus scharfkantigem Bergschotter und tiefen Spurrillen, die volle Aufmerksamkeit erforderte. Ich blickte eine Sekunde zur

Seite auf das gelbe Metalltor, das auf der rechten Seite des Weges unter die Bäume geschwenkt war. Das musste das Tor sein, über das die Sterngucker geklettert waren, um in der Nacht auf den geschlossenen Wanderweg zu kommen.

Die Straße führte zu mehreren Ausgangspunkten für Wanderwege und ich beschloss, jeden der Parkplätze zu kontrollieren, da Kim auf einem geparkt haben und von da zu einem anderen gegangen sein konnte. Jess baute wieder ab und fragte nicht, was ich machte oder ob ich mich verfahren hatte. Auf keinem der Parkplätze gab es wirklich viel zu sehen, ein Truck hier und ein SUV dort, aber ich bezweifelte, dass er einen Grizzly mit Zylinder bemerkt hätte, wenn der auf seinen Hinterbeinen vorbei geschlendert wäre und dabei seinen Gehstock geschwenkt hätte. Ich fing an zu bereuen, nicht ein Kissen und eine Decke für ihn mitgenommen zu haben.

Mein Auto war das einzige Fahrzeug auf dem Ausgangspunkt des Wanderweges zum Wasserfall. Es gab Platz für noch ein paar weitere, vielleicht sechs oder acht, in zwei Parkreihen, die zu einem Klohäuschen mit grünem Dach, einer Karte des Wanderweges und einem bärensicheren Mülleimer führten. Ich glitt aus dem Wagen und studierte die Karte. Sie zeigte einen Rundwanderweg, etwa drei Kilometer lang. Man konnte den längeren Teil des Weges am Fluss entlang zum Wasserfall nehmen und den direkteren Weg zurück zum Parkplatz oder andersherum und zuerst zum Wasserfall gehen, der etwa einen Kilometer entfernt war. Oder, wenn man nur daran interessiert war, am rauschenden Wasser in die Sterne zu gucken, dann konnte man die kurze Route zum Wasserfall nehmen und direkt zum Parkplatz zurückkehren, ohne das Stück am Fluss entlang zu gehen.

Die Karte schlug vor, zuerst am Fluss entlang zu gehen, aber sie sagte nicht, warum. Für eine dramatische Aussicht vielleicht. Zwei Kilometer Vorbereitung auf den Wasserfall und dann die große Show und Gischt, um sich zu erfrischen, bevor man sich auf den letzten Teil des Weges zurück zum Parkplatz machte.

Ich verglich die Farbe des Wanderweges mit der Legende auf der Karte und fand heraus, dass er als mittelschwer angegeben war, was immer das auch heißen mochte. Weder der Leichteste noch der Schwerste, vermutete ich, Sherlock Holmes, der ich war. Die Karte zeigte einen Höhenunterschied von achtzig Metern an, mit dem höchsten Punkt am Wasserfall.

Ich sah zurück zum Wagen. Jesse schien wieder zu schlafen. Ich nahm an, dass ich die kurze Strecke zum Wasserfall und zurück in einer Stunde schaffen konnte, was mir Zeit ließ, mich auf dem Weg dorthin ein wenig umzusehen und einen genaueren Blick auf den Schauplatz des Verbrechens zu werfen. Jess war ein erwachsener Mann und ihm sollte in einem abgeschlossenen Auto in einem fast leeren Park an einem sonnigen Tag nichts passieren. Er hatte ein aufgeladenes Handy. Wir waren vielleicht dreihundert Meter von der Hauptstraße entfernt.

Ich hielt die Autoschlüssel in der Hand. Ich hatte keinen Ersatzschlüssel, den ich ihm dalassen konnte. Andererseits, ich konnte immer an die Scheibe klopfen, um hereingelassen zu werden. Ich ging auf die Beifahrerseite und öffnete die Tür. Er rührte sich nicht einmal. Ich legte ihm die Schlüssel auf den Schoß, neben sein

Handy. Ich strich ihm eine Haarsträhne aus dem Gesicht und hinters Ohr. Früher einmal hätte ich ihn auf den Scheitel geküsst oder vielleicht aufs Gesicht, entlang des Wangenknochens.

„Ich bin in einer Stunde wieder da", flüsterte ich und verriegelte die Tür.

10

WENN ICH auf der Suche nach Streifenhörnchen oder verärgerten Eichhörnchen gewesen wäre, hätte ich die Wanderung als erfolgreich angesehen. Die Ersteren rannten beim Klang meiner Fußtritte über den Weg, während die Letzteren von den Bäumen herunter schimpften. Es musste auch Vögel gegeben haben, aber sie verhielten sich unauffällig und Schemen waren alles, was ich von ihnen sah: ein Schatten, der sich durch das Grün bewegte, oder ein Ast, der zurück federte, nachdem darauf sitzendes Gewicht weggeflogen war.

Der Boden war feuchter als auf dem Parkplatz oder der Zufahrtsstraße. Die Bäume fingen die Feuchtigkeit des Flusses und des Wasserfalls ein und verhinderten, dass die Erde so schnell austrocknete wie auf den freiliegenden Flächen außerhalb des Waldes. Selbst die Luft war feucht, besonders für eine Bergregion.

Zuerst konnte ich den Wasserfall nicht hören, aber nach ein paar Minuten erhaschte ich das Donnern.

Aus Kims Sicht war der Weg vielleicht ein wenig anstrengend gewesen, besonders, wenn sie die kurze Route zum Wasserfall genommen haben sollte. Ihren Beiträgen nach zu urteilen war sie kein sportlicher Typ oder Dauergast im Fitnessstudio gewesen. Aber das Donnern des Wasserfalls hörte sich so an, als läge er direkt hinter der nächsten Biegung, und die Bäume, die neben dem Weg wuchsen, machten es unmöglich zu sehen, wie weit er tatsächlich weg war. Also ließ die Psychologie die Menschen weitergehen.

Hatte jemand sie dazu überredet, diesen Weg zu gehen? Nur noch ein bisschen weiter und wir sind am Wasserfall?

Oder hatte jemand sie getragen, bewusstlos oder tot? Sie war ein stabil gebautes Mädchen gewesen und der Weg war voller Wurzeln und Steine, über die man stolpern konnte, wenn die Füße durch zusätzliches Gewicht schwerer waren als sonst. Und würde das nicht jemand gesehen haben, auf einem kurzen und nicht-zu-schweren Wanderweg zu einem Wasserfall? Er musste beliebt sein bei Wochenendwanderern.

Zum Teufel, wie war ihr Brief bei den vielen Menschen, die letztes Wochenende auf diesem Weg gewesen sein mussten, unbemerkt geblieben? War sie am Montag gestorben? Aber wenn sie am Freitag noch gelebt hatte, wäre sie dann nicht fürs Babysitten nach Hause gekommen? Oder hätte Lauren zumindest angerufen, um abzusagen?

Es ergab keinen Sinn und ich machte mir mental eine Notiz, mit den Rangern zu sprechen. Vielleicht war der Wanderweg am Wochenende aufgrund der Sichtung eines Bären oder eines reizbaren Elchs geschlossen gewesen. Es musste eine Erklärung geben.

Nach zwanzig gemütlichen Gehminuten erreichte ich den Wasserfall. Es gab ein schmales Geländer zwischen dem Wanderweg und der Klippe, über die er fiel, hoch genug, um ein Kleinkind oder einen kleinen Hund aufzuhalten. Für den Rest der Welt war es eine Ermahnung daran, dass näher zu kommen keine gute Idee war. Diese wurde von einem Schild neben dem Geländer verstärkt, das eine Person zeigte, die von einer Klippe fiel, und das in drei Sprachen auf die Gefahr hinwies.

Die Gefahr lag nicht nur darin, dass es nichts gab, was einen davon abhielt, über den Rand der Klippe zu stürzen, sondern auch in dem glatten, schlammigen Untergrund. Die ständige Gischt des Wasserfalls spülte Kiefernnadeln und kleine Steinchen sofort weg, sodass sich kein rutschfester Boden bilden konnte. Es war ein Leichtes, einen Fuß falsch aufzusetzen, der dann unter einem weg glitt. Wenn man auf diese nassen, glatten Felsen stürzte, konnte man direkt über die Klippe fallen, bevor man noch die Zeit hatte, die Hand nach einem rettenden Ast auszustrecken.

Aber so, wie die Menschen nun einmal waren, fanden sich trotz der offenkundigen Gefahr ein paar Fußabdrücke in der feuchten Erde jenseits des Geländers. Alle vom selben Paar Schuhe, wie es aussah. Ich zog mein Handy aus der Tasche und machte ein paar Fotos vom Sohlenprofil. Sie waren an den Rändern ein wenig verschwommen vom Wasser, aber noch klar genug, um sie mit einem Schuh zu vergleichen. Es bestand keine Garantie, dass diese Abdrücke nicht von einem Polizisten oder sogar von einem der Sterngucker stammten, die den Brief gefunden hatten. Aber vielleicht konnte ich ausnahmsweise einmal ein Romandetektiv sein und den Fall mit einem eleganten Hinweis lösen.

Ich trat an das Geländer heran und sah hinunter auf den Wasserfall und die Umgebung. Es gab keinen offenkundigen Weg, der zum Fuß des Wasserfalls führte, aber der mochte hinter den Bäumen verborgen sein. Ich konnte mir später die Karte ansehen. Der Fluss jenseits des Wasserfalls war reißend und flach. Graue Felsen ragten aus dem Wasser und kleine, weiße Schaumberge bildeten sich dort, wo die Felsen nicht ganz bis an die Wasseroberfläche reichten. Er machte nicht den Eindruck, für ein Kanu geeignet zu sein. Ich konnte nicht sicher sein, was am Fuß des Wasserfalls mit einer Leiche passieren würde, aber es schien nicht unmöglich, dass sie gegen einen der Felsen gespült wurde und dort hängenblieb, wieder und wieder von Wellen überspült wie in einem *gif* von einer Person, die sich Wasser ins Gesicht spritzt.

Es gab keinen Grund anzunehmen, dass jemand von unten aus etwas gesehen hatte.

Es war ein verdammt guter Ort, um jemanden umzubringen, ein Ort, an dem es unwahrscheinlich war, gehört oder gesehen zu werden. Vielleicht wurde man gestört, wenn man zur falschen Zeit kam. Ich fragte mich, ob der Mörder diese Stelle hier kannte und gewusst hatte, wo er hingehen musste. Kam er - oder sie - an den Wochenenden hierher? Wohnte er - oder sie - in Canmore oder in einem der zwischen Calgary und Banff verstreuten Dörfer?

Hatte er - oder sie - Kim vor dem letzten Wochenende gekannt, war vielleicht mit ihr hergekommen? Oder hatte sie einfach die falsche Person an einer Tankstelle oder auf dem Pfad getroffen? Vielleicht hatte sie den falschen Kerl in einer Bar in Canmore abgeschleppt.

Gischt bedeckte mein Gesicht und tropfte von den Bäumen. Jess hätte es gefallen. Der Luftbefeuchter der Natur.

Ich schoss noch ein paar Fotos, um später darauf Bezug nehmen zu können, dann machte ich mich auf den Weg zurück zum Auto.

JESS SCHLIEF immer noch, als ich am Parkplatz ankam. Ich wollte ihn nicht aufwecken, also verbrachte ich einige Zeit damit, Fotos von Reifenspuren zu machen. Sie waren nicht annähernd so gut wie die Fußabdrücke, die Erde auf dem Parkplatz war verdichtet und sehr viel trockener, aber ich bekam ein paar, die deutlich genug waren, um sie verwenden zu können. Nicht, dass es viel bewies, wenn ich zeigen konnte, dass jemand in den letzten Wochen hier gewesen war, denn ein paar Tausend Einwohner Calgarys waren das auch. Es wäre das Sahnehäubchen, wenn ich einen Verdächtigen fand, der mir gefiel, und zeigen konnte, dass sein - oder ihr - Auto sich am Schauplatz des Verbrechens befunden hatte.

Nachdem ich jedes Foto gemacht hatte, das es wert war, gemacht zu werden, überlegte ich, was genau ich in Erfahrung bringen musste und wer es mir sagen konnte.

Lunes mochte mehr darüber wissen als ich, was man bei einer Autopsie von jemandem, der über einen Wasserfall gefallen war, herausfinden konnte. Aber sie schlief.

Lauren würde wissen, wann ihre Eltern eintreffen und an ihre Stelle als nächste Angehörige treten würden. Sie mochte auch wissen, wie sie zu dem vermeintlichen Selbstmord stehen würden, allerdings hatte ich auch gelernt, dass plötzliche Todesfälle Menschen unberechenbar machen konnten. Nichts davon war eilig und ich wollte sie nicht belästigen, wenn ich es nicht musste.

Wenn ich herausfand, wann Kim gestorben war, könnte ich herumfragen, ob jemand aus ihrem Bekanntenkreis zu dem Zeitpunkt nicht in der Stadt gewesen war. Aber ich wusste nicht genug, als dass das jetzt sinnvoll war.

Damit blieb nur noch eine Person übrig, die vielleicht etwas Nützliches wusste und die sich über einen Anruf von mir freuen würde. Ich warf einen Blick auf mein Handy, sah ein paar Balken und machte den Anruf.

„Mensch, es ist High Roller Ben Ames, der mit Prominenten Urlaub in den Rockies macht", sagte Kent, sein Ton überschwänglich vor Staunen.

„Es ist ein Leben, dass du dir nur vorstellen kannst", erwiderte ich. „Danke, dass du dich um Frank kümmerst."

„Er isst Pizza, oder?"

„Einer von euch beiden sollte zum Abendessen Hundefutter bekommen. Du kannst entscheiden, wer das ist."

„Werden du und dein Freund euch was in Canmore suchen?"

„Ich habe keinen Freund. Ich mag ein paar Tage in Canmore verbringen. Weißt du seit heute Morgen mehr? Eine Schätzung, wie lange sie schon tot ist wäre besonders hilfreich. Ansonsten nehme ich auch die Namen der Leute, die den Abschiedsbrief gefunden haben."

„Kein Wort über die Autopsie", sagte Kent. „Ich glaube, ich stehe da auf dem Abstellgleis. Ich bin letztes Jahr ein paar Mal mit einer der Assistentinnen des Gerichtsmediziners ausgegangen. Hat nicht gut geendet. Wenn ich ehrlich bin - es hat nicht gut angefangen. Ich würde sagen ..."

„Wie oft", unterbrach ich, „habe ich dir gesagt, niemals ..."

„Meinen Stift in Firmentinte zu tauchen?", unterbrach er nun mich.

„Aber ganz besonders nicht in die der Gerichtsmedizin", sagte ich. „Aus genau diesem Grund."

„Kumpel, das passiert, wenn du mich unbeaufsichtigt lässt. Du hast gekündigt und der Neue sagt kein Wort über meine sexuellen Abenteuer."

„Ich beneide den Neuen", teilte ich ihm mit. „Was hast du sonst? Den Namen des Rangers, der letzte Nacht Dienst hatte? Und ernsthaft, die Leute, die den Brief gefunden haben? Ich habe einen Fußabdruck und ich möchte den passenden Schuh dazu finden."

„Wie der Prinz", sagte Kent, „im Märchen über die Unterschlagung von Beweismaterial."

„Laut den Mounties war es kein Verbrechen. Und sie wissen, dass ich mich hier umsehe. Sie haben mich nicht einmal gebeten, es nicht zu tun."

Er musste mir nicht sagen, dass die Sache heikel werden würde, wenn oder falls ich sie überzeugen konnte, dass doch ein Verbrechen stattgefunden hatte. Die Polizei mochte eine gute Beweismittelkette, bei der sie wussten, wann und wie etwas gesammelt worden war und wo es sich seitdem befunden hatte.

„Das Pärchen, das den Brief gefunden hat, sind Sommerarbeiter bei einem Bootsverleih am Upper Lake", sagte Kent. „Ihre Namen habe ich nicht, aber du könntest einen Privatdetektiv beauftragen, um sie herauszufinden."

„Vielleicht tue ich das."

„Du könntest das deinen Assistenten machen lassen."

Ich sah zum Auto, als würde es den Teufel wecken, wenn man von ihm sprach. Jess schlief immer noch.

„Hast du ihm deine Nummer gegeben?", fragte ich. „Oder hat er Luna dich anrufen lassen, um zu fragen, ob du auf Frank aufpassen kannst?"

„Wir haben Nummern ausgetauscht", sagte Kent. „Sei nicht eifersüchtig, Ben. Er ist süß, aber er ist mehr dein Typ als meiner."

„Ihr seid beide niedlich", sagte ich. „Verlieb' dich nicht zu sehr in ihn. In ein oder zwei Wochen ist er zurück in Toronto."

„Hmm. Wir werden sehen."

Ich nahm das Handy vom Ohr und zählte von fünf rückwärts. Frag ihn nicht, warum er das gesagt hat. Frag ihn nicht, worüber er und Jess gesprochen haben, während du im Büro Lauren angerufen hast. Frag ihn nicht, warum sie Nummern ausgetauscht haben.

„Weißt du", fragte ich ihn, „ob irgendjemand Kims Auto gefunden hat?"

„Nicht, dass ich wüsste", sagte er. „Aber wir suchen nicht mehr danach. Vielleicht tun die Mounties das, aber ich bezweifle es."

„Ich suche weiter."

„Ich werde sehen, was ich sonst noch herausfinden kann", sagte Kent. „Grüß deinen Assistenten von mir."

ICH HATTE Jess mit einem Klopfen am Beifahrerfenster geweckt. Seitdem galt seine verschlafene Aufmerksamkeit abwechselnd seinem Handy und der Landschaft auf unserem Weg zum Upper Lake. Er hatte nicht einmal gefragt, wohin wir fuhren, aber er hatte sich erkundigt, ob ich auf dem Wanderweg etwas Interessantes gefunden hatte. Ich hatte ihm mein Fußabdruckfoto gezeigt und er war gebührend, wenn auch still, beeindruckt gewesen.

„Leg' dich wieder schlafen", schlug ich vor.

„Ich bin nutzlos", sagte er. Es war schwer, ihn zu verstehen, da er den Kopf ans Fenster gelehnt hatte und seine Stimme leise war. „Du warst auf dem Wanderweg allein und ich habe geschlafen. Ich bin nicht mitgekommen, um die ganze Zeit zu schlafen."

„Du bist krank, Babe."

Der Kosename schlüpfte heraus, bevor ich ihn einfangen konnte. Falls Jesse das registrierte, ließ er es sich nicht anmerken.

„Brauchst du einen Arzt?", fragte ich. „Wir können jederzeit zurück in die Stadt fahren. Oder nach Canmore."

„Nein", sagte er. „Ich bin nur müde. Im Übrigen ist es traumhaft schön hier. Warum kommt hier nie jemand her?"

Oh, die Leute aus *Toronto*. Ich lachte.

„Meinst du, warum hast du bisher nur von Banff gehört und vielleicht von Jasper?"

„Ich habe mir immer wieder vorgenommen, nach *Marmot Basin* zu fahren, aber dann stand immer eine Tournee an und die Tourversicherung verbietet risikoreiche Aktivitäten. Ich bin schon seit Jahren nicht mehr Snowboard gefahren."

„Ernsthaft?" Ich warf ihm einen Blick zu und er nickte. „Du hast eine Liste von Sachen, die du nicht machen darfst, wenn eine Tournee ansteht?"

„Oder während ich auf Tournee bin. Ja. Was sagtest du noch vorhin über Glamour?"

„Himmel. Wir haben beide schreckliche Berufe."

„Ja."

„Deiner ist wesentlich besser bezahlt."

„Wie heißt das noch in dem Lied von *Elvis Costello*?", sagte er. „,Die Dinge haben sich nicht wirklich geändert und einer von uns verdient immer noch zu viel.' Wenn es hilft, ich habe ein schlechtes Gewissen deswegen. Ich finde das nicht gerecht."

„Ich weiß nicht mal, wo ich bei Dingen, die nicht gerecht sind, anfangen soll", sagte ich. „Aber wenn es dir hilft, ich würde das, was du machst, für kein Geld der Welt machen. Ich meine, wenn mich überhaupt jemand singen hören wollte. Was niemand will."

Er gab meinem Arm einen sanften Schubs. „So schlecht bist du nicht."

Er schaltete das Radio ein, das ich ausgestellt hatte, um ihn schlafen zu lassen. Sie spielten *Fleetwood Mac* und Jess trommelte ein paar Takte lang auf das Armaturenbrett, dann fing er an zu singen. Seine Stimme war so stark wie eh und je und mich durchlief ein Schauer, sie so nahe zu hören anstatt durch einen Lautsprecher. Ich hatte das vermisst.

„Ich weiß nicht, wie zum Teufel du mit Lungenentzündung singen kannst, aber ich wette, es macht deine Stimme kaputt."

Er zuckte die Schultern, widersprach aber nicht. Upper Lake war noch etwa einen Kilometer entfernt, laut dem Schild, an dem wir gerade vorbeigefahren waren.

„Einfallsreicher Name", kommentierte er.

„Siehst du das?", fragte ich und zeigte auf einen nahen Gipfel. „Das ist Mount Indefatigable. Gefällt dir das besser?"

Er grinste. „Red' keinen Stuss. So heißt er nicht."

„Doch, tut er", versicherte ich ihm. „Die Hälfte von allem, was du hier in der Gegend siehst, ist nach Schiffen der Skagerrakschlacht benannt. Erster Weltkrieg, Briten und Deutsche vor der Küste von Dänemark."

„Das", sagte er mit unmissverständlichem Entzücken, „ist so bizarr! Wie hat sich die Indefatigable geschlagen?"

„Ist in die Luft geflogen", sagte ich. „Werde niemals übermütig bei der Namensgebung eines Boots."

Er amüsierte sich köstlich darüber und schloss mit: „Oh Mann, ich habe dich vermisst."

Gott sei Dank erreichten wir die Abzweigung, bevor ich etwas Dummes tun konnte, so wie ihn zu fragen, wessen Schuld das war, oder ihm zu sagen, dass ich ihn auch vermisst hatte.

ALS ICH Jess gesagt hatte, dass eine Lizenz als Privatdetektiv zu haben mir nicht viele Vorteile verschaffte, hatte das der Wahrheit entsprochen. Aber es war nicht die ganze Wahrheit. Ich konnte erkennen, wie ihm das klar wurde, während ich schnell einigen australischen Sommerarbeitern beim Bootsverleih meine Lizenz zeigte - sie platzten ohne zu zögern mit den Namen ihrer Kollegen heraus. Die Menschen mussten nicht mit Privatdetektiven sprechen, aber aus irgendeinem Grund dachten viele, dass sie es müssten. Ich war gesetzlich dazu verpflichtet, nicht so zu tun, als wäre ich ein Polizist, aber es gab kein Gesetz, das besagte, dass ich sie darüber aufklären musste, wie sehr ich kein Polizist war.

Jess drückte sich hinter meiner Schulter herum und starrte auf den See. Ich machte ihm da keinen Vorwurf. Er war ein Gemälde aus umliegenden Gipfeln, nahezu perfekt, abgesehen von einer leichten Wellenbewegung hier und da. Der Himmel spiegelte sich in einem tieferen Blau im Wasser, aber die Wolken wirkten irgendwie heller. Jess schien gefangen von dem Anblick und bemerkte kaum, dass neben ihm eine Unterhaltung stattfand.

Ich weiß nicht, für wen oder was die Aussies ihn hielten. Sie fragten nicht nach.

Ich dachte, er würde vielleicht dort stehenbleiben, wenn ich mich auf die Suche nach den Sternguckern machte, aber er folgte mir, den Kopf gesenkt und die Mütze ins Gesicht gezogen. Sie waren an den Docks, hatten die anderen Arbeiter gesagt, und säuberten einige der Kanus, die für den Winter eingelagert werden sollten.

Ich fand ein unverschämt gesund aussehendes Pärchen in braunen Cargoshorts und weißen Tank Tops vor, tief sonnengebräunt, was sie später im Leben bereuen würden. Das Mädchen hatte rötlich-blonde Haare und ihr Freund war dunkler, aber abgesehen davon hätten sie auch Geschwister sein können.

„Chloe McDonald und Thomas Brown?", fragte ich, wie ein Polizist es getan hätte. Sie sahen einander an und standen aus dem Kanu auf, in dem sie gehockt hatten. Thomas trat vor und lächelte mich unsicher an.

„Das sind wir", sagte er. Aus dem Augenwinkel sah ich, wie Jesse blinzelte, und erkannte, dass er aufmerksam genug gewesen war, um zu bemerken, dass alle um uns herum Australier zu sein schienen. Wenn er mehr Zeit in Banff verbracht hätte, wäre er nicht überrascht gewesen. Halb Australien strömte jeden Sommer durch die Rockies.

„Ich bin Ben Ames", sagte ich und zeigte meine Lizenz. „Ich ermittle im Tod von Kimberly Moy. Ich habe gehört, dass Sie gestern Abend einen Abschiedsbrief gefunden haben?"

„Das haben wir schon der Polizei gesagt", sagte Chloe. Sie trat vor und stellte sich neben Thomas.

„Ich habe nur ein paar Fragen."

Thomas nickte, aber Chloe sah unsicher aus. Ihr Blick huschte zu Jess und sie runzelte leicht die Stirn, als würde sie versuchen herauszufinden, wo sie ihn schon mal gesehen hatte.

„Ich habe gehört, dass Sie den Brief gegen Mitternacht gefunden haben. Ist das richtig?"

Thomas trat mit einem braunen Wanderstiefel gegen den Boden, eine Art och-menno Geste. „Ich weiß, wir hätten da nicht hingehen sollen."

„Sind Sie oben am Wasserfall über das Geländer gestiegen?"

„Ja, Tom", sagte Chloe. „Ich habe ihm gesagt, dass das dumm war. Warum?"

Sie sah von mir zu Jess und zurück. Ihr blonder Pferdeschwanz schwang hin und her. Jess hielt sehr still, als würde ihn das unsichtbar machen. Ich hatte ihm gesagt, er solle im Auto bleiben.

„Sind das dieselben Schuhe, die Sie letzte Nacht getragen haben?", fragte ich, an Thomas gerichtet. Sie trugen beide Wanderstiefel, aber ihre waren zu klein, um übereinzustimmen.

„Ja", sagte Thomas. „Gibt es da ein Problem? Es ist tragisch und all das, oder? Aber ich dachte, die Frau hat sich umgebracht."

„Ich möchte sichergehen, dass niemand dabei war."

Ich zückte mein Handy und zeigte ihm das Foto, das ich am Wasserfall gemacht hatte. „Dürfte ich das Profil Ihres Stiefels sehen?"

Chloe verlagerte ihr Gewicht von einem Fuß auf den anderen. Diese Art Anspannung und Unruhe wurden oft fälschlicherweise für Schuldbewusstsein gehalten. Das konnten es durchaus sein, und manchmal war es das auch, aber meistens war es schlichte Nervosität. Den Leuten gefiel es nicht, dem Tod so nahe zu kommen. Die meiste Zeit über konnten sie Polizisten nicht leiden. Und manche wurden nicht gerne von einem Fremden befragt.

Thomas hingegen schien eifrig darauf bedacht, für seine Sünde, sich nach Einbruch der Dunkelheit auf den Wanderweg geschlichen zu haben, Buße zu tun. Er zog sich einen Stiefel aus und reichte ihn mir. Ich drehte ihn um und verglich das Profil mit dem Foto.

Verdammt.

Ich machte ein Foto von Thomas' Stiefelsohle und gab ihm den Stiefel zurück. „Vielen Dank. Sie stimmen überein."

„Was bedeutet das?", wollte Chloe wissen.

„Es bedeutet, dass er den Abdruck hinterlassen hat", sagte ich. „Wenn sie nicht übereingestimmt hätten, dann hätte ich mich gefragt, wer gestern Abend sonst noch dort gewesen ist."

„Wir sind nur dorthin gegangen, weil wir Ende der Woche abreisen", sagte Thomas.

„Wir dachten, es würde etwas Besonderes sein", sagte Chloe und ihre Mundwinkel zogen sich bei den letzten Worten herab.

„Ein unglücklicher Zufall. Gibt es sonst noch irgendetwas, das Sie mir sagen können? Konnten Sie auf den Parkplatz fahren und dort über das Tor klettern oder war die Zufahrtsstraße auch gesperrt?"

Das ging ein bisschen zu weit und ich sah erneut Misstrauen in Chloes Augen. Warum wusste ich das nicht bereits? Hatten die Ranger mir das nicht gesagt, wenn ich wirklich ein Bulle war?

Chloe, Chloe. Ich hatte nie behauptet, ein Bulle zu sein.

„Wir sind hingefahren", sagte Thomas.

„Haben Sie andere Fahrzeuge auf der Straße gesehen?"

Er und Chloe schüttelten die Köpfe.

„Aber wissen Sie, was eigenartig ist?", sagte Thomas. „Sie haben gefragt, ob wir über das Tor geklettert sind - das mussten wir nicht. Es war offen. Wir sind einfach durchgegangen."

„Das war seltsam", stimmte Chloe zu. Sie schien erleichtert.

„Wenn Ihnen sonst noch irgendetwas einfällt, rufen Sie mich bitte an."

Ich gab Thomas meine Visitenkarte. Chloe las sie, bevor er sie einsteckte, und ihre Augen wurden schmal. Ich tat so, als hätte ich das nicht bemerkt, und wünschte ihnen einen schönen Tag.

„DAS WAR Zeitverschwendung", sagte Jess, sobald wir wieder im Auto saßen. „Es sei denn, der Typ ist der Mörder und gleichzeitig auch der beste Schauspieler, den ich je gesehen habe."

„Manchmal muss man Dinge ausschließen. Sehen diese Abdrücke für dich unterschiedlich aus?"

Ich zeigte Jess erneut das Foto und er sah es sich genau an, bevor er mir das Handy zurückgab.

„Sie stammen alle von demselben Typ", sagte er.

„Richtig. Aber wir wissen, dass Montagabend noch jemand dort war."

Er legte den Kopf schief.

„Nun … Chloe war da. Aber sie ist hinter dem Sicherheitsgeländer geblieben."

„Aber jemand ist das nicht", sagte ich. „Wenn du von der Klippe springen willst, musst du auch über das Sicherheitsgeländer steigen. Wenn Kim sich umgebracht hat, dann sollten sich an der Klippe Fußabdrücke in Schuhgröße siebenunddreißig finden."

Jess starrte mich an. „Und wenn jemand sie geschubst hat …"

„Dann sollten dort zwei Sorten Fußabdrücke sein", sagte ich. „Oder wenn jemand sie geworfen hat, dann sollte dort eine Sorte sein. Oder keine, denn wenn jemand sie umgebracht hat, dann könnte dieser jemand seine Fußspuren verwischt haben, bevor er gegangen ist. Das Einzige, was hier Sinn ergibt, ist, dass jemand sie dorthin getragen hat oder mit ihr hinaufgegangen ist, sie über den Wasserfall gestoßen oder geworfen hat und ihre Abdrücke verwischt hat. Dann kamen die Turteltäubchen und Thomas ist bis ganz an den Rand getreten und hat seine Fußabdrücke hinterlassen. Deshalb sind seine Abdrücke die einzigen, die noch dort sind."

Jess nickte. „Das ist gut. Das beweist, dass sie nicht alleine dort hochgegangen und gesprungen ist. Sie konnte nicht hochgehen, springen und ihre eigenen Fußabdrücke verwischen. Oder? Könnte sie sich direkt an der Klippe hingekniet haben?"

„Zu glatt", sagte ich. „Wenn du dich ganz an der Klippe hinkniest und versuchst, deine Fußspuren zu verwischen … Erstens: Warum hätte sie das tun sollen? Aber angenommen, sie hat es getan. Sie wäre gefallen, bevor sie damit fertig gewesen wäre. Thomas kann von Glück sagen, dass er nicht ausgerutscht ist, als er über das Sicherheitsgeländer gestiegen ist. Irgendjemand war mit Kim dort oben, ist zurückgetreten und hat aus sicherer Entfernung ihre Fußabdrücke verwischt."

„Das kannst du den Mounties sagen, oder? Und dann machen sie den Fall wieder auf oder was auch immer sie tun?"

„Das sollten sie", sagte ich. „Aber sie könnten dagegen argumentieren. Sie könnten sagen, ich weiß nicht, dass sie Freitag oder Samstag gesprungen ist. Ihre Fußabdrücke sind vom Regen verwaschen worden."

„Warum kann es nicht Freitag oder Samstag gewesen sein?", fragte Jess. „Wird die Autopsie das zeigen?"

„Ich weiß es nicht", sagte ich. „Lunes könnte das wissen. Sie könnte sogar jemanden in der Gerichtsmedizin kennen. Aber dieser Brief. Ich weiß, dass ich nur ein Foto davon gesehen habe, aber ich habe darauf weder Schmutz noch Wasserspuren gesehen, so wie man es erwarten würde. Oder zerlaufene Tinte. Ich glaube nicht, dass dieser Brief das ganze Wochenende dort gelegen hat."

Jess schloss die Augen. Nicht so, als ob er müde wäre, sondern, als ob er sich etwas ansehen musste, das sich auf der Innenseite seiner Lider befand.

„Also, wenn man davon ausgeht, dass der Brief Montagabend dort hingelegt wurde, dann muss man auch annehmen, dass jemand sie umgebracht hat. Denn sonst gäbe es mehr Fußabdrücke hinter dem Sicherheitsgeländer. Wenn man davon ausgeht, dass der Brief schon früher dort hingelegt worden sein könnte, dann bedeutet das Fehlen von Fußabdrücken gar nichts."

„So sieht es aus", gestand ich zu. „Es ist nicht genug, um es der RCMP vorzulegen."

„Es ist kein *wenn der Handschuh nicht passt, müssen Sie ihn freisprechen*-Brief", stimmte Jess zu.

„Wir müssen herausfinden, was wann passiert ist", sagte ich. „Und wir könnten einen Verdächtigen gebrauchen. Das könnte einfacher sein, wenn wir ihr Auto fänden. Aber zuerst müssen wir mit den Rangern sprechen."

„Warum das?", fragte Jess.

„Wegen Bens *Gesetz des Zufalls*."

„Du hast ein Gesetz des Zufalls?"

„Habe ich."

„Und wie lautet es?"

„Wenn etwas, was normalerweise nie passiert, in der gleichen Nacht und am gleichen Ort passiert, an dem ein Verbrechen verübt wurde ... dann ist es keiner."

11

JESS NAHM sein Handy und machte sich daran, den Ranger ausfindig zu machen, der gestern Abend das Tor des Wanderweges kontrolliert und geschlossen hatte, während ich den Weg zurückfuhr, den wir gekommen waren. Es gab keine Hotels in der Gegend, die wir nicht bereits gesehen hatten, und ich bezweifelte, dass Kim ein Zelt ins Auto geworfen hatte, bevor sie nach Westen fuhr. Also mussten wir den Park verlassen und anfangen, uns in den umliegenden Städten umzusehen.

Auf dem Weg kamen wir an den Bergen Mount Indefatigable und Mount Invincible vorbei. Dieses Schiff, so erzählte ich Jess, war wie ein Stein gesunken, nachdem es von drei deutschen Torpedos getroffen worden war. Er lachte und erklärte dann jemandem am Handy, dass er nicht über sie lachte.

„Also, um wie viel Uhr werden die Wanderwege abends geschlossen?" Er sprach mit jemandem im Besucherzentrum und ließ sich von der Rezeption alle Informationen geben, die er bekommen konnte, während sie nachschauten, wer am Montagabend den Wanderweg geschlossen hatte. „Ist es immer um zwanzig Uhr?"

Ich nickte zustimmend. Es half immer zu wissen, was normal war, was die Leute erwarteten. Jess schenkte mir sein offenherziges kleiner-Junge-Lächeln. Dieser Kerl hatte Musikpreise in einem halben Dutzend Länder gewonnen, aber offenbar machte es ihm Freude, Detektivsgehilfe zu sein.

„Und das ist nach dem Labour Day geändert worden", sagte er. „Wie wird das Tor verschlossen?"

Labour Day war eine Woche her. Wusste der durchschnittliche Besucher, dass sich die Öffnungszeiten der Wanderwege geändert hatten? Spielte das eine Rolle?

Ein riesiges Biest mit Geweih rannte ein paar Hundert Meter vor uns über die Straße. Jess beobachtete es mit Entzücken und warf mir einen fragenden Blick zu, nachdem es unter den Bäumen verschwunden war.

„Wapiti", sagte ich leise.

Seine Lippen formten das Wort ,wow', dann sagte er zum Handy: „Unter welcher Nummer kann ich ihn erreichen?" Ich wies auf den Notizblock und den Stift, die hinter der Sonnenblende auf der Beifahrerseite klemmten, aber Jess schüttelte den Kopf. „Nein. Könnten Sie das machen? Das ist fantastisch. Vielen Dank."

Langsam wurde mir klar, warum Jess sich bei Kims Freundinnen so gut geschlagen hatte. Schlicht gesagt, und das war etwas, was ich von Anfang an über ihn gewusst hatte: Er war furchtlos. Viele Menschen wurden nervös und steif, sobald sie Fremden Fragen stellen mussten. Sie wurden angespannt in der Erwartung, dass man ihnen sagte, sie sollten sich zum Teufel scheren. Jess war offensichtlich nicht der Ansicht, dass eine Standpauke ihn umbringen würde, also konnte er sich entspannen und mit jedem reden, als wäre er sein neuer bester Freund.

„Ja, hi", sagte er. „Hat Alex Ihnen gesagt, was ich wissen möchte? Okay, super."

Jetzt griff er nach dem Notizblock. Er schlug ihn mit einer Hand auf und balancierte ihn auf dem Knie, während er schrieb.

„Ich will Sie nicht ins Verhör nehmen, aber haben Sie auf die Zeit geachtet, oder machen Sie normalerweise - ja, genau. Ganz genau. Okay und wissen Sie, ob danach jemand das Tor kontrolliert hat?"

Ich rollte so vorsichtig wie möglich über das Viehgitter am Ausgang des Parks, aber die Unebenheit stieß dennoch Jess' Stift vom Block auf seine Jeans, was mir einen flüchtigen, finsteren Blick einbrachte. Es half vermutlich auch nicht, dass er nicht wusste, was ein Viehgitter war oder dass sich ein gewisses Rütteln nicht vermeiden ließ, wenn man über eines fuhr.

„Und wie werden die Tore verschlossen?", fragte er, während er Papier und Stift wieder sortierte. „Ja, sagen wir beides."

Der Verkehr auf der Trans-Canada war immer noch gering. Ich konnte langsam durch die Anschlussstelle fahren und dennoch ohne große Probleme auf die Hauptverkehrsstraße wechseln. Jesse wurde kein weiterer Grund gegeben, mir empörte Blicke zuzuwerfen.

Jess dankte der Person, die er ausgefragt hatte, machte sein Handy aus und warf es ins Handschuhfach. „Ich muss Twitter jetzt gerade nicht sehen."

„Das muss niemand", stimmte ich zu. „Was hast du herausgefunden?"

„Vom Victoria Day bis zum Labour Day sind alle Wanderwege, die geöffnet sind, bis zur Abenddämmerung offen", sagte er. „Danach werden sie um zwanzig Uhr geschlossen. Wenn es schneit, werden manche Wanderwege für den Winter geschlossen." Er sah auf seine Notizen. „Das Tor am *Quarz Falls Weg* wurde gestern Abend um zwanzig Uhr fünf geschlossen. Der Ranger notiert nach jedem Tor, das er schließt, die Zeit, also ist er sich dessen sicher. Er sagt, manche Tore haben einen Überfall, in den man ein Vorhängeschloss einhängen kann, aber dieses Tor hat keinen, also wickeln sie eine Kette darum. Die Ranger haben nicht bemerkt, dass die Kette durchtrennt war, bis Chloe und Thomas den Abschiedsbrief gemeldet haben."

„Das ist ein ziemlicher Aufwand", sagte ich, „wenn man einfach über das Tor klettern kann."

„Ja, und der Ranger sagte, dass die Kette ziemlich dick war", sagte Jess. „Also muss man entweder die Sorte Mensch sein, die überall mit einem Bolzenschneider herumläuft, oder man muss wissen, dass die Kette da ist, und plant voraus."

„Bekommst du den Eindruck, dass diese Person von hier ist?", fragte ich. „Ich meine, zumindest jemand, der hier in der Gegend arbeitet. Ich kann mir noch vorstellen, dass ein Wochenendbesucher weiß, dass der Weg nach zwanzig Uhr geschlossen ist, oder aber dass einer einen Bolzenschneider besitzt. Aber diese Person hat alles richtig gemacht. Als hätte sie gewusst, was sie erwartet."

„Verstößt das auch gegen dein Gesetz des Zufalls?"

„Es ist eher das Gesetz, dass niemand so viel Glück hat."

„Also glaubst du, dass Kim herkam und zufällig den falschen Mann getroffen hat?", fragte Jess. „So etwas in der Art? Warum sie hier war, spielt keine Rolle?"

Es gefiel mir nicht wirklich, aber bisher sah es danach aus.

Jess zeigte auf ein Straßenschild links von uns. „Was ist Exshaw?"

„Eine Firmenstadt, im Grunde genommen", sagte ich. Ich machte mir nicht die Mühe, auf das Zementwerk, ebenfalls links von uns, hinzuweisen, denn man konnte es nicht übersehen. „Ich glaube nicht, dass es dort Hotels gibt."

„Okay. Was ist mit … oh mein Gott. Gibt es hier wirklich einen Ort, der Dead Man's Flat heißt?"

„Nur so eben", erklärte ich ihm. „Und ich habe gehört, dass sie den Namen in den Achtzigern geändert haben, um Touristen anzuziehen, also freu' dich nicht zu sehr."

„Dann muss es dort Hotels geben."

Ich lenkte auf die Abfahrt. Jess kramte im Handschuhfach nach seinem Handy, vermutlich um herauszufinden, ob ich darüber log, wie die Stadt ihren Namen bekommen hatte. Das tat ich nicht.

Die Hauptstraße war so, wie ich sie von meinem letzten Besuch her in Erinnerung hatte, als ich eine Toilette benötigte und nicht bis Canmore warten wollte. Sie war drei Häuserblocks lang und protzte mit einer Tankstelle, zwei Restaurants und drei Hotels. Sie war nicht edel wie Banff oder Canmore. Sie war außerdem sehr viel weniger teuer, und eines der Restaurants, ein Curry Restaurant im britischen Stil, war gar nicht schlecht.

Ich hielt an der Tankstelle mit dem Gedanken, dass ich das Auto auftanken und dem Tankwart Kims Foto zeigen könnte. Jess stieg aus, sobald wir anhielten, und ich nahm an, dass er mir folgen würde, aber stattdessen wanderte er davon, den Blick immer noch auf sein Handy gerichtet. Ich vermutete, dass er privat mit Gia sprechen musste.

Ich tankte auf, füllte Scheibenwaschwasser nach und wusch die Scheiben, bevor ich nach drinnen ging. Ich war der einzige Kunde und der Jungspund mit der Igelfrisur hinter der Kasse nutzte das aus, um sich etwas auf seinem Handy anzusehen. Er blickte auf, als ich hereinkam, aber nicht lange genug, um mir in die Augen zu sehen.

Ich kaufte ein paar Knabbereien und Eistee, weil ich noch nicht gefrühstückt hatte und weil die Leute, die in Geschäften arbeiten, in der Regel mitteilsamer sind, wenn man bei ihnen etwas kauft. Quid pro quo.

Der junge Mann sah mir schließlich in die Augen, als ich einen Arm voller Lebensmittel vor ihm auf den Tresen legte. Seine Augen waren rot. Hatte er geweint über die Tragödie des Selbstmords von jungen Menschen im Allgemeinen? War er allergisch gegen eine Herbstbergblume? High bis zum Abwinken? Oder hatte er Kim vielleicht gekannt?

„Hey", sagte er. Er klang nicht so, als hätte er geweint. „Ist das dann alles für Sie?"

Ich informiere ihn über das Benzin an Zapfsäule Nummer vier, dann legte ich mein Handy neben das EC-Gerät, ein Foto von Kim auf dem Bildschirm. „Außerdem suche ich nach Menschen, die in den letzten Tagen mit dieser Frau gesprochen oder sie gesehen haben."

Er beugte sich vor, um das Bild besser sehen zu können. „Oh", sagte er. „Oh, Scheiße, Mann."

„Sie haben sie gesehen?"

„Sind Sie bei der Polizei oder so? Geht es um diese Selbstmordgeschichte letzte Nacht?"

„Ich bin Privatdetektiv", erklärte ich ihm. „Erkennen Sie die Frau auf diesem Foto?"

„Jaah, absolut", sagte er. „Sie ist letzten Donnerstag hier gewesen. Wir bekommen donnerstags die Tanklieferung und sie musste warten, bis ich mit dem Typ fertig war."

Ich nickte. „Um wie viel Uhr haben Sie die Tanklieferung erhalten?"

„Sie kommt normalerweise gegen zehn."

Diese Information plus die Auskunft des Mädchens im Mini-Markt bedeuteten, dass ich noch etwa viereinhalb Tage füllen musste. „Ist jemand mit ihr hereingekommen?"

„Ich hab' niemanden zusammen mit ihr gesehen", sagte er. „Glauben Sie, dass jemand was mit ihr gemacht hat?"

„Ihre Familie möchte das wissen."

„Oh, jaah, Mann, das versteh' ich", sagte er. „Sie schien ziemlich normal. Halt so, sie wirkte nicht traurig."

Während er sprach, betrat eine Frischluftfanatikerin in kurzer Thermojacke und flachen Wanderschuhen den Laden. Sie hielt direkt auf die Kühltruhen im hinteren Teil des Ladens zu und schien an nichts anderem interessiert zu sein, als ihre Marke Eiskaffee zu finden.

„Haben Sie sie am Freitag gesehen? Und haben Sie am Wochenende gearbeitet?", fragte ich.

Der Angestellte machte eine Kopfbewegung, eine Mischung aus Schütteln und Schulterzucken.

„Ich hab' sie Freitag nicht gesehen. Aber am Wochenende hatte jemand anderer Schicht. Ich kann ihn fragen."

„Das wäre sehr nett", sagte ich. Ich hatte weitere Fragen, wie zum Beispiel, was sie gekauft hatte und wie sie bezahlt hatte und ob er ihr Auto gesehen hatte, aber es war kaum mehr als eine Ermittlung ins Blaue hinein, und er hatte eine

Kundin, die er bedienen musste. Ich konnte wiederkommen und meine Fragen später stellen.

Als ich den Laden verließ, saß Jesse auf der Motorhaube meines Wagens und sah außerordentlich zufrieden mit sich selbst aus.

„Runter von meinem Auto, Rabauke", sagte ich. Er sprang herunter und kam mir entgegen, das Handy in der ausgestreckten Hand. Er zeigte mir ein Foto von einem hellvioletten Mitsubishi Mirage.

„Ja, leck mich", sagte ich. Als er den Mund öffnete, hielt ich eine Hand hoch. „Wo hast du das Foto gemacht?"

Er führte mich die Straße hinauf zum Heart Creek Hotel, einem kleinen, L-förmigen, zweistöckigen Gebäude mit motel-artigen Einheiten im Erdgeschoss und einer Eingangshalle und einem Pub auf der einen Seite. Herabhängende Blumenkörbe vor der Eingangshalle und einige breite Pflanzenkübel auf dem Parkplatz ließen darauf schließen, dass jemand versuchte, das Hotel aufzuwerten.

Vor einer der Einheiten im Erdgeschoss parkte der Mitsubishi, einschließlich Blumenaufkleber. Jess neigte das Handy in meine Richtung und ich sah, dass er das Nummernschild ebenfalls fotografiert hatte. Es stimmte überein.

Ich machte mit meinem eigenen Handy ein Foto und schickte es Kent, um ihn wissen zu lassen, dass er seine persönliche Suche nach dem Auto einstellen konnte. Ich erwähnte nicht, dass Jess derjenige gewesen war, der es gefunden hatte.

„Und", sagte Jess, „was jetzt? Sprechen wir mit der Person am Empfang?"

Ich gab ihm die Einkaufstüte, zusammen mit meinem Autoschlüssel. „Du gehst zurück und fährst mein Auto von der Zapfsäule weg, bevor irgendein Typ in einem Schwerlaster es für mich wegsetzt. In der Tüte ist was zu essen, wenn du Hunger hast."

Er sah in die Tüte, dann zu mir zurück. „Hast du etwas gegessen?"

„Ich werd's überleben", teilte ich ihm mit.

Er machte ein finsteres Gesicht und reichte mir eine Banane. „Es wird sich nichts ändern in der Zeit, die du brauchst, die zu essen."

Er stand tatsächlich da und sah zu, während ich die Banane aß. Ich erwartete halb, dass er mir den Kopf tätschelte, nachdem ich fertig war, aber stattdessen warf er mir einen der Eistees zu und kehrte zur Tankstelle zurück.

Die Eingangshalle war heller und belebter, als ich erwartet hatte. Türen führten zu etwas, das sich ‚Geschäftszentrum' nannte, sowie zu einem Schwimmbad und einem Raum mit Whirlpool. Türbögen öffneten sich auf der einen Seite zu den Zimmern und auf der anderen Seite zum Pub. Zwei Leute standen hinter der Rezeption, ein Mann und eine Frau, nicht viel älter als ich. Sie stritten sich darüber, wer vergessen hatte, die Handtücher in die Wäsche zu geben, und bemerkten mich erst, als ich nur noch ein paar Schritte von der Rezeption entfernt war.

Die Frau schlug mit dem Handrücken gegen den Arm des Mannes und er stolperte vor. „Bitte vielmals um Entschuldigung. Kann ich Ihnen helfen?"

Er hatte dunkle Haut und einen Akzent, den ich nicht zuordnen konnte. Was nichts zu sagen hatte, außer, dass ich nach wie vor schlecht im Zuordnen von Akzenten war. Er machte einen adretten Eindruck - er war klein, kleiner als die breitschultrige Frau, und sein Polohemd und die Khakihose sahen aus, als wären sie bedampft worden. Selbst die Art, wie er sich bewegte, war präzise und ordentlich.

Ich legte meine Lizenz auf die Rezeption. „Ich weiß nicht, ob Sie es gehört haben, aber gestern Abend wurde eine junge Frau am Fuß der Quarz Falls gefunden."

Der Mann und die Frau sahen sich an. Wenn sie davon gehört hatten, würden sie es nicht zugeben.

„Ihre Familie hat mich gebeten nachzuforschen, was geschehen ist", sagte ich. „Ich habe die Vermutung, dass sie in diesem Hotel untergekommen war."

Sie sahen beide aus, als hätte jemand sie in die absolut ungünstigste Stelle getreten. Ein Todesfall war selten gut fürs Geschäft. Der Mann erholte sich schneller und legte seine Hände auf Tastatur und Maus seines Computers. „Gewiss, wir können für Sie nachsehen."

„Ihr Name war Kimberly Moy", sagte ich. „M-O-Y."

„Hier ist es", sagte er. „Sie ist … von Donnerstag bis Montag geblieben."

„Haben Sie ein Foto?", fragte die Frau. Ich zeigte ihr Kims Foto und sie nickte. „Ja, sie hatte einen Vogel auf ihrem Arm. Keinen echten Vogel. Eine Tätowierung."

„War sie allein?"

Der Mann sah in den Computer. „Hier steht ein Gast."

Ich steckte meine Lizenz ein und betrachtete die beiden - ein Paar vermutlich - vor mir. Die Geschichte eines Mädchens, das ein paar Tage lang bei ihnen gewesen war und sich auf einem Berg in einem anderen Park umgebracht hatte, war traurig und wenig einladend, aber der Makel würde sich schnell genug vom Ruf des Hotels abwaschen lassen. Die Geschichte eines Mädchens, das hier übernachtet hatte und als Mordopfer endete, das konnte jedoch an einem Hotel hängenbleiben, besonders in einem Ferienort, wo die Menschen ungestörte Entspannung für ihr Geld erwarteten.

Die Hoteliers taten mir leid, aber mir taten die Menschen oft leid und es war komisch, wie selten das einen Unterschied machte.

„Ich müsste mit Ihren Angestellten sprechen. Darüber, was sie im Lauf der letzten Tage vielleicht gesehen oder gehört haben. Ich müsste ebenfalls Kimberlys Zimmer sehen."

„Sie sagen, Sie arbeiten für ihre Familie", sagte die Frau.

„Wenn Sie möchten, kann ich Kimberlys Schwester bitten, Sie anzurufen. Sie ist diejenige, die mich beauftragt hat."

„Nein, nein, das wird nicht nötig sein", sagte die Frau. Sie schien entsetzt. Es lag vielleicht an meinem Vorschlag, eine trauernde Frau zu belästigen. Sie fügte hinzu: „Sie können mit unseren Angestellten sprechen, aber es sind derzeit nicht alle hier. Sie arbeiten in Schichten."

„Ich kann mit denen sprechen, die jetzt hier sind, und später zurückkommen, um mit dem Rest zu sprechen."

„Ich kann Ihnen das Zimmer zeigen", sagte der Mann. „Da unser Gast … nicht wiederkommen wird."

Er nahm eine Karte aus einem Gerät neben dem Computer, dann kam er um die Rezeption herum. Ich hielt ihm meine Hand hin. „Ich bin übrigens Ben Ames."

„Ich bin Dan Diallo", sagte er, als er mir die Hand reichte. „Das ist meine Frau, Marie."

„Freut mich, Sie kennenzulernen", sagte ich. Marie nickte und lächelte. Ich fand das sehr liebenswürdig von ihr, da es objektiv betrachtet für sie beide nicht gut war, mich kennenzulernen.

Dan führte mich nach draußen und mir wurde klar, dass der Zugang im Inneren nur für die Zimmer im ersten Stock war. Wie das Schwimmbad und der Whirlpool war vermutlich auch der erste Stock erst lange nach dem Bau des Hotels hinzugefügt worden.

Ich erhaschte einen flüchtigen Blick auf einen dunkel-lila Fleck auf der anderen Seite des Parkplatzes. Jesses T-Shirt, das um die Ecke des Gebäudes herum verschwand. Was immer er gemacht hatte, es sah aus, als hätte er uns kommen sehen und beschlossen, sich seitwärts in die Büsche zu schlagen. Dan bemerkte ihn nicht.

Dan hielt vor dem Zimmer an, das Kims Auto am nächsten war, und benutzte den Kartenschlüssel, um die Tür zu öffnen.

Einen Moment lang spürte ich Nervosität, so wie immer, wenn ich mich einem schweren Verbrechen näherte. Ich hatte das Gefühl, als würde mich etwas am Knöchel packen, wenn ich an einem Bett vorbeiging, oder etwas an der Decke entlang huschen, wie ein Monster in einem Horrorfilm.

Die Tür öffnete sich zu einem vollkommen normalen Motelzimmer. An der nördlichen Wand standen zwei Betten, beide gerade breit genug, um als französisches Bett zu gelten, und an der südlichen Wand neben der Tür befand sich ein Wandschrank ohne Türen. An der Rückwand des Zimmers stand die Tür zum Badezimmer halb offen, daneben ein schmaler Tisch mit zwei Stühlen und ein Sammelsurium von Geräten, das im Hotelprospekt vermutlich als Küchenzeile bezeichnet wurde.

Noch bevor ich Kimberlys Sachen sah, erhaschte ich ihren Geruch.

Das Zimmer war mehr oder weniger ordentlich. Es war nicht durchsucht worden, es sei denn vom ordentlichsten Plünderer der Welt. Das Bett war gemacht. Ich wandte mich zu Dan, der auf der Türschwelle von einem Fuß auf den anderen trat, als müsste er auf die Toilette.

„Wie viele Übernachtungen hat sie gebucht?"

120

„Zuerst eine, aber dann hat sie verlängert", sagte er und zeigte auf eine Karte auf dem Nachttisch. Ich nahm sie mir.

Es war eine längliche Pappkarte, etwa so groß wie eine Postkarte, auf der man die Zimmernummer eintragen und Kästchen für Zimmerservice, zusätzliche Handtücher und ‚eine weitere Nacht bleiben' ankreuzen konnte.

„Sie kreuzen das Kästchen an", sagte Dan. Er machte einen vorsichtigen Schritt ins Zimmer hinein, als ob auch er dachte, dass ein Monster unter dem Bett sein könnte. Vermutlich wusste keiner von uns beiden, dass dort keines war. „Sie werfen die Karte in den Briefkasten. Wenn es keine andere Reservierung gibt, können sie bleiben."

Ich sah mich um. „Welcher Briefkasten?"

„Draußen vor dem Büro."

Ich würde mich später danach umsehen. Da ich bereits neben dem Nachttisch stand, sah ich den Rest durch, der darauf lag. Eine Karte mit dem Wireless Passwort des Hotels und einer Anleitung zur Benutzung des Bluetooth Druckers im Geschäftszentrum. Ein Handy-Ladegerät, an dem kein Handy angeschlossen war. Ein Laptop-Ladegerät, an dem kein Laptop angeschlossen war. Beide waren in die Steckdose hinter dem Nachttisch eingesteckt. Der Stecker für die Lampe war herausgezogen worden, um Platz zu schaffen.

„Wenn jemand mehrere Tage lang bleibt", sagte ich, „wechselt der Zimmerservice dann die Bettwäsche?"

„Nur, wenn der Gast darum bittet", erwiderte Dan. Er stand immer noch einen Schritt draußen vor der Tür und zeigte kein Interesse, daran etwas zu ändern. Er wies in die Richtung der Küchenzeile und ich entdeckte eine Karte mit dem Bild eines Baumes darauf, auf der Öko-irgendwas stand.

Ich schlug die Bettdecke zurück und sah mir das Laken genauer an. Dan schaltete das Deckenlicht ein, was half. Das Zimmer war selbst in der Mittagssonne und bei offener Tür ein wenig dunkel.

Es war nichts Ungewöhnliches im Bett. Kein Blut oder Haare oder Risse in der Bettwäsche. Nichts deutete darauf hin, dass sie nicht allein gewesen war. Es gab ein paar lange schwarze Haare mit dunkelbraunem Ansatz, die mit Kims neuesten Social-Media-Bildern übereinstimmten.

Der Mülleimer zwischen dem Bett und der Küchenzeile war natürlich geleert worden. Im Kühlschrank befand sich nichts. Auf einem kleinen Stuhl stand eine ausgebeulte Reisetasche aus schwarzem Leder oder eher Vinyl, auf der Cartoonkatzen mit großen Augen aufgedruckt waren. Sie stand offen und darin befanden sich ein Pudelrock und ein schwarz-weiß gestreiftes, langärmeliges T-Shirt. Beides entsprach ganz genau Kims Geschmack. Ein Paar Socken und diese faltbaren Ballerinas, die Frauen in Bars mitbringen. Ein Hellblazer T-Shirt und eine graue Fleece-Shorts, die vom Waschen abgenutzt waren und wie etwas aussahen, das sie zum Schlafen getragen hatte. Zwei Höschen. Kein BH. Keine Kaugummipapierchen oder Stifte oder Kassenzettel oder ähnliche Kleinigkeiten, die darauf hindeuteten, dass sie diese Tasche als Handtasche benutzte. Also musste ich davon ausgehen, dass sich hier irgendwo eine Handtasche befand.

Vielleicht waren in ihrem Auto mehr Kleidungsstücke, aber ich glaubte das nicht. Eine Übernachtung gebucht. Ein Outfit in der Tasche. Alles deutete darauf hin, dass sie vorgehabt hatte, am Freitagabend wieder in Calgary zu sein.

Ich ging kurz die Kleidungsstücke durch und fand keine Risse oder Flecken. Sie rochen frisch gewaschen.

Am Waschbecken standen ein paar Dinge, die wie Kims aussahen. Make-up. Eine Haarbürste mit der Sorte Haare, die ich im Bett gefunden hatte, daneben eine halb leere Tube Gel. Zahnbürste und Zahnpasta. Das Make-up war ähnlich wie das, was ich in ihrem Zimmer gefunden hatte, hauptsächlich preisreduziert und mit der Sorte postapokalyptischer Markenbildung, die dieser Tage so beliebt zu sein schien. Lippenstift in der Farbe ‚Toxisches Blutbad‘ oder was zum Teufel auch immer.

Ein benutztes Handtuch lag zusammengeknüllt neben dem Waschbecken und ein leicht genutztes Stück Seife in der Seifenschale. Duschtücher waren nicht benutzt worden. Die Päckchen Hotel-Shampoo, Spülung und Creme lagen unberührt auf dem Waschtisch aufgereiht. Vielleicht waren sie benutzt und dann ersetzt worden.

Nachdem ich damit fertig war, nach allem zu suchen, was es zu sehen gab, durchsuchte ich das Zimmer gründlich nach dem, was nicht zu sehen war. Autoschlüssel. Hotelzimmerkarte. Handtasche. Laptop. Handy. Ich durchsuchte jede Schublade und öffnete sogar die Mikrowelle. Nichts. Gar nichts. Ich hätte das Zimmer so gerne gesehen, bevor der Zimmerservice es gereinigt hatte. Und wenn ich schon dabei war, mich in der Zeit zurückzuwünschen, dann wünschte ich mir, ich wäre hier gewesen, als Kim am Donnerstag ankam, um sie zu fragen, warum sie Calgary verlassen hatte und um sie sicher nach Hause zu begleiten.

Man sagt, dass man immer dort, wo man zuletzt nachsieht, etwas findet. Grundsätzlich bezeichnete ich das als ein Motto für Drückeberger, die eine Sache finden und dann aufhören zu suchen. Aber in diesem Fall fand ich wirklich dort, wo ich zuletzt nachsah, meinen Hauptgewinn. Ich schloss halb die Tür, um zu sehen, was dahinter war, und fand auf dem Boden unter dem Garderobenhaken ein gefaltetes Stück Papier, wo es wohl aus einer Tasche herausgefallen war. Dan konnte mich nicht sehen, also hob ich es vorsichtig auf und steckte es in meine Jacke. Später war noch genug Zeit, um es mir anzusehen.

„Ich würde gerne mit dem Zimmermädchen sprechen, das dieses Zimmer gereinigt hat", sagte ich zu Dan. Er nickte.

„Sie arbeitet heute. Ihre Schicht beginnt um vier."

„Ich werde vorbeikommen", sagte ich. „Danke."

Ich folgte ihm aus dem Zimmer heraus und sah zu, wie er hinter uns abschloss. Seine Miene war nachdenklich.

„Haben Sie eine Frage?", fragte ich.

„Ja." Er presste die Lippen zusammen und atmete schwer durch die Nase. „Wir haben im Radio von der jungen Frau am Wasserfall gehört. Sie haben ihren Namen nicht genannt. Wir dachten, dass es vielleicht unser Gast ist, aber wir waren nicht sicher, also … Sie ist verstorben, sagen Sie."

„Ja, die Polizei sagt das auch", sagte ich. „Sie ist identifiziert worden."

„Dann, dieses Zimmer …"

Oh. Ich konnte sein Problem sehen.

„Ich weiß nicht, was ich Ihnen sagen kann", sagte ich. „Die Polizei betrachtet ihren Tod als Selbstmord. Rechtlich glaube ich, dass Sie das Zimmer vermieten können. Ihre Sachen - ich kann sie nehmen oder Sie können sie für ihre Familie behalten. Ich glaube nicht, dass Sie das tun müssen, aber vielleicht möchten Sie das."

„Natürlich", sagte er rasch. „Natürlich. Aber Sie ermitteln."

„Das tue ich. Je nachdem, was ich herausfinde, kann es sein, dass die Polizei hier auftaucht und das Zimmer sehen will. Sie müssen es nicht leer stehen lassen und abwarten, was passiert. Andererseits, es könnten sich DNS oder sogar Fingerabdrücke dort befinden, die *ich* nicht finden kann, die Polizei aber schon. Wenn ich herausfinde, dass ihr Tod kein Selbstmord war, wird vielleicht wichtig sein, was in diesem Zimmer ist. Vielleicht wollen sie auch ihr Auto haben. Ich weiß es ehrlicherweise nicht. Es ist Ihre Entscheidung."

Dan sah nicht gerade begeistert aus, aber er straffte die Schultern und schüttelte mir erneut die Hand. „Ich werde es mit Marie besprechen. Wir sehen uns später."

12

ICH BLIEB bei Kims Zimmer stehen, neben ihrem Auto, in der Annahme, dass Jesse von irgendwo her aus zusah und auftauchen würde, sobald Dan zurück im Büro war. Er enttäuschte mich nicht.

„So ist das also, wenn man einen Stalker hat", sagte ich.

„Ah, nein", entgegnete er. „Ist es nicht. Hast du etwas gefunden?"

„Vielleicht. Ich erzähle es dir gleich."

Ich berichtete ihm alles, während wir um Kims Auto herumgingen und durch die Fenster spähten, nur den Zettel erwähnte ich nicht. Ich versuchte es an den Türen, hatte aber kein Glück. Natürlich konnte ich eine aufbrechen und behaupten, sie hätte sie offengelassen, aber diese Option würde ich mir aufheben für später, falls ich wirklich feststecken sollte.

„Manchmal legen die Leute etwas unter die Sitze", sagte Jess, während er halb auf die Motorhaube kletterte und durch die Windschutzscheibe spähte. „Verdammt, ich sehe nichts."

„Vielleicht gibt es nichts zu sehen", sagte ich. „Ich wette, ihre Handtasche, Laptop und Handy sind alle am gleichen Ort und dieser Ort ist nicht hier."

Er glitt von der Motorhaube herunter und lehnte sich ans Auto. „Wann, glaubst du, ist sie gestorben?"

„Ich weiß es nicht", sagte ich. „Sie ist nicht zum Babysitten erschienen. Sie hatte eine Garnitur Kleidung im Zimmer, ungetragen. Als wäre sie eingecheckt, gegangen und nie zurückgekommen."

„Du glaubst, sie ist am Donnerstag gestorben."

„Ja." Ich zeigte zum Büro. „Der Kasten links neben der Tür? Ich denke, das ist der Briefkasten, von dem Dan sprach. Diese Karten haben keine aufgedruckte Zimmernummer. Sie haben nicht mal eine Stelle für eine Unterschrift. Man kann sich eine Karte aus einem anderen Zimmer nehmen, eine vom Wagen des Zimmerservice stibitzen oder aus dem Büro mitnehmen, so etwas in der Art. Jemand hätte das tun können: jeden Tag eine ausfüllen und in den Briefkasten stecken, und niemand hätte gemerkt, dass Kim schon seit Tagen fort ist."

„Dem Zimmerservice wäre das aufgefallen", sagte Jess.

Ich zuckte die Schultern. „Sie reinigen viele Zimmer und vielleicht denken sie nicht zu viel darüber nach. Wir werden sehen."

Wir schauten wieder durch die Autofenster, aber im Innern schien wirklich nichts zu sein, was zu sehen sich lohnte. Ein zerdrückter Kaffeebecher im Fußraum auf der Beifahrerseite. Ein weiterer im Becherhalter zwischen den Vordersitzen. Eine Plüschkatze mit großen Augen, ähnlich denen auf der Reisetasche, saß mit einer Schachtel Kleenex und einer gefalteten grauen Decke auf der Rückbank. In der Sonnenblende auf der Fahrerseite steckte eine Sonnenbrille. Es hätte nicht normaler sein können ... oder weniger hilfreich.

„Was jetzt?", fragte Jesse.

„Mittagessen", sagte ich. „Ein Hotelzimmer organisieren, vielleicht. Wir können nach Calgary zurückfahren, aber Canmore ist praktischer. Aber du zahlst, also ist es deine Entscheidung."

„Wir mieten uns nicht hier ein Zimmer?", fragte er, die Augen groß.

„Meinst du das ernst?", fragte ich. „Ist dir noch nicht klar geworden, dass, wer immer sie umgebracht hat, hier gewesen ist? Diese Person weiß, wie dieser Laden läuft. Sie weiß Bescheid über die Karten."

„Ich weiß! Wir haben einen Anhaltspunkt! Bedeutet das nicht, dass wir hierbleiben sollten?"

„Nenn' mich verrückt, aber ich ziehe es vor, in einigem Abstand zu Mördern zu schlafen", informierte ich ihn.

„Jeder könnte ein Mörder sein", sagte Jess ein wenig beleidigt, aber das war alles, was er sagte, und als ich zu meinem Auto ging, folgte er mir.

Als wir auf die Hauptverkehrsstraße erreicht hatten, gab ich ihm den gefalteten Zettel.

„Den habe ich auf dem Fußboden gefunden. Ich hatte noch keine Gelegenheit, ihn mir anzusehen."

Er faltete ihn rasch auf und breite ihn auf seinem Schoß aus.

„Holla."

Ich warf einen raschen Blick hinüber und sah den Briefkopf des Hotels. Darunter Zeichnungen, unverkennbar Kims. Der ME Vogel hätte es verraten, auch wenn ich ihren Stil nicht erkannt hätte. Ich versuchte, einen genaueren Blick darauf zu werfen, aber Jesse drehte das Blatt um und deutete auf die Straße.

„Sie sind in zwei Blöcken angeordnet. Vielleicht Spalten? Hmm."

Die Zeichnungen hielten ihn während der kurzen Fahrt nach Canmore beschäftigt, wo er lange genug den Kopf hob, um mir energisch davon abzuraten, im besten Hotel der Stadt einzuchecken. Mittelklasse war besser.

„Das Personal in schicken Hotels schenkt den Gästen zu viel Beachtung", hatte er gesagt. Also hielt ich an einem netten, aber nicht *zu* netten Hotel am nördlichen Rand der Stadt, das zwischen ein paar großen Kaufhäusern lag, die sich dort zusammendrängten, und ließ ihn im Auto, während ich das Personal überredete, ein Zimmer zu reservieren, obwohl Check-in bei ihnen erst in ein paar Stunden war. Sie brauchtes ein bisschen Zeit, um es zu reinigen, und so fuhren Jess und ich zum Mittagessen in die Innenstadt.

Canmore war ruhiger, als ich es gewohnt war, aber das ergab Sinn. Normalerweise war ich an Wochenenden in der Hauptsaison hier, und jetzt war gerade weder das eine noch das andere.

Die Innenstadt bestand aus ein paar Straßen, jede ein paar Häuserblocks lang, mit einem endlosen Angebot von Pullovern aus Moschusochsenwolle und handbemalten Stiefeln. Alles, was man sich nur wünschen konnte, wenn man eine reiche Frau war, die sich als bodenständig betrachtete, oder eine Frau der Mittelschicht, die so tat, als wäre sie reich, aber heute einmal bodenständig.

Es gab ein paar der Souvenirläden, die in Banff allgegenwärtig waren, bis an die Dachsparren vollgestopft mit Spielzeugeisbären und winzigen Flaschen Ahornsirup, als ob sich eines davon auch nur ansatzweise in der Nähe dieser Berge finden ließe. Im Allgemeinen jedoch zielte Canmore auf ein wohlhabenderes Publikum ab.

Wir suchten uns ein Pub im Stil eines Schweizerhäuschens, das aussah, als hätte es eine ruhige Ecke, und ließen uns zu einem Tisch führen. Ich übernahm das Reden und Jess blieb hinter mir, die Maske im Gesicht. Bisher schien das zu funktionieren. Er behielt die Maske am Tisch auf und studierte die Zeichnungen. Die Speisekarte schob er zu mir mit den Worten: „Du weißt, was ich mag.

Er machte sich nicht einmal die Mühe, die eindeutige Zweideutigkeit zu bemerken. Der Kellner kam und ich bestellte für uns beide. Jess hielt den Blick auf das Blatt gerichtet. Schließlich drehte er die Zeichnung um und ließ mich sie ansehen.

„So", sagte er. „Interessant."

Er hörte sich an, als sollte ich sie ebenfalls interessant finden. Ich versuchte es, aber für mich sahen sie wie Kritzeleien aus.

„Wie meinst du mit ‚interessant'?"

„Siehst du das?" Er zeigte auf ein paar Blätter und ein Gebäude. Der ME Vogel saß auf dem Baum davor. „Efeu. An dem Gebäude wächst Efeu. Efeu, Ivy. Ivy League, vielleicht. Und das ist die Nichte, die davor sitzt. Kann sie eine Uni der Ivy League besuchen? Ungewiss. Und hier, dieser Heißluftballon ..."

„Ich komme mir vor, als würde mir jemand die Karten lesen."

„Der Heißluftballon fliegt über Berge, einen Ozean. Ich glaube, er fliegt um die Welt. Wie *In 80 Tagen um die Welt*. Vielleicht ist das der Grund, warum es ein Ballon ist und kein Flugzeug. Und sieh dir das Muster auf dem Ballon an."

„Es ist eine Spirale."

Er sah mich an wie ein Lehrer, dessen langsamster Schüler einen Durchbruch erzielt hatte.

„Genau! Die hat sie überall - unter diesem Baum hier ist ein Kiefernzapfen und auf dem Strand hier liegt eine Muschel. Fibonacci ist im Spiel, aber was bedeutet das für sie? Universalität? Schicksal? Eine führende Hand in der Schöpfung?"

„Hast du das Überinterpretieren von Kritzeleien während deines Kunststudiums gelernt?"

Er hatte nämlich einen Bachelor in Musik, auch wenn das nichts war, was er während eines Konzertes in den Saal schrie. ‚Hallo, Chicago! Mein Bachelor in bildender Kunst und ich sind hier, um diese Stadt zu rocken!'

„Diese Dinge hatten Bedeutung für sie", sagte er. „Schau, das ist ihr Kopf, von hinten gesehen, und das sieht aus wie ein Spiegel - du kannst das Make-up auf dem Tisch darunter sehen -, aber du kannst ihr Gesicht im Spiegel nicht sehen."

„Ist sie jetzt ein Vampir?"

„Ich weiß es nicht. Eine Art Monster? Hier geht sie durch einen Wald und dort sind Augen, die von den Bäumen aus auf sie gerichtet sind. Vielleicht fühlte sie sich verloren und in Gefahr."

„Vielleicht ist sie hergekommen, um einer Bedrohung aus dem Weg zu gehen."

„Ja. Vielleicht war es niemand von hier. Ich weiß es nicht. Hier geht es um ihre Nichte, die zur Uni geht, Reisen, ihre Identität, ihre Sicherheit ... das sind große Hausnummern. Und sie hat sie einheitlich angeordnet, mit allen glücklichen Vorstellungen hier und allen unheimlichen hier, als wäre es ..."

„Eine Liste mit Vor- und Nachteilen?"

Er zuckte die Schultern. „Als würde sie mit ihrer Zukunft ringen."

„Bist du sicher, dass du nicht projizierst? Da du ja deinen Beruf satt hast."

Er sah überrascht aus, dann lachte er. „Mann, jedes Mal, wenn ich eine Tournee beende, habe ich das Gefühl, als wäre ich in Ehren entlassen worden."

„Der Horror, überall hingefahren zu werden", sagte ich mit einem Seufzen. „Mahlzeiten gebracht zu bekommen ... für nichts zu bezahlen ..."

„Oh, ich bezahle dafür", sagte Jess. „Und ich kann es nicht oft genug betonen, wie sehr du es hassen würdest. Du magst Regeln, aber du magst es nicht, mit detaillierten Vorgaben geleitet zu werden."

„Du weißt nicht, wie es ist, Polizist zu sein", entgegnete ich. „Jeder, der dich sieht, hat eine Meinung darüber, was du zu machen hast."

„Warum hast du gekündigt?", fragte er. Einfach so, unverblümt und gerade heraus, und er sah mir dabei direkt in die Augen.

„Das habe ich dir bereits gesagt", erinnerte ich ihn. „Ich wurde gebeten auszuscheiden."

„Ja, du hast gesagt, dass es im Grunde genommen ein Typ war, der dich drangsaliert hat, weil du schwul bist. Du hättest dagegen angehen können. Du hast vier Jahre damit verbracht, einen Abschluss zu machen, damit du die Leiter hochklettern und das System von innen heraus verändern kannst, und dann schmeißt du wegen eines einzigen Typen das Handtuch hin?"

Ich bereute meine Entscheidung, Eistee bestellt zu haben anstatt Bier. Nicht, dass Bier für dieses Gespräch ausreichte. „Er stand im Rang sehr weit über mir."

Jess verzog das Gesicht. „Du hast gewusst, dass es am Anfang nicht perfekt sein würde. Du hattest Pläne."

„Ja, nun. Die hatte er auch."

Jess sah unbeeindruckt aus. Er sagte nichts.

Ich beugte mich vor. „Okay, was ich dir jetzt erzähle, erzählst du niemandem weiter. Jemals."

Er blinzelte. „Oh mein Gott. Muss ich etwas unterschreiben?"

„Willst du es hören oder nicht?"

„Ich weiß nicht. Will ich das?"

„Ich meine es ernst."

„Ich sehe dein ernstes Gesicht."

„Schön." Ich hielt inne, als der Kellner an unserem Tisch anhielt, um unsere Getränke aufzufüllen, dann beugte ich mich erneut vor. „Er hat Leute beauftragt, mir zu folgen. Keine Bullen. Privatdetektive, ironischerweise. Daher wusste er von den außerdienstlichen Aktivitäten. Sie sind mir in einen Club gefolgt."

„Habe ich etwas verpasst?", fragte Jess. „Haben sie Sodomie in Alberta wieder unter Strafe gestellt?"

„Nun, genau genommen…", fing ich an, unterbrach mich dann aber. Dies war nicht der richtige Zeitpunkt für eine Exkursion in die Grauzonen der kanadischen Sittengesetze. „Spielt keine Rolle. Ich habe nichts Illegales getan, aber das kann man nicht von jedem in dem Club behaupten."

„Und?" Jess zeigte mit einer Hand zum Nebentisch, aber nicht auffallend genug, um Aufmerksamkeit zu erregen. „Soweit wir wissen, könnte dieser Typ da ein illegales Messer haben. Es hat nichts mit uns zu tun."

„Polizisten sind niemals außer Dienst", sagte ich. „Man ist immer ein Gesetzeshüter. Das war sein Argument, als er mich dazu aufgefordert hat, meine Kündigung einzureichen."

Jess richtete sich auf und ich wollte ihn warnen. Sprich leise. Bleib unauffällig.

„Das ist doch Schwachsinn! Wie viele Bullen sind auf Partys gegangen, wo Leute Gras geraucht haben, bevor sie das legalisiert haben? Keine Chance, dass er das bei Gericht durchbekommen hätte."

„Ja, ich weiß", sagte ich. „Der LGBT-Verband der Polizei Calgary hat dasselbe gesagt."

„Himmel, Ben, warum hast du gekündigt?", wollte er wissen. „Ich meine, meiner Ansicht nach bist du ja besser dran, raus zu sein aus dem Schwachsinn, aber du wolltest dort hin, oder? Es ist nicht mehr 1960. Du hättest dagegen vorgehen können."

„Dass ich Gesetzeshüter bin, war sein Argument", sagte ich, „aber es war nicht sein Druckmittel."

Jess hatte seine Hand beobachtet, die Fingerspitzen, die leicht auf den Tisch trommelten. Die Bewegung wurde langsamer. Hielt an. Er sah mich an. „Was zum Teufel hat er getan?"

„Seine Männer haben über alle etwas ausgegraben außer über mich. Er hatte Beweise, dass an dem Abend ein paar Minderjährige im Club waren, sechzehn, siebzehn. Die Geldstrafe allein wäre genug gewesen, den Laden dichtzumachen. Er war bereit, zu jedem dieser Minderjährigen nach Hause zu gehen und den Eltern mitzuteilen, wo sie gewesen waren. Vielleicht hätten die Eltern das locker genommen, aber ich wusste das nicht. Er hatte Fotos von Leuten, die koksen. Das war nicht unbedingt gerichts-sicher, aber er hat herausgefunden, wo diese Leute arbeiten."

Jess stand der Mund ein Stück weit offen, während er mich anstarrte. „Er hatte vor, sich mit der Community anzulegen?"

„Mit allen, die an dem Abend da waren", sagte ich. „Aber er war bereit, seine Männer erneut loszuschicken. Auch bereit bezüglich der Leute auf der Arbeit, das war offensichtlich. Selbst bezüglich Kent dafür, dass er mein Freund war. Entweder ich würde meine Kündigung einreichen oder er hätte alle in Sichtweite so richtig ins Knie gefickt".

„Das ist das pure Böse", sagte Jess. Das Funkeln in seinen Augen sagte mir, dass er darüber nachdachte, was er gegen diesen Kerl unternehmen konnte. Ich legte eine Hand auf sein Handgelenk.

„Erinnerst du dich, dass ich gesagt habe, dass du es niemandem erzählen darfst?"

„Damit kann er nicht durchkommen!"

Ein paar Leute sahen in unsere Richtung. Einige drehten sich sogar um, stießen mit den Ellbogen gegen die hohen Gläser auf den kleinen runden Tischen.

„Psst", sagte ich. „Und ja, er kann. Und das ist er."

„Aber das beendet seine Karriere ebenfalls", beharrte Jess. „Oder nicht? Er hat dich drangsaliert. Er hat dich aufs Korn genommen. Dafür kannst du ihn ruinieren."

„Ja", sagte ich. „Es ist für beide Seiten kein Sieg. Wenn man sich nicht um all die Menschen schert, deren Leben er geplant hatte zu zerstören. Aber schau ... das wäre ihm entgegengekommen."

Jess sah verwirrt aus und das war verständlich. Es war nicht seine Welt.

„Er hat politische Ambitionen", erklärte ich. Bevor Jess widersprechen konnte, dass in die Politik gehen zu wollen es nur noch *schlimmer* machte, wie ein Arschloch dazustehen, fügte ich hinzu: „Für die Konservativen. Sicher, sie hätten sich von ihm distanziert, wenn er so etwas abgezogen hätte, während er offiziell für sie kandidiert hat. Aber sie hätten es geliebt, wenn er jetzt mich und die halbe Community ins Knie fickt, sich ein paar Jahre lang bedeckt hält und dann zu ihnen stößt. *Das* wäre ihm entgegengekommen."

Mit einem Mal sah Jess tief unglücklich aus und mich überrollte eine Welle der Nostalgie, zog mich in die Tiefe, bis ich nicht mehr atmen konnte. Die Schnelligkeit seines Elends und seiner Freude. Wie rasch seine Stimmung sich ändern konnte.

„Das ist abscheulich", sagte er.

Ich seufzte. „Ich weiß."

„Aber wie kann man da gewinnen?"

Ich wollte meine Arme um ihn legen. Er sah so verloren aus. „Baby, manchmal gewinnt man nicht."

Seine Miene blieb weiterhin unglücklich und ich konnte es nicht ertragen, also fuhr ich fort, ihm die andere Sache zu erzählen, die ich noch nie jemandem gegenüber erwähnt hatte. Etwas, von dem ich mir vorgenommen hatte, es ganz besonders ihm niemals zu sagen.

„Ich war nicht gerne Polizist. Wie du damals an der Uni immer gesagt hast. Okay? Du hattest recht. Das Internet übertreibt es ein klitzekleines bisschen, was das Thema angeht, aber *du* hattest recht."

Daraufhin sah er ein bisschen weniger traurig und dafür sehr viel skeptischer aus. „Du hast immer gesagt, dass es dir möglicherweise nicht gefällt, eine Uniform zu tragen. Darauf warst du vorbereitet. Es ging dir um das, zu was du in der Lage sein würdest zu tun, wenn du erst mal irgendeine leitende Funktion haben würdest."

„Das ist nicht … Ich glaube nicht, dass das eine Rolle spielt", sagte ich. „Ja, ich hätte lieber Schwerverbrechen oder Mordfälle bearbeitet. Aber dessen ungeachtet ist es einfach ein endloser Kreislauf aus immer denselben Leuten und ich weiß, es gibt Schwerverbrecher, die grausame Dinge überall in den Bürotürmen in der Innenstadt tun, aber mit denen werde ich nie etwas zu tun haben. Ich komme immer nur dann ins Spiel, wenn sie anrufen und sich über irgendeinen Obdachlosen beschweren, der vor ihrer Tür auf dem Bürgersteig schläft. Es ist wirklich ein beschissenes System. Und es macht es einem möglich, nach unten zu treten."

Jess seufzte. Er fuhr mit den Fingerspitzen über sein Glas. „Und du wolltest nicht in irgendein Referat gehen?", fragte Jess. „Oder in die Sozialarbeit?"

„Ich brauchte etwas Zeit um … mein eigenes Ding zu machen, schätze ich."

„Und es gefällt dir", sagte er. Es war keine Frage, aber es war auch kein Urteil über meinen erwählten Beruf. Wenn überhaupt, dann klang er erfreut.

„Es ist überwiegend nicht aufregend", teilte ich ihm mit. „Überwachungen und Internetrecherche."

„Ja, aber es gefällt dir. Und du bist gut darin."

Ich zuckte die Schultern und hoffte inständig, dass ich nicht rot wurde. „Es gefällt mir."

Eine breite Strähne dunkler Haare entkam seiner Mütze und glitt an seinem Gesicht entlang nach vorn. Ich musst für einen Moment die Augen schließen und mich sammeln. Ich hatte Tausende von Erinnerungen an seine Haare, wie sie aus einem flüchtig gebundenen Haargummi rutschten oder sich fächerartig ausbreiteten, wenn er sie bürstete. Oder nach vorn fielen, wenn er sich über mich beugte.

„Es tut mir trotzdem leid", sagte er. Ich öffnete die Augen und sah, dass er mich anschaute, ruhig und ohne auszuweichen. „Ich habe immer ein Stück weit gehofft, dass du mir das Gegenteil beweisen würdest."

„Ich habe mir nicht die einfachste Stadt ausgesucht", gab ich zu und er grinste.

„Die Hinterwäldler-Hauptstadt Kanadas."

„Wir haben keinen richtigen Mörder zum Bürgermeister gewählt", betonte ich.

Jesses Augen wurden groß. „Alter. Du machst vermutlich Witze, aber…"

„Tue ich nicht", sagte ich fest.

„Sobald es eine Debatte darum geht, ob ein Typ seine Morde selbst begeht oder nicht, sollte man ihn vielleicht nicht wählen. Vielleicht ist bereits die Frage ein Hinweis darauf, dass jemand keine gute Wahl für das Amt des Bürgermeisters ist."

„Als Experte für Hinterwäldler", sagte ich, „glaube ich, dass manche Leute ein bisschen stolz auf jeden sind, der damit durchkommt."

Jess vergrub sein Gesicht in den Händen und schüttelte den Kopf. „Es ist alles so ein Wahnsinn." Er nahm die Hände weg. „Wie ist die Welt nur so geworden? War sie immer schon so und wir haben es nur nicht gemerkt?"

Während ich nach einer Antwort suchte, zog er ein Döschen aus der Tasche und stellte es auf den Tisch. Das Antibiotikum, wurde mir klar. Er legte eine weiße Pferdetablette auf den Tisch, dann ließ er ein paar vertraute, blaue Gelkapseln danebenfallen. Schmerzmittel. Er bemerkte, dass ich ihn beobachtete, und deutete auf eine Stelle unter seiner rechten Lunge.

„Es tut hier weh", sagte er. „Anscheinend ist das so eine Sache? Ich weiß es nicht. Der Arzt in Winnipeg sagte, das sei normal. Luna sagte das auch."

„Dieser Arzt in Winnipeg ist ein fahrlässiger Quacksalber, dem man dafür die Zulassung entziehen sollte, dass er dich ermutigt hat, weiterhin Konzerte zu geben", sagte ich. „Aber Luna vertraue ich."

Jesse lachte, hustete ein wenig und nahm seine Tabletten. Nachdem er sie hinuntergespült hatte, sagte er: „In Winnipeg war ich nicht so krank. Und zu sagen, dass ich wahrscheinlich nicht sterben würde, ist keine Ermutigung."

„Für dich schon", sagte ich glattweg.

„Wann, glaubst du, wird Luna das Ergebnis der Autopsie erfahren?" Das Essen kam, während er das sagte, und ich sah, wie er sich das Lachen verbiss, als der Kellner so tat, als hätte er nichts gehört. Ich nahm beiläufig meine Gabel auf und machte mich ans Werk, so als ob es normal war, während des Mittagessens über Autopsien zu sprechen.

„Sie ist vielleicht in der Lage, jetzt etwas herauszufinden, aber ich möchte sie noch nicht wecken. Ich glaube nicht, dass es dringend ist."

Jess dachte darüber nach. „Es sei denn, die Autopsie zeigt, dass sie erwürgt wurde oder dass sie vor drei Tagen gestorben ist. Was dann? Die Bullen tauchen auf und wir fahren nach Hause?"

Das Wichtigste an seinen Worten war *nicht*, dass er mein Haus als zu Hause bezeichnete. Konzentriere dich, Ben. „Ich frage Lauren und Emma, was sie möchten. Ich bleibe hier, wenn sie das wollen."

„Würden die Bullen das zulassen?"

Ich stibitzte ein paar Pommes von seinem Teller. Er schnappte sich die Getränke-Spezial Karte und stellte sie zwischen uns auf. Keine Gefahr, dass er sich an meinem Salat vergriff, also hatten wir vermutlich eine Pattsituation erreicht.

„Es gibt kein Gesetz, dass es verbietet, Leuten Fragen zu stellen. Wenn ich etwas Dummes täte wie … keine Ahnung, sagen wir, es ist eine laufende polizeiliche Ermittlung und ich weiß das und finde ihr Handy und sage ihnen das nicht. Sie könnten etwas finden, das sie mir zur Last legen können."

„Wir haben ihr Auto gefunden", gab Jess zu bedenken.

„Ja. Das ist etwas, das ich ihnen vermutlich sagen werde."

„Und dann nehmen sie die Ermittlungen wieder auf?"

Ich zuckte die Schultern. „Oder sie ignorieren mich. Es gibt eine Menge Leute, die ihre Ansichten gerne mit der Polizei teilen. Glaub' mir, irgendwann hat man genug davon."

Er setzte an, etwas zu sagen, ließ es dann aber bleiben und machte stattdessen einen Kommentar über das Lied im Radio. Es war von einem Typ produziert worden, mit dem Jess zusammengearbeitet und über den er ein paar Geschichten zu erzählen hatte, und es war wie in alten Zeiten oder vielleicht wie bei einem Date. Es war schwer zu sagen, weil Jess und ich nie wirklich ein Date gehabt hatten. Erst hatten wir nachts zusammen im Musikgebäude abgehangen, dann hatten wir die ganze Zeit über zusammen abgehangen, dann waren wir zusammengezogen und ich kann mich nicht daran erinnern, dass wir in der ganzen Zeit auch nur ein einziges Mal darüber gesprochen hatten, was wir so taten.

NACHDEM WIR gegessen und unsere Sachen ins Hotel gebracht hatten, war es Zeit, nach Dead Man's Flat zurückzufahren und mit dem Zimmerservice zu sprechen. Ich hatte versucht, Jess davon zu überzeugen, im Hotelzimmer zu bleiben und sich auszuruhen, aber er hatte gesagt, dass er auch genauso gut in Calgary hätte bleiben können, wenn er jetzt in einem Motel in der Nachbarstadt schlief. Wir hatten nicht wirklich Zeit, uns darüber zu streiten, also saß er auf dem Beifahrersitz.

„Bleib' im Auto", sagte ich, als ich ausstieg.

„Mm", machte er, was kein ‚ja' war.

Dan war im Büro und sprach mit einer Frau unbestimmten Alters, die ein hellblaues Uniformoberteil und eine schwarze Polyesterhose trug. Sie hatte einen Kopf voll blonder Locken, die wie ein riesiger Scheuerschwamm aussahen und mit einem rosa-blauen Halstuch zusammengebunden waren. Im Gesicht hatte sie die Art tiefe Falten, die manche Frauen mit sechzig bekamen, aber manche Barmädchen auch mit dreißig. Es war also schwer zu sagen, wie alt sie war.

„Herr Ames", sagte Ben. „Das ist Halyna."

„Hi, ich bin Ben Ames", sagte ich und hielt ihr die Hand hin. Sie nahm sie, tat aber sonst nichts, was andeutete, dass es ihr eine Freude war. „Ich bin Privatdetektiv."

„Ja, Herr Diallo hat das gesagt."

Das war die Stimme von irgendwo in Osteuropa - genauer konnte ich ihren Akzent nicht zuordnen.

„Hat er Ihnen gesagt, was ich untersuche?", fragte ich.

Sie presste die Lippen zusammen. „Das Mädchen."

„Ja", stimmte ich zu, „das Mädchen. Waren Sie es, die ihr Zimmer gereinigt haben?"

„Ja, seit Donnerstag. Es ist niemand dort, denke ich."

„Da stimme ich Ihnen zu", sagte ich. Dan saß hinter dem Computer und tat so, als würde er nicht zuhören. Ich widerstand der Versuchung, ihm freundlich zuzuwinken. „War sie in der ersten Nacht da, am Donnerstag?"

„Sie benutzte die Seife. Aber nicht das Bett."

Also war es so, wie ich vermutet hatte: eingecheckt, ausgegangen, nie wieder zurückgekommen.

„Und sie ist seitdem nicht mehr im Zimmer gewesen? Soweit Sie das sagen können?"

Halyna zuckte die Schultern. „Nichts ist anders. Bett ist gemacht. Handtücher sind trocken. Müll ist leer."

Es waren keine neuen Informationen, aber meinen Verdacht bestätigt zu bekommen ließ dennoch meine Nerven vibrieren. Wenn ich Luna dazu bringen könnte zu bestätigen, dass die Autopsie etwas Ungewöhnliches zeigte, Würgemale oder seltsame Blutergüsse, oder dass die Leiche zu alt war, dann wäre das das Tüpfelchen auf dem i.

„Nur noch eine Sache", sagte ich zu Halyna und war augenblicklich dankbar, dass sie vermutlich nie von *Columbo* gehört hatte. „Die kleine Karte in ihrem Zimmer, die, auf der die Leute eintragen, wenn sie eine Nacht länger bleiben wollen, haben Sie die je ersetzen müssen?"

Halyna sah zur Decke. Einer der Polizisten, mit denen ich zusammengearbeitet hatte, hatte darauf beharrt, dass Menschen, die so etwas machten, drauf und dran waren zu lügen. Meiner Erfahrung nach mussten manche Menschen auf etwas Neutrales sehen, um sich an Details zu erinnern, so als würden sie ein Video abspielen. Außerdem hatte ich die Erfahrung gemacht, dass die meisten Menschen, die behaupteten, sie wüssten, wenn jemand lügt, Bockmist erzählen.

Sie sah mich wieder an, bevor sie antwortete, und ihre Miene war beunruhigend verwirrt. „Nein", sagte sie. „Nein."

Ich konnte es ihr nicht verdenken, dass sie beunruhigt war. Die Schlussfolgerung, die so nahe lag, dass sie sie bereits gesehen hatte, war, dass die Karten mit Kims Zimmernummer und dem Wunsch nach Verlängerung, die in den kleinen Briefkasten geworfen worden waren, nicht von Kim gestammt hatten. Und dass sie nicht aus ihrem Zimmer gekommen waren. Das bedeutete, dass jemand Blankokarten von irgendwo anders benutzt hatte - vielleicht aus einem anderen Zimmer oder vom Wagen des Zimmerservice oder aus dem Büro. Und dieser Jemand war jemand, der sich zumindest im Hotel aufgehalten hatte. Vielleicht sogar jemand, der hier arbeitete.

Um ehrlich zu sein, mich verunsicherte das ebenfalls. Ich mochte es, die bösen Buben zu fangen, aber es gefiel mir nicht zu wissen, dass sie sich in unmittelbarer Nähe aufhielten. Besonders dann nicht, wenn ich nicht wusste, nach wem ich Ausschau hielt. Es sandte einen zusätzlichen Kälteschauer durch mich zu wissen, dass Jess hier war, vielleicht im Auto, vielleicht aber auch nicht, und dass er die Sache nicht so ernst nahm, wie er das tun sollte.

Ich dankte Halyna und Dan und beantwortete Dans Frage danach, ob ich bereits irgendetwas von der Polizei gehört hatte. Das hatte ich nicht, aber er vielleicht? Nein, er auch nicht. Wir sahen einander beklommen an, bevor ich mich nochmals bedankte und zum Auto ging.

Zu meiner Überraschung war Jess dort, wo ich ihn zurückgelassen hatte. Den Kopf hatte er gegen die Stütze zurückgelehnt, aber seine Augen waren offen. Er rührte sich nicht, als ich einstieg. Ich berichtete ihm, was das Zimmermädchen mir erzählt hatte, und er atmete lediglich mit einem leisen Röcheln. Er mochte nicht einmal geblinzelt haben.

„Wie kann es einen Abschiedsbrief mit ihrer Unterschrift geben?", fragte er, nachdem ich fertig war.

„Sagen wir, irgendein Typ hält ihr eine Waffe an den Kopf und befielt ihr zu unterschreiben. Er weiß nicht, wie ihre normale Unterschrift aussieht, denke ich. Wird sie unterschreiben wie sonst auch?"

„Du musst davon ausgehen, dass sie es nicht tut. Wenn du der Typ mit der Waffe bist."

„Ich werde trotzdem herumfragen, ob irgendjemand sie gesehen oder mit ihr gesprochen hat …"

„Glaubst du, sie ist in die Bar gegangen?", fragte Jess. Er blickte auf die Tür der Hotelbar, als dächte er darüber nach, hineinzugehen und es herauszufinden. Ich hob eine Hand.

„Bleib' du einfach hier und ich finde es heraus", sagte ich zu ihm. „Steig' nicht aus dem Auto."

Er sah aus, als hätte er nur zu gerne widersprochen, wenn er nicht zu erschöpft gewesen wäre, sich zu bewegen.

Ich kehrte ins Büro zurück, wo Dan immer noch am Computer saß. Halyna hingegen war fort, gegangen, um hinter weiteren Leuten oder ihren Geistern her aufzuräumen.

„Entschuldigung, nur noch eine Sache", sagte ich. „Ist der oder diejenige, der die Bar führt, hier? Ich würde gerne mit der Person sprechen, die am Donnerstagabend Dienst hatte."

„Ja, Sie müssen mit Derek sprechen", erklärte er mir. „Er ist der Manager, aber er arbeitet oft dort."

„Ist er jetzt hier?", fragte ich und machte einen Schritt auf die Tür des Pubs zu.

„Nein, nein, er macht nachmittags zu", sagte er. „Er bleibt manchmal hier, aber heute ist er in seinem Wohnwagen."

„Okay, ich kann ihn dort treffen", sagte ich. „Wo ist sein Wohnwagen?"

Dan deutete auf die Rückseite des Hotels und nach oben. Er lächelte, der erste entspannte Ausdruck, den ich auf seinem Gesicht gesehen hatte.

„Den Hügel hinauf. Ein langer Weg. Die Straße hatte einen Steinschlag … Felsrutsch?"

Ich nickte. „Felssturz, aha."

„Ja, daher kann man nur zu Fuß gehen. Deshalb bleibt er manchmal nachts hier, wenn wir ein Zimmer frei haben."

„Den Hügel hinauf."

„Ein weiter Weg."

„Verstanden", sagte ich. „Wann erwarten Sie Derek heute zurück?"

Dan hob eine Hand, flach ausgestreckt, und neigte sie hin und her. „Sechs, vielleicht, wenn er Abendessen anbietet. Später, wenn nicht. Wenn der Sommer vorbei ist, ist das Restaurant oft geschlossen. Bis zum Winter macht er seine eigenen Zeiten."

„Ich schaue später noch mal vorbei", sagte ich ihm. „Wer arbeitet sonst noch bei Ihnen?"

„Ich selbst, Marie, Halyna. Im Sommer haben wir noch ein Zimmermädchen, aber sie ist seit zwei Wochen fort. Derek ist der Eigentümer des Restaurants, also arbeitet er nicht für mich."

„Sonst noch jemand?", fragte ich. „Jemand für das Schwimmbad? Ein Reparateur?"

„Wir stellen diese Leute an, wenn wir sie benötigen", sagte Dan.

„Okay", sagte ich. „Danke. Oh, nur noch eine weitere Sache. Ich weiß, ich sage das immer wieder."

Wenn er es bemerkt hatte, war er zu höflich, sich das anmerken zu lassen. „Ja?"

„Haben Sie Kims Unterschrift auf irgendetwas?"

„Ja. Alle unsere Gäste unterschreiben eine Gästevereinbarung, für Schäden und so weiter. Einen Augenblick."

Er holte einen Stapel Papiere hinter dem Schreibtisch hervor und blätterte ihn einmal durch. Zweimal. Dreimal. Er runzelte die Stirn und schüttelte den Kopf. Er trat zum Aktenschrank an der hinteren Wand und brachte einige Zeit damit zu, ihn mit äußerster Sorgfalt durchzusehen. Schließlich drehte er sich mit ausgebreiteten Händen zu mir um.

„Ich weiß nicht, was passiert ist", sagte er. „Sie sollte hier sein, zusammen mit all unseren derzeitigen Gästen. Ich dachte, vielleicht ist sie in den Ablageschrank gelegt worden, aber dort ist sie auch nicht."

Ich blickte mich in dem Raum um. Es gab keine offensichtlichen Sicherheitskameras. Aber sie mussten auch nicht offensichtlich sein.

„Haben Sie Sicherheitskameras in diesem Raum?", fragte ich.

„Wir hatten noch nie Ärger", sagte Dan. Der Mann tat mir leid. Da er sein eigenes Hotel führte und nicht irgendein Franchiseunternehmen, hatte er die Option gehabt, den Menschen zu vertrauen, und er hatte sie wahrgenommen. Es wäre schön gewesen, wenn sich das für ihn bezahlt gemacht hätte.

13

Jess war nicht im Auto, als ich zurückkam, aber er war in der Nähe. Er saß auf einem Baumstumpf und atmete, die Augen geschlossen und den Mund leicht geöffnet, als wäre die Bergluft ein Wein, den er verköstigte. Keine Maske. Er sah auf, als er meine Schritte hörte.

„Wie ist es gelaufen?"

„Es hat Bestätigung gebracht", sagte ich ihm. „Das Zimmermädchen glaubt nicht, dass jemand seit Donnerstag im Zimmer gewesen ist. Sie hat das Bett nicht machen müssen, die Handtücher nicht wechseln müssen ... und sie hat die Karte mit dem Wunsch nach Verlängerung nicht ersetzen müssen. Nicht ein einziges Mal."

„Oh", sagte Jess. „Scheiße."

„Ja, und wenn du meinst, das lässt die Angestellten verdächtig aussehen, dann wird dich das begeistern: Sie hatten ein Stück Papier mit ihrer Unterschrift darauf, aber es ist verschwunden."

Jess stand auf, als wollte er schnurstracks ins Büro stürmen. Ich räusperte mich und er setzte sich wieder hin.

„Okay, du musst zurück und dir die Aufzeichnungen ihrer Sicherheitskameras besorgen! Was, wenn sie sie alle paar Tage überspielen?"

„Sie haben keine Kameras", teilte ich ihm mit. „Ich denke, das Büro ist eine Sackgasse. Dan und Marie und das Zimmermädchen sind die einzigen ganzjährig Beschäftigten. Der Gastwirt ist Eigentümer des Restaurants, er ist also kein Angestellter, aber ich muss davon ausgehen, dass er mindestens ein paar Mal am Tag in diesem Büro ein- und ausgehen kann. Teufel, ich weiß es nicht. Vielleicht kann jeder in dieser Stadt rein und raus, ohne bemerkt zu werden."

„Was ist mit Dan und Marie?", fragte Jesse. „Ich sehe, dass sie dir gefallen, aber realistisch betrachtet musst du sie verdächtigen, richtig?"

„Ich glaube nicht, dass eine Frau Kimberly den Wanderweg hoch zum Wasserfall geschleppt hat", sagte ich. „Eigentlich kann ich mir auch nicht vorstellen, dass Dan es getan hat. Kim war nicht klein und er ist kein großer Mann."

„Ich denke, wir sollten mit dem Barmann sprechen."

„Dan sagt, dass er heute Abend gegen sechs öffnet."

„Oh", sagte Jess und unterbrach sich selbst mit einem Gähnen. „Entschuldige. Ah, was machen wir in der Zwischenzeit?"

„Du schläfst", sagte ich. „Ich gehe durch die Stadt und höre mich um, ob sich jemand daran erinnert, Kim gesehen zu haben. Vor allem würde ich gerne wissen, wer mit ihr gesehen wurde."

„Hmm." Es war ein unverbindlicher Laut, aber er sah unverkennbar unzufrieden aus.

„Was ‚hmm'?"

„Es ist nur … Wir wissen nicht, warum jemand sie töten wollte", sagte Jesse. „Hilft es dir nicht, herauszufinden, was passiert ist, wenn du weißt, warum es passiert ist?"

„Das ist eine Fernsehsache", sagte ich. „Gerichte interessieren sich nicht für Motive. Geschworenengerichte schon, aber rechtlich gesehen ist der Job zu beweisen, dass jemand es getan hat. Wenn du beweisen kannst, dass jemand es getan hat, musst du nicht zeigen, warum. Es spielt keine Rolle, warum. Ich meine, wenn du sagst, es war Notwehr oder so, dann vielleicht schon. Aber die grundlegenden Fakten—dieser Kerl hat es getan und ich kann es beweisen—sind ungeachtet eines Motivs gerichtsfest. Können wir das im Auto fortsetzen, wo du dich ausruhen kannst?"

Ich hielt ihm meine Hand hin, um ihn hochzuziehen, und er nahm sie. Sobald wir im Auto saßen, fing er an, verschlafen zu blinzeln. Dennoch hatte er Fragen an mich.

„Also, solange du den Kerl schnappst, ist es für dich okay, das Warum nicht zu wissen? Du willst nicht wissen, ob es etwas damit zu tun hat, weshalb sie überhaupt hergekommen ist oder ob es einfach nur … absolutes Pech war?"

Das dachte ich, bis ich den Mund öffnete, um es zu bestätigen, und mein Gefühl mir sagte, dass ich falsch lag. „Ich glaube", gab ich zu, „ich würde es wirklich gerne wissen."

Er nickte und sackte entspannt in den Sitz, als hätte ich ihm irgendwie eine Last abgenommen. „Mach' weiter. Finde noch mehr heraus."

ICH KANN nicht sagen, dass ich an jenem Tag jeden Einwohner aus Dead Man's Flat getroffen habe, aber ich habe mein Bestes getan. Zuerst hinterließ ich Luna eine Sprachnachricht und schickte ihr eine SMS und eine E-Mail mit der Bitte, einen Blick auf den Autopsiebericht zu werfen, wenn sie irgendwelche Kontakte hatte, die dabei helfen konnten. Dann nutzte ich meine Schuhsohlen ab und ging zu jedem öffentlichen Gebäude, das die Stadt zu bieten hatte, und jedem Privathaus, das mir die Tür öffnete.

Ein paar Leute hatten Kim bemerkt, obwohl sie seit Donnerstagabend niemand mehr gesehen hatte. Sie hatte sich keine besondere Mühe gegeben, aufzufallen oder neue Freunde zu finden. Wäre sie während des Sommeransturms gekommen, hätte sich wohl kaum jemand an sie erinnert. So ruhig, wie die Stadt jetzt zu sein schien, hatte ich Hoffnung.

Ich stieß auf Gold bei drei Bauarbeitern, die neben einem Industriegebäude, das sie entweder aufbauten oder abrissen, eine Pause machten und rauchten. Mittzwanziger, alle drei, mit dezenten Vokuhilas und grauen Sweatshirts unter ihren Arbeitsanzügen. Einer hob die Hand, als ich näherkam, und ich war überrascht, dass die anderen beiden es nicht gleichtaten, so wie Reflektionen in einer Reihe von Spiegeln. Als ich näherte, sah ich kleine Unterschiede. Einer hatte mehr Bartstoppeln, der Typ ganz links trug ein Edmonton Oilers Sweatshirt - eine gewagte Sache im Land der Calgary Flames. Sie waren nicht wirklich Drillinge. Mir fehlte nur der Kennerblick für diesen Typ.

„Sind Sie der Sherlock?" Das kam von dem, der die Hand gehoben hatte. Ich erwiderte, dass ich das wohl war, und er winkte mich zu ihnen herüber. „Ich hab' gehört, dass ein Detektiv in der Stadt ist und die Leute nach dem Mädchen fragt, das drüben im Park gestorben ist."

„Wissen Sie etwas über sie?", fragte ich. Ich zeigte ihnen Kims Foto auf meinem Handy und alle drei beugten sich vor, um es besser zu sehen.

„Oh, jaah", sagte der mit den Bartstoppeln. Er hatte einen breiten, ländlichen Ontario-Akzent, der aus dem ‚oh' ein halbes ‚ooh' machte, so wie nach Meinung der Amis hier jeder in Kanada spricht. „Das ist sie."

‚Oilers Sweatshirt' nickte. „Jepp. Wir haben sie gesehen, als wir in der Bar waren, am … war das am Donnerstag?"

„Donnerstag, jepp", bestätigte Bartstoppel. Ein genauerer Blick auf die beiden ließ in mir die Vermutung aufkommen, dass sie Brüder waren, beide aus Ontario. Das erklärte zwar nicht das Oilers Shirt, aber vielleicht hatten sie, als sie nach Westen gekommen waren, eine Zeit lang in Fort Mac gearbeitet. Seit dem Covid-Ölcrash gab es eine Menge ehemaliger Bohrinselarbeiter, die durch die Provinz zogen und nach Arbeit suchten.

„Haben Sie mit ihr gesprochen?", fragte ich. Sie sahen einander an und schüttelten dann die Köpfe, aber es wirkte nicht so, als wären sie sich da ganz sicher.

„Sie war an der Bar", sagte Bartstoppel. „Hat sich gar nicht erst an einen Tisch gesetzt."

Oilers nickte. „Jaah, sie hat den ganzen Abend auf dem Stuhl geklebt."

„Haben Sie gesehen, ob sie mit jemandem gesprochen hat?", fragte ich.

Der Typ, der mich herbeigewinkt hatte, schnaubte. „Hat sich 'n echt miesen Typen angelacht. Armes Ding. Ich wär' beinahe rüber gegangen und hätt' dem ein Ende gemacht, aber, Sie wissen schon. Geht mich nichts an."

Ich sah zu, wie seine Miene von belustigt zu besorgt wechselte, während er sprach, und seine Augenbrauen sackten in einem Stirnrunzeln herab. „Glauben Sie, er hat ihr was angetan?"

„Glauben Sie es?", sagte ich. „Sie klingen, als würden Sie den Kerl kennen."

Er verzog das Gesicht. „Nicht wirklich. Ich hatte 'n Job bei seinen Eltern im Haus und er hat da rumgehangen."

„Der kleine Superschnösel?", sagte Oilers. „Was zum Geier sollte der denn in Dead Man wollen?"

„Keine Ahnung. Noah hat ihn gesehen", sagte Bartstoppel.

Oilers schien ungläubig. „Da würd' ich mich dran erinnern."

„Du warst im Lokus."

„Wann war das?"

Bevor das in eine stundenlange Debatte darüber ausarten konnte, wer wann auf welchem Lokus gewesen war und wer was gesagt hatte, beschloss ich, den Faden wieder aufzugreifen. „Hat sie lange mit ihm gesprochen? Haben Sie eine Ahnung, was für eine Art Gespräch es war?"

„'ne Stunde mindestens", sagte Noah. „Sie haben an der Bar gesessen, als wir gekommen sind, und sie sind kurz vor uns gegangen."

„Moment, sie ist mit ihm zusammen weggegangen?", sagte ich.

„Jaah, sie muss auf ihn abgefahren sein", sagte Noah. „Er muss anders gewesen sein als normalerweise."

Ich wies mich an, nicht zu aufgeregt zu werden. Nur weil Kim zuletzt gesehen wurde, wie sie die Bar mit einem Arschloch verließ, hieß das nicht, dass ich den Fall geknackt hatte. Ein Schritt nach dem anderen.

„Was ist er für ein Typ?"

„Er ist 'n Milchbubi", sagte Noah. „Achtzehn, neunzehn? Ist von der Uni von Kalifornien geflogen, also wohnt er jetzt zu Hause. Sollte eigentlich irgendeinen Kurs online machen, aber er hat die ganze Zeit, in der ich da war, Computerspiele gespielt und sich einen runtergeholt."

„Woher weißt du das?", fragte Oilers. „Hast du ihm zugeguckt?"

„Ich hab' ein Video für dich gemacht", sagte Noah. Ah, die rasend komischen Schwulenwitze. Eine Schande, dass ich sie nicht den ganzen Tag weiter witzeln lassen konnte.

„Warum haben sie ihn von der Uni geworfen?", fragte ich.

Noah zuckte die Schultern. „Vermutlich irgendein Scheiß mit einem Mädchen. Er ist ein echter Wichser."

„Haben Sie Gründe, das zu sagen?"

Noah zuckte erneut die Schultern und zog eine Schachtel Zigaretten aus der Tasche. „Sachen, die er gesagt hat. Die Art, wie er über Mädchen gesprochen hat."

Er bot mir eine Zigarette an. Ich schüttelte den Kopf. „Nein, danke. Können Sie mir sagen, wo ich diesen jungen Mann finden kann? Seinen Namen?"

„Ethan McCann. Lebt oben bei Banff, gleich vor dem Park. Warten Sie."

Er legte seine Zigarette auf einem Stein neben seinen Füßen ab und fing an, durch sein Handy zu scrollen, wobei er weitersprach. „Sie hatten mich beauftragt, an der Rückseite des Hauses 'nen Wintergarten zu bauen. Der Vater ist so eine Art Geschäftsguru, bietet Retreats an in Banff. Ich glaub', die Mutter arbeitet im Centre. Sie haben 'ne gottverdammte Harfe im Wohnzimmer. Kein Scheiß."

Das Centre war das Centre for the Arts, wo Jess aufgetreten war, ohne mir zu sagen, dass er in der Gegend war. Das schien für die Unterhaltung nicht wichtig zu sein, also nickte ich nur.

„Hier." Er drehte sein Handy um und zeigte mir eine Adresse in einer Textnachricht.

„Danke. Ich würde gerne noch sehen, wie der Nachname buchstabiert wird." Ich reichte ihm meine Karte und er schickte mir die Nachricht weiter, plus den Nachnamen. Ich bedankte mich bei ihm und er zog an seiner Zigarette, bevor er antwortete: „Scheiß auf den Schnösel. Fangen Sie ihn, Sherlock."

ICH WAR auf dem Weg zurück zum Auto, als mein Handy klingelte. Lunes war früh wach dafür, dass sie Nachtschicht hatte.

„Ames Investigations", sagte ich, weil es sie nervte, wenn ich sie nicht mit Namen begrüßte.

„Ernsthaft, Ben, wenn du schon nicht auf das Display guckst, dann vergib wenigstens Klingeltöne."

„Das kann man?"

Sie schnaubte wie ein gereiztes Pferd. „Willst du wissen, wie die Autopsie verlaufen ist?"

„Gott, ja", sagte ich. „Kent hat seine Brücken dorthin hinter sich abgebrannt. Du warst meine einzige Hoffnung."

„Ich glaube nicht, dass Abbrennen das ist, was Kent mit dieser Brücke gemacht hat", sagte Luna. „Es sei denn, er hat ein gesundheitliches Problem, von dem ich nichts weiß."

Ich lehnte mich gegen einen Poller und sah auf die Berge. Sie hatten mir nichts zu sagen.

„Was ist mit Kimberly passiert?"

„Sie scheint an einem Schlag auf den Kopf gestorben zu sein. Das hätte während des Falls passieren können. Es hätte vorher sein können. Eine Sache haben sie gesagt - sie scheint nicht sehr viel länger als zwölf, vierundzwanzig Stunden tot gewesen zu sein. Sie ist in kaltes Wasser gefallen, das macht die Sache natürlich kompliziert. Sowohl die Kälte als auch das Wasser."

Also hatte sie das ganze Wochenende über noch gelebt? Ich dachte darüber nach, wie sehr ich es vorgezogen hätte, dass sie tot gewesen wäre statt gefangen und dem Tode nahe.

„Sie kann nicht schon früher gestorben sein?"

„Sie mag woanders gelegen haben, solange es dort kalt war."

„Ein paar Tage lang?", fragte ich. „Ein Wochenende?"

„Ich würde es nicht ausschließen."

Meine angespannten Schultern sackten herab und ich konnte wieder durchatmen. „Okay. Sonst noch etwas?"

„Kein Anzeichen sexueller Aktivität. Alkohol möglich, aber der wird auch vom Körper nach dem Tod hergestellt. Wenn sie länger als achtundvierzig Stunden draußen gelegen hat, kann man sich darauf nicht verlassen. Da du so daran interessiert bist: Sie war nicht offensichtlich schwanger, aber es hätten auch die Anfangstage sein können. Und das ist wirklich alles."

„Danke, Luna", sagte ich.

„Kein Problem. Oh, es gibt noch eine Sache. Keine Ahnung, ob es wichtig ist, aber vielleicht doch."

„Sag' es mir und wir werden es sehen."

„Britt - kennst du Britt?"

„Ich bin nicht mehr auf dem Laufenden", sagte ich. „Hast sie die Autopsie gemacht?"

„Ja. Sie erzählte, dass die Polizei ihr gesagt habe, es handele sich um einen Selbstmord und sie solle sich da keinen Stress machen, und dann sagte sie, dass das so anders war als beim letzten Mal."

„Letztes Mal?" Während ich sprach, wanderte ich zu einem Autoanhänger, den jemand vor einem der Motels abgestellt hatte. Darin befanden sich Skelette, nicht ganz so offensichtlich unecht wie Halloween-Dekorationen, aber nicht echt genug, um irgendjemanden zu täuschen. „Was war letztes Mal?"

„Letzten Sommer ist im Hinterland ein Teenager von einer Klippe gesprungen. Die RCMP dachte, es handele sich um Mord, und anscheinend war es eine große Sache, denn niemandem in der Gegend hat es gefallen, dass Touristen von einem Mord in den Hügeln hören. Ziemlich schlecht fürs Geschäft. Aber die RCMP war ziemlich hartnäckig in der Angelegenheit, wie das ja auch richtig ist."

„Wenn sie es für einen Mord hielten, ja."

„Es hat sich aber herausgestellt, dass es keiner war. Es waren Leute auf der anderen Seite der Schlucht, die gesehen haben, wie sie gesprungen ist. Es war niemand in der Nähe. Sie hatten keinen Handyempfang und es dauerte ein paar Tage, bis sie aus dem Wald kamen, von daher wusste es niemand."

Hm. „Die Polizei hat es vermutlich bereut, hartnäckig gewesen zu sein."

„Sie hatten wohl kein Kapital, oder? Um hartnäckig zu sein?"

„Sie sollten keines brauchen. Es ist die Polizei. Teufel, es sind die Mounties."

„Nun", sagte Luna, „wenn ich es wäre, ich wäre bei diesem Todesfall nicht überzeugt."

„Das hilft mehr, als du glauben magst."

„Wie geht es meinem Patienten?"

„Er schläft."

„Passt aufeinander auf."

Ich bedankte mich noch einmal bei ihr und streckte mich, bis etwas in meinem unteren Rücken knackte. Zu viel Autofahren und ich war die letzten Tage nicht im Fitnessstudio gewesen.

Neigte die RCMP zu Selbstmord, weil sie letztes Mal aufs falsche Pferd gesetzt hatten? Weil sie nicht das Gefühl hatten, dass sie in der Position waren, um einen Haufen reicher Ressortbesitzer in Aufruhr versetzen zu können, nachdem sie es in einem ähnlichen Fall umsonst getan hatten? Hatte jemand gewusst, dass es ein ähnlicher Fall sein könnte? War das mit Absicht so gemacht worden? War der Wasserfall ausgewählt worden, um Kims Leiche dort loszuwerden, weil sich jemand daran erinnert hatte, was vor einem Jahr geschehen war, und dachte, dass die RCMP nicht zu intensiv nachforschen würden, wenn ein weiteres Mädchen am Fuß einer Klippe gefunden wurde?

Das mochte ein weiteres Argument dafür sein, einen Einheimischen für diesen Fall in Betracht zu ziehen. Jemand, der wusste, was hier letzten Sommer vorgefallen war. Der junge Mann, von dem mir die Drillinge erzählt hatten, konnte den Anforderungen entsprechen.

JESS STRAFTE mich einen Lügner, da er wach war, als ich am Auto ankam. Er schaute auf sein Handy.

„Wie läuft es auf Social Media?", fragte ich beim Einsteigen.

„Mit jedem Beitrag sterben Anstand und Höflichkeit ein wenig mehr", erwiderte er. „Wie ist die Jagd gelaufen?"

„Ich bin vielleicht an etwas dran", sagte ich. „Sie war Donnerstagabend in der Bar und sie ist mit einem Typen weggegangen. Die Einheimischen sagen, er sei ein Widerling, was Frauen angeht."

Jess setzte sich auf und ließ das Handy in den Schoß fallen. „Was für eine Art Widerling?"

Ich berichtete ihm die Einzelheiten, einschließlich der möglichen Verbindung der Mutter zum Centre for the Arts. Jess kannte Leute dort. „Kannst du da nachforschen?"

„Ja, aber wozu musst du mit dem Barmann reden? Sollten wir dieser Spur nicht folgen, bevor der Typ entkommt?"

„Wir müssen nicht vor der Werbung fertig werden", sagte ich.

Jess warf mir einen finsteren Blick zu und ich rieb mir die Augen. Der Tag wurde lang und einer von uns beiden hatte nicht die Hälfte davon verschlafen.

„Okay, okay. Geh und sprich mit dem Barmann." Er zeigte auf den Eingang der Bar, wo ich ein gelbes Leuchten durch die Tür sehen konnte. „Die Lichter da drin sind vor etwa einer halben Stunde angegangen."

„Ah", machte ich. „Gut. Und Jess?"

„Ja?"

„Bleib' im Auto."

DER LADEN war in etwa das, was ich erwartet hatte. Dunkles Holz, lange Tische an den Wänden und kleine runde Tische in der Mitte des Raums. Einfacher wegzuräumen, wenn sie mal eine Band hier spielen hatten. Es stank nicht nach Urin oder saurem Bier und um das abzurunden: Es gab auch keine Spielautomaten.

Die Musik hatte eher Restaurantlautstärke als Barlautstärke, was es einfacher für mich machen würde, Fragen zu stellen und die Antworten zu hören. Es lief Nautical Disaster. Die Musik hallte in dem Raum wider, der zu dieser Stunde vor dem Abendessen menschenleer war. Ein wenig zu passend.

Ich umrundete die Speisekarte, die mit schwarzem Stift auf eine weiße Schreibwand geschrieben war. Keine Zeichnungen oder ausgefallene Buchstaben, lediglich die Information, dass Pat Shepherd's Pie, Cäsarsalat und etwas angeboten wurde, das sich Dead Man's Burger nannte. Erkundigen Sie sich nach dem Nachtisch des Tages.

Ich wusste nicht, wer zum Teufel Pat war, aber Derek, vermutete ich, war der Berg hinter der Bar.

Einsneunzig oder größer und so gestählt, wie ich es nie im wahren Leben gesehen hatte. Er hatte raspelkurze, dunkle Haare und trug ein marineblaues T-Shirt, das keine andere Wahl hatte als eng anzuliegen. Seine tiefe Sonnenbräune mochte natürlichen Ursprungs sein oder ein wenig chemische Unterstützung bekommen haben. Dasselbe galt für seine Muskeln. Es war nicht einfach, ohne Unterstützung solche Berge aufzubauen.

Ich bezweifelte, dass er von meinem Ufer war, was eine Schande war, denn sie hätten für ihn Schlange gestanden.

Er bemerkte mich zuerst nicht, da er konzentriert etwas in sein Handy tippte. Nach etwa einer Minute legte er das Handy weg und kam auf meine Seite der Bar geschlendert.

„Entschuldigen Sie bitte", sagte er. „Ich habe nur gerade die Tagesgerichte gepostet. Was kann ich für Sie tun?"

Er lächelte auf charmante, aber unpersönliche Art. Ich legte meine Visitenkarte auf den Tresen. „Ich bin Privatdetektiv. Haben Sie ein paar Minuten Zeit?"

Er nahm die Karte in die Hand und betrachtete sie eingehend.

„Wow", sagte er. „Ein richtig echter Privatdetektiv? Das muss ein ziemlich wilder Job sein."

„Hauptsächlich stelle ich Leuten Fragen", sagte ich ihm. „Mache Listen, streiche Dinge aus."

„Nun, wenn Sie Fragen an mich haben", sagte er, „dann müssen Sie schnell machen. Ich muss ein paar Sachen fürs Essen vorbereiten, bevor es voll wird."

„Ich verstehe", sagte ich. „Zuerst sollte ich fragen … im Hotel sagte man mir, der Name des Besitzers sei Derek?"

„Sie stehen vor ihm." Er hielt mir die Hand hin und ich nahm sie. Er drückte zu fest zu. „Derek Bellevue."

„Und haben Sie letztes Wochenende hier gearbeitet?"

„Jepp", sagte er. „Ich hab' in der Zwischensaison nicht viele Angestellte."

Das passte. Die Australier kehrten nach Australien zurück. Studenten an die Uni.

„Ich suche nach einer vermissten Frau", sagte ich. „Ich glaube, sie ist letztes Wochenende in Dead Man's Flat gewesen, also haben Sie sie vielleicht gesehen."

Auf diese Art hatte ich überall in der Stadt das Gespräch eröffnet und die meisten Leute hatten mich korrigiert. Vermisst? Meinte ich die junge Frau, die gestorben war? Die Bauarbeiter hatten sogar gleich dort angesetzt, bevor ich noch die Gelegenheit gehabt hatte, sie etwas zu fragen. Derek zuckte die Schultern.

„Ich sehe eine Menge Leute an den Wochenenden", sagte er. Er sah meinen Blick durch den leeren Raum und fügte hinzu: „Später in der Woche wirds voller. Und ich hab' gerade erst fürs Abendessen aufgemacht."

„Sie haben sie vielleicht bemerkt", sagte ich und holte mein Handy aus der Tasche. Ich zeigte ihm ein Foto von Kim und er nickte.

„Oh, klar. Das Mädchen in dem Fünfzigerjahre-Outfit. Sie war am Donnerstag hier. An der Bar. Sie sagen, sie wird vermisst?"

War er der einzige Typ in der Stadt, der nicht von der toten, jungen Frau unter dem Wasserfall gehört hatte? Ich bezweifelte es. Also was für ein Spiel spielten wir hier? Ich entschied mich, seine Frage zu übergehen und meine eigene zu stellen. „Haben Sie gesehen, ob sie sich mit jemandem unterhalten hat?"

Er lehnte sich gegen den Tresen. Gesellig. Das war die Art, wie er den Touristen schöntat, locker und so herzlich erfreut, dass man vorbeigekommen war. Keine schlechte Vorstellung, aber ich durchschaute sie, da ich das falsche Publikum war.

„Jaah … blonder Kerl. Er hat die Getränke bezahlt. Es hat ihm gefallen, die Order zu geben, glaube ich. Zu sagen, was immer die Dame gerne hätte, verstehen Sie, was ich meine?"

„Sind sie zusammen hereingekommen?"

„Ich glaube, er war hier, als sie reingekommen ist. Jaah. Ich glaube, sie hat sich dafür entschieden, sich neben ihn zu setzen. Über Geschmack lässt sich nicht streiten, stimmt's oder hab' ich recht?"

„Sie haben recht", sagte ich. „Schienen sie jeweils der Geschmack des anderen zu sein?"

„Ich schätze schon", sagte er. „Sie haben so ziemlich den Laden hinter sich zugemacht und sie sind zusammen weggegangen."

Ach, waren sie das?

„Den Laden hinter sich zumachen heißt …"

„Wir schließen um zwei, Donnerstag bis Samstag", sagte Derek. „Letzter Aufruf ist um eins. Den Rest der Woche machen wir im Sommer und in der Skisaison gegen Mitternacht zu. Den Rest des Jahres machen wir ‚Wasserscheide'."

Meine Verwirrung war so offensichtlich, dass er es erklärte.

„Wenn wir hier mehr Personal drin haben als Kunden. Um diese Jahreszeit bin das nur ich. Heute schließen wir vermutlich ziemlich bald nach dem Abendessen."

„Verstanden." Ich wünschte, ich hätte ein Foto von Ethan McCann, damit ich es Derek zeigen konnte, um vielleicht die Bestätigung zu bekommen, dass wir von demselben Mann sprachen. „Sie sagen, dieser junge Mann war blond. Erinnern Sie sich sonst noch an etwas?"

„Kann ich gerade schnell nach etwas auf dem Herd sehen? Ich bin sofort zurück."

„Natürlich."

Das Fernsehen will einem weismachen, dass die Leute während einer Befragung eine Pause machen, weil sie eine Waffe in den Fluss werfen oder nach den Menschen sehen müssen, die sie im Keller gefesselt haben. Ich habe noch nie erlebt, dass dies der Fall war. Ich frage mich, ob den Leuten das Thema nicht behagt und warum. Aber ich weiß auch, dass die Leute manchmal wirklich Dinge auf dem Herd haben. Manchmal müssen sie auf die Toilette.

In diesem Fall dachte ich, dass Derek vermutlich die Wahrheit sagte, und ich nutzte die Gelegenheit, mich in der Bar umzusehen, während er in der Küche war. Ich hielt insbesondere Ausschau nach einer Sicherheitskamera. Nur weil das Hotel keine hatte, bedeutete das nicht, dass Derek nicht selbst eine installiert haben konnte.

Ich prüfte die üblichen Winkel und Stellen und fand nichts. Wenn er Kameras hatte, dann waren sie gut versteckt. Ich bezweifelte es, denn ein Teil des Gedankens hinter Kameras war, dass die Leute wussten, dass man sie hatte. Teufel, ein guter Prozentsatz aller angebrachten Sicherheitskameras war nichts als eine hohle Kunststoffattrappe, vielleicht mit einer Batterie und einem LED-Lämpchen versehen, damit sie echter aussahen.

Derek kehrte zurück und trocknete sich die Hände an einem Geschirrtuch ab. Er sah mich in der Mitte des Raumes stehen und in die Ecken spähen und ließ sowohl das Geschirrtuch als auch die kumpelhafte Maske augenblicklich fallen.

„Suchen Sie nach etwas?", fragte er kalt. Alles an ihm, sein Gesicht, sein Tonfall und die Art, wie er seine Schultern hielt, sagte mir, dass ich das besser nicht tat.

„Ich habe mich gefragt, ob Sie Sicherheitskameras haben", sagte ich ihm. „Sieht nicht so aus."

„Hab' nie welche gebraucht", sagte er. Er entspannte sich ein wenig, aber es war nach wie vor offensichtlich, warum er nie das Gefühl gehabt hatte, Sicherheitskameras zu brauchen. Ein Dieb mit ein bisschen gesundem Menschenverstand würde einen Blick auf das steinerne Gesicht werfen und es an der nächsten Tür versuchen.

„Nachvollziehbar", erwiderte ich. „Wenn es keine Videoaufzeichnungen gibt, dann ist Ihre Beschreibung des jungen Mannes wohl alles, was ich habe. Erinnern Sie sich an irgendetwas an seinem Aussehen? Etwas Auffälliges, wie eine Tätowierung?"

Er verschränkte die Arme und lehnte sich gegen die Rückwand der Bar. „Hatte er. Irgendeinen Stuss aus einem Computerspiel. Hier." Er deutete auf die Innenseite seines Handgelenks. Gut genug. Wenn der Knabe eine Tätowierung hatte, konnte ich ein Foto machen und Derek um Bestätigung bitten. Wenn nicht, dann war er der Falsche.

„Sie haben nicht zufällig einen der beiden hier in der Nähe irgendwo gesehen?", fragte ich. „Am nächsten Morgen, vielleicht? Im Büro sagten sie mir, dass Sie sich manchmal ein Hotelzimmer nehmen."

Derek nickte. „Jaah, jaah, manchmal. Aber letzte Woche bin ich jeden Abend rauf zu meinem Wohnwagen gegangen."

„Also leben Sie in einem Wohnwagen auf dem Berg?", fragte ich. „Wie Camping das ganze Jahr über?"

Er lachte. „Ah, nein, Mann, er ist ausgebaut. Ich hab' Strom und fließend Wasser und alles. Es gab eine Straße da rauf, aber wir hatten letztes Jahr einen Bergrutsch und bisher ist noch niemand dazu gekommen, den aufzuräumen. Ich kann im Sommer gehen und im Winter ein Schneemobil nehmen. Das hält mich in Form."

Es war schwer zu sagen, wie viel Beifall er gerne für die Verfassung haben wollte, in der sich sein Körper befand. Ich begnügte mich mit einem Nicken.

„Ich bin nach Hause gegangen, nachdem ich abgeschlossen hatte", sagte er. „Hab' niemanden hier herumhängen sehen. Ist das alles? Ich werd' jeden Moment Gäste hier haben."

„Das ist alles", sagte ich und schob ihm meine Karte näher. „Danke. Und bitte rufen Sie mich an, wenn Ihnen noch etwas einfällt, das helfen könnte."

„Mache ich", sagte er und steckte meine Karte in die Gesäßtasche seiner engen Jeans. Ich folgte ihr mit den Augen, aber es war ein Reflex. Mein Herz war nicht bei der Sache.

14

Jess telefonierte, als ich zum Auto zurückkam, und er machte eine ,warte eine Sekunde'-Geste, als ich die Hand nach dem Türgriff ausstreckte. Ich ging ein paar Schritte vom Auto weg und blickte nach Westen, in Richtung Banff. Die Sonne stand noch immer hoch, würde es auch noch ein paar Stunden lang tun, aber das Licht hatte einen Schimmer, den es noch vor ein paar Wochen nicht gehabt hatte. Selbst so früh im September war ersichtlich, dass der Sommer vorbei war.

Ich ging weiter, am Auto vorbei zur Mitte des Parkplatzes. Ich hatte ein paar Anrufe zu machen, einen an jede meiner Klientinnen, und ich wollte sichergehen, dass niemand verborgen hinter einer Hausecke oder einer Baumgruppe lauschte.

Es war immer schwierig, mit Klienten über diesen Teil der Ermittlungen zu sprechen. Ich wollte den Eindruck erwecken, dass ich Fortschritte gemacht hatte, denn das hatte ich, und weil ich wollte, dass sie wussten, dass ich meinen Job machte. Aber ich wollte nicht über meine Theorien sprechen oder, schlimmer noch, ihnen falsche Hoffnungen machen.

In diesem Fall war ich immerhin in der Lage, über ein paar Fakten zu berichten. Ich hatte Kims Auto gefunden. Ich hatte ihr Hotel gefunden und mit Leuten gesprochen, die sie gesehen hatte. Sowohl Emma als auch Lauren schienen mit diesem Fortschritt zufrieden. Emma sagte mir, dass ich recht hatte damit, dass Kim ihre Umhängetasche, ihr Handy und vermutlich auch ihren Laptop bei sich getragen hätte. Lauren bestätigte widerwillig, dass Kim mit jemandem weggegangen sein könnte, den sie nicht kannte. Speziell einem gut aussehenden Mann. Normalerweise tat sie das nicht, aber es könnte sein. Sie hatte es bisher zumindest einmal getan.

Sie wollte nicht wissen, warum ich Fragen über Kims Tendenz zu One-Night-Stands hatte, obwohl ich das erwartet hätte.

Ich erwähnte das Blatt mit den Kritzeleien, das ich gefunden hatte. Wussten sie von etwas, über das Kim nachgedacht hatte? Vielleicht eine Entscheidung, die sie treffen musste? Sie verneinten beide, aber baten darum, die Kritzeleien zu sehen. Ich sagte ihnen, ich würde ein Foto machen und es ihnen schicken. Ich endete mit den Worten, dass ich mich melden würde, sobald ich mehr wusste.

Ich hatte nicht wirklich vor anzurufen, solange ich nicht etwas Handfestes hatte. Sie hatten beide genug auf dem Herzen und ich wollte sie nicht unnötig zappeln lassen.

Auf der anderen Seite des Parkplatzes öffnete sich eine Autotür und ich sah, wie Jess sich über den Fahrersitz lehnte. Sein Handy hatte er auf das Armaturenbrett geworfen.

„Entschuldige", sagte er, als ich näherkam. „Das sollte vertraulich sein."

Ich stieg ein und schlug die Tür hinter mir zu, bevor ich sagte: „Also spuck's aus."

Er lachte. Ein wenig heiser. Kein Husten. „Ich habe eine Freundin angerufen, die im Centre for the Arts arbeitet."

„Oh. Das ist praktisch."

„Praktischer ist, dass sie mir einen Gefallen schuldet. Jedenfalls weiß sie die ganze Geschichte über den Kerl. Seine Mutter ist zutiefst enttäuscht von ihm."

„Also wurde er von der Uni verwiesen?"

Jess dachte darüber nach. „Es wurde ihnen nahegelegt, dass er nicht zurückkommen solle. Er ist dabei erwischt worden, wie er Alkohol für Minderjährige gekauft hat."

Das brauchte Kontext. Ich hatte für meine Freunde geschmuggelt, damals, als ich gerade achtzehn geworden war und ihre Geburtstage noch ein paar Monate entfernt waren. Es wäre unhöflich gewesen, es nicht zu tun.

„Seine Kumpels?"

Jess schüttelte den Kopf. „Nein. Es war ekelhaft. Fünfzehn-, Sechzehnjährige. Alles Mädchen."

„Igitt", sagte ich.

„Igitt", stimmte Jess zu. „Also hat seine Mutter beschlossen, dass er nach Banff zurückkommen und ein wenig erwachsener werden soll, bevor er es noch einmal mit der Uni versucht."

„Hat ihn nach Hause geholt, um woanders widerlich zu sein."

„Genau."

Ich angelte mir Kims Zeichnung aus der Vordertasche von Jess' Jeans, ignorierte den Blick, den er mir daraufhin zuwarf, machte ein paar Fotos für meine Klientinnen und steckte das Blatt in meine Jackentasche. Dann tippte ich die Adresse, die ich von dem Bauarbeiter bekommen hatte, in mein Handy ein und fuhr los in Richtung Hauptverkehrsstraße. Jesse schwieg, bis wir die Hauptstraße erreicht hatten.

„Was ist mit dem Barmann?"

„Was soll mit ihm sein?"

„Er hätte sie den Wanderweg hochtragen können."

Ich legte ihm eine Hand auf die Stirn. Er schlug sie weg.

„Mir geht's gut. Warum siehst du mich so an?"

„Sie ist mit einem Mann weggegangen", erinnerte ich ihn. „Während er an der Bar gearbeitet hat. In einem Raum voller Gäste."

Er sah so sehr danach aus, dass er etwas sagen wollte, dass ich ihn länger ansah, als ich es beim Fahren hätte tun sollen. Schließlich gab ich auf und schaute auf die Straße. Das Schweigen hielt an.

„Ich kann mit allen diesen Gästen sprechen", sagte ich, „wenn ich muss. Aber ich habe das Gefühl, ich muss es nicht."

„Ja. Gut. Der Knabe klingt wie ein Widerling."

Diese Worte, so sagten mir meine Nervenenden, waren eine Form von Darbietung. Keine Lüge. Nur eine Karnevalsmaske an einem Stäbchen, die ein paar Zentimetern vor dem wahren Jess hing und mit mir sprach.

„Ich weiß noch nichts", sagte ich. „Ich werde mit ihm reden."

„Hmm."

„Es gefällt mir nicht, dass er nicht zum Personal gehört. Es wäre schwieriger für ihn gewesen, an Kim Unterschrift und an unausgefüllte Verlängerungskarten zu kommen. Aber er könnte einen Kumpel haben, der dort arbeitet, oder vielleicht behalten sie das Büro nicht so genau im Auge."

„Ich habe Dan weggehen sehen, während du mit dem Barmann gesprochen hast", sagte Jess. „Er ist mit dem Auto weggefahren. Und Marie hat den Müll raus zu ihrer Tonne an der Straße gebracht. Sie hat die Tür nicht abgeschlossen."

„Na bitte", sagte ich.

Ich warf einen Blick zu ihm hinüber und sah, dass Jess durch Fotos auf seinem Handy scrollte. Er hielt bei einem Foto von einem blonden jungen Mann mit Backpfeifengesicht an, der bei irgendeiner Veranstaltung im Freien vor einem Bierstand stand. Ein Fringe, vielleicht? Ich glaubte, die Ecke eines Zelts sehen zu können.

„Meinst du, dass er mit Absicht so grient", sagte Jess, „oder glaubst du, dass sein Gesicht das von alleine so macht?"

Ich schüttelte den Kopf. „Nicht genug Datenmaterial."

„Ich habe mich gefragt, ob er groß genug ist, um Kim zu tragen. Was meinst du? Bisschen sehnig, aber er ist groß und seine Schultern sehen breit aus."

„Ich werde ihn bitten, dass er sich ein paar Säcke Mehl über die Schulter wirft und damit herumgeht."

„Ich würde nur zu gerne sehen, wie du ihm das sagst, und dann nicht erklärst, warum."

„Er hat wahrscheinlich sowieso keine Mehlsäcke parat."

„Ich wünschte, du hättest eine Waffe."

„Es ist erstaunlich, wie schnell du dich von einem waffenhassenden Liberalen in jemanden verwandelt hast, der will, dass ich ein Kind erschieße."

„Er ist keine sechs Jahre alt. Und vielleicht hat er jemanden ermordet. Hast du keine Angst?"

„Ich habe schon mit vielen studierenden Arschlöchern gesprochen."

„Ja, aber worüber? Vandalismus? Drogen?"

„Tätlichkeiten. Körperverletzung", sagte ich. „Ja, solche Sachen. Nicht unbedingt Mord."

„Wenn jemand etwas wirklich Schlimmes getan hat, würde er dann nicht so ziemlich alles tun, um aus der Sache rauszukommen?"

„Kommt drauf an", sagte ich. Wir näherten uns der Abzweigung zu den ultra-reichen Anwesen, die westlich von Canmore und ein paar Kilometer vor den

Toren des Parks standen. Ich wurde langsamer, um auf die Schilder zu achten. „Weißt du, was die Leute gemacht haben, die am 11. September im World Trade Center waren?"

Er schüttelte den Kopf. „Die Notausgänge verstopft? Die Aufzüge gestürmt?"

„Herumgesessen", entgegnete ich. „Viele Leute haben sich Zeit genommen, um ihre Handtaschen und Jacken zu holen, ihre Schreibtische durchzukramen. Alles andere, als sich einzugestehen, dass das, was gerade passiert, passiert."

„Also beschuldigst du jemanden des Mordes und er fängt an, seine Sockenschublade zu organisieren?", wollte Jess wissen. „Himmel, seine Familie wohnt nah am Park. Oder ist es schon im Park?"

„Knapp davor", sagte ich und zeigte ihm die Karte auf meinem Handy. „Tatverdächtige glauben, sie könnten es abstreiten oder mich ablenken. Selbst wenn ich die Polizei überzeugen kann, sie zu verhaften, besorgen sie sich einen guten Anwalt. Es ist schwer für Menschen zu glauben, dass sie in tiefen Schwierigkeiten stecken."

„Besonders, wenn sie Geld haben", sagte Jess, als hätte er keines. Bis zu einem gewissen Grad hatte er immer welches gehabt. Nicht, dass er so reich aufgewachsen wäre, wie er es jetzt war, aber von einem Spitzenmanager in der ganzen Welt herumgeschleppt zu werden sprach nicht gerade von Entbehrung. Jedenfalls nicht in finanzieller Hinsicht.

Wir bogen auf eine Straße ab, die sich gen Nordwesten schlängelte, entlang der Grenze des Parks, und das orange Leuchten von Häusern drang durch die Bäume. Überwachsene Holzhütten, als wären sie von einer Pionierfamilie aus Riesen erbaut worden. Vor einer stand ein Zu-verkaufen-Schild mit der Preisvorstellung, zweifellos, um Zeitverschwender zu vermeiden. Ein Tacken mehr als zwei Millionen. Jess stieß einen leisen Pfiff aus.

„Fahr' eine halbe Stunde nach Osten und du kannst für den Preis doppelt so viel Haus bekommen", sagte Jess, als besäße er detaillierte Kenntnisse über die Grundstückspreise entlang des Calgary-Canmore-Banff Korridors.

„Fahr' fünf Minuten nach Westen und du bekommst zu keinem Preis eines", betonte ich. Er nickte.

„Ja, das verstehe ich. Aber sie hocken hier dicht auf dicht. Für das, was man hier bezahlt, sollte man mehr Privatsphäre erwarten."

Das waren gute Neuigkeiten für mich. Die Häuser standen wirklich dicht beieinander und die meisten hatten große Fenster in alle Richtungen, um Nutzen aus der vermeintlichen Wildnis zu schlagen. Es würde nicht zu schwer werden, Leute zu finden, die über das Kommen und Gehen ihrer Nachbarn Bescheid wussten. Um wie viel Uhr war der McCann Junge nach Hause gekommen? Oder vielleicht war er im Hotel geblieben? War jemand dabei gewesen?

Das McCann Anwesen hatte eine Dreifachgarage und einen gewundenen Weg aus Pflastersteinen, der von dort zum Haus führte. Solarlampen auf Stangen standen um die Steine herum, aber es war noch nicht dunkel genug, als dass sie angegangen wären.

Das Haus selbst war größtenteils dunkel, nur auf der Rückseite waren ein paar Lichter zu sehen. Wären nicht die bodentiefen Fenster an der Vorderseite gewesen, hätte ich überhaupt kein Licht gesehen.

„Okay", sagte ich und drehte mich zu Jess.

Bevor ich fortfahren konnte, sagte er: „Bleib' im Auto?"

„Ja. Aber ich rufe an, wenn ich länger brauche als … lass uns zwanzig Minuten sagen. Wenn ich nicht anrufe und ich nicht zurückkomme, ruf die Polizei."

Seine Augen wurden groß. „Du hast gesagt, du hättest keine Angst."

„Ich bin vorsichtig", erklärte ich ihm. „Ich wäre auch ohne dich klargekommen, aber da du schon mal hier bist, kannst du dir auch genauso gut deinen Unterhalt verdienen."

Er sah nicht sonderlich beruhigt aus. „Und ich sage ihnen … was? Die Wahrheit?"

„Ja", sagte ich. „Sollte es so weit kommen, wirst du es müssen. Sonst gibt es keinen Grund für die Polizei herzukommen."

„Okay."

„Und dann wartest du", sagte ich. „Im Auto. Du wirst nicht an der Tür klingeln oder um die Hausecke schleichen oder was dir sonst auch immer einfällt."

Jess legte den Kopf schief. „Du weißt schon, dass ich keine fünf bin, oder? Du musst nicht mit mir sprechen, als wäre ich fünf."

Ich umfasste das Lenkrad mit nicht unwesentlichem Nachdruck. Genug, dass Jess vermutlich bemerkte, dass meine Knöchel weiß wurden.

„Ich entschuldige mich", sagte ich. „Ich habe nicht beabsichtigt, mit dir zu sprechen, als wärst du fünf. Ich habe beabsichtigt, mit dir zu sprechen, als wärst du impulsiv und würdest deine Grenzen nicht genau kennen."

Und du bist loyal, aber das sagte ich nicht. Ja, er würde mich sitzenlassen und die Miete nicht bezahlen und jahrelang nicht mit mir reden, aber ich war mir dennoch ziemlich sicher, dass er für mich gegen einen tobenden Elefanten kämpfen würde, sollte das nötig werden. Er würde zu Tode getrampelt werden, aber er würde es ohne zu zögern tun.

Er sah mich an mit einem Ausdruck, den ich nicht deuten konnte. Nicht wütend. Nicht einmal verärgert.

„Mein Fehler", sagte er. „Viel Glück da drinnen. Ruf', wenn du mich brauchst."

Ich stieg aus dem Auto und ging den Weg hinauf, wobei ich das Gefühl hatte, als wäre ich auf eine Art und Weise vorgeführt worden, die ich nicht einmal ansatzweise verstanden hatte.

Die Haustüren waren aus schwerem Holz und fensterlos, wobei die eigene Tür genau die Stelle ist, an der es nicht ganz verkehrt ist, ein Fenster zu haben.

Vorausgesetzt, man wollte wissen, wer auf der anderen Seite stand, bevor man öffnete. Ich drückte auf die Türklingel, die weder eine Gegensprechanlage noch eine offensichtliche Kamera hatte, und wartete. Es dauerte nicht lange, weniger als eine Minute, bevor sich eine der Türen öffnete und das Backpfeifengesicht von dem Foto enthüllte, das auf der anderen Seite stand. Ein leises Hohnlächeln, die Augen rot und schmal, ein Haarschnitt überfällig und die Schlafanzughose getragen, als wäre es eine richtige Hose. Das Oberteil hatte einen Universität von Kalifornien-Aufdruck. Ziemlich dreist, damit vor den Augen seiner Eltern herumzulaufen, was mich vermuten ließ, dass sie nicht zu Hause waren.

„Sie sind nicht der Skip", teilte er mir mit.

Er wartete darauf, dass SkipTheDishes ihm Essen liefern würde. Aus Canmore, vermutlich.

„Sie liefern hier draußen?", sagte ich.

„Ich habe eine Abmachung."

Er sagte das, als wäre er ein Mafiaboss, der frischen Hummer für sein Casino einfliegen ließ. Es war nicht schwer zu verstehen, warum mein Bauarbeiterkumpel ihn nicht ausstehen konnte. Ich war bereits mehr als halb derselben Meinung.

„Sie warten auf Ihr Abendessen, also mache ich es kurz", sagte ich. „Sind Sie Ethan McCann?"

Er sagte, wirklich und wahrhaftig: „Wer will das wissen?"

Ich wollte etwas Schlaues sagen, aber das Schlaueste war, den Typ nicht zu verärgern, bevor ich durch die Tür war. „Ich bin Ben Ames", sagte ich stattdessen. „Ich bin ein Privatdetektiv aus Calgary."

Ich zeigte ihm meine Lizenz, während ich sprach. Er warf einen Blick darauf, betont uninteressiert. Die meisten Leute waren zumindest ein klein wenig neugierig, wenn ein Privatdetektiv vor ihrer Haustür stand. Ich war mir ziemlich sicher, dass er es auch war. Aber es war schwer zu sagen, ob er versuchte, unschuldig zu wirken oder ob er mir nur demonstrieren wollte, dass er zu cool für mich war.

Während er einen Blick auf meine Lizenz warf, warf ich einen Blick auf sein linkes Handgelenk. Dort fand sich ein Wirrwarr aus Kreisen und stacheligen Linien, schwarz und auffallend. Ziemlich neu.

„Cooles Tattoo", log ich.

„Sind Sie Gamer?", wollte er wissen und zog ungläubig die Augenbrauen hoch.

„Nein, mir gefällt nur das Design."

„Egal", sagte er. „Warum wollen Sie mit mir reden?"

„Ich wurde beauftragt, eine vermisste Person zu finden. Ich glaube, Sie haben letzte Woche mit ihr gesprochen."

Er kaute ein paar Sekunden lang darauf herum. Er schien nicht in Panik zu geraten, lediglich nachzudenken. Ich beäugte ihn, während er zu einer Entscheidung kam, und entschied, dass er vermutlich jemanden von Kims Größe hätte hochheben können, wenn es nötig gewesen wäre. Er hätte es am nächsten Tag gespürt, aber er hätte es tun können.

Schließlich trat er von der Tür zurück, um mich hereinzulassen. Ich folgte ihm und zog die Tür nicht ganz hinter uns zu.

Im Innern war das Haus aggressiv auf Wald gemacht. Dicke Kiefernholzbalken. Ledermöbel. Holzdielenböden und ein steinerner Kamin, der bis zur Decke reichte. Die berüchtigte Harfe stand zwischen dem Kamin und einem Flügel. Als ich ein paar Schritte weiter ins Haus ging, roch ich billiges Gras und zwar eine Menge davon. Kein Wunder, dass der Knabe scharf auf etwas zu essen war.

Ich sah mich um nach Dingen, die aussahen, als hätten sie Kim gehören können. Man sollte nicht meinen, dass jemand dergleichen Dinge offen herumliegen lässt, wenn er in ein Verbrechen verwickelt war, aber man konnte nie wissen.

Es lag nicht viel in diesem Haus herum, was Sinn ergab. Sie hatten vermutlich ein Dienstmädchen und man konnte nicht weit abweichen von dem, was der Innenarchitekt erschaffen hatte. Gott stehe einem bei, wenn man auch nur ein Buch zu viel für die Hängeregale aus geschnitztem Treibholz kaufte.

Während ich dem Knaben auf die Rückseite des Hauses folgte, ging mir auf, dass ich keine Ahnung hatte, wie Jesses Haus aussah. Er gab dort keine Interviews, also hatte noch kein Reporter aufgeregt die Atmosphäre beschreiben können rund um seine Möbel und Küchenutensilien oder von gerahmten Schallplatten an den Wänden. Meine Vermutung war, dass Jesse sein Haus als Arbeitsplatz nutzte, zum Schreiben, und dass es nicht genug wie ein Sex-Dungeon aussah, um seinem Image zu entsprechen.

Ethan hatte sich im Wintergarten ein verhuschtes, kleines Nest gebaut. Auf einem riesigen Fernseher war ein Videospiel angehalten worden. Schrammen auf dem Boden zeugten davon, dass er den Fernseher aus dem Wohnzimmer hineingezerrt hatte. Er war nicht ganz die Sorte Möbel, die man in einem Wintergarten stehen hatte.

Er ließ sich nieder und ich ging durch meine Routine, zeigte ihr Foto und nannte ihren Namen. Erkannte er sie?

„Bin ihr am Donnerstag im Pat's begegnet. Eine verdammte Schwanzfopperin, Mann. Ich warne Sie. Verschwenden Sie nicht ihr Geld. Ich hab' ihr zwei Duvels und einen Schweiß-Whiskey ausgegeben und einen gemischten Vorspeiseteller, den sie verdammt noch mal verschlungen hat."

„Klingt so, als ob Sie sich längere Zeit mit ihr unterhalten haben?"

„Jaah, wissen Sie, ich dachte mir, das ist Frischfleisch, und sie hat nach dem Tattoo gefragt, weil sie wohl ‚Gamerin' ist."

Er setzte das Wort Gamerin in Anführungszeichen. Ich rief mir in Erinnerung, dass es nicht hilfreich wäre, ihn in sein Backpfeifengesicht zu schlagen.

„Also sind Sie beide wann gegangen?", fragte ich.

„Beim letzten Aufruf. Um eins?"

„Was dann?"

„Ich bin mit zu ihrem Zimmer. Sie hat mich an der Tür abgeblockt. Scheiße, können Sie glauben, dass ich einen Haufen Geld für dieses Biest ausgegeben hab'? Hat sie gedacht, ich bezahl', um sie über irgendeinen Scheiß labern zu hören oder ihre dämliche Scheißkunst?"

„Hat sie gesagt, warum sie in der Stadt war? Oder Ihnen vielleicht ein paar Zeichnungen gezeigt?"

„Sie sagte, sie würde an einer - wie hat sie das gesagt - Scheiß-Schwelle stehen. Und sie hat die ganze Zeit lang gemalt."

Ich zeigte ihm Kims Zeichnung und er bestätigte, dass das das besagte Werk war.

„Und", sagte ich, „was haben Sie getan, als sie Ihren Annäherungsversuch abgelehnt hat?"

Er schnaufte und Chipskrümel sprühten von seinen dünnen Lippen. „Ich bin gegangen. Ich bin ja nicht scheißeblöd. Die ganze Bar hat gesehen, wie ich mit dieser Tussi abgedampft bin."

Mein Magen verkrampfte sich. Manche Männer, zu viele von ihnen, hätten mit einem beschwipsten Mädchen, das allein in einem Motel war, keine schönen Dinge angestellt. Aber noch weniger hätten sie es einem Fremden gegenüber so formuliert, dass der Grund, jemanden nicht zu vergewaltigen, der war, dass man mit ihr gesehen wurde.

„Wo sind Sie danach hingegangen?"

„Bin ein bisschen rumgefahren. Es war zu spät, um in einer anderen Bar neu anzufangen. Sie hat meine komplette Nacht verschwendet. Sie hätte mir wenigstens einen blasen können."

Ich sah mir das Nest aus Chips und Gras an. Ich sagte nichts. Nach etwa einer halben Minute wurde ihm das Schweigen langweilig.

„Was zum Teufel ist das hier?"

Wie standen die Chancen, dass er noch nichts von dem Todesfall im Park gehört hatte? Vielleicht gar nicht so schlecht, wenn er den ganzen Tag hier gewesen war, Videospiele gespielt und Essen bestellt hatte.

„Sie wird vermisst", sagte ich. „Ihre Schwester hat mich beauftragt, sie zu finden. Hat sie Ihnen irgendetwas dazu gesagt, wohin sie gehen wollte, was ihre Pläne waren?"

Das war seine Chance, den Verdacht von sich abzuweisen. Zu sagen, dass sie vorgehabt hatte, sich mit einem anderen Mann zu treffen oder dass sie Selbstmordgedanken gehabt hatte. Er zuckte die Schultern. „Nee. Wir haben übers Gamen gesprochen. Sie hat eine Menge ödes Zeug über Kunst gelabert."

„Sie waren der Letzte, der sie gesehen hat", sagte ich, meine Stimme härter. Das weckte ihn ein wenig auf. Zum ersten Mal seit meiner Ankunft öffnete er ganz die Augen.

„Das wissen Sie nicht. Ich hab' sie nach, so, ein Uhr morgens nicht mehr gesehen."

„Und dann sind Sie herumgefahren. Hat jemand Sie gesehen? Haben Sie mit jemandem gesprochen?"

„Nur mit der RCMP."

Das war etwas, das ich nicht erwartet hatte. „Wie bitte?"

„Ich hab' eine Scheiß-Knolle bekommen, okay? Bin mit überhöhter Geschwindigkeit gefahren", weitere Worte in Anführungszeichen, „als ob sich irgendjemand an die Geschwindigkeit halten würde. Und die Bullerei hat mir gedroht, mich ins Röhrchen pusten zu lassen. Diese Fotze geht mir immer auf den Sack."

Ich versuchte, mir das nicht bildlich vorzustellen.

„Aber das hat sie nicht, oder?", sagte ich. „Sie haben einen Strafzettel für zu schnelles Fahren bekommen?"

„Jaah. So um, keine Ahnung. Halb drei?"

„Haben Sie den Strafzettel noch hier irgendwo?"

Er schnaubte.

„Ja, klar. Als ob ich den rumliegen lasse, damit meine Eltern den finden. Ich hab' ihn bezahlt, okay?"

„So", sagte ich. „Okay. Sie wirken nicht wie jemand, der knapp bei Kasse ist. Ich verstehe nur nicht, warum Sie in Dead Man's ausgehen, um etwas zu trinken, anstatt in Canmore oder Banff."

„Banff ist verdammte Scheiße", informierte er mich.

„Ich verstehe Sie. Also warum dann nicht Canmore?"

Er zuckte die Schultern. Ich fragte mich, ob ein gebrochenes Schlüsselbein ihm diese Angewohnheit abgewöhnen könnte.

„Die beschissenen Freundinnen meiner Mutter gehen alle da saufen. Die Schlampen verpetzen mich immer."

Das passte. Die beschissenen Freundinnen seiner Mutter gingen wahrscheinlich in Canmore aus, um etwas zu trinken. Sie schlürften vermutlich eine Menge Eiswein und Schokoladencocktails weg.

„Hatten Sie keine Sorge, letzte Woche morgens um halb drei betrunken nach Hause zu kommen?"

„Meine Eltern sind nicht in der Stadt. Dad ist auf irgend so einer Scheiß-Konferenz."

Womit er zumindest ein Auto und ein großes, leeres Haus für sich hatte. Und niemanden, der bestätigen konnte, wann er nach Hause gekommen war. Ich würde die Nachbarn fragen müssen.

„Wenn Sie sich an irgendetwas erinnern, was sie über ihre Pläne gesagt hat, oder an jemanden, mit dem Sie sie gesehen haben, rufen Sie mich an."

Er nahm meine Visitenkarte und sah sie an, als wäre er sich nicht sicher, was das war oder was er damit tun sollte.

Er sagte nichts weiter und machte auch keine Anstalten aufzustehen, also nahm ich an, dass ich mich allein nach draußen begleiten würde. Ich nutzte diesen

Umstand, um mich ein wenig gründlicher umzusehen und unter Möbel zu spähen. Ich zog in Betracht zu fragen, ob ich die Toilette benutzen dürfte, aber es schien mir die Mühe nicht wert. Wenn sich herausstellte, dass er bezüglich des Knöllchens oder der Uhrzeit, wann er nach Hause gekommen war, gelogen hatte, dann würde ich versuchen müssen, die Polizei davon zu überzeugen, einen Durchsuchungsbefehl für das Haus auszustellen.

Ich zog die Tür hinter mir zu und warf einen Blick auf meine Armbanduhr. Weit unter zwanzig Minuten.

„Und?", sagte Jess, sobald ich wieder im Auto saß. Sein Handy war aus und lag auf dem Armaturenbrett. Ich kam nicht umhin zu denken, dass er die ganze Zeit über auf die Haustür gestarrt hatte.

„Er hat gestanden. Ich habe einen Richter mitgebracht für das Urteil und er wird zwanzig Jahre bis lebenslänglich in Kingston sitzen."

„Sehr witzig."

„Du klingst, als hättest du Antworten erwartet."

Ich ließ das Auto an und fuhr die Straße zurück zur Hauptverkehrsstraße. Ich konnte die Nachbarn später zu Ethans Kommen und Gehen befragen, je nachdem, wie die Sache mit dem Strafzettel ausging.

„Ich habe gesehen, wie er dich hereingelassen hat", sagte Jess. „Du hast mit ihm gesprochen."

„Ja. Er sagte, er ist um eins mit ihr gegangen, hat sich an der Tür zu ihrem Zimmer von ihr verabschiedet und ist alleine herumgefahren, bis die RCMP ihn gegen halb drei wegen erhöhter Geschwindigkeit angehalten hat. Ich fahre bei der Einheit vorbei und höre nach, ob sie das bestätigen können. Ich sollte sie vermutlich ohnehin auf den aktuellen Stand setzen."

„Wie war der Kerl?"

„Ein Stück Scheiße", sagte ich. „Miese Einstellung gegenüber Frauen. Hat das Wort *Fotze* benutzt. Ich bin mir aber nicht sicher, ob er gewalttätig ist."

„Sonst noch etwas?"

„Wir können sein Vorstrafenregister prüfen", sagte ich. „Die Mounties werden uns da offiziell keine Auskunft erteilen können, aber Kent kann nachsehen."

„Ich wette, es ist widerlich", sagte Jesse und griff nach seinem Handy. Weil er Kents Nummer hatte und irgendwie hatte ich das vergessen. Es klingelte nicht öfter als drei Mal, bevor ich Kents Stimme hörte, auch wenn ich die Worte selbst nicht verstehen konnte.

„Hey", sagte Jess und nach einem Moment lachte er. „Ja, ich hoffe, dass er etwas von seinem Honorar abzieht. Schauen Sie, Ben sagt, dass Sie das Vorstrafenregister von jemandem einsehen können."

Wieder eine Pause. „Oh, mürrisch. Hat mir den Kopf abgerissen, weil ich gefragt habe, wie es mit dem Verdächtigen gelaufen ist."

„Ich habe dir nicht den Kopf abgerissen", widersprach ich.

„Er sagt, er hat mir nicht den Kopf abgerissen. Ja. Nein, genau. Ich habe dasselbe gedacht."

„Gib mir das Scheiß-Handy."

Jess ignorierte mich. „Ich richte es ihm aus. Ja, ich schicke Ihnen die Info über den Typen, damit Sie sein Vorstrafenregister einsehen können. Bestellen Sie Frank liebe Grüße von mir."

Er warf sein Handy aufs Armaturenbrett und mir ein widerlich zufriedenes Lächeln zu.

„Kent sagt, es kann eine Weile dauern. Er sagte auch, dass ich dich füttern muss. Ich glaube, er meint richtiges Essen."

„Kent kann sich um seinen eigenen Kram kümmern."

„Könnte er", sagte Jesse, „wenn wir ihn ließen. Wie dem auch sei, er hat recht. Du hast kaum etwas zum Frühstück gegessen und zu Mittag hattest du Kaninchenfutter."

„Wenn die Meute Veganer, die dir folgen, dich jetzt hören könnte", sagte ich mit einem Seufzen.

Er schlug nach meinem Arm. „Ein halber Salat. Du isst nicht. Das weißt du."

Es war nicht das erste Mal, dass ich während einer Mordermittlung keinen Appetit hatte. Normalerweise fiel mir das währenddessen nicht auf. Etwas an der Wichtigkeit der Arbeit oder der Unmittelbarkeit der Gefahr brachte mich dazu, in Bewegung zu bleiben und mich mit Arbeit zuzudecken. Weniger reden. Weniger essen.

„Okay, schön. Nachdem wir mit der Mountie gesprochen haben."

KONSTABLERIN VIELLEICHT-MCKAY hatte immer noch Dienst, als ich das Kommando betrat, saß immer noch allein hinter dem Schreibtisch. Der Unterschied war, dass ich diesmal Jess eingeladen hatte mitzukommen. Ohne seine Maske.

„Hallo", sagte ich. „Sie erinnern sich von heute Vormittag an mich."

Sie blickte auf, ein bisschen trübe und ein bisschen ,was bringt dieser Kerl für Ärger mit', und erstarrte. Blinzelte. Blinzelte erneut.

Ich hatte Jess gesagt, er könne die Baseballmütze abnehmen und zu sich selbst stehen, woraufhin er mir zwar einen schiefen Blick zugeworfen, es aber nicht infrage gestellt hatte.

„Das ist …"

Ihr Gesicht wurde feuerrot, als sie mich unterbrach. „Ich weiß. Ich meine … äh … ich habe … ich bin ein großer Fan."

Ein wirklich echter Fan, wie es schien. Nicht einer der vielen Leute, denen die Musik gefiel oder die den Stil mochten oder das Ethos oder was auch immer er verkörperte. Jemand, der sein Poster an der Wand hängen hatte. Und sie sah jung aus. Jung genug, dass er für sie Teil ihrer Highschoolzeit gewesen war.

Sie wischte sich die Hand an der Hose ab und hielt sie Jess hin.

„Ich bin Nicole McKay. Konstablerin. Konstablerin McKay."

Jess schüttelte ihre Hand und schenkte ihr ein Lächeln, das zwischen seinem eigenen und Jacks Lächeln lag, als er ihr sagte, dass er sich freute, sie kennenzulernen.

„Ich dachte, Sie wären krank", platze sie heraus. „Ich hatte Eintrittskarten. Ich - ich … es tut mir leid, das ist Ihre Sache."

„Es tut mir wirklich leid", sagte er. „Der Veranstalter wird die Karten erstatten. Ich habe eine Lungenentzündung. Meine Ärztin sagte, ich könnte keine weiteren Konzerte geben. Ben und ich sind zusammen zur Uni gegangen und ich dachte mir, es ist interessanter, in seinem Auto zu schlafen als in einem Hotelzimmer."

Constable McKay schien zufrieden mit der Erklärung. Jess sah in der Tat müde aus. Und blass.

„Mir ist bewusst, dass es eigenartig sein muss", fügte er hinzu und sie lachte. Aufrichtig, aber zittrig. Es war interessant, wie nah diese Art Aufregung der Angst war.

„Er ist die meiste Zeit im Auto", sagte ich zu ihr. „Hören Sie, ich habe eine Frage an Sie. Haben Sie am Freitag gegen halb drei einen Strafzettel wegen zu hoher Geschwindigkeit an einen jungen Mann namens Ethan McCann ausgestellt?"

Das brachte sie dazu, mich anzusehen statt Jess. „Wer hat Ihnen das gesagt?"

„Ethan McCann", sagte ich. „Weil ich ihn beschuldigt habe, die letzte Person gewesen zu sein, die Kimberly Moy lebend gesehen hat."

„Warum sollten Sie … Wie sind Sie dazu gekommen, mit ihm zu sprechen?"

Ich erzählte es ihr. Erzählte von Kims Auto und den Bauarbeitern und dem Barmann, der gesagt hatte, dass Ethan und Kim zusammen gegangen waren. Den Teil, wo er sie eine Fotze nannte, ließ ich aus.

„Ich weiß nicht, warum Sie ihn keinen Alkoholtest haben machen lassen", sagte ich zum Schluss. „Ich versichere Ihnen, er war betrunken."

„Glauben Sie, das weiß ich nicht? Natürlich war der kleine Mistkerl betrunken. Ich habe ihn nach Hause gefahren und dachte, er kotzt mir die ganze Rückbank voll."

Es war lustig, dass alle von ihm als ‚dem kleinen Mistkerl' sprachen, obwohl er fast so groß war wie ich.

„Er war so betrunken, dass Sie ihn nach Hause gefahren haben, aber Sie haben nicht auf einem Alkoholtest bestanden?", sagte ich.

Sie schüttelte den Kopf. „Seine Mutter hat hier eine Menge Einfluss. Eigentlich sein Vater, aber sie ist es, die das Sagen hat. Ich stelle ihm einen Strafzettel aus, den er online bezahlen kann, und lasse ihn am nächsten Tag die Hauptstraße hochlaufen, um sein Auto zu holen? In Ordnung. Seine Eltern erfahren nie etwas davon. Ich setzte ihn wegen Trunkenheit am Steuer fest und plötzlich habe ich Rechtsanwälte hier und Reporter am Telefon und mein Vorgesetzter will wissen, was ich mit meiner Zeit anstelle."

„Das ist der Job", sagte ich ihr. „Ich habe ihn früher selbst gemacht."

„Ja, ich habe Sie gegoogelt", sagte sie. „Sie wissen also, dass man den Job manchmal nicht machen kann."

Ich wollte ihr eine Rede darüber halten, dass man den Job machen musste, egal, was geschah. Man fand einen Weg. Aber ich hatte gekündigt, anstatt einen Weg zu finden, meinen Job zu machen, und Jess stand gleich neben mir und wusste das sehr wohl.

„Wie viel Ärger macht er?", fragte ich stattdessen.

„Puh … eine Menge. Möchten Sie einen Kaffee oder so? Morgens haben wir auch Muffins, aber die sind schon lange weg."

Jess öffnete den Mund. Ich verpasste ihm einen leichten Klaps auf den Oberarm.

„Ich nehme einen Kaffee. Er muss viel trinken und nimmt ein Wasser."

Sie sah Jess an und zog die Augenbrauen hoch. „Er ist diktatorisch, hey?"

Jess lachte. „Immer schon gewesen. Aber Wasser wäre großartig."

Während sie uns den Rücken zukehrte, warf ich Jess einen Blick zu, der ihm genau sagte, wie süß ich das *nicht* gefunden hatte.

McKay goss mir eine Tasse braunen Abbeizer ein und holte für Jess eine Flasche Wasser aus einem Getränkekühlschrank. Für sich selbst holte sie eine Cola Light hinter dem Schreibtisch hervor.

„Mein Vorrat", sagte sie. „Tut mir leid. Nicht einmal Jack Lowe bekommt etwas davon ab."

Jess lachte mit mehr aufrichtiger Freude, als ich von ihm gehört hatte, seit wir uns wiedergesehen waren. Ich war nicht sicher, was daran, wie ein gewöhnlicher Mensch behandelt zu werden, für ihn so reizvoll war. Vielleicht lag es daran, dass er es nicht war und dass sie auch nicht so tat. Du bist etwas Besonderes. Du bist etwas ganz Besonderes. Nur nicht besonders genug für eine Cola Light, zwinker-zwinker.

Oder vielleicht lag es daran, dass er freche Antworten schon immer gemocht hatte.

„Der McCann Junge ist ein Widerling", sagte sie. „Hängt an Schulen herum. Ich meine, er ist das Allerletzte. Er ist unheimlich in Bars. Er mag es nicht, wenn man ‚nein' zu ihm sagt. Er wird feindselig, verbal beleidigend. Er macht den Leuten Angst und ich denke, sie haben zu Recht Angst. Als ich gehört habe, dass am Wasserfall ein Mädchen gestorben ist, musste ich sofort an ihn denken."

„Was?", sagte Jess. „Ich dachte, Sie halten es für einen Selbstmord."

„Wir haben einen Abschiedsbrief. Die Autopsie ist uneindeutig und diese anderen Sachen, die Sie mir bringen, Fußabdrücke und verschwindende Rechnungen, das wird mir nicht viel bringen. Wir gehen davon aus, dass es kein Verbrechen war, bis wir etwas anderes herausfinden."

„Sie werden nichts anderes herausfinden", sagte ich, „wenn Sie sich weigern zu ermitteln."

„Ich ermittele! Ich war heute überall in Canmore und habe gefragt, ob jemand sie gesehen hat. Ich habe den Leuten gesagt, dass ich sichergehen will, dass es kein Verbrechen ist, ein paar ungelöste Probleme kläre. Wenn ich in Dead Man's angefangen hätte, dann hätte ich die Bauarbeiter selbst gesprochen. Und Derek."

„Nun, jetzt wissen Sie es", sagte ich. „Sie hat die Bar mit McCann verlassen. Das lässt über eine Stunde offen zwischen dem Verlassen der Bar und dem Strafzettel, den Sie ausgestellt haben. Bringen Sie ihn her. Besorgen Sie einen Durchsuchungsbefehl und durchsuchen Sie sein Auto."

„Ich kann da nicht einfach so vorpreschen. Mit Anschuldigungen um mich werfen, seine Eltern aufbringen, die Geschäftswelt wütend machen. Sie würden mich stilllegen."

„Sie lassen mögliche Hinweise ungesichert", erinnerte ich sie.

„Wenn sie Donnerstagnacht gestorben ist, dann hatte er tagelang Zeit, das Auto sauber zu machen und auch sonst hinter sich aufzuräumen. Er hat vermutlich bescheidene Arbeit geleistet, aber er wird es nicht nachholen, es sei denn, wir machen ihm Angst. Bis Sie hergekommen sind, hat McCann nicht gewusst, dass irgendjemand den Vorfall als Mord betrachtet."

„Ich habe nie gesagt, dass sie tot ist", erinnerte ich sie. „Er hat mich nicht korrigiert."

„Nun, er wird es früh genug herausfinden. Er ist dumm, aber nicht so dumm."

„Er ist so bekifft", sagte ich, aber sie hatte nicht unrecht. Ich hatte ihn darauf aufmerksam gemacht, dass Leute herumschnüffelten.

„Es wäre leichter, wenn Sie aufhören würden, Unruhe in die Sache zu bringen. Nichts für ungut. Ich folge dem kleinen Mistkerl so oft, dass er sich nichts dabei denken wird, wenn ich mich in seine Angelegenheiten einmische."

„Ich kann mich von ihm fernhalten", sagte ich. „Aber ich würde lieber mit Ihnen arbeiten als gar nicht."

Sie strich sich mit einer Hand über die Haare, als hätte sie vergessen, dass sie geflochten waren und hatte sich mit den Fingern hindurchfahren wollen.

„Okay, okay. Lassen Sie mich darüber nachdenken. Sie könnten nützlich sein."

„Schreib das auf deine Visitenkarte", sagte Jess zu mir.

„Schreib's dir auf deine eigene", schlug ich vor. Er zeigte mir ohne Böswilligkeit den Mittelfinger.

„Wieder wie zu Uni-Zeiten, hey?", sagte sie.

„Ich melde mich morgen bei Ihnen", sagte ich. „Wir machen sowieso gleich Schluss für heute. Der kranke Kerl hier muss ins Bett."

„Es war ... wirklich surreal, Sie kennenzulernen", sagte sie zu Jess. „Ähm, passen Sie gut auf sich auf. Gute Besserung."

15

ZURÜCK IM Auto nahm Jess sein Handy und fing an zu tippen.

„Ein Blick auf Social Media?", fragte ich.

„Nein, ich notiere mir, ihr etwas zu schicken. Signierte Ware. Ihr wird in etwa eine Stunde einfallen, dass sie nicht danach gefragt hat."

War das Nettigkeit oder Standardvorgehensweise? Ich konnte es nicht sagen und ich vermutete, dass Jess es auch nicht konnte.

„Du bringst die Menschen durcheinander."

„So sehr, dass sie vielleicht vergessen, dir gegenüber verschlossen zu sein."

„Wie es auf deiner Visitenkarte steht", bemerkte ich zu ihm. „Du magst nützlich sein. Lass uns Abendessen gehen."

ICH HOLTE uns bei dem pseudo-britischen Restaurant etwas zu essen und parkte auf einem Picknickplatz an einer der Hinterstraßen. Er war leer und wir sahen niemanden auf der Straße. Jesse schüttelte den Kopf.

„An vielen Orten kann man nicht in einen Park gehen, ohne andere Menschen zu sehen. Man kann nirgendwo hingehen, ohne andere Menschen zu sehen."

„Ja. Diese Orte sind nichts für mich."

„Ben Ames, Einsiedlerdetektiv."

Wir gingen zu einem Picknicktisch und Jess setzte sich darauf, denn warum sich dort hinsetzen, wo man dir zu sitzen vorschreibt? Er sah sich noch einmal um, um sich zu vergewissern, dass niemand zu sehen war, dann nahm er die Baseballmütze ab und fuhr sich mit der Hand durch die Haare. Wie er da saß, die Berge im Rücken, mit der langsam untergehenden Sonne und dem Wind, der leise mit seinen Haaren spielte, war er so ziemlich das Schönste, was ich je gesehen hatte.

Er hätte vermutlich nichts gegen Sex auf dem Picknicktisch einzuwenden gehabt, aber das war keine gute Idee, aus verschiedensten Gründen. Nicht zuletzt wegen der Splitter.

„Ich könnte für immer hierbleiben", sagte er. Er sah auf die Berge, was eine Erleichterung war, weil ich nicht wusste, was er auf meinem Gesicht gesehen hätte.

„Du würdest irgendwann erfrieren", sagte ich zu ihm. „Oder von Bären verschlungen."

„Wäre *nicht* das erste Mal."

Ich konnte nie sagen, ob er wusste, wie verdammt unmöglich er war.

„Was möchtest du zuerst?", fragte ich. „Unterhaltung oder Essen?"

„Beides", sagte er, wandte sich zu mir um und griff nach den Papiertüten in meiner Hand. „Was denkst du?"

„Konstablerin McKay wird der Sache nachgehen", sagte ich, „und ich werde mich bedeckt halten. Du wirst weiterhin mit dabei sein."

„Und wir sind uns sicher, dass es der Milchbubi war."

Ich sah ihn an. Er sah starr auf das Essen wie jemand, der irgendetwas ansehen musste, nur mich nicht.

„Jess?"

„M-hm."

„Gibt es einen Grund, warum du nicht glaubst, dass es der Milchbubi war?"

Er verteilte das Essen. Schwierige Aufgabe. Erforderte seine ganze Konzentration.

„Jess."

Er legte das in Folie gepackte Naan ab, das er ausgewickelt hatte. „Du wirst wütend werden."

Eine Vorhersage, die meiner Erfahrung nach noch nie falsch gewesen war.

„Was hast du gemacht?"

„Nichts. Nur … als du gegangen bist, um mit dem Barmann zu sprechen? Nachdem Marie den Müll rausgebracht hat, bin ich ins Hotelbüro gegangen. Um zu sehen, ob es jemand kann."

Eine Sekunde lang war ich in Ontario, in irgendeiner Stadt vor Toronto, und zog Jess und seine Gitarre von einer alten Stahlbrücke herunter, auf die er versuchte zu klettern, während seine Band ihn anfeuerte. Völlig zugedröhnt und fest davon überzeugt, dass es ein tolles Bild für Social Media abgeben würde. Um zu sehen, ob es jemand kann.

„Hatte ich mich unklar ausgedrückt damit, dass du im Auto bleiben sollst?"

Er sortierte wieder unser Essen. Schob einen Teller mit Butter Chicken und Reis in meine Richtung. Ich ließ ihn stehen.

„Jess. War ich unklar?"

Er sah mich an.

„Willst du nicht wissen, ob irgendein Fremder in dieses Büro gehen und ihre Unterlagen durchwühlen kann? Als Marie gegangen ist, dachte ich, das ist eine gute Gelegenheit, um es auszuprobieren. Ich dachte, es würde helfen."

„Wenn du dachtest, es würde helfen, warum hast du es mir nicht gesagt?"

Er hatte einen Teller auf dem Schoß und stocherte mit einer Plastikgabel in seinem Dal herum. Stocher. Stocher, stocher.

„Ich wusste, dass du sauer werden würdest."

„Und warum erzählst du es mir jetzt?"

Er presste die Lippen zusammen und stellte seinen Teller auf den Tisch.

„Weil ich dein Gespräch mit Derek hören konnte. Ich habe zugehört."

„Natürlich hast du das. Ich bin nur überrascht, dass du nicht einfach reingeplatzt bist."

„Ich mag Derek nicht. Ich weiß, du willst ihn besteigen wie den Everest, also ist es dir vielleicht nicht aufgefallen, aber irgendetwas stimmt mit ihm nicht. Ich glaube, er ist ein schlechter Mensch."

„Er ist ein Stammtischbruder. Ich mag die auch nicht mehr als du. Aber diese Welt ist voller beschissener Menschen und die meisten davon sind keine Mörder."

Er machte es wieder, sah so aus, als wollte er etwas sagen und tat es dann nicht. So still, er hätte ein Gemälde sein können. Als er schließlich den Mund aufmachte, bekam ich nur ein: „Okay."

Er schob mir den Teller erneut hin und ich zog in Betracht, dass Kent recht haben könnte, was meine Laune anging. Es konnte nicht schaden, etwas zu essen und zu sehen, ob das etwas änderte. Er nahm seinen Teller in die Hand und vertilgte den Großteil seines Essens. Er sprach kein weiteres Wort, bis er die leeren Teller zum Mülleimer brachte und damit die Krähen enttäuschte, die unser Mahl aus dem Hintergrund heraus beobachtet hatten.

„Bist du dir absolut sicher", sagte er, „dass du diesen Gipfel nicht doch mitnehmen willst?"

Ein Scherz. Ich sah es als Friedensangebot.

„Nee. Er ist voll Sauerstoffflaschen und zurückgebliebener Zelte. Eine Sauerei."

Jess lachte. „Eine Schande, ein Nationalheiligtum so zu ruinieren."

„Das ist nur eines von den Dingen, was die Leute über dich gesagt haben."

Er lachte lauter, bis er hustete, und setzte sich an den Picknicktisch, um sich zu erholen. Der Wind war stärker geworden und blies seine Haare in alle Richtungen. Er schob sie sich immer wieder hinter die Ohren, nur um die Strähnen erneut im Gesicht zu haben. Früher hatte ich immer Haargummis für ihn dabeigehabt. Er schien nie eines zu haben und das war etwas, was ich tun konnte.

Dann verschwand sein Lächeln, einer seiner plötzlichen Stimmungsumschwünge.

„Was, wenn er gelogen hat, Ben? Was, wenn Kim zur Bar zurückgegangen ist, nachdem sie den Widerling losgeworden ist?"

„Warum sollte sie das tun?"

„Ich weiß es nicht, aber wie ist die Zeichnung dort gelandet, wo du sie gefunden hast? Sie hat sie in der Bar gezeichnet. Du hast sie unter den Garderobenhaken gefunden, richtig, so als wäre sie aus einer Jackentasche gefallen? Aber ihre Jacke hast du nicht gefunden. Sie muss noch mal rausgegangen sein."

Jess, Gottverdammt, hatte nicht unrecht.

„Okay. Schön. Sie ist vielleicht noch mal rausgegangen. Das bedeutet aber nicht, dass sie zur Bar gegangen ist."

„Vielleicht wissen andere Leute, ob sie das getan hat?", meinte er.

„Ich kann mich umhören. Aber es gefällt mir nicht. Die Bar ist Dereks Gehaltsscheck. Er wird kaum dort scheißen, wo er isst."

„Das weißt du nicht. Vielleicht hat er - was hast du über mich gesagt? Eine schlechte Impulskontrolle. Könnten wir sehen, ob er schon mal in Schwierigkeiten gewesen ist? Ich könnte Kent bitten nachzusehen."

„Ja. Okay. Kann nicht schaden."

Jess nickte. Seine Augen wurden mit dem schwindenden Licht dunkler, waren aber immer noch grün. Tief und entschlossen, wie eine zwanzig Meter hohe Welle.

„Ben. Sag' nicht einfach nein, okay? Wenn du noch mal mit Derek sprichst, möchte ich mitkommen. Das wird ihn aus dem Gleichgewicht bringen. Vielleicht kann ich ihn dazu bringen, einen Fehler zu machen oder …"

„Kein weiteres Wort." Meine Stimme war ruhig und leise, wie sie es immer wurde, wenn ich versuchte, nicht zu brüllen, und ich konnte in Jesses Gesicht sehen, dass er sich an den Tonfall erinnerte. „Verwechselst du diese Sache mit einer Art Spiel?"

„Glaubst du, ich nehme sie nicht ernst?"

„Du willst mit einem Mann sprechen, den du für einen Mörder hältst, und ihn dazu bringen, einen Fehler zu machen? Damit er die Wahl hat, ob er ins Gefängnis geht oder einen B-Promi von einem Berg wirft?"

„War ich nicht gerade eben noch ein Nationalheiligtum?"

„Wir sind in Kanada", teilte ich ihm mit. „Und ich bin wohlwollend."

Das war gemein und ich meinte es nicht einmal so, aber das schien die Laune zu sein, in der ich war.

„Uff", sagte Jess mit einem Lächeln, das er nicht meinte. „Ich dachte, du hättest gesagt, die Leute gehen nicht davon aus, dass sie geliefert sind, nur weil ein Detektiv auftaucht. Sie glauben, sie können sich einen guten Anwalt nehmen. Hast du das nicht gerade eben gesagt?"

„Verdammt noch mal, Jess, es ist ein Unterschied, ob man ein paar allgemeine Fragen stellt oder aktiv versucht, sie dazu zu bringen, sich selbst zu belasten. Wenn du noch einmal die Augen verdrehst, stecke ich dich in den Kofferraum vom Auto und lasse dich dort, bis ich für heute Schluss mache."

Er setzte sich auf und verdrehte, betont und mit Absicht, die Augen.

Ich schlug rechts und links von ihm mit den Händen auf den Tisch. Der Tisch wackelte. Seine Augen wurden abrupt groß. Ich legte ihm eine Hand auf den Mund. Ich mochte ein wenig grob dabei gewesen sein.

„Komm, lass es drauf ankommen!"

Ich nahm die Hand weg. Wir sahen einander an. Er atmete schwer. Wütend. In seinem Kopf ratterte es. Es war nicht ausgeschlossen, dass er zu einem Schlag ausholen würde. Wir sahen einander weiterhin an. Er legte den Kopf schief und ich wusste, dass er drauf und dran war, etwas zu sagen.

Ich schlug erneut auf den Tisch.

„Für was für einen verdammten Superhelden hältst du mich? Dieser Barmann ist mir haushoch überlegen. Willst du ihn ködern, damit du sehen kannst, was ich mache, wenn er auf dich losgeht? Weil das geil für dich wäre? Oder weil es die Aufgabe der anderen ist, auf dich aufzupassen?"

Der Idiot sah aus, als wollte er etwas sagen. Ich sprach weiter, bevor er es konnte.

„Ist es meine Aufgabe, dich zu retten, Jesse?"

„Natürlich nicht."

Ich beugte mich näher, so nahe, dass ich seinen Atem auf meinem Gesicht spüren konnte. Kurze, flache Atemzüge. „Oder versuchst du zu zerstören, was du von meiner Seele übrig gelassen hast, indem du dich vor meinen Augen umbringen lässt?"

In seinen Augen glänzte etwas Hässliches und er kontrollierte seine Atmung - einatmen, halten, ausatmen, genau gleich lang. Und noch einmal. Wir sahen uns weiterhin an.

„Wenn du wolltest, dass ich ein Herz habe", teilte ich ihm mit, „dann hättest du es verdammt noch mal nicht zu Asche verbrennen sollen. Du egoistisches, brutales, aufgeblasenes Stück Scheiße."

Krähen riefen einander etwas zu. Etwas Kleines raschelte im Gebüsch. Die Sonne war endlich untergegangen. Jess' Mundwinkel waren herabgezogen wie in einem Cartoon, etwas, das ich selten an ihm gesehen hatte. Er musste zutiefst unglücklich sein und ich vermutete, dass er nicht einmal wusste, dass er es tat.

Er sagte: „Okay."

Ich rollte den Kopf in den Nacken. Ich sah zu den Sternen auf, die sich um uns drängten. So viele, so hell.

„Jesse …"

„Ich habe dich gehört", sagte er.

Ich sah ihn wieder an.

„Es tut mir leid", sagte er. Was ihm leidtat, sagte er nicht.

„Ich wollte nicht …"

„Nein, es ist … du darfst das. Du darfst Dinge sagen, okay? Nur, äh, die Alphamännchen-Nummer, zu sagen, dass du mich in den Kofferraum sperren wirst …"

„Mmm-hmm."

„Bitte sag das nicht. Ich habe … das ist ein Problem für mich."

Sein Gesichtsausdruck sagte, dass wir es dabei belassen würden.

„Tut mir leid", sagte ich.

„Nein, ich verstehe es."

Wir schwiegen erneut, aber es war nicht unangenehm. Es war einfach nur still.

„Ich könnte mir die Social Media des Barmanns ansehen", sagte Jess. „Bellevue? Die französische Schreibweise?"

„Ja. Mach das. Ich rufe Kent an. Und ich muss mir etwas in der Bar ansehen - den Gefrierschrank."

Jess legte sich auf den Tisch. „Frauen in Gefrierschränken."

„Ich weiß, es ist ein Klischee. Aber wenn die Leute versuchen, etwas zu vertuschen … Jess, Leichen verrotten. Sie stinken zum Himmel. Manchmal ist ein Gefrierschrank praktisch."

Jess verzog das Gesicht, sagte aber nichts.

„Dann sind da Kims Sachen", sagte ich. „Alles, was wir *nicht* im Hotelzimmer gefunden haben."

„Glaubst du, er hat sie behalten? Wie Trophäen?", fragte Jess.

Alle dachten, sie wüssten über Mörder genau Bescheid.

„Wie als wenn es zu riskant wäre, sie hier in der Gegend in eine Mülltonne zu werfen", sagte ich. „Also wartet er vielleicht, bis er das nächste Mal in die Stadt fährt. Er hätte sie ihr hinterher den Wasserfall runterwerfen sollen, aber du weißt ja. Man lernt nie aus."

„Nett", kommentierte Jess.

„So ist es nun mal. Die beste Art, etwas zu lernen, ist, es immer weiter zu tun."

Er blinzelte. „Mann, das ist ein dunkler Gedanke."

Tatsächlich klang er gepeinigt dabei.

„Deshalb ist es leichter, sie nach dem ersten Mal zu erwischen statt nach dem zehnten. Sie wissen noch nicht, was sie tun."

KENT WAR noch bei mir zu Hause, als ich anrief, leistete Frank Gesellschaft. Er war gerne bereit, Derek Bellevue am Morgen zu überprüfen.

Er fragte, ob ich gegessen hatte. Als ich bejahte, sagte er mir, ich solle vorsichtig sein und anrufen, wenn ich etwas brauchte. Es war nervtötend. Ich sagte ihm, dass es mir gut ging, denn ich hätte eher Toilettenreiniger getrunken als anzudeuten, dass ich mir Sorgen über etwas machte.

Er sagte, mein neuer Freund hätte ein T-Shirt auf dem Badezimmerfußboden liegen lassen und es wäre ein tolles T-Shirt. Könnte ich Jack bitte fragen, wo er es gekauft hatte, damit sie sexy Zwillinge sein konnten?

Ich sagte ihm, ich würde das nicht tun.

ALS ICH zum Tisch zurückkam, hielt Jess sein Handy hoch. „Kein Facebook. Kein Instagram. Kein LinkedIn. Er benutzt hauptsächlich den Twitter Account, um anzukündigen, wann sein Restaurant geöffnet hat und was er serviert, so wie er das gemacht hat, als du dort reingegangen bist. Entweder benutzt er falsche Namen oder er ist kein Social-Media-Typ."

„Das ist das schwerwiegendste Anzeichen dafür, dass ein Mann vor seiner Vergangenheit davonläuft", sagte ich. Jess legte den Kopf schief und wartete.

Ich seufzte. „Nein. Ich rede Unsinn. Schau ... ich bin offen für Ideen, wie ich es schaffen kann, einen Blick auf seinen Gefrierschrank zu werfen."

„Warte, bis er weg ist, und knack das Schloss?" Jess zuckte die Schultern.

„Es ist mir nicht gestattet, das Gesetz zu brechen."

„Mach es, während der Laden noch offen ist", sagte Jess. „Schau, die Eingangstür des Hotels steht den ganzen Tag über offen. Ich muss nur reinhuschen, einen Feueralarm finden, ihn auslösen und verschwinden. Sehr geringes Risiko für mich und es wird die Bar räumen. Wir können um die Ecke parken. Ich gehe zurück, fahre das Auto zur Hauptstraße und warte mit verriegelten Türen. Ich weiß, dass es eigentlich illegal ist, auf die Art einen Alarm auszulösen, aber ich würde es machen, nicht du."

„Das kann ich nicht gutheißen", sagte ich ihm. Jess seufzte dramatisch.

„Wenn du darauf bestehen wirst ..."

„Ich kann es nicht gutheißen. Ich kann es nicht vorschlagen. Es wäre ein Problem, wenn ich wüsste, dass du es machst. Genau genommen sollten wir uns darauf einigen, dass du es nicht um..." Ich blickte auf meine Armbanduhr. Zehn Minuten sollten uns genug Zeit geben. „...halb neun machen wirst."

Jess grinste. Er sah immer noch traurig aus, aber das Grinsen war echt. „Würde nicht im Traum daran denken."

„Gott sei Dank."

MANCHMAL KANN ein Plan perfekt aufgehen und einen dennoch enttäuschen. Ich stand unter roter Notbeleuchtung in der Küche und schaute auf einen Gefrierschrank, der viel zu vollgestopft war, als dass ein Mensch hineingepasst hätte, selbst einer, der nur halb so groß war wie Kim. Ich warf dennoch einen Blick hinein, um nach Blut oder Haaren oder Kleidungsfetzen zu suchen, aber ich wusste, dass ich meine Zeit verschwendete.

Ich war mir nicht sicher, wie lange ich hatte, bevor die Feuerwehr aus Canmore auftauchte, also machte ich mich schnell aus dem Staub, durch die Hintertür zur Seitengasse. Ein Dodge Ram war dort geparkt, dunkelblau, Standardviersitzer, mit weißer Glasfaserabdeckung. Einem Impuls folgend hielt ich inne, um durch die Fenster zu spähen, und blieb abrupt stehen, als ich einen Bolzenschneider dort liegen sah, wo ich Jess gesagt hatte, dass keiner liegen würde: nämlich mitten auf der Ladefläche. Ich wusste nicht, ob es Dereks Truck war, aber er stand hier, direkt hinter dem Restaurant. Leicht genug, das herauszufinden.

Wo ich schon einmal da war, machte ich ein Foto des Reifenprofils. Ich glaubte nicht, dass eines der Fotos, die ich auf dem Parkplatz des Wanderweges gemacht hatte, deutlich genug war, um wirklich nützlich zu sein, aber es war kein Umstand, ein Reifenfoto für den Fall zu machen, dass ich doch eine Übereinstimmung feststellen konnte.

Ich ging die Gasse hinunter, vorbei an der Straße mit dem Bergrutsch den Hügel hinauf und um die Rückseite des Pseudo-Pubs herum, bis ich die Seitenstraße zur Hauptstraße fand, wo Jess mit dem Auto wartete. Er hatte am Straßenrand geparkt, im Schatten. Die Lichter der herannahenden Feuerwehrautos spielten über sein Gesicht, als stünde er auf einer Bühne.

Er zuckte zusammen, als ich ins Auto glitt. Er saß noch auf dem Fahrersitz.

„Entschuldige, willst du fahren?", sagte er. Ich schüttelte den Kopf.

„Nein, fahr du."

Auf dem Weg nach Canmore berichtete ich ihm, was ich gefunden hatte und was nicht.

„Bolzenschneider", sagte Jesse.

„Ich weiß nicht, ob das sein Truck ist", sagte ich. „Und eine Menge Leute haben Bolzenschneider. Das hier ist nicht Toronto. Die Leute haben alle möglichen Werkzeuge."

„Ob er noch einen Gefrierschrank hat? Vielleicht in seinem Wohnwagen?"

Ich zuckte die Schultern. „Ich schätze, er hat da oben Außengebäude und Strom, also vielleicht."

„Aber wirst du gehen? Glaubst du, es lohnt sich, nachzusehen?"

„Vielleicht", sagte ich. „Ich glaube immer noch, es war der Junge. Der Letzte, mit dem sie gesehen wurde. Hatte ein Motiv. Hat eine Vorgeschichte. Aber ich kann Derek überprüfen."

Jess' Griff um das Lenkrad war fest und ich glaubte, Tränen in seinen Augen zu sehen. Er sagte nichts.

„Ich gehe aber nicht im Dunkeln da hoch", sagte ich, „oder während er zu Hause ist."

„Das wirst du ganz sicher nicht", stimmte Jess zu.

„Ich kann morgen Mittag gehen. Er wird im Restaurant sein."

„Ich werde im Auto sein."

Ich sagte nichts. Er schaute den ganzen Weg zurück zum Hotel starr durch die Windschutzscheibe.

ICH VERLOR den Münzwurf für die Dusche. Als ich herauskam, saß Jess in T-Shirt und Boxershorts auf dem Boden vor dem bis zum Boden reichenden Fenster unseres Hotelzimmers und blickte auf die Berge. Sie waren nur mehr Schemen im Mondlicht.

„Ich würde zu gerne wissen, was du gerade denkst", sagte ich, „aber mir ist bewusst, dass ich da nicht der einzige bin."

„Du darfst die Familie-und-Freunde Karte ausspielen", sagte er zu mir. Ich ging zum Fenster und setzte mich neben ihn, nicht nahe genug, um ihn zu berühren. Schaute auf die bergförmigen Löcher im Himmel.

„Sind wir Freunde, Jess?"

Er schlang die Arme um seine Beine und legte das Kinn auf die Knie. Als zöge er sich in sein Schneckenhaus zurück. „Ich muss dir ein paar Dinge sagen."

„Das musst du nicht."

„Ich möchte es."

Ich legte eine Hand auf den Boden zwischen uns. „Okay."

Er sog einen dieser tiefen Atemzüge aus der Stimmausbildung ein, der ewig anzudauern schien. Dann sagte er. „Du hast die Antidepressiva gesehen."

„Ja."

„Ich habe letztes Jahr damit angefangen. Ich hätte sie nehmen sollen seit … keine Ahnung wann. Seit bevor wir uns kennengelernt haben. Aber ich wusste es nicht."

„Ich erinnere mich daran, wie du dich in unser Bett verzogen hast", sagte ich zu ihm. „Als ich die Tabletten gesehen habe, musste ich daran denken."

„Es waren nicht nur die Male", sagte er. „Jeder Auftritt, jede Party, auf der ich war, um gesehen zu werden und Leute kennenzulernen, es war einfach nur endlos und ich war so müde, Ben. Ich war getrieben von dieser … verrückten Entschlossenheit, den Plattenvertrag zu bekommen, als wäre alles in Ordnung, wenn ich den ins Trockene bringe. Aber du musst die ganze Zeit über diese Energie ausstrahlen, als wärst du bereits ein Star. Und du bist so verdammt erschöpft. Also was machst du?"

„Eine Menge Drogen nehmen", sagte ich. Ich fühlte mich, als hätte ich einen Schlag in den Magen bekommen und eine dumpfe Übelkeit breitete sich vom Zentrum des Schmerzes aus. Ich hatte gedacht, er würde feiern, sich amüsieren auf oberflächliche, dumme und unverantwortliche Art.

„Was immer dir hilft", erwiderte er. „Ich habe getan, was immer mir geholfen hat. Ich war nie süchtig, weißt du. Es war kein Problem aufzuhören, solange ich nicht … er sein musste."

„Denkst du wirklich so darüber?", fragte ich. „Als ob er nicht du wäre?"

Er nickte. „Es ist wie eine Rolle in einem Theaterstück. Und es ist eine dieser Rollen, die dein Blut trinkt. Jack hat Präsenz. Wenn er einen Raum betritt, musst du das fühlen. Ich kann nie aufhören, Energie da hineinzustecken, sonst gehen die Lichter aus."

„Was hältst du von ihm?", fragte ich.

Jess sah mich an, den Kopf immer noch auf den Knien. „Ich denke, er ist eine sehr effiziente Maschine."

„Das ist keine Art zu leben", sagte ich zu ihm und er schenkte mir ein schiefes Lächeln.

„Besser er als ich."

Ich streckte die Hand aus und strich ihm sanft mit den Fingerspitzen die Haare zurück. Er sah mir in die Augen und sagte nichts. Rührte sich nicht.

„Es tut mir leid", sagte er, als ich meine Hand zurückzog.

Ich hatte ewig darauf gewartet, ihn diese Worte sagen zu hören. Ich hatte gedacht, es wäre eine Rechtfertigung oder dass ich aufhören konnte, wütend zu sein, oder endlich aufhören konnte, ihn zu lieben. Diese letzten beiden Dinge - ich hatte immer geglaubt, sie würden zusammengehören.

Er hob den Kopf und sah aus dem Fenster.

„Es war schrecklich, mit mir zu leben. Das musst du mir nicht erst sagen. Ich habe schließlich auch mit mir gelebt. Ich weiß, dass du glaubst, dass ich das letzte Jahr, in dem wir zusammen waren, die Puppen habe tanzen lassen, aber es war das genaue Gegenteil. Alles in meinem Leben, jeder Mensch, mit dem ich gesprochen habe, alle Klamotten, die ich getragen habe, jeder Ort, an den ich gegangen bin, alles außer dir … es war alles meine Arbeit. Wenn ich nach Hause gekommen bin, war das der einzige Ort, an dem ich faul und schwach und traurig und verängstigt sein konnte, also hast du das abbekommen. Ich habe dir das Schlimmste von mir gegeben." Ich konnte sehen, wie ihm die Tränen kamen, und er legte den Kopf in den Nacken, um zu verhindern, dass sie fielen. Diese kleinen Dinge, die er tat und immer schon getan hatte. „Es tut mir so leid, Ben. Das hattest du nicht verdient."

Ich hätte *verdammt richtig* sagen können oder ihn fragen, ob er glaubte, dass *tut mir leid* zu sagen genug war. Beides Dinge, die ich in meiner Vorstellung gesagt hätte, sollte ich je eine Entschuldigung von ihm bekommen. Jetzt und hier fühlten sich beide falsch an.

„Ich wusste es nicht", sagte ich stattdessen. „Du hast recht mit dem, was ich gedacht habe. Ich hatte eine Menge Ansichten über dein Verhalten. Ich hätte, vielleicht, einmal zehn Sekunden lang aufhören sollen, dich zu verurteilen, und dich stattdessen fragen sollen, wie es dir ging."

Er schnaubte ein kleines Lachen. Kein Husten. Keine Ausrede, meine Hand auf seinen Rücken zu legen. „Ich hätte gesagt, dass es mir gut geht."

„Es tut mir trotzdem leid", sagte ich.

Er drehte sich zu mir um, als hätte ich eine Pistole abgefeuert. So überrascht. Die Augen weit aufgerissen. Immer noch mit dem Schimmer von Tränen. „Ich habe dich nicht verlassen. Ich meine, ich weiß, dass ich es getan habe, aber es war nicht so, als ob ich versucht hätte, von dir wegzukommen."

„Du hast mich für Jack Lowe verlassen", sagte ich. „Du hast mich für eine Million Fremder verlassen. Sag' nicht, du hättest mich nicht verlassen. Du Arschloch. Ich erinnere mich deutlich daran, dass du mir das Herz gebrochen hast."

Jess neigte den Kopf. Er war den Tränen gefährlich nahe. „Ja, nun. Meines auch."

Was konnte ich dazu sagen? Er hatte sich für die Musik entschieden, hatte sie mir vorgezogen, aber er hatte von dem Tag an, an dem wir uns kennenlernten, davon gesprochen, wie er schreiben und Alben aufnehmen und auf Tournee gehen und vor Leuten spielen würde, die seine Lieder kannten. Er war mit diesem Gedanken verheiratet gewesen. Das bedeutete nicht, dass er mich nicht geliebt hatte. Aber wir waren immer nur ein Zwischenspiel für ihn gewesen.

„Du hast bekommen, was du wolltest", sagte ich. Es schlüpfte schroffer heraus, als ich geplant hatte. Er blinzelte langsam und ließ die Tränen fallen.

„Es ist nicht so, dass ich aufgehört hätte, dich zu lieben", sagte er. „So ist es ganz und gar nicht."

Wir saßen eine Weile dort, sahen einander an. Der Mond war sehr hell. Wie hatte Bowie es genannt? Serious Moonlight. Jess mochte das Lied.

„Ich hasse es, immer wieder auf diesen Schauspieler zurückzukommen", sagte ich schließlich und er lachte, so wie ich es erwartet hatte. Als hätte er einen Weg gefunden, loszulassen und zu weinen.

„Spielt es für dich wirklich eine Rolle, mit wem ich zusammen war, oder zumindest so getan habe?", wollte er wissen. „Ich habe sie nicht geliebt. Ich wollte es manchmal. Verstehst du?"

„Ich weiß", sagte ich. Das tat ich.

„Matt wollte einen Oscar. Seine Leute haben entschieden, dass er ein bisschen provokanter rüberkommen musste, dass er mehr Ecken und Kanten brauchte, damit er Oscarrollen bekam, und meine Leute waren einverstanden, weil, du weißt ja."

„Familienfreundlicher Schwuler."

„Es war entsetzlich", sagte Jess. „Einfach alles an der Sache. Du weißt, Matt ist … *das* ist ein A-Promi. Er ist noch mal eine andere Art von berühmt als ich. Die Nummer, die ich hier mit der Maske abgezogen habe … er könnte das nicht. Diese A-Promis müssen in diese wahnsinnig teuren Ressorts oder auf Privatinseln, nur, um draußen herumlaufen zu können. Das ist kein Luxus. Das ist eine Falle."

„Während du mit dem Kerl zusammen warst, konnte ich nirgendwo hingehen, ohne ein Foto von dir und ihm zu sehen", sagte ich. „Ich war vielleicht ein wenig stinkig darüber."

„Paparazzi. Mann. Ich habe nicht wirklich welche, weißt du. Ich habe Leute, die ein Foto mit mir machen wollen oder mich etwas fragen oder einfach … keine Ahnung. Ich weiß nicht genau, was sie wollen. Und ein paar Stalker. Die hat jeder."

Ich wollte ihm anbieten, jedem, der ihn stalkte, den Hals umzudrehen. Es wäre mir ein Vergnügen gewesen. Aber das wäre wieder die Alphamännchen-Nummer gewesen, gegen die er vorhin Einwände erhoben hatte.

„Die seltsamen Sachen passieren überwiegend, wenn ich auf Tournee bin. Manche Leute warten jahrelang darauf, dass ich in ihre Stadt komme. Das sind die Momente, in denen ich eine nicht öffentlich zugängliche Etage im Hotel brauche. Diese Paparazzi Sache? Die hatte ich nur, während ich mit Matt zusammen war. Die Leute haben uns so bedrängt, dass wir es nicht vom Hotel bis zum Auto geschafft haben, solche Sachen. Ich habe das ein bisschen nach einem Konzert - die Leute warten draußen -, aber es war überall so. Als wären die Leute … erinnerst du dich an den Film mit den telepathisch begabten Alienkindern?"

„Unglücklicherweise", sagte ich.

„Es ist genau so", sagte er. „Als bekämen sie alle ein Signal und drehen sich zu dir um. Es ist wirklich unheimlich. Und es sind Menschen, Ben. Ich mag Menschen. Ich will keine Angst vor ihnen haben müssen."

„Sei eine Zeit lang Polizist", sagte ich. „Danach magst du die Menschen nicht mehr so sehr."

Er sah mich aus den Augenwinkeln an. „Ich habe mich gefragt, ob das ein Grund war, warum du gekündigt hast."

Ich zuckte die Schultern. Er lächelte in sich hinein und schaute wieder aus dem Fenster.

„Hast du wirklich mit allem aufgehört?", fragte ich. „Ich dachte, du trinkst nicht, weil du krank bist."

Er streckte sich, lehnte sich mit dem Rücken gegen die Wand und streckte ein Bein aus. Ich dachte: Natürlich wollen die Leute Fotos von dir.

„Ich sagte doch, ich bin nicht süchtig", sagte er. „Ich kann haben, was immer ich will."

„Aber du tust es nicht."

„Ich versuche, nicht in Situationen zu kommen, in denen ich es zum Überleben brauche."

Ich lehnte mich neben ihm gegen die Wand. „Das klingt nur wie deine gesamte Karriere."

Er sog einen dieser tiefen Atemzüge ein. „Nicht die gesamte. Das auf-Tournee-gehen, vielleicht. Ich dachte, ich lege mich nach einem Konzert ins Bett, halte mich in meinem Zimmer auf, aber dann denkt das Internet, dass ich ein verfluchtes Ego-Monster bin, das meint, zu gut dafür zu sein, mit seiner Band zu reden. Das funktioniert also nicht so wirklich."

Ich legte eine Hand auf seinen Arm und drückte ihn sacht. Er war warm von der Dusche, aber nicht so fiebrig-warm, wie er gewesen war.

„Wie viele Wochen habt ihr für diese Tournee geprobt?"

Seine Stirn legte sich in Falten. „Ein paar. Warum?"

„Du hast eine hohe Meinung von dir selbst. Natürlich hast du die. Du bist erfolgreich und berühmt und die Leute blasen dir Sonnenschein in den Arsch."

Er verdrehte die Augen. „Offensichtlich nicht alle."

„Ich habe nicht gesagt, dass deine Meinung ungerechtfertigt ist."

„Aber ich bin ein Ego-Monster", sagte er. „Ich bin hochnäsig."

Er sagte nicht eingebildet. Er wiederholte ganz bewusst nicht meine Worte.

Ich drückte erneut seinen Arm. „Jess. Du magst dich sehr. Das hast du immer schon, und dann hast du diesen deinen Job bekommen, was nicht geholfen hat. Aber jeder, der wochenlang mit dir geprobt hat und behauptet, du wärst ein Snob, der sich zu gut für andere hält, ist ein Idiot oder ein aufmerksamkeitsgeiler Troll."

Er sah mich unter seinen Haaren hervor an, als wäre er plötzlich schüchtern. Ich nahm die Hand weg und er rollte sich wieder ein, die Arme um seine angezogenen Knie geschlungen.

„Matt Garrett ist kein netter Typ", sagte er. „Er ist … Derek erinnert mich an ihn."

Ich sah ihn an. Er starrte aus dem Fenster. Ich rutschte zwischen ihn und das verdammte Fenster, sodass er mich zwangsläufig ansehen musste.

„Jess. Was ist passiert?"

„Wir sind aneinandergeraten", sagte er. „Also, wir haben uns geprügelt. Backstage vor einem meiner Konzerte."

„Was?"

„Du hast mich gehört." Er hob ein wenig den Kopf und sah mich unter seinen Haaren hervor an. „Er wollte Sex. Ich stand da nicht so drauf. Er ist übergriffig geworden und ich habe ihn gestoßen und von da an ist es immer weiter eskaliert."

„Er …" Ich sah Matt Garrett in einem Dutzend Filme vor mir, wie er den Bösewicht niederschlug. Menschen gegen Wände warf. Zum Teil war das Hollywoodmagie, sicher, vielleicht sogar Stuntmänner. Aber die Muskeln waren echt. „Jess, der Kerl ist fast fünfzig Kilo schwerer als du."

„Wem sagst du das", entgegnete er. „Er ist allerdings wirklich gut darin, die Leute nicht im Gesicht zu treffen. Er muss sich oft Backstage prügeln."

„Himmel."

Jess war zäher, als er aussah, und hartnäckig in einem Kampf, aber das gab einem Typ, der doppelt so breit war wie er, nicht das Recht, ihn herumzuschubsen. Besonders dann nicht, wenn es in dem Streit darum ging, dass Jess für ihn die Beine breit machte.

„Ich glaube, ich bringe ihn um", sagte ich.

Jess lachte laut auf. „Ich habe es in Erwägung gezogen. Ich habe das erst vor Kurzem aufgegeben."

„Also hast du ihn wegen sexuellem Übergriff und Körperverletzung angezeigt, und dann …"

„Ha", machte Jess. „Kannst du dir das vorstellen? Ja, nein. Ich habe es Gia gesagt und sie hat mich aus der Abmachung rausgeboxt."

„Still und leise", sagte ich. „Um deine Marke zu schützen."

„Gia hat mir angeboten, mir per Kurier ein Messer zu schicken", sagte Jess. „Damit ich ihm den Schwanz abschneiden kann. Dann hat sie gefragt, ob ich Anzeige erstatten will, bevor oder nachdem ich das getan habe."

Ich starrte ihn an. „Also warum zum Teufel hast du das nicht getan? Ich meine, Anzeige erstattet. Oder, scheiß drauf, beides."

„Wie mein Manager sagte: Matt kann mich ruinieren. Seine Fans können mich ungelogen umbringen, Ben. Ich sage das als jemand, der verrückt ist:

Einige dieser Leute sind verrückt. Du hast keine Waffe, aber Matt hat eine. Er hat Leibwächter und seine eigene Pistole."

Jess versuchte, mir zu erklären, dass die Waffe der Selbstverteidigung diente, dass Matts Leben beängstigend war. Ich sah nichts als einen riesigen Kerl, der Jess herumschubste, und jetzt hatte der Kerl auch noch eine Knarre.

„Im besten Falle", fuhr Jess fort, „hätten sie mir jahrelang das Leben unmöglich gemacht. Und ich habe die ganze Sache nicht in Kauf genommen, das So-tun-als-ob und ihn zu küssen und vor den Kameras anzulächeln, um alles niederzubrennen, indem ich zugebe, dass es die ganze Zeit über Beschiss war."

Ich legte meinen Kopf gegen das kühle Glas der Fensterscheibe. „Du musst aufhören."

„Ich habe den Manager entlassen", betonte Jess. Ich starrte ihn an.

„Ganze ... was, drei Jahre später, nachdem es passiert ist? Was zur Hölle hat er gemacht, dass du ihn jetzt entlässt, wenn das nicht genug war?"

„Er hat vorgeschlagen, dass ich mit einem anderen Schauspieler ausgehe", sagte Jess.

Ich holte tief Luft. „Ich nehme an, du hast seine Adresse", sagte ich.

Jess zupfte am Teppichboden, zerriss die einzelnen Fäden. „Hör auf. Er wurde gefeuert."

Ich wollte ihm sagen, dass den Mann zu entlassen nicht annähernd genug war, aber ich behielt es für mich. Es musste doch offensichtlich sein, oder? Selbst für Jess?

„Matt ist auch ziemlich daneben", sagte Jess, als ob mich das interessierte oder ich das hören wollte. „Du glaubst, dieser Job hat mich, was, extrem eingebildet gemacht? Egoistisch? Abgehoben? Daran gewöhnt zu bekommen, was immer ich will? Was, glaubst du, hat ein Superstar zu sein mit ihm gemacht?"

„Ich glaube kaum, dass mehr Platten zu verkaufen dich zu sexuellen Übergriffen veranlassen würde."

Er seufzte. „Ganz so war es nicht. Er hat mich begrapscht und ich habe Nein gesagt und er war es nicht gewöhnt, das zu hören. Ich habe den Kampf verloren und er hat das nicht ... du weißt schon, als ja interpretiert. Er ist einfach weggegangen."

„Jedes Mal, wenn du eine Entschuldigung für ihn vorbringst, bin ich ein kleines bisschen näher daran, ihm die Bremsleitungen durchzuschneiden", sagte ich. „Er sollte mir besser nie über den Weg laufen."

„Unwahrscheinlich", sagte Jess. „Das wird er nicht. Du überwinterst nicht in Dubai."

Deshalb also war Jess so versessen darauf, dass Derek der Täter war, obwohl alles auf McCann hindeutete. Nicht nur, dass Derek ihn an Matt Garrett erinnerte, es war auch ein Matt Garrett in Reichweite. Jemand, dem Jess die Stirn bieten konnte. Den er anzeigen konnte. Es war dasselbe, wie ganze Hallen voll kreischender Menschenmengen anzuziehen, damit sie für seine missbilligenden

Eltern einsprangen. Das war die Art Magie, die Jess ausübte, und von der er glaubte, dass sie alles in Ordnung brachte.

„Dieser Typ hat dir ganz schön zugesetzt, oder? Nicht nur an dem Abend. Hat er dir vorher schon Angst gemacht? Was hat er getan?"

Jess seufzte.

„Ben, schau … Ich habe dir das nicht erzählt, um dich aufzubringen. Ich wollte, dass du weißt, warum ich angefangen habe, Antidepressiva zu nehmen."

„Ein Arzt hat gedacht, dass du mit Medikamenten behandelt werden musst, weil irgendein Arschloch dich Backstage bei deinem eigenen Konzert begrapscht hat?"

Er seufzte. „Das ist der Grund, warum ich den Jungs in der Band nicht gesagt habe, warum ich mich in meinem Zimmer verstecke."

„Was, weil du nicht wolltest, dass sie erfahren, was mit Garrett passiert ist?"

„Nein, du Trottel, weil die Leute eine voreingenommene Meinung über Depression haben und sie haben eine solche Meinung auch über die Medikamente. Wie du. Du glaubst, du hättest keine, aber du hast sie."

„Wie meinst du das?"

„Ich nehme keine Medikamente, weil mir einmal etwas Schlimmes passiert ist und ich zu faul war, etwas Richtiges dagegen zu unternehmen. Ich nehme sie, weil ich schon seit Jahren Depressionen habe."

„Du bist da vielleicht etwas übersensibel", schlug ich vor. Der Blick, den er mir zuwarf, ließ mich kapitulierend die Hände heben. „Oder ich bin voreingenommen. Entschuldige. Sprich weiter."

„Ich war derjenige, der an meine Marke gedacht hat", sagte er. „Ich hatte Sorge, sie zu ruinieren. Und dann habe ich angefangen, darüber nachzudenken, dass ein Grund, warum ich keine Anzeige erstatten konnte, meine Marke ist, weißt du? Weil ich den Ruf habe, ein böser Junge zu sein. Und eben die Sex-Sache. Jack Lowe ist immer in Stimmung. Er ist kein Spaßverderber und er ist kein Petzer."

Er rutschte über den Teppich, bis er auf dem Boden lag, und starrte an die Decke.

„Und ich habe wirklich viele Drogen genommen und all das. Ich bin an Orten wach geworden und hatte keine Ahnung, wie ich dahin gekommen bin. Ich hatte blaue Flecken, an die ich mich erinnern konnte. Ich bin mit Leuten aufgewacht, an die ich mich nicht erinnern konnte. All das ist wahr. Einmal war ich …"

Ich zuckte zusammen und tätschelte sein Bein entlang des Saums seiner Boxershorts. „Können wir davon ausgehen, dass ich kapiert habe?"

„Entschuldige. Es ist nur … Weißt du, ich habe mich abgeschossen, um meine Arbeit machen zu können, und dann habe ich das getan, was die Leute eben so tun, wenn sie so zugedröhnt sind. Also habe ich angefangen, darüber nachzudenken, ob ich glücklich damit bin."

„Und du warst es nicht."

„Ich hätte dich fragen sollen", sagte Jess, ohne jegliche Schärfe. „Du hättest mir eine Menge Therapie ersparen können."

„Fühlst du dich jetzt besser?"

„Wenn es vor einem Jahr passiert wäre, wäre ich sehr viel aufgelöster darüber gewesen, die Konzerte abzusagen, und über den ganzen Mist auf Social Media."

„Dann ist das gut", sagte ich. „Dir geht's gut."

Er zuckte die Schultern. Es gab ein seltsam schabendes Geräusch von seinen Schultern über den Teppich. „Es ist ein laufender Prozess."

Ich legte mich neben ihn auf den Teppich und wir sahen gemeinsam an die Decke. Ein Wolf heulte und er fuhr überrascht zusammen, dann lächelte er. „Dieser Ort."

„Ich habe dich hierher eingeladen, als wir an der Uni waren", erinnerte ich ihn. „Ich war dumm."

Ein weiteres Schweigen. Dann: „Sollte da nicht ein ganzer Pulk Wölfe sein? Er ist doch nicht ganz allein, oder?"

„Möchtest du ihn auf Tinder einstellen?", fragte ich. „Ihm ein Date besorgen?"

„Vielleicht bevorzugt er Grindr. Man kann nie wissen."

Ich nahm seine Hand. Da lagen wir nun also auf dem Boden und hielten uns an den Händen.

Er sagte: „Ich habe nie aufgehört, dich zu lieben. Ich weiß nicht, ob ich mich da vorhin klar ausgedrückt habe."

Er sagte. „Ich meine, ich liebe dich auch jetzt noch."

„Ich habe es verstanden", sagte ich ruhig, als würde ich die Worte nicht an dem Kloß in meiner Kehle vorbei pressen.

„Okay", sagte er. „Gut."

„Du hast mir das Herz gebrochen", sagte ich.

„Jepp."

„Ich wäre da nicht so sauer drüber, wenn ich über dich hinweg wäre."

Seine Hand schloss sich fester um meine, aber seine Stimme war beiläufig, als er sagte: „Vermutlich nicht."

„Ich meine, ich liebe dich auch jetzt noch."

Aus den Augenwinkeln konnte ich sein Lächeln sehen. „Was?"

„Ich sagte, ich liebe dich auch jetzt noch."

„Es tut mir leid, ich habe das nicht ganz …"

„Ich kann mich kaum noch an dich erinnern. Wer bist du noch gleich?"

Er lachte. Er hustete nicht.

„Was glaubst du, wie lange du noch krank bist?", fragte ich. Er drehte den Kopf und sah mich an.

„Luna sagt, ich bin nicht mehr ansteckend."

Ich blinzelte. „Wann zum Teufel hat sie das gesagt?"

„Als ich sie angerufen habe", sagte Jess. „Während du in der Dusche warst."

Mein Herz begann zu hämmern. Ich war sicher, dass er es hören konnte. Ich war sicher, dass der Wolf in den Bergen es hören konnte.

„Du …" Meine Stimme war höher, als mir lieb war. Ich räusperte mich und versuchte es erneut. „Du bist dir deiner Sache sehr sicher, oder?"

Er drehte sich auf die Seite. „Ich habe gehört, dass ich eine hohe Meinung von mir selbst habe", sagte er. „Aber ich habe auch gehört, dass sie vielleicht nicht ganz ungerechtfertigt ist."

Ich drehte mich meinerseits auf die Seite, legte eine Hand um sein Gesicht und fuhr mit dem Daumen über seinen Wangenknochen. Er fühlte sich an wie Seide, wie immer. „Lass es uns herausfinden."

Er nahm mein Gesicht in die Hände und küsste mich.

ICH WÜRDE gerne sagen, dass ich es ruhig angehen ließ mit einem Mann, der sich von einer Lungenentzündung erholte, aber das war noch nie unser Fall gewesen und wir waren viel zu lange getrennt gewesen.

Ich griff in seine Haare, während wir uns küssten, erwischte eine gute Handvoll und zog ihn näher heran. Meine Hand unter seinem T-Shirt, auf seinem unteren Rücken, tat dasselbe.

Er legte seine Hände auf meine Brust und stieß einen leisen Laut aus, der jede Sekunde wert war, die ich im Fitnessstudio verbracht hatte.

Er war stärker, als man meinen würde, vom stundenlangen Herumlaufen auf einer Bühne, Gitarre in der Hand. Es gelang ihm, mich auf den Rücken zu drehen. Meine Schuld, ich war abgelenkt gewesen von dem Versuch, eine Hand in seine Boxershorts zu schieben.

Er setzte sich rittlings auf mich und ich hob meinen Oberkörper an, um ihm nahe zu bleiben. Ich drückte einen Kuss auf seinen Kiefer und er vergrub das Gesicht an meiner Schulter. Ich bemerkte, dass er zitterte.

Ich legte eine Hand um sein Gesicht und sah ihn an. „Jess? Alles in Ordnung?"

In seinen Augen glänzten Tränen, aber er nickte. „Ich habe dich *wirklich* vermisst."

Ich lehnte mich vor, bis meine Stirn die seine berührte, und strich sanft über sein Gesicht. Er seufzte und wir küssten uns erneut. Dann vergrub er sein Gesicht wieder an meiner Schulter und ich hielt ihn einfach.

„Es ist okay", sagte ich ihm. „Ich habe dich. Es ist alles in Ordnung."

Ich sagte es wieder und wieder, bis er ruhig und still an mir lehnte. Ich dachte fast, er wäre eingeschlafen, aber dann setzte er sich auf, packte mein T-Shirt mit beiden Händen und küsste mich, als wären wir Hunderte Meter unter Wasser und ich wäre im Besitz der letzten Luft.

ES WAR mitten in der Nacht, kurz vor drei laut meiner Armbanduhr, als ich aus einem Albtraum aufwachte, der schnell verblasste. Jess lag neben mir, sein Kopf auf meiner Brust und ein Arm über meinem Bauch. Wir hatten uns nicht die Mühe gemacht, uns hinterher wieder anzuziehen. Wir hatten es kaum in das andere, weniger zerwühlte Bett geschafft.

„Du okay?", fragte er verschlafen.

„Ja." Ich küsste ihn auf den Scheitel. „Entschuldige. Habe ich gesprochen?"

„Mmm. Nicht wirklich. Laute."

Er fuhr mit den Fingern in beruhigenden kleinen Kreisen über meinen Bauch. Er war gut mit diesen Händen.

„Ich habe vergessen, etwas zu sagen", sagte ich zu ihm.

„Was?"

„Wenn du mir noch einmal das Herz brichst, werde ich dir das übel nehmen." Ich konnte sein Lächeln auf meiner Haut spüren. „Dann werd' ich es nicht."

„Ich würde dir ganz wirklich und echt nicht verzeihen."

Er hörte auf zu lächeln. „Ich weiß."

„Ich habe dir für dieses Mal noch nicht ganz verziehen", fügte ich hinzu.

„Ja. Das dachte ich mir. Aber ich habe vor zu bleiben."

Das konnte er nicht einhundert Prozent versprechen. Er konnte Krebs bekommen oder so was. Die Menschen konnten einen auf alle möglichen Arten verlassen.

„Ich mag nach wie vor auf Tournee gehen", sagte er. „Aber keine langen. Auf jeder nur ein paar Städte."

„Komm einfach nur zurück, wenn du fertig bist."

„Mm-hmmm." Er gähnte. „Frank wird mich vermissen."

„Er wird verloren sein ohne dich", sagte ich.

Er hob den Kopf und küsste mich auf die Schulter, dann auf den Hals, bevor er sich wieder hinlegte. „Armer Frank. Ich denke, ich komme besser wieder nach Hause."

16

WIR MUSSTEN uns am nächsten Morgen nicht beeilen, das Hotel zu verlassen, da ich den Weg zu Dereks Wohnwagen nicht in Angriff nehmen konnte, bis er die Bar für das Mittagessen öffnete. Das war, wie Jess sich ausdrückte, *eine wahre Schande*, aber wir fanden Wege, uns beschäftigen.

Wir schafften es gerade, bis zum Check-out um 11 Uhr zu packen und das Zimmer zu verlassen, und Frühstück stand auch noch aus. Der Plan war, dass Jess sich im Auto versteckt hielt und ich uns auscheckte und uns etwas zu essen aus dem *bis mittags geöffnet!*-en Frühstücksraum holte.

Alles verlief gut, bis ich mich dem Auto näherte und Jesse von etwas umringt sah, was man nur eine Meute wilder Hunde nennen konnte. Oder, in Jess´ Fall: Fans.

Ich hielt mich im Hintergrund. Ich hatte so etwas noch nie gesehen, nicht direkt vor meinen Augen. Er hatte die Maske und die Baseballmütze abgenommen, und warum auch nicht, da er ja erwischt worden war und alle ihre Handys für Fotos hochhielten.

Mir wurde klar, dass ich auch genauso gut näherkommen konnte. Ich sah, wie Jess mich bemerkte und schnell den Blick abwandte, bevor jemand merken konnte, dass er eine bestimmte Person ansah.

Er versuchte, sich mit einer Blondine mittleren Alters in Sweatshirt und Jeans zu unterhalten, während ein halbes Dutzend andere ihn mit Fragen bombardierten oder an seinem Hemd zupften, das locker saß und aus dicker, dunkelblauer Peau-de-Soie bestand, die sich wie Wasser anfühlte. Ich nahm nicht an, dass Jess besonders erfreut darüber sein würde, wenn jemand es zerriss.

Die Leute drängelten sich um ihn, um Selfies zu machen. Es musste erstickend sein.

„Du siehst nicht krank aus", bemerkte ein Mädchen mit schwarzem Lippenstift. Es stimmte nicht ganz, aber er sah mit jedem Tag besser aus.

„Antibiotika", sagte Jess mit nur einem Anflug von Schärfe. Ihre Augen wurden schmal und sie machte ein Foto. Jemand drückte Jess eine zerknitterte Ausgabe der sCene in die Hand und er signierte sie. Ich war nicht sicher, wo der Stift hergekommen war.

Ich schaute auf meine Armbanduhr. Wir konnten hier nicht ewig herumstehen.

„Okay, die Vorstellung ist vorbei", sagte ich.

Jess warf mir einen bitte-tu-das-nicht-Blick zu.

Ich setzte meine Polizistenmiene auf, nahm Polizistenhaltung an und drängte die Leute sowohl von Jesse als auch von meinem Auto weg. Einige fragten mich, wer ich war. Es wurden Fotos geschossen. Ich wog ab, wie hoch die Wahrscheinlichkeit war, dass Jess in nächster Zeit mit mir reden würde, wenn ich auch nur einer Person das Handy abnahm.

Gottverdammt.

Ich senkte den Kopf, wie berühmte Leute das im Fernsehen taten, und drängte mich durch. Ich konnte sehen, wie Jess winkte und den Leuten sagte, er müsse jetzt gehen, während er sich effektiv zur Beifahrerseite vorarbeitete. Das war es, was die Erfahrung einem gab. Er ließ es mühelos aussehen.

Er warf mir einen zutiefst unbeeindruckten Blick zu, bevor er sich sein Handy nahm und nachschaute, was das Internet aus dieser Begegnung gemacht hatte. Er bemerkte nicht einmal, wie nett ich war, einen Blick in den Rückspiegel zu werfen, um mich zu vergewissern, dass ich niemanden überfuhr, als ich ausparkte.

„Alle wollen wissen, wer mein neuer Freund ist", sagte Jess, der sein Handy hochhielt und mir Twitter zeigte.

„Sie werden es wissen, sobald sie mein Nummernschild nachgeschlagen haben", sagte ich. „Sie haben mein verficktes Nummernschild gefilmt."

„Ja", sagte Jess. „Das tun sie."

Ich blickte über meine Schulter, um zu sehen, ob wir verfolgt wurden. Bisher nicht, aber ich sah einige Leute schnell davon gehen und vermutete, dass sie zu ihren Autos eilten. Ich fuhr schneller. Wenn sie sahen, wie wir die Ausfahrt nach Dead Man's Flat nahmen, war der gesamte Plan im Eimer.

„Du solltest dich doch im Auto versteckt halten", sagte ich.

Jess seufzte. „Tut mir leid. Ich hätte wissen müssen, dass es früher oder später passieren würde."

„Das ist ein Problem für mich, Jess. Ich kann mein Gesicht nicht überall auf Social Media haben."

„Verbringst du so viel Zeit mit verdeckter Ermittlung?"

„Ich observiere die Leute", erklärte ich ihm. „Und ich kann es nicht gebrauchen, dass die ganze Welt weiß, wo ich wohne."

Er lehnte sich zurück und schloss die Augen. „Ja. Das verstehe ich."

Während ich mit leichtem Schleudern die Abfahrt nahm, wurde mir klar, dass es nicht viel gab, was er dazu sagen konnte.

Das war sein Leben. Und meins auch, wenn wir wirklich wieder zusammen waren. Wir hörten schweigend Radio. Ein Kleinflugzeug war in BC abgestürzt. Das Maislabyrinth östlich von Calgary blieb dieses Jahr länger geöffnet. Der Gewinner des Lottojackpots hatte sich immer noch nicht gemeldet.

Nachdem ich mir einigermaßen sicher war, dass uns niemand folgte, fuhr ich zu der Straße, die den Hügel hinaufführte, wo es den Bergrutsch gegeben hatte. Ich konnte Dereks Truck einen Block entfernt hinter der Bar sehen.

Am Anfang der Straße gab es Platz zum Parken, also hielt ich dort und sah Jess an. Er beobachtete mich und sah beinahe so erschöpft aus wie an dem Abend, an dem er in der Stadt angekommen war.

„Ich schätze, wir haben nicht über die Praktikabilität nachgedacht", sagte er leise.

Mit Jess zusammen zu sein war eine Sache. Ich hatte nie wirklich etwas anderes gewollt. Aber damals hatten wir ein normales Leben gehabt, zum größten Teil jedenfalls. Die Leute hatten ihn nicht umringt und belagert und sie hatten sich nicht im Geringsten für mich interessiert. Jack Lowes fester Freund zu sein war eine vollkommen andere Situation.

Hatten wir uns in etwas gestürzt, was niemals funktionieren konnte?

„Danke", sagte er.

„Wofür?"

„Dass du Derek überprüfst, nur weil ich ihn nicht leiden kann."

„Ich gehe Hinweisen nach. Das ist mein Beruf."

Er wandte das Gesicht ab. Ich konnte nicht sehen, ob er die Augen geschlossen hatte.

Ich küsste ihn auf den Hinterkopf und stieg aus dem Auto.

DIE WANDERUNG die Straße hinauf war nicht zu schwierig. Die Felsen, das Geröll und die lose Erde waren stellenweise eine Herausforderung, aber ein gutes Stück der Straße war noch sichtbar und den größten Teil der Strecke war es möglich, dem Asphalt zu folgen. Mit einem Auto oder selbst einem Motorrad wäre es nicht machbar gewesen, aber zu Fuß konnte man es schaffen, wenn man in der Lage war, über gelegentliche Felsbrocken zu steigen.

Ich brauchte etwa fünfzehn Minuten und hätte wahrscheinlich weniger gebraucht, wenn mir die Strecke vertraut gewesen wäre. Ich versuchte mir vorzustellen, wie es wäre, wenn ich Kims volles Gewicht auf dem Rücken tragen müsste. Selbst für jemanden von Dereks Statur wäre es schwer gewesen. Die Strecke hier war nicht wie der Pfad zum Wasserfall. Der Hügel war steil.

Aber wenn sie neben ihm hergegangen wäre, ein bisschen betrunken, und über ihre Stolperer auf dem Weg gelacht hätte ... das wäre machbar gewesen. Okay, ziemlich betrunken. Mit den Bieren, die sie getrunken hatte, war nicht zu spaßen, besonders nicht in Kombination mit einem Whiskey. Trotzdem. Sie hätte es schaffen können, besonders wenn er ihr über die schwierigen Stellen hinweggeholfen hätte. Vielleicht hatte sie seinen Arm genommen. Als wäre er ein Kavalier.

Sie wäre wahrscheinlich glücklich gewesen, hätte geglaubt, dass sie Sex haben würde. Dass sie eines von diesen sexuellen Abenteuern in einer anderen Stadt haben würde, an die man immer wieder gerne zurückdenkt. Oder die man immer wieder als Anekdote hervorholte, je nachdem, wie es gelaufen war.

Die freundliche, gutmütige Kim, mit ihren ehrlichen Social Media Einträgen und ihrem was-immer-zum-Teufel-ihr-gefiel-Modegeschmack. Selbst wenn Derek kein Mörder war, was er auch vermutlich nicht war, er war ihr kilometerweit unterlegen.

Aber angenommen, er hatte es getan. Da ich den Hügel aus diesem Grund heraus überhaupt bestieg, war es eine Überlegung wert. Was hätte Derek von ihr wollen können? Sex, sicher. Das war eine sichere Wette. Kim war nicht jedermanns Typ, aber an sich war sie ganz süß und viele Kerle waren mehr an Verfügbarkeit als an einem speziellen Typ interessiert. Aber wenn er sie umgebracht hatte … warum? Weil es in die Hose gegangen war? Vielleicht hatte sie ihre Meinung geändert und es hatte ihm nicht gepasst, so wie Matt Scheiß-Garrett. Nur schlimmer.

Oder vielleicht war es einfach etwas, was Derek tat. Wenn ja, dann würde Kent wahrscheinlich etwas Entsprechendes ausgraben.

Die Anstrengung ließ mich tiefer atmen und der Duft von Fichten und Kiefern gab mir das Gefühl, einen gesunden Spaziergang in der Wildnis zu machen. Der Wind frischte auf und trug die Wärme der Sonne davon. Das war mir nach der Wanderung ganz recht. Ich hatte es fast geschafft, mir einzureden, dass ich die Natur genoss, als ich bei Dereks Wohnwagen ankam.

Der Ort war ordentlicher, als ich erwartet hatte, aber dennoch ziemlich zweitklassig. Der ursprüngliche Wohnwagenauflieger wurde auf beiden Seiten von Schuppen eingerahmt: Einer lehnte direkt am vorderen Ende des Wohnwagens und der andere befand sich ein paar Schritte vom hinteren Ende entfernt. Entlang der Seite mit dem Eingang zog sich ein wackeliger Wintergarten. Er war voller Terrassenmöbel und Leergut und einer verrosteten Reifenfelge, die vermutlich als Feuerstelle benutzt wurde. Nichts, was leiden würde, wenn bei Regen das Dach undicht wurde.

Stromleitungen führten von einem Mast an der ehemaligen Straße zum Wohnwagen und dem Schuppen am hinteren Ende. Ich bezweifelte, dass der Stromversorger etwas davon wusste.

Für den Anfang ging ich von außen herum und spähte durch die Fenster. Das war nicht illegal. Ich war nicht wild darauf, das Schloss zu knacken und darüber zu lügen, aber es konnte nicht schaden, mit dem gesetzestreuen Teil des Rundgangs zu beginnen.

Durch das kleine, schlammbespritzte Fenster des Schuppens mit der Stromleitung konnte ich ein Schneemobil sehen, dazu einige Werkzeuge und Kanister und ein rechteckiges, weißes Ding auf der Rückseite, das eine Gefriertruhe hätte sein können.

Der kleine Schuppen war aus Furnierplatten gebaut und die Tür war eine weitere Platte desselben Materials; alle waren mit irgendetwas gebeizt worden, um sie zu versiegeln. Die Tür war mit einem Vorhängeschloss verschlossen, das zu meiner Überraschung offen am Riegel hing. Halb den Berg rauf war Einbruch kein großes Thema, wie es schien.

Also ließ ich mich hinein. Es war zu dunkel, um gut sehen zu können, selbst bei offener Tür. Ich griff nach meinem Handy und … verdammt. Ich war so abgelenkt gewesen, dass ich mein verdammtes Handy vergessen hatte. Ich konnte ohne es leben und ich hatte definitiv nicht vor, die Polizei zu rufen, während ich hier unerlaubt herumlief. Aber es wäre schön gewesen, ein paar Fotos zu machen oder die Taschenlampe zu benutzen.

Ich hatte eine Visitenkarten-LED in meinem Portemonnaie und die wäre eine Hilfe gewesen, wenn es irgendetwas zu sehen gegeben hätte. Nur einen Schuppen und eine Gefriertruhe, die beide ihre besten Tage schon lange hinter sich hatten.

Ich stupste die Gefriertruhe mit dem Ellbogen auf, um keine Fingerabdrücke zu hinterlassen oder zu verwischen. Die Gefriertruhe war beinahe leer. Das war kein Verbrechen. Meine war es auch. Meine Taschenlampe, die ich bedachtsam durch das Innere wandern ließ, zeigte Flecken und Risse, aber nichts Verdächtiges. Nichts, was aussah wie Haare oder Stofffetzen oder Blut.

Vielleicht hätte ich bei dem Milchbubi weitermachen sollen. Konstablerin McKay dachte, dass er bereits hinter sich aufgeräumt hatte, aber vielleicht ja auch nicht. Vielleicht gab ich ihm lediglich mehr Zeit, um Beweise zu vernichten. Zeit, um an seiner Aussage zu arbeiten. Das war etwas, was als Polizist einfacher gewesen war. Mehr als einen Verdächtigen zu haben und allen Hinweisen gleichzeitig nachzugehen.

Ich war nicht überrascht, dass der Wintergarten offen war. Der Wohnwagen hingegen war abgeschlossen. Gewissermaßen. Der Auflieger war uralt, Neunziger wenn nicht noch schlimmer, und der Türgriff war einer dieser Aluminiumhebel mit sich darin befindlichem Schloss. Wie man es von den Wohnwagen der Zeit her kannte. Diese Schlösser waren heute nicht mehr populär, vor allem, weil man sie mit beinahe allem aufknacken konnte - wie zum Beispiel dem Inbusschlüssel, den ich neben der Taschenlampe in meinem Portemonnaie hatte.

Der Wintergarten rüttelte im Wind, als wollte er sich vom Wohnwagen losreißen und über den Berghang fliegen. Der Wind war kräftiger geworden und die Böen waren stark genug, dass mir das Atmen schwerfiel, als sie mir direkt ins Gesicht wehten. Ich zog die Schultern gegen die Böen hoch und konzentrierte mich auf das Schloss.

Ich fühlte mich ein bisschen schlecht, dass Jess nicht hier war, um das zu sehen. Zum einen wäre er entzückt darüber gewesen, dass ich so unartig war, und zum anderen darüber, dass ich mich endlich wie ein Fernsehdetektiv verhielt. Aber ich fühlte mich nur ein *kleines* bisschen schlecht, denn letzten Endes ist ein Verbrechen immer besser ohne Zeugen.

Der Wohnwagen war in etwa so, wie ich es erwartet hatte. Helle Holzverkleidung, auf einer Seite eine aufklappbare Essecke, ein aufklappbares Dach mit einem Schlafboden und alles dafür ausgelegt, entweder Schmutz zu verbergen oder sich abwischen zu lassen. Ich betätigte den Lichtschalter mit dem Arm und sah mich um.

Zuerst dachte ich, es gäbe nichts zu sehen. Es war aufgeräumt, besonders für eine Junggesellenbude. Auf dem Bett lag eine Lederjacke und auf der Arbeitsplatte stand eine Schachtel mit Salzcrackern. Ich ging weiter in den Wohnwagen hinein und entdeckte etwas, das nicht passte - ein Gummiknüppel in der Spüle. Er lag im Trockengestell. Wer wusch und trocknete seine Angelkeule in der Küche?

Ich drehte mich langsam um, betrachtete den Rest des Raums. Über der Essecke hingen zwei Wandleuchten. Eine davon sah aus, als wäre sie geklebt worden und das nicht gut. Ich nahm sie näher in Augenschein, suchte nach Blut oder schwarzen Haaren - und fand nichts. Dieser Wohnwagen war älter als das Internet. Die Wandleuchte hätte jederzeit kaputtgegangen sein können. Es war nicht vielversprechend.

Aber ich war hier. Es machte keinen Sinn, meine Arbeit nur halb zu machen.

Ich machte mich daran, den Wohnwagen zu durchsuchen, von vorne bis hinten, und öffnete jeden Schrank und jede Tür. Spähte in den Backofen und den halb leeren Kühlschrank. Nichts. Nichts. Nichts. Ich richtete mich auf und versuchte, nachzudenken. Der Wind heulte um die Gebäude, peitschte Äste gegen den Wohnwagen und ließ Tannenzapfen aufs Dach fallen. Der Wintergarten ächzte. Es zerrte an meinen Nerven. Es klang, als würde die Konstruktion jeden Moment auseinanderfallen. Ich sagte mir, dass sie schon Schlimmeres überstanden haben musste.

Was übersah ich? Es schien unmöglich, dass irgendjemand, besonders jemand, der so lebendig war wie Kim, in diesem Wohnwagen verschwinden und keine Spur hinterlassen konnte. Ich hockte mich auf die Bank in der Essecke und sah mich um nach etwas, was ich übersehen haben könnte. Die Arbeitsplatte hatte eine dicke Schramme in der Kante, aber sie war zu stark verschmutzt, um neu zu sein. Der verdammte Gummiknüppel in der Spüle. Ein Stück Papier, das unter der Zuckerdose hervorlugte.

Es war mir vorher gar nicht aufgefallen. Es war gerade außerhalb meiner Reichweite, also ging ich hinüber und hob die Dose hoch.

Es war ein Lottoschein.

Die Ziehung vom letzten Mittwoch. Es war kein vorausgefüllter Schein. Die Zahlen waren drei, fünf, acht, dreizehn, einundzwanzig, vierunddreißig. Warum kamen mir diese Zahlen bekannt vor? War es … wie war das noch in den Beiträgen in den Nachrichten? Die über den Gewinner des Lottojackpots aus Calgary, der sich noch nicht gemeldet hatte. Für die Ziehung von letzter Woche Mittwoch. Waren in einem der Beiträge die Zahlen genannt worden?

Drei, fünf, acht, dreizehn. Waren sie das?

Drei. Fünf. Acht. Dreizehn. Einundzwanzig. Gott steh mir bei, das kam mir so bekannt vor. Ich konnte beinahe die Stimme des Nachrichtensprechers hören.

Und dann hörte ich Jess' Stimme. Eins plus eins ist zwei. Zwei plus eins ist drei. Drei plus zwei ist fünf. Fünf plus drei ist acht.

Und acht plus fünf war dreizehn.

Fünf, acht, dreizehn, einundzwanzig, vierunddreißig. Wie in einer Spirale. Wie in einem Schneckenhaus. Wie die Bilder an Kims Wand.

Alles ist eine Fibonacci-Folge.

Das Los fiel mir aus der Hand.

Sie hatte gewonnen.

Sie hatte den Jackpot gewonnen.

Sie hatte es Mittwochabend erfahren. Jeden Mittwoch ein Gewinn, wie es in der Werbung hieß.

All die Beiträge in den Nachrichten. Das in Calgary gekaufte Los. Der Gewinner, der sich nicht gemeldet hatte.

Die Zeichnung. Uni für ihre Nichte und eine Reise um die Welt auf der einen Seite. All diese Augen, die auf sie gerichtet waren, als wäre sie Beute, auf der anderen. Sie stand an der Schwelle, hatte sie gesagt.

Oh Gott. Sie hatte den Lottojackpot gewonnen.

Meine Finger waren taub, aber ich schaffte es, das Los zu fassen und es von der Anrichte zu nehmen, auf die es gefallen war. Ich drehte es um. Es war nicht unterschrieben.

Ich schaute auf Millionen von Dollar auf einer zerkratzten und ausgeblichenen Arbeitsplatte, die immer noch halb unter einer Zuckerdose aus Blech steckten, die älter war als ich. In der Hütte eines Mannes, der nirgendwo anders hingehen und nicht sehr viel weiter abrutschen konnte.

Mordete man für einen Lottoschein? Für eine Million Dollar und mehr taten Menschen das. Taten Mörder das. Aber man konnte den Gewinn nicht einlösen. Man musste auf so viele Arten beweisen, dass einem das Los gehörte. Das war nicht morden für Geld. Das war morden für Altpapier.

Warum sollte jemand das tun?

War er so ein Idiot, dass er glaubte, er könne sagen, es wäre von Anfang an seiner gewesen? Behielt er es selbst jetzt, weil es vielleicht, vielleicht doch noch eine Möglichkeit gab, die Sache so zu drehen, dass sie sich auszahlte?

Ich sah mich erneut in dem Wohnwagen um. Der Wohnwagen meiner Eltern, den sie in meiner Kindheit gehabt hatten, hatte eine ähnliche Sitzecke gehabt. Man konnte den Tisch so klappen, dass er über den Sitzen lag und zu einem Bett wurde. Die Rücklehnen der Sitzbank klappte man so, dass sie eine Matratze ergaben und … man konnte Kissen und Decken in dem Hohlraum unter den Sitzen verstauen. Das war der Stauraum.

Ich legte das Sitzkissen der nächsten Bank auf den Tisch und fuhr mit den Fingern über die Kante der Bank, bis ich eine kleine Kerbe fand, und zog.

Bevor ich einen Blick hineinwerfen konnte, roch ich das Parfüm. Auf einer grauen Armeedecke und einem Winterparka lag eine schwarze Umhängetasche mit einer japanischen Glückskatze auf der Vorderseite. Wenigstens hatte Jess mich auf die richtige Fährte gebracht. Wenigstens hatte Ethan McCann die Tasche nicht irgendwo in einen Teich geworfen. Das musste ein gutes Gefühl sein.

Oder etwa nicht?

Ich nahm mir ein Stück Küchenrolle und benutzte es, um damit die Umhängetasche anzufassen. Kims Portemonnaie war darin, mit ihrem Ausweis. Ein Laptop und ein Handy. Ich zog eine ihrer Kreditkarten heraus. Die hatte sie auch nicht unterschrieben.

Ich setzte mich auf den zerkratzten Linoleumboden und stellte die Tasche vor mich.

Ich holte ihr Handy heraus, aber es war tot und die SIM-Karte war entfernt worden.

Auf den Laptop war mit irgendetwas eingeschlagen worden, wie zum Beispiel einem Hammer oder, hey, vielleicht einem Gummiknüppel. Ich versuchte es dennoch und blinzelte überrascht, als das Ding leise piepte und aufleuchtete. Verdammt noch eins.

Es war natürlich passwortgeschützt. Zu alt oder billig, um durch Berührung oder Gesichtserkennung geöffnet zu werden. Nur ein Passwort. Das konnte alles sein. Ich schloss die Augen und stellte mir Kims Zimmer vor, ihre Psyche über die Wände gemalt. Die Folge.

Ich versuchte es.

Kein Erfolg.

Ich probierte ein paar der Zahlen in Paaren aus. Kein Erfolg. Ich musste vorsichtig sein. Man hatte bei diesen Dingern nur eine bestimmte Anzahl Versuche, bevor sie sich sperrten. Ich schloss erneut die Augen. Der Wind klang, als wäre er mit mir im Wohnwagen. Ich konnte spüren, wie er durch die Ritzen in der Holzverkleidung drang, mir wie ein kühles Messer in die Arme schnitt.

Emma. Die Nichte. Ihr Lieblingsmensch. Vorsichtig tippte ich ME Vogel ein.

Ich war drin.

Der Desktophintergrund waren Kim und Emma mit einem Lächeln im Gesicht, Zwillingslächeln im Sonnenlicht vor einem See. Es waren keine Fenster geöffnet, aber der Browser war aktiv, also öffnete ich ihn und sah mir den Suchverlauf an.

Was macht man wenn man im Lotto gewinnt?

Meine Hände zitterten ein wenig. Versehentlich schloss ich das Fenster und musste es erneut öffnen. Sie hatte eine Menge recherchiert. Sie war eine gute Studentin gewesen. Wie löste man seinen Schein ein? Wie fühlte es sich an? Hatten die Leute hinterher ein besseres Leben?

Sie hatte sich Geschichten von Menschen angesehen, die alles verloren hatten. Menschen, die Familie und Freunde verloren hatten. Menschen, die ausgeraubt worden waren. Menschen, die für ihr Geld ermordet worden waren. Niemand war so dumm gewesen, für den Lottoschein zu töten, für das Stückchen Papier, aber gab es nicht für alles ein erstes Mal? Gab es nicht immer einen ersten Typen, der so verzweifelt oder so besoffen oder so dumm war?

187

Wussten die Leute, dass man beweisen musste, wo man das Los gekauft hatte und wer man war und dass sie die Aufzeichnungen von Sicherheitskameras mit der Zeit und dem Datum abglichen? Wie es schien, wusste das nicht jeder. Niemand hatte es Derek gesagt.

Vielleicht hatte er es in ihrer Handtasche gesehen oder vielleicht hatte sie sich, Hemmungen im Alkohol aufgelöst, über die Bar gelehnt, nachdem alle anderen gegangen waren.

Willst du ein Geheimnis wissen?

Mein Frühstück rumorte mir im Magen und ich bereute es, bereute alles, was ich die letzten Tage gegessen hatte. Ich schluckte schwer. Ich schloss den Laptop und schob ihn in ihre Tasche.

Der Wind heulte. Es war ohrenbetäubend.

Ich konnte hier nicht mit dem Beweismaterial herausgehen. Ich war eingebrochen. Aber ich konnte das Beweismaterial an Stellen platzieren, an denen Derek es nicht fand, falls er auf die Idee kam, es zu vernichten. Falls ich ihn nervös gemacht hatte.

Ich konnte die Umhängetasche oder den Laptop nicht verstecken. Ich legte sie zurück. Aber das Handy passte genau in die Lücke zwischen Küchenschrank und Decke. Er würde es nicht finden, selbst wenn er bemerkte, dass es nicht mehr in Kims Tasche war.

Zuletzt blieb das Los. Ich kramte mein Portemonnaie hervor und holte den Kassenbon von der Tankstelle in Dead Man heraus. Ich riss die Zeile mit Datum/Uhrzeit ab, wobei ich versuchte, es natürlich aussehen zu lassen, und legte den Kassenbon an die Stelle, wo der Schein gelegen hatte, mit einer hervorlugenden Ecke. Er würde ihn für den Lottoschein halten, falls er einen Blick darauf warf, um sich zu vergewissern, dass er noch da war, wo er ihn hingelegt hatte. Ich hatte bar bezahlt. Es gab keine Möglichkeit, ihn zu mir zurückzuverfolgen.

Und der Lottoschein? Ich sah mich um. Ich brauchte eine Stelle, die sicher, flach und unsichtbar war.

Im Schrank neben der Spüle lag Regalpapier.

Ich konnte mir Derek nicht vorstellen, wie er ordentlich Blumenpapier ausschnitt, um seine Schränke besonders sauber zu halten, von daher nahm ich an, dass es bereits dort gelegen hatte, als er den Wohnwagen gekauft hatte, und er nie darüber nachgedacht hatte. Es würde ihm nicht in den Sinn kommen, es zu benutzen.

Und das war es. Der Wind heulte und der Wintergarten quietschte und mein Magen rumorte erneut. Ich konnte mich hier nicht übergeben. Niemand durfte wissen, dass ich hier gewesen war.

Meine Hände waren kalt und zitterten. Ich stolperte nach draußen.

„Herr Detektiv", sagte Derek.

Ich drehte mich um und sah ihn neben dem Wohnwagen stehen, in engem T-Shirt und Jeans und einer Windjacke. Und mit einer Pistole in der rechten Hand.

Wässrige Kälte, als würden Eiswürfel unter meiner Haut schmelzen. Trotz allem, was ich Jesse darüber gesagt hatte, dass Waffen nur etwas für Verlierer waren, trotz all meiner Vorträge darüber, dass die Menschen glaubten, sie könnten sich aus Schwierigkeiten herausreden, wusste ich, dass Derek andere Pläne hatte. Er hatte mich nur deshalb noch nicht erschossen, weil es nicht so einfach war, wie die Leute glaubten, besonders dann nicht, wenn man es noch nie getan hatte. Aber er machte sich innerlich dafür bereit und er war nicht mehr weit davon entfernt.

Ich steckte in wirklich argen Schwierigkeiten.

„Es ist komisch … Ich hab' mir keine Gedanken gemacht, als ich ein unbekanntes Auto unten am Hügel gesehen hab'", sagte er. „Dann hab' ich mein Mittagsmenü auf Twitter gepostet. Sie werden nie erraten, was ich gesehen hab'."

Ich verstand sofort. Jess … und ich … und mein Auto. Das ich überall hätte parken können - einen Block weiter, draußen an der Hauptverkehrsstraße -, aber ich war es nicht gewohnt, dass die Leute wussten, dass es meines war.

„Ich habe ihre Tasche gefunden", sagte ich. „Das ist alles. Das beweist gar nichts. Sie ist hoch zu ihrem Wohnwagen gekommen. Sie ist allein weggegangen. Jetzt richten Sie eine Waffe auf mich, weil ich unbefugt eingedrungen bin. Sie haben eine Geschichte, die Sie verkaufen können."

„Halt die Klappe", sagte er. Das war nicht gut. Das bedeutete, dass er nicht reden wollte. Auf der anderen Seite versuchte er immer noch, sich dazu durchzuringen, mich umzubringen. Er brauchte dabei länger, als es nötig hätte sein sollen. Vielleicht gab es in seiner Psyche eine Schwachstelle, mit der ich arbeiten konnte.

Aber er hatte das Auto gesehen.

Er war auf seinem Weg hierher an dem Auto vorbeigekommen.

Hatte Jess ihn gesehen? Hatte er die Polizei gerufen?

Oder …

Jess, schlafend in meinem Auto. Ein Pistolenschuss klang wie der Knall eines Auspuffs in einer Seitengasse. Kein Risiko, nicht wirklich. Nicht, wenn man nicht bereits ohnehin darüber nachdachte, einen anderen Mann umzubringen. Und vielleicht standen wir jetzt hier und warteten beide auf den nächsten Schuss, weil er grausam genug war, sicherzustellen, dass ich es wusste.

Alles breitete sich vor meinem inneren Auge aus, als hätte ich Laserpointer und Lineale und Faden. Wie es ablaufen musste. Wohin seine Augen gerichtet sein mussten. Wie lange ich Zeit hatte. Ich war noch nie so klar gewesen, bei nichts anderem.

Er war ein Amateur, stand zu nahe, beobachtete mein Gesicht und nicht meinen Körperschwerpunkt.

Abgelenkt von einem Geräusch in den Bäumen, ein Stück vom Wind herumgewirbeltem Papier.

Ich stürzte mich auf ihn.

Es war kein eleganter Kampf. Das sind die wenigsten. Ich musste ihn niederschlagen, mir eine Chance verschaffen, ihm die Waffe zu entwenden. Ich stieß zwischen seinen Händen vor, auf seine Mitte zu.

Er ging zu Boden und wir rollten herum. Schlugen und traten aufeinander ein und natürlich fiel die Pistole irgendwo hin, wo sie keiner von uns sah. Ich war ungeduldig, versuchte, ihn so schnell wie möglich auszuknocken, damit ich die Pistole suchen konnte. Ich sah nicht, wie er mit seiner freien Hand hinter sich griff.

Als ich das nächste Mal wusste, wo ich war, kauerte ich auf allen Vieren in Piniennadeln und Schotter. Mein Kopf fühlte sich an, als fände darin ein Bandenkrieg statt, und ich hatte einen sauren Geschmack im Mund. Ich hatte mich in den Mund übergeben. In meinem Hinterkopf wusste ich, dass es etwas gab, was ich tun musste.

Ich sah Derek den Boden absuchen. Er suchte etwas. Die Pistole. Ich brauchte die Pistole.

Ich machte einen Satz nach vorn, schlug auf ihn ein. Raffinesse war keine Option. Es tat weh, die Augen zu öffnen, also machte ich sie nur einen Spalt breit auf. Das große, verschwommene Ding verursachte mir Schmerzen und ich wollte, dass es aufhörte. Einen genaueren Plan hatte ich nicht.

Dinge rissen und brachen und splitterten. Wir fauchten und fluchten und schrien. Die Schreie wurden leiser, je müder wir wurden. Oder uns die Dinge ausgingen, mit denen wir uns anschreien konnten. Oder unsere Köpfe zu verdammt wehtaten. Selbst in meinem verwirrten Zustand dämmerte mir langsam, dass ich in Schwierigkeiten steckte. Ich begann, etwas anderes zu fühlen als das Adrenalin, etwas, was wie ertrinken war. Panik.

Und dann drang ein scharfes, fauchendes Geräusch durch das Heulen des Windes und das Heulen in meinem Kopf. Ein Beben in der Erde und in der Luft. Mein Kopf fühlte sich an, als hätte jemand ein Loch hineingebohrt, um den Wind herauszulassen. Ein Pistolenschuss.

Danach geschahen die Dinge nicht in der richtigen Reihenfolge. Ich hörte eine Stimme. Ich spürte, wie Derek sich von mir erhob. Durch geschwollene Augen sah ich, wie sein Schatten sich wegbewegte. Ich zuckte zusammen, als das Licht, das er blockiert hatte, in mein Gesicht schien.

„Weg von ihm. Sofort."

Nach einer oder zwei Sekunden wusste ich, dass das Jess war.

Nicht tot.

Jess hatte die Pistole gefunden. Es sei denn, er hatte irgendwie eine eigene. Hatte er aber nicht. Oder doch? Ich konnte mich nicht erinnern. Und ich bekam schon wieder etwas nicht mit. Mehr Worte.

„… Ben! Bist du okay?"

Ich gab einen Laut von mir und versuchte, mich aufzusetzen. Mein Magen ließ mich wissen, dass das keine gute Idee war, und ich gab einen weiteren, wenig freundlichem Laut von mir.

„Roll dich einfach auf die Seite", sagte Jess. „Auf die Seite. Dreh dich um."

Der große, verschwommene Fleck ein paar Schritte entfernt bewegte sich, was eine weitere Welle der Übelkeit durch meinen Magen schwappen ließ.

„Denk nicht mal daran", sagte Jess. Der verschwommene Fleck hielt still.

Die Zeit verging. Ich wusste nicht, wie viel. Mein linkes Auge war beinahe komplett zugeschwollen und mein Kopf bestand nur aus Messerschneiden und Feuer, aber langsam puzzelte ich den Rest von mir zusammen. Jess war den Hügel heraufgestiegen. Wirklich? Mit Lungenentzündung?

Wir warteten auf die Polizei und ich wusste das, weil Jess es Derek gesagt hatte. „Die Polizei ist alarmiert. Versuch' jetzt noch mal was und du schaufelst dir dein Grab nur tiefer."

„Er war es."

Das war ich. Das kam aus meinem Mund, der dem Rest meines schmerzenden Kopfes so nahe war, dass ich bereute, überhaupt etwas gesagt zu haben.

„Darauf war ich auch schon gekommen", sagte Jess.

„Jack Lowe hält eine Waffe auf mich gerichtet", sagte Derek. „Mein Gott. Verdammt surreal."

„Das bildest du dir wahrscheinlich nur ein", sagte Jess. „Hinsetzen."

Der massige Schemen neben mir sackte wieder auf den Boden. Ich hatte nicht gesehen, dass er Anstalten gemacht hatte aufzustehen.

„Ich hätte dich auf dem Weg nach oben erschießen sollen."

„Ich habe dir nicht gesagt, dass du reden sollst."

Jess klang gut. Er war den Hügel hinaufgestiegen, mit Lungenentzündung, aber er klang, als wäre er aus einer Limousine ausgestiegen, um zu sehen, ob Montreal wirklich bereit war zu rocken.

„.... Billig-Marilyn Manson", sagte Derek. Ich hatte wieder etwas verpasst.

„Halt die verdammte Klappe", sagte Jess.

„Er ist es, Jess", sagte ich. „Er ist es."

„Das habe ich verstanden", sagte Jess. „Bleib … einfach ganz ruhig, okay?"

„Er hat den Lottoschein", sagte ich. Ich weiß wirklich nicht, warum ich das gesagt habe, denn ich hatte nicht vorgehabt, Derek wissen zu lassen, dass ich den Schein gefunden hatte. Und Jess würde auch keine Ahnung haben, wovon ich sprach. Aber ich spuckte es aus, als wäre es lebenswichtig, als wäre das zu sagen das Letzte, was ich tun musste, bevor ich sterben würde.

Jess warf mir einen Blick zu. Falsch. Amateur.

„Augen", sagte ich. Jess richtete sich abrupt auf und einen Moment lang sah er verängstigt aus. Er hatte wieder einmal vergessen, dass es kein Spiel war. Er richtete den Blick auf Derek.

„Runter", sagte Jess, wie man es zu einem ungezogenen Hund sagen würde. Derek verlagerte kaum merklich das Gewicht. Er hatte gerade erst Anstalten gemacht aufzustehen.

„Was meinst du damit, er hat den Lottoschein?", fragte Jess.

„Fibonacci", sagte ich. Jess wandte den Blick nicht von Derek ab, nicht ganz, aber seine Aufmerksamkeit wanderte und das war genug. Derek sah eine Schwachstelle. Und ich sah Derek eine Sekunde zu spät.

In genau dieser Sekunde hatte er sich auf Jesse geworfen, ihn zu Boden geschlagen. Jesses rechter Arm, der mit der Pistole, flog zurück.

Das war, was ich wusste - es war so ziemlich das Einzige, was ich wusste: Wenn Derek die Pistole in die Hände bekam, waren Jess und ich tot.

Kein anderer Gedanke hätte ausgereicht, meine zementschweren Glieder zu bewegen. Ich schaukelte zur Seite, um hoch zu kommen, dann taumelte ich auf Derek zu. Ich bin sicher, dass es nicht hübsch aussah, aber ich überwand die Entfernung.

Ich hätte schwören können, dass es hundert Jahre dauerte. In dieser Zeit hatte Derek den Versuch aufgegeben, Jesse die Waffe aus der Hand zu reißen. Gitarre, Klavier: Jess hatte mehr Kraft in den Händen, als die Leute dachten. Ich krachte gegen Derek, aber ich hörte ein Knacken und ich hörte Jess aufschreien.

Meine Wucht warf Derek zu Boden. Ich konnte ein paar gute Treffer landen, glaube ich. Ich hatte das Überraschungsmoment. Aber das glich sich ziemlich schnell wieder aus und wir rollten über den Boden wie zuvor. Es tat nicht einmal mehr wirklich weh. Ich fühlte mich, als bestünde ich aus Statik, als würde ich knistern und wabern. Gar nicht so leicht zu treffen, aber die nächste starke Windböe würde mich vermutlich davon wehen.

Die Pistole feuerte erneut und brachte mich wieder zu mir selbst zurück.

Wir hielten inne und in die plötzliche Stille hinein, in der der Schuss noch von den Bergen widerhallte, sagte Jess: „Lasst. Den. Quatsch."

Er klang nicht mehr gut. Er klang, als hielte er einen Schrei hinter zusammengebissenen Zähnen zurück. Aber bei Gott, er war laut. Ich rollte mich von Derek weg und er ließ mich los. Auf allen Vieren, trockene Kiefernnadeln gruben sich in meine Handflächen, mein Kopf hing herab. Als ich aufblickte, durch ein Blutrinnsal, das an meinem unversehrten Auge vorbei rann, sah ich, dass Jess auf dem Boden saß, blass, die rechte Hand zwischen den Knien eingeklemmt und die Pistole in der linken. Sie zitterte leicht, aber nicht so sehr, dass zu erwarten war, dass Derek sich wieder auf ihn werfen würde.

„Bist du okay?", fragte ich ihn.

„Dieser Kerl ist wegen Körperverletzung vorbestraft", erklärte Jess mir. „Und er ist auf Bewährung. Kent hat angerufen. Du hast dein Handy vergessen."

Er stieß die Worte satzweise aus, dann biss er wieder die Zähne zusammen, als wäre das das Einzige, was ihn aufrecht hielt. Was auch immer seine

Stimmausbildung an Magie bewirkt hatte, sie war jetzt vorbei. Er klang, als hätte er eine Lungenentzündung und noch einiges mehr.

„Du hättest warten können", sagte ich leise zu ihm. „Hättest es mir später sagen können."

„Ich dachte, du brauchst dein Handy vielleicht."

Ich hatte immer noch keine Schmerzen. Das war ein schlechtes Zeichen. Langsam bewegte ich mich über den Boden, bis ich neben Jess saß, meinen Arm an seine linke Schulter gelehnt.

„Ich kann die Pistole nehmen", sagte ich ihm.

Er sagte weder ja noch nein. Ich legte meine Hand um die Waffe. Er regte sich nicht, wurde nicht einmal steif. Ich nahm die Pistole in meine Hand und richtete sie auf Derek.

„Keine Bewegung", sagte ich zu Derek. Jetzt, wo ich ihn richtig ansah, wurde mir klar, dass ich ihm das nicht hätte sagen müssen. Er lag seitlich auf der Erde, sein rechtes Auge so lädiert wie mein linkes und ich sah keinerlei Absicht in ihm, irgendwohin zu gehen.

Wie lange wir dort saßen, weiß ich nicht. Krähen kämpften in den Bäumen unten am Hang. Eine orange-schwarze Raupe kroch vorbei. Wir warteten. Jess atmete pfeifend und keuchte. Luna hatte ausdrücklich gesagt, er solle keine Berge besteigen.

Ich sagte: „Sie hat den Jackpot gewonnen, Jess."

Ich sagte: „Er dachte, er könnte ihren Lottoschein einlösen."

Ich sagte: „Er wusste nicht, dass man das nicht kann. Er hat sie für ein Stück Papier umgebracht."

Als ich die letzten Worte sagte, klang ich komisch. Beinahe so, als würde ich weinen.

„Er hat sie für *Papier* umgebracht, Jess."

Jess lehnte sich an mich.

„Wenn er sie für eine Million Dollar umgebracht hätte", sagte er leise, ein wundes Wort nach dem anderen, „wäre das besser gewesen?"

Als die Polizei ankam, verlor er das Bewusstsein.

WIR SPRACHEN später miteinander, im Krankenhaus. Als ich wieder alle Sinne zusammen hatte und er Sauerstoff, Antibiotikum und Luna an der Strippe, die fuchsteufelswild auf uns beide war. McKay hatte ebenfalls ein paar Ansichten zum Ausdruck gebracht, als sie auf dem Hügel angekommen war. Sie habe Jack ausdrücklich gesagt, er solle auf sich aufpassen, und mir, mich bedeckt zu halten, und was zum Teufel sei das jetzt?

Ich erzählte Jess, was ich herausgefunden hatte, während er dalag und Krankenhaussauerstoff in sich hinein sog, als wäre das seine einzige Aufgabe im Leben und er immer noch nicht genug davon bekäme. Er war so blass, dass ich dachte, ich könnte an manchen Stellen durch ihn hindurchsehen. Er sei *krank*, hatte eine Ärztin gesagt. Wie Luna es am ersten Abend gesagt hatte, mit dieser besonderen Betonung, die Ärzte dem Wort geben.

Es war dumm von mir gewesen, so nahe am Hang zu parken. Wie schwer wäre es gewesen, das Auto woanders abzustellen? Ich war es nicht gewohnt, erkannt zu werden. Aber ich konnte mich daran gewöhnen. Ich brauchte nur Zeit dafür.

Er atmete weiter. Ich befürchtete immer wieder, dass er aufhören würde damit, der verdammte Schlappschwanz, der Prinz des klammheimlichen Verschwindens. Aber er tat es nicht.

Konstablerin McKay kam vorbei, um nach uns zu sehen, nachdem Jess eingedöst war. Sie erzählte mir, dass Derek beinahe sofort gestanden hatte, wie es wahrhaft schreckliche Menschen tun, wenn sie glauben, dass sie keine Wahl haben und dann genauso gut mit ihrer Tat prahlen können. Das war von Vorteil. Derek hatte mir unter Zwang gestanden und ich hatte mich an dem Beweismaterial in seinem Wohnwagen zu schaffen gemacht. Wenn ihm klar geworden wäre, dass jeder halbwegs anständige Rechtsanwalt, selbst ein rechtlicher Beistand, dieses Geständnis und alles, was ich auf seinem Grundstück gefunden hatte, hätte abschmettern können, wäre die Polizei wahrscheinlich ziemlich aufgeschmissen gewesen. Aber so klug war Derek nicht.

McKay ließ ein Geschenk für Jess auf dem Nachttisch zurück. Einen Mountie Quarter. Ihr Glücksbringer, sagte sie. Ich wusste nicht, ob ich lachen oder weinen sollte, also tat ich keines von beidem.

Die Krankenpfleger versuchten, mich in mein Zimmer zurückzubefördern, nachdem die Konstablerin gegangen war, aber sie gaben irgendwann auf und ich schlief neben seinem Bett ein, den Kopf auf Jesses Arm. Dem nicht gebrochenen. Ich blieb, bis die Krankenwärter kamen und mich zwangen zu gehen.

Es war schön für Oktober. Der Himmel war strahlend blau, die Sonne fühlte sich warm an und es hatte noch nicht genug geschneit, um alle Blätter von den Bäumen zu holen.

Wir standen oben an den Quarz Falls, neben Emma und Lauren. Kims Freundinnen hatten uns geschickt, gewissermaßen. Sie hatten an der Stelle einen mit einem Vogelsymbol bemalten Inuksuk aufgestellt und Emma und Lauren hatten uns angerufen, als sie beschlossen hatten, an Thanksgiving herzukommen. Ob wir Zeit hätten? Wollten wir mitkommen?

Jess hatte sich über die Nasenwurzel gerieben und es *eine wohlmeinende kulturelle Aneignung* genannt, als er den Inuksuk auf Social Media gesehen hatte, aber zu Lauren hatte er lediglich gesagt: „Ja, vielen Dank, wann sollen wir uns dort treffen?"

Wir hatten sie seit Dereks Verhaftung ein paar Mal gesehen. Sie hatten uns im Krankenhaus besucht, und natürlich war da Kims Beerdigung gewesen.

194

Der Lottogewinn ging an Laurens und Kims Eltern, die prompt den Großteil davon an Lauren und an Emma in einen Treuhandfonds zurückgaben. Lauren hatte darauf bestanden, mich nicht nur zu bezahlen, sondern mich lächerlich überzubezahlen, egal, was Jess und ich sagten. Also nahm Jess die Summe, die er mir gezahlt hätte, und schickte damit ein paar arme Kinder in Kunstkurse. Und dann taten wir alle unser Bestes zu vergessen, woher das Geld gekommen war.

Jess mochte Emma, deren Ehrfurcht in seiner Gegenwart mit Blitzgeschwindigkeit dazu übergegangen war, sich über seine Haare lustig zu machen. Vielleicht würde er ihr Gitarrenunterricht geben, falls sie in einem Monat noch Interesse hätte und nicht für eine neue Sache entflammt wäre. Und falls sie und Lauren nicht entscheiden würden - wie sie es sehr wohl tun mochten -, dass wir eine zu schmerzhafte Erinnerung an den Tod ihres Lieblingsmenschen waren.

Wir hatten uns den Pfad entlang über dies und jenes unterhalten, aber wir blieben schweigend stehen, als klar wurde, dass dies ein Moment nur für Emma und Lauren war. Ich legte einen Arm um Jess und wir machten uns auf den Rückweg zum Auto.

„Ich muss nächste Woche nach New York", sagte er, sobald wir weit genug weg waren. „Es ist nur für ein paar Tage. Du kannst mitkommen, wenn du möchtest."

„Ich muss noch etwas für einen Klienten fertigmachen. Kannst du ihnen sagen, dass du später kommst?", fragte ich. „Oder du könntest ihnen sagen, sie sollen sich zum Teufel scheren."

„Die Reise ist ein Muss."

„Ah."

ZZGold hatte irgendwann Ruhe gegeben. Jess sagte, er sei zu dem Schluss gekommen, dass die Kontroverse mehr für seine Single getan hatte, als Jesses Werbung je hätte erreichen können. Ich hielt es auch für möglich, dass er sich daran erinnert hatte, dass Jess etwas gegen ihn in der Hand hatte. Aber das war ein wunder Punkt für Jess, also erwähnte ich es nicht.

Jess' Plattenfirma hingegen hatte es nicht begrüßt, aus den Zeitungen zu erfahren, dass Jess sich von einer Lungenentzündung erholte, indem er mit seinem ex-und-jetzt-wieder Freund auf der Jagd nach einem Killer durch die Berge rannte - und sich dabei obendrein auch noch das Handgelenk brach. Sie hatten sich um den Rückschlag gekümmert und dabei die Aspekte von Jess' Heldentum in der Geschichte und seinem neuen Freund betont, wovon Jess wenig begeistert war. Noch weniger begeistert war er von den lästigen Aufgaben, die sie für angebracht hielten, ihm aufzutragen, angefangen vom Ghostwriting für talentlose Mitläufer bis hin zum Background-Singen für … nun ja, noch mehr talentlose Mitläufer, zumindest in Jesses Augen. Aber er versuchte, es mit Anstand hinzunehmen.

Er lehnte den Kopf an meine Schulter. „Das Internet wird sagen, dass wir Schluss gemacht haben."

„Wie lange wird's dauern, bis ich anfange, sie zu langweilen?", wollte ich wissen. „Wie, wie heißt sie noch, Matt Damons Ehefrau?"

Jess lachte. „Keine Ahnung. Ich bin sehr viel weniger berühmt als er, aber du bist sehr viel interessanter als seine Ehefrau."

„Du kennst sie nicht einmal", schalt ich ihn und er lachte erneut. Das sandte mir einen Schauer über den Rücken und ich zog ihn enger an mich heran.

Jess hatte mir ein paar Dinge über Derek erzählt, nachdem wir aus dem Krankenhaus entlassen worden waren. Dinge, die Derek gesagt hatte, während ich zu benebelt gewesen war, um sie zu verstehen. Jess hatte es damals auch nicht verstanden, aber er erinnerte sich daran. Derek war wütend gewesen, hatte endlos über reiche Leute gesprochen, über Leute, die nicht einmal wollten, was sie hatten, und er hatte nichts. Leute, die ein Vermögen vor seiner Nase baumeln ließen. Die über ihn lachten. Leute, die glaubten, sie wären besser als er. Die dachten, sie verdienten Dinge, die er nicht verdiente.

Er hatte mich gefragt, ob ich glaubte, dass Kim über Derek gelacht hatte. Angenommen, er hatte nach dem Lottoschein gefragt. Wenn du ihn nicht willst, dann gib ihn mir. Und sie hatte gelacht, hatte es für einen Scherz gehalten. Wer würde so etwas sagen und es ernst meinen?

Ich hatte geantwortet, dass ich darauf wetten würde. Über gewisse Menschen zu lachen ist so tödlich, wie eine Kobra zu küssen.

Ich sagte nicht, wie sehr es mich angesichts Jess und seinem Sinn für Humor überraschte, dass er noch nie so jemandem begegnet war. Ein Glückspilz.

KIMBERLY MOY, die uns in gewisser Weise wieder zusammengebracht hatte, war nun glücklich im Himmel, wenn man an derlei Sachen glaubte. Oder irgendwo ein neugeborenes Baby, wenn man das glaubte. Ich glaubte, dass sie fort war.

Ich hatte im Krankenhaus von ihr geträumt, während ich mit dem Kopf auf Jesses Arm schlief.

In meinem Traum hatte sie auf ihr Handy geschaut und vor Freude geschrien statt vor Angst. Sie war zurück ins Restaurant gelaufen und hatte ihren Freundinnen eine Runde ausgegeben. Sie hatte ihre Schwester angerufen und gesagt, dass Emmas Studium gesichert war. Sie war nie nach Dead Man's Flat gekommen. Ich hatte ihr Gesicht in den Nachrichten gesehen, *Ortsansässige gewinnt Jackpot*, und ärgerlich gedacht, dass ich das hätte sein sollen, obwohl ich nie einen Lottoschein gekauft hatte und es auch nie tun würde.

Und dann war sie in mein Krankenhauszimmer gekommen, wo ich aus mir unerfindlichen Gründen lag, und sie hatte eine Hand auf mein Bein gelegt, gerade unterhalb des Knies.

„Es ist die Anleitung für Spiralen", hatte sie gesagt und war fort.

Lesen Sie weiter in einer exklusiven Leseprobe von
Der Mann, der seinen Stift verlor
Die Fälle des Privatdetektivs Ben Ames: Buch 2
von Gayleen Froese

1

Viele Leute wären liebend gerne an meiner Stelle gewesen: auf der Seitenbühne eines prachtvollen, alten Theaters, von wo aus ich einen Rockstar bei seinem Soundcheck für das Konzert am Abend beobachten konnte. Es war ein versteckter Ort, von dem aus man den echten Jack Lowe sehen konnte. Keine Filter. Nur Licht, das sich wie Seide über ihn und das Klavier legte und den Schimmer seines eisweißen Hemdes und das tiefe Blau in seinen frisch gefärbten Haaren zur Geltung brachte.

Ich gebe zu, an der Aussicht war nichts auszusetzen.

Dort, wo ich stand, am Rand der Bühne, war das Licht dürftig und von einer Reihe von Vorhängen unterbrochen. Leute tummelten sich auf der Bühne oder versammelten sich in der Kabine für die Technik auf der Rückseite. Die einzige Person in meiner Nähe war ein Igel: eine Frau mit raspelkurzen Haaren und klobigen Kopfhörern. Die Taschen in ihrer Weste und Cargohose waren starr vor Stiften und sie hielt ein ramponiertes Samsung von geringer Qualität in der Hand.

Sie schrieb jemandem eine Nachricht, während sie gleichzeitig mit jemand anderem sprach, und ich glaubte nicht, dass sie mich bemerkt hatte, bis sie sagte: „Sie müssen der Freund sein."

„Das steht in meinem Führerschein", sagte ich. „Die meisten Leuten nennen mich Ben."

Sie lachte, kurz und schrill. „Tut mir leid. Ich wollte Sie nicht wie das kleine Frauchen behandeln. Ich bin Vic." Vic hielt mir ihre Faust hin und ich stieß meine dagegen.

„Kein Problem. Was ist Ihre Aufgabe hier?"

„Regieassistentin", sagte sie. „Inspizientin. Lakai. Hey, sind Sie nicht der Detektiv? Sind Sie nicht der Typ?"

Ich wusste nicht genau, was genau sie damit meinte, aber ich hatte letztes Jahr einen Mörder gefasst und es damit in die Schlagzeilen gebracht. Ich vermutete, dass sie das meinte.

„Könnte ich sein. Brauchen Sie einen Detektiv?"

Sie musterte mich von oben bis unten. Hauptsächlich von unten nach oben. Sie reichte mir gerade mal bis zur Schulter. Im schwachen Licht war ihr Gesicht beinahe so dunkel wie Jess' Haare. Oder Jacks. Auf der Bühne immer der Künstlername.

„Können Sie mir einen anständigen Tontechniker finden? Ihr Freund hat recht. Der Typ hat keine Ahnung, wie man ein Klavier mikrofoniert. Sie haben uns gezwungen, mit den Theaterangestellten zusammenzuarbeiten und - oh, Scheiße, entschuldigen Sie mich."

Sie glitt tiefer in die Schatten, um einen Anruf entgegen zu nehmen. Ich konnte nur ihre Seite hören und die sagte mir nicht viel. Eine Änderung im Zeitplan. Eine unerwartete Zusage. Ihre Antwort hätte man mit *Geh' zum Teufel, aber na gut* zusammenfassen können. Sie machte ein finsteres Gesicht und spielte an ihrer horngefassten Brille herum, als sie zurückkam.

„Probleme?", fragte ich.

„Nicht von Ihrer Sorte", erwiderte sie.

Ich nickte. „Schade. Ich hätte gerne etwas anderes getan, als hier herumzustehen."

Als ich das sagte, hatte ich keine Ahnung, dass wir nur wenige Stunden von einem Mord entfernt waren. Ich hatte keine Möglichkeit, das zu wissen. Aber bevor die Nacht vorbei war, würde ich mich definitiv wie ein Arschloch fühlen, weil ich es gesagt hatte.

Vic wuselte davon, auf die Bühne, wo sie ein Wort mit Jess wechselte, dann den Gang hinauf zur Technik. Jess legte den Kopf in den Nacken und sah hinauf ins Lichtgitter, als enthielte es sein Seelenheil, dann drehte er den Klavierhocker herum und stand auf. Er konnte mich unmöglich sehen, mit dem Licht in den Augen, aber er lächelte mich dennoch an. Er hatte eine Menge Übung darin, Leute anzulächeln, die er nicht sehen konnte. Und in der Annahme, dass die Leute noch dort waren, wo er sie zurückgelassen hatte.

Er schenkte mir ein echtes Lächeln, sobald er nahe genug war, um mich tatsächlich sehen zu können. Ich legte die Arme um seine Taille und küsste ihn. Er lehnte sich ein wenig zurück, wie er es tat, wenn er müde oder frustriert war. Wie eine Metapher in Bewegung: Hilf mir. Ich glaubte nicht, dass ihm bewusst war, dass er das tat.

„Alles in Ordnung?", fragte ich.

„Hat es sich okay angehört?", wollte er wissen, womit er eindeutig sagte, dass es das nicht getan hatte. Ich sah ihn mit meinem ausdruckslosesten Blick an. „Stimmt. Entschuldige."

Er nahm meine Hand und ich folgte ihm durch das Labyrinth hinter den Kulissen zum Greenroom. Das überraschte mich. Ich hatte gedacht, er wollte sich schmollend in seine Garderobe zurückziehen, wie ein musikalischer Achilles, aber anscheinend war er in der Stimmung dafür, unter die Leute zu gehen.

Die Gänge spiegelten nicht annähernd den Glanz des Theaterfoyers oder des Zuschauerraums wider. Sie waren nie besonders edel gewesen und wurden nicht instandgehalten, da sie nicht dazu da waren zu beeindrucken. Die Betonwände und -böden bröckelten an einigen Stellen und die schmutzig-weißen Wände waren inzwischen mehr schmutzig als weiß. Die nackten Glühbirnen über unseren Köpfen steckten in kleinen Drahtgestellen, damit sie nicht von einem Stapel Verstärker oder einem unvorsichtigen Kontrabassisten zerbrochen werden konnten.

Hier und da fehlte die Farbe, immer in Rechtecken, von denen ich annahm, dass dort früher Schilder mit dem Namen des Theaters angebracht gewesen waren. Es hatte sich herausgestellt, dass der zum Unternehmer und Kunstmäzen gewordene Pelzhändler, dessen Familienname und Geld in das Haus geflossen waren, ein, wie meine Freundin Luna es ausgedrückt hatte, *echter Vollarsch* war, und das Theater war dabei, einen weniger peinlichen Namen zu finden. *Vollarsch Theater* stand nicht zur Debatte. Es war *Das Calgary Theater*, bis jemand die Namensfrage geklärt hatte.

Die Tür zum Greenroom wurde einen Spaltbreit offengehalten, um den Leuten die Mühe zu ersparen, jedes Mal ihre Karten einzulesen, wenn sie hinein wollten. Wenn ich Teil der Security gewesen wäre, hätte ich die Tür genutzt, um rein zu marschieren, jedem im Raum einen Vortrag über Sicherheit zu halten und sie dann selbst zu schließen. Aber die Security war nirgends zu sehen und es war auch nicht meine Aufgabe. Ich begnügte mich damit, die Tür hinter uns zuzuziehen und die leere Coladose, die sie aufgehalten hatte, unter das nächstgelegene Sofa zu treten.

Dank Jess war ich schon in einigen Greenrooms gewesen und es schien zwei Arten davon zu geben: die eine Art war alles, was keine Toilette oder die Bühne an sich war - Garderobe, Aufenthaltsraum, Aufwärmraum. Die Leute quetschten sich hinein, trugen die Anzahl Kleidungsstücke, die ihnen gerade passte, und etwa die Hälfte von ihnen saß auf dem Boden, weil die Schminktische nicht genug Platz für bequeme Stühle ließen.

Dies hier war die andere Sorte.

Es war ein großer, rechteckiger Raum mit vielen Tischen und Stühlen, kleinen Sofa-Ecken hier und da und einer Küchenzeile an der hinteren Wand. Später würde dort richtiges Essen stehen, aber im Moment befanden sich dort eine Keurig und ein Körbchen mit Kapseln, Tassen, Wassergläser, Coladosen und jeweils eine Schale mit Obst und Müsliriegeln. Das war nicht, wie Jesse gesagt hatte, die Sorte Angebot, die man bei den meisten Konzerten erwartete - eher die Sorte Angebot, die man bei einer billigen Convention sah -, aber das Konzert war für die Wohltätigkeit und zu sparen war da nur angemessen. Neben der Küchenzeile befanden sich Türen zu zwei Unisex-Toiletten. Auch daran befanden sich kahle Rechtecke, wo einmal Schilder gehangen hatten, von daher nahm ich an, dass sie bis vor kurzem noch nicht Unisex gewesen waren.

Die Abfolge der Künstler stand auf einer Weißwandtafel neben der Tür, zusammen mit den Worten: „Sie sind in Calgary, Alberta". Sollte ich jemals diese Art Erinnerung daran brauchen, in welcher Stadt ich mich befand, hoffte ich, dass ich professionell betreut wurde. Andererseits war das vermutlich die Aufgabe der Roadmanager.

„Oh mein Gott, ihr seid es!"

Ein schlaksiger Turm von einem Mann mit welligen, schwarzen Haaren und einem gefühlsseligen Lächeln stürzte mit voller Geschwindigkeit auf uns zu und hob Jess vom Boden hoch. Jess lachte und erwiderte die Umarmung. Ich stand daneben und wartete, bis sie mit ihrer Musical-Theater-AG-Exzentriker-Nummer fertig waren.

Thom Cross hatte im selben Jahrgang wie Jess Musik studiert und sie waren ein paar Mal in der gleichen Besetzung gewesen - Hedwig, Evil Dead und andere, die ich versucht hatte zu vergessen. Ich war kein Fan von Musicals. Jetzt spielte Thom Keyboard in einer Pop-Roots-Country-Rockband, die *Wir-Können-Keine-Entscheidungen-Treffen* hätte heißen sollen, aber stattdessen Brennan Murphy Twist hieß. Oder The Twist für Leute, die es eilig hatten.

Er setzte Jess ab und streckte mir die Hand hin, anstatt mich zu umarmen. Das war keine Zurückweisung. Er kannte mich als Kriminologiestudenten, der mit Jess zusammen gewesen war, und Spaßverderber zu sein war damals mein Markenzeichen gewesen. Ich schüttelte ihm die Hand und schenkte ihm ein freundliches Lächeln, um zu zeigen, dass ich sowohl Mensch als auch erfreut war, ihn zu sehen. Thom war schon immer ein guter Kerl gewesen.

„Ich liebe das neue Album", sagte Jess zu ihm. „Ich liebe es, dass es ein Album ist. Es ist wie Concept-Art über … ich weiß nicht, Mann. Nicht Hinterwälder …"

„Es ist mehr die Sache mit Sozialwohnungen", sagte Thom. „Brennan und Reiss haben als Kinder da gewohnt. Ich meine, Brennan war in Großbritannien, aber trotzdem."

„Nicht meine Welt", sagte Jess. Er klang, als schämte er sich dafür, und er tat es vermutlich auch. Auch wenn er seit dem Gymnasium nicht mehr einen Cent des Geldes seiner Eltern angerührt hatte. Ihm gefiel das Unternehmensplündern nicht, mit dem sie es verdient hatten.

Glücklicherweise schien Thom sich nicht daran zu erinnern oder dafür zu interessieren, wo Jess herkam.

„Ernsthaft", sagte er. „Der Rest von uns ist so langweilig, dass es langweilig ist. Aber Reiss und Brennan übernehmen das Schreiben, also was soll's, oder? Es ist ihr Liederbuch."

Sollte Thom dies übel nehmen, so zeigte er das in keiner Weise nicht. Ich hatte noch nie erlebt, dass er irgendetwas lange übel nahm. Er parkte sein schmales Hinterteil auf einem Tisch - zum Teufel mit Stühlen - und betrachtete Jess und mich.

„Es ist irre, euch zu sehen. Also, euch beide. Zusammen. Wie lange ist es her? Sieben Jahre in der Wildnis?"

„Wir waren etwa dreieinhalb Jahre zusammen", sagte Jess, „und dann etwa sieben auseinander. Und dann wieder zusammen für … jetzt etwas mehr als sechs Monate."

Thom hob die Hände, Handflächen nach oben, als wären sie die Schalen einer Waage, und bewegte sie auf und ab.

„Vier Jahre … sieben Jahre … fast dasselbe. In ein paar Jahren wird es so sein, als hätte es diese sieben Jahre nie gegeben."

„Wird es nicht", sagte ich automatisch. Ich warf Jess einen Blick zu, um zu sehen, ob ihm das einen Stich versetzt hatte. Er schien okay.

„Das wird es wirklich nicht", bestätigte er. „Diese Jahre waren wichtig. Ich habe diese Zeit gebraucht, um meinen Scheiß mehr oder weniger geregelt zu bekommen."

„Und dich in Herrn Großer Rockstar zu verwandeln", sagte Thom mit einem Grinsen. Jess zuckte die Schultern, als würde er versuchen, etwas abzuwerfen. Dann, während ich dabei zusah, holte er einen Anflug von diesem Rockstar hervor. Das Charisma, die Coolness, den ungezwungenen Charme. Jack Lowe lächelte.

„Ich weiß nicht, ihr kommt ja auch ganz schön groß raus. Wie haben sie euch bei The Current genannt? Kanadas Rock-Chronisten?"

„Jaah, es ist cool", sagte Thom. „Es ist, als bekämen wir langsam auch Respekt, weißt du? Nicht nur Verkaufszahlen."

„Ihr habt es verdient", sagte Jess-als-Jack. Ich schaute auf seine Schuhe. Teuer, natürlich, aber nicht einzigartig und nicht, was er vorhatte, auf der Bühne zu tragen. Ich trat ihm auf den Fuß. Profi, der er war, gab er keinen Laut von sich. Seine Augen wurden ein wenig größer, aber er sah nicht nach unten. Stattdessen sah er zu mir hoch. Der finstere Blick, mit dem er mich bedachte, war Jesse Serik pur.

„Hast du Durst?", erkundigte ich mich höflich. „Nach dem Soundcheck? Wir sollten dir etwas zu trinken organisieren."

„Oh, jaah, macht das", sagte Thom. „Dann stell' ich euch den Jungs vor."

Er trabte zu den besagten Jungs davon, die auf Sofas um ein Videospiel herumsaßen, während Jess und ich die Getränkeauswahl unter die Lupe nahmen. Jess humpelte ein wenig, was ein bisschen unverschämt war, denn so hart hatte ich ihn nicht getreten.

„Also, Stompy, was dagegen, mir zu sagen, was ich gemacht habe?", fragte er, während er die Dosen durchsuchte.

„Thom will mit *dir* sprechen. Nicht mit Jack. Die meisten Leute hier würden lieber mit dir sprechen, glaube ich. Heb' dir Jack für die Bühne auf."

„Oh, also hätte ich ihm sagen sollen, dass ich mir mit der Rockstar-Sache nicht sicher bin? Und dass ich vielleicht meine Karriere einen Gang runter schalte? Oder vielleicht zerstöre ich sie auch einfach nur oder, scheiße, vielleicht habe ich das schon? Wir haben nur Höflichkeiten ausgetauscht. Niemand will wissen, wie es dir wirklich geht."

„Das ist mal 'ne Aussage", sagte ich. „Sie sollten das Konzert so nennen anstatt *Die große Nacht der geistigen Gesundheit*."

„Der Name ist scheiße", sagte Jess.

„Das ist er", gab ich zu. „Sehe es nur ich oder gibt es hier keinerlei Alkohol? Mir ist das egal. Es ist nur eigenartig."

Jess lachte, laut genug, dass ein paar der im Raum verteilten Künstler in unsere Richtung sahen.

„Oh mein Gott, habe ich dir das nicht gesagt? Was ist das hier?"

„Eine Wohltätigkeitsveranstaltung für die Cross Canada Society for Mental Health?"

„Ja, ja, genau das", sagte er und wischte es mit einer Hand beiseite. „Aber wir sind alle … psychisch interessant. Deshalb haben sie uns eingeladen. Wir waren alle offen darüber, eine psychische Erkrankung zu haben. Sie sind ganz begeistert von mir, weil ich erst im Oktober angefangen habe, darüber zu sprechen. Selbst wenn Depression verdammt banal sind."

„Ich verstehe immer noch nicht …?"

Jess legte den Kopf schief und wartete.

„Oh", sagte ich. „Sucht."

„Es ist nicht so, als ob die Leute nicht ihr eigenes Zeug mitbringen könnten", sagte Jess. „Aber es ist eine Geste, nehme ich an."

In Anbetracht der Tatsache, dass Jack Lowe berühmt dafür war, alle möglichen Drogen zu nehmen, vorzugsweise zusammen und während er betrunken war, hatte ich eine Weile gebraucht zuzugeben, dass Jesse nicht per se süchtig war. Wenn auch nichts sonst, so hatten mir die letzten sechs Monate des Zusammenlebens mit ihm gezeigt, dass er das Zeug an sich wirklich nicht brauchte. Was er tat, war, alles zu benutzen, was er in die Finger bekam, um Jack Lowe zu sein, der Energie ausstrahlte wie ein Waldbrand und der genauso viel Treibstoff brauchte, um weiterzumachen.

Er hatte seit etwa zwei Jahren versucht, damit aufzuhören. Die letzten sechs Monate waren einfach gewesen, da sein gebrochener Arm ihn von der Bühne ferngehalten hatte. Ich war neugierig zu sehen, wie es hier laufen würde, bei seinem ersten Konzert im neuen Jahr.

Er nahm sich eine Cola Zero und ich fand ganz hinten eine Dose Sprite versteckt. Das Logo erinnerte mich immer an meine Mutter, die viele Samstagabende damit verbracht hatte, im Canasta zu gewinnen, einen Lemon Gin mit Sprite neben sich. Es versetzte mir einen leisen Stich, als mir klarwurde, dass ich sie seit einem Jahr nicht mehr gesehen hatte. Ich machte mir eine geistige Notiz, sie in Kelowna zu besuchen. Vielleicht würde ich Jess sogar mitnehmen.

„Siehst du sie?", sagte Jess und deutete mit dem Kinn auf die Rückseite des Raumes. Drei zarte Frauen mit Teetassen saßen um einen kleinen Tisch herum und schauten auf ihre Handys. Sie hatten dieselben pinken Zuckerwattehaare und trugen dieselben Outfits aus wassermelonen-farbigen Leder, Samt und Tüll. Würde man sie in eine riesige Pralinenschachtel stecken, bestünde die Gefahr, dass ein Riese vorbeikommen und sie aufessen würde.

„Ich sehe drei *sies*. Oder ich sehe dreifach."

„Die, die uns am nächsten ist. Ash Rose."

„Ist das ihr Name oder der Farbton ihrer Haare?", erkundigte ich mich.

„Ihr Name und der Name ihrer Band", erklärte Jess mir. „Wie dem auch sei, sie ist Borderline. Ich meine, scheiße, sie hat eine Borderline-Persönlichkeitsstörung

- oder lebt damit - das muss ich nachschlagen, bevor ich auf die Bühne gehe. Bin ich ein Mensch, der mit Depressionen lebt?"

„Sag', du bist eine indolente Drama-Queen. Das sollte reichen."

„Du bist zum Schreien", sagte er mir. „Geh niemals in die Nähe eines offenen Mikrofons. Übrigens, alle Mikrofone übertragen. Ben, hilf mir hier aus. Du hast den Abschluss in Psychologie."

„Kriminologie. Wie du sehr wohl weißt."

„Du hast eine Menge Psychologiekurse gemacht."

Ich seufzte. „Sie *lebt mit bipolarer Störung* sollte in Ordnung sein. Wenn du zu viel darüber nachdenkst, trittst du nur ins Fettnäpfchen. Oder du könntest sie fragen."

„Ja, aber ich muss wissen, wie ich mich beschreiben soll, nicht sie. Ich werde sagen, ich lebe mit Depression."

„Was für Musik machen sie?", fragte ich. „Ash Rose."

„Shoegazing", sagte er. „Oder Dream Pop. Sie sind ziemlich retro. Es ist wirklich vielschichtig und ich habe Backstage keinen Synthesizer gesehen, der das gepackt hätte, also werden sie heute Abend vermutlich Begleitspuren nutzen. Ich wette, sie werden nur den Gesang machen. Auf die Art ist es auch einfacher, sie schnell von der Bühne zu bekommen. Sie haben nur -" Er sah an mir vorbei zu der Weißwandtafel. „- zwanzig Minuten. Sieht so aus, als würden sie von acht Uhr zwanzig bis acht Uhr vierzig auftreten. Das ist gar nicht so schlecht. Ich habe nur fünfundvierzig Minuten, und ich bin der Hauptakt."

„Wenn ich in ihrer Nähe das Wort Shoegazing sagen würde …?"

Jesse runzelte die Stirn.

„Riskant. Du könntest Nu-Gaze sagen. Nein, sag' besser Dream Pop."

Ich hätte mich über ihn und seinen linguistischen Eiertanz lustig gemacht, aber ich war ein paar Jahre lang Polizist gewesen und ich hatte in der Tat eine Menge Kurse in Psychologie belegt. Ich wusste, dass Worte eine Situation sehr viel besser oder schlechter machen konnten, als sie es sonst gewesen wäre.

„Hey, wollt ihr zwei die Band kennenlernen?"

Thom war zurück und hatte bereits einen Arm um Jesses Schultern gelegt, um ihn in die richtige Richtung zu dirigieren. Jess ließ sich klaglos dirigieren, obwohl ich wusste, dass er kein Fan davon war, sich dirigieren zu lassen. Ich schloss mich ihnen an.

Ich hatte The Twist oft genug gesehen, um eine Ahnung davon zu haben, wer wer war. Die beiden Bohnenstangen auf dem Sofa, beide mindestens so groß wie Thom, waren Gitarristen - einer der Leadgitarrist und der andere ein Bassist. Ich hätte nicht sagen können, wer was war, und abgesehen davon, dass der eine einen blonden Wuschelkopf und einen Kinnbart hatte und der andere das passende Set in dunkelbraun, hätten sie genauso gut ein und derselbe Typ sein können. Sie spielten dasselbe Videospiel, als wir näherkamen, und entweder schossen sie auf reptilienartige Wesen, während sie Kampfausrüstung trugen, oder sie waren reptilienartige Wesen und spuckten Feuer auf die Typen in Kampfausrüstung.

„Connor, Charlie, das sind Jesse und Ben. Wir sind zusammen zur Uni gegangen."

Connor und Charlie hoben je eine Hand zur Begrüßung, ohne den Blick vom Bildschirm abzuwenden. Einer von ihnen sagte: „Hey." Jess lächelte und gab ein *hey* zurück.

Die anderen zwei saßen auf dem Sofa seitlich des Bildschirms; einer hielt eine Akustikgitarre in der Hand und der andere ein Notizbuch und einen Bleistift. Ich war kein Experte, aber für mich sah das aus, als schrieben sie einen Song. Sie sahen amüsiert zu, wie Thom die Tatsache, dass er mit Jack Lowe aufgetaucht war, an ihren ahnungslosen Bandkollegen vorbeilavierte.

Brennan, der Namensgeber und Leadsänger, legte das Notizbuch zur Seite und stand auf, um Jess die Hand zu geben.

„Ist es Jesse oder Jack?", fragte er. Sein Geordie-Akzent verbog die Vokale und hackte das harte Ende von Jack ab.

„Jesse, wenn nicht auf der Bühne", sagte Jess zu ihm und schüttelte seine Hand. Er fragte nicht nach Brennans Namen, weil er das genauso wenig tun musste wie ich. Ich hatte mich nie daran gewöhnt, Menschen auf diese Weise kennenzulernen, und es war sogar noch eigenartiger, wenn Jess dabei war, denn dann kannten sich alle, ohne sich je begegnet zu sein.

„Das ist Ben", fügte Thom hinzu. „Wir waren alle zusammen an der Uni."

„Freut mich, dich kennenzulernen", sagte Brennan zu mir und wir gaben uns die Hand. „Das ist Reiss."

Das war fair, da selbst beiläufige Fans einer Band nicht immer den Namen des Drummers kannten. Reiss legte seine Gitarre auf den Boden und beugte sich vor, um uns beiden die Hand zu geben. Er sprach nicht.

Aus meiner Sicht musste er auch nichts sagen, um einen Beitrag zu leisten. Er hatte lächerlich große, eisblaue Augen, ebenmäßige Züge und dunkle Haare, die sich bis knapp über seine Schultern kräuselten. Der Typ hätte auf dem Titelbild der GQ oder als Statist in Vikings erscheinen können, ohne fehl am Platze zu wirken. Es schadete auch nicht, dass er die Muskeln eines Drummers hatte.

Brennan sah zwar nicht so gut aus wie er - Augen und Nase ein bisschen zu rund und ein rötlich-brauner Strubbelkopf -, aber er hatte das Charisma eines Leadsängers, und als er mich anlächelte, konnte ich nicht anders, als es zu erwidern. Reiss, andererseits, lächelte nicht. Er hatte ein wenig gelächelt, als die Videospieler Jess ignoriert hatten, aber jetzt schien er einfach nur auf der Hut zu sein.

„Ich habe dich einmal gesehen, früher", sagte Brennan zu Jess. „Vor langer, langer Zeit. In einer Studentenaufführung, um genau zu sein. Du hattest die Rolle von Hedwi..."

„Oh, Gott, nein!"

Jess wurde rot. Ich lehnte mich gegen die Rücklehne des Sofas mit den Videospielern und genoss die Darbietung. Jess geriet selten so in Verlegenheit, dass er rot wurde. Es stand ihm gut.

„Es tut mir so leid, dass du das gesehen hast", sagte er, während Brennan lachte. „Ich war mindestens ein Jahrzehnt zu jung, um Hedwig zu spielen. Ich hatte keinen Zugang zu dem Charakter."

Brennan tätschelte ihm die Schulter.

„Studentenaufführungen", sagte er. „Da kann man nichts machen. Alle sind gleich alt. Aber ich sage dir eins, selbst damals hattest du eine gewaltige Stimme und so viel Kontrolle über sie. Ich weiß noch, dass ich dachte, du würdest mal ein Star werden."

Jess lachte. „Nun", sagte er, „ich war dabei und ich weiß, dass du nur nett bist. Aber ich nehme es gerne an."

Ich war ebenfalls dabei gewesen und widersprach in keinster Weise dem, was die beiden über die Aufführung gesagt hatten. Nur hatte ich nicht gewusst, dass Jess ein wirklicher Star werden würde bis zu dem Tag, an dem ich ihn als Frontman seiner eigenen Band gesehen hatte.

„Warum hast du es dir überhaupt angesehen?", fragte Jess. „Du kanntest Thom doch damals noch nicht."

„Ich mag Hedwig. Ich sehe mir immer eine Aufführung an, wenn ich kann. Es interessiert mich zu sehen, wie die Leute es inszenieren." Brennan wandte sich zu mir. „Bist du auch Sänger?"

Jess schaffte es so gerade, nicht zu lachen. Ich schaffte es, ihm nicht meine Limodose an den Kopf zu werfen.

GAYLEEN FROESE ist eine LGBTQ-Krimiautorin und lebt in Edmonton, Kanada. Zu ihren Romanen gehören *The Girl Whose Luck Ran Out*, *Touch* und *Grayling Cross*. Ihr Kapitelbuch für Erwachsene, *What the Cat Dragged In*, hat es in die engere Wahl des International 3-Day Novel Contest geschafft und wird von The Asp, einem Autorenkollektiv mit Sitz im Westen Kanadas, veröffentlicht.

Gayleen trat bei *A Total Write-Off* des Canadian Learning Televisions auf, gewann die zweite Staffel des Three Day Novel Contest auf BookTelevision und trat als Singer & Songwriterin auf Festivals in ganz Kanada auf. Sie hat als Radioautorin und Talkshow-Moderatorin, als Kreativchefin für Werbung und Kommunikationsbeauftragte gearbeitet.

Früher lebte Gayleen in Saskatoon, Toronto und im nördlichen Saskatchewan, heute wohnt sie in Edmonton, zusammen mit dem Schriftsteller Laird Ryan States und einem Haus voller Hunde, Geckos, Schlangen, Warane und Marlowe, dem Tegu. Wenn sie nicht schreibt, fährt sie Kajak, fotografiert ahnungslose Wildtiere und spielt kooperative Brettspiele, brutal wettbewerbsorientierte Kartenspiele und Tabletop-Rollenspiele.

Von Gayleen Froese

DIE FÄLLE DES PRIVATDETEKTIVS BEN AMES
Das Mädchen, das vom Glück verlassen wurde

Veröffentlicht von Dreamspinner Press
www.dreamspinner-de.com

www.ingramcontent.com/pod-product-compliance
Lightning Source LLC
Chambersburg PA
CBHW031229260626
47169CB00007B/2218